U0134052

中国作协重点作品扶持项目
北京作家协会签约扶持项目

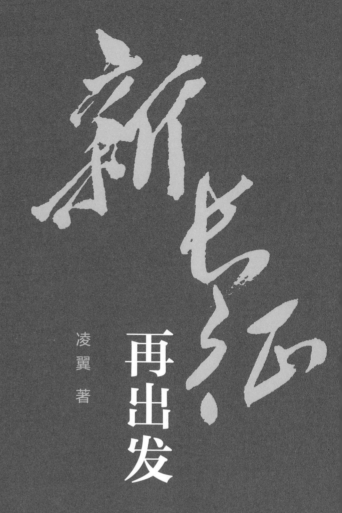

新长征

再出发

凌翼 著

人民出版社

北京十月文艺出版社

献给长征出发地的人民

和奋斗在脱贫攻坚一线的干部群众

以及迈上小康路，开启新长征再出发的人们

献给为乡村振兴不懈奋斗的人们

向伟大长征的先行者致敬

缅怀那些用生命织造和鲜血染红"地球的红飘带"的先烈们

目　录

引　言
走进长征源

　　长征是镂刻在我们记忆深处的一场伟大远征，是一座理想信念的不熄灯塔，是一个古老民族重新焕发青春的英雄史诗。

　　"现在是新长征，我们要重新再出发！"习近平总书记的话，一如黄钟大吕，在大地回响。无数人走进长征源，寻找当年红军的影子，寻找长征精神的源泉，寻找今天于都人"敢叫日月换新天"的奋斗身影。

　　于都是中央红军长征集结出发地，因此被人称为"长征源"。

　　于都到处是活跃的长征记忆——长征8个渡口、长征源广场、长征源合唱团、长征源红军小学等，让人难以忘记那场伟大征途的精神源点。

　　一代又一代于都人民的心底，都留存着那个送别亲人的画面；

　　一代又一代苏区人民的记忆，都铭刻着那场波澜壮阔的征程。

　　当年的于都人民，是怎样将中央红军送上万里征程的？如今，依然还有半块门板、被锯走的房梁残端，在岁月深处默默倾诉；永远挥不去的是将寿材搬来铺桥的大爷那清瘦的身影；苏区人民送来的一顶顶斗笠、一双双草鞋，化为红军远征的信念；那一口口热茶、一个个滚烫的鸡蛋，还有那一把把新炒熟的花生、黄豆，都是百姓对红军的难舍之情；唢呐声声，应和着于都河的激流；浪花翻卷，为伟大征程谱上了一曲雄浑的旋律……

　　人们从四面八方涌来，加入到新长征再出发的浩大队列中。有幸踏行在于都大地的我，犹如火星迸发般生出几分思考——

我们今天处在一个什么样的时代?

毫无疑问,我们处在一个全新的时代,政治、经济、军事、外交、文化、科技等综合国力,正以前所未有的速度向着高质量全面发展提升的时代。同时,国际风云变幻,又处在一个"百年未有之大变局"、各种风险和挑战并存的时代。

这个时代,恰逢跨越决战脱贫攻坚、决胜全面建成小康社会,推动乡村振兴的关键时刻,中国梦的第一个一百年就在眼前。正如习近平总书记所说,今天这个时代,"我们比历史上任何时期都更接近中华民族伟大复兴的目标,比历史上任何时期都更有信心、有能力实现这个目标"。

"这是一个最好的时代,也是一个最坏的时代",这句颇有哲理的话,出自英国作家查尔斯·狄更斯的笔下。最好的时代,是我们的祖国在日益崛起和强大;最坏的时代,则如新冠肺炎这样的病毒对人类公共卫生提出严峻挑战,国际争端正在日益显现,美伊冲突已趋白热化,这个地球村并不安宁……世界上一切事物总是在矛盾中成长与发展的,我们的事业也是在不断解决矛盾中得以前行的。相信明天会更加美好!

什么是新长征? 再出发的目的地在哪里?

"人不能两次踏进同一条河流",这是古希腊哲学家赫拉克利特的哲理名言,也适用于 1934 年 10 月 17 日中央红军跨过于都河的那场伟大长征。

那时,于都河是一条分界线——北面是中华苏维埃共和国日渐缩小的版图,南面是不确定的战略大转移艰险曲折的行进路线。

于都河又是一条长征起跑线。8.6 万名红军将士从这里出发,踏上一条艰险之路。一年后的 1935 年 10 月 19 日,这支队伍到达陕北吴起镇时,只剩下不到 7000 人。

突破湘江,近 5 万人血战不归。"山,刺破青天锷未残。天欲堕,赖以拄其间。"毛泽东的形象重新一点点显影、清晰起来。遵义会议是中国共产党生死攸关的一次大转折。我们看到一场场斩关夺隘的连台好戏，四渡赤水、巧渡金沙江、强渡大渡河、飞夺泸定桥、翻雪山、过草地、突破腊子口……最后到达陕北吴起镇，找到了安身立命之地，胜利完成了长征战略转移的使命。

抚今追昔，意在知往鉴今，开创未来。

在中国共产党领导下，中国人民积极探索、顽强奋斗，在广袤大地演绎了一个又一个脱贫故事，农村贫困发生率从 1978 年的 97.5%降至 2019 年末的 0.6%，7 亿多贫困人口摆脱绝对贫困，创造了人类减贫史上的奇迹。我国成为世界上减贫人口最多的国家，也是世界上率先完成联合国千年发展目标的国家，在摆脱贫困这一痼疾上取得了前无古人的巨大成就。

党的十八大以来，在以习近平同志为核心的党中央领导下，决战脱贫攻坚在 2020 年全面收官。"新长征再出发"吹响了集结号，决胜全面建成小康社会犹如当年的于都河，成为新的起跑线，为乡村振兴的新征程鸣响了起跑令。我们将从这里出发，再奋斗十五年，到 2035 年基本实现社会主义现代化，并向着中国梦的伟大征途前进。我们一遍遍地重述这样一个伟大梦想的到来——

到中国共产党成立 100 周年和中华人民共和国成立 100 周年时，逐步并最终顺利实现中华民族的伟大复兴，具体表现是国家富强、民族振兴、人民幸福！

这就是我们的新长征！这就是再出发的目的地！

我们预见到前进道路上会有"雪山""草地"和"腊子口"，但我们有坚定的意志和信念，胜利一定属于我们！

我们为什么要重新再出发？

如果我们不再出发，就将躺在功劳簿上吃老本，坐吃山空，成为没有目标的慵懒民族。一个没有目标的民族是很难有希望的，那等待我们的将是任人宰割。回溯苦难深沉的中华民族发展史，灾难因何而来？就是因为民族失去梦想，一盘散沙，最后成为列强刀俎下的"鱼肉"，何其可悲、可叹！

站在中央红军长征出发地于都河畔，遥望天安门，我们眼前浮现出新中国成立70多年来的一幕幕宏伟画卷，也重现出一幕幕民族苦难和屈辱史——

从1840年鸦片战争到1949年中华人民共和国成立，沧桑巨变，换了人间。北京天安门曾在1860年见证了西方列强火烧圆明园的野蛮；在1919年见证了中国人民"五四运动"的觉醒；1949年10月1日，它终于看到中国人民站起来了！为了这一天的到来，一代代中华儿女前赴后继，在这百年峥嵘中历经无数艰难坎坷，他们的业绩将永载中华民族伟大复兴的史册。

前人打下了江山，不是给后人坐享其成的，而是给我们一个全新的舞台，需要我们去创造，去为人类进步作出更大的贡献！

长征源头寻初心，于都河畔再出发。在中央红军长征出发地于都，我们仿佛看到了新长征再出发的步伐，是那样铿锵；仿佛听到了新长征再出发的进行曲，是那样雄壮！

2020年3月

写于于都长征宾馆

第一章
新长征起跑线

现在我们正走在开启建设社会主义现代化国家的
新征程上，我们要继往开来再出发！

于都河

2019 年 5 月 20 日下午，于都上空一派瓦蓝，白云舒卷。古老的于都河由东向西流淌，层层叠叠的浪花欢笑着，翻滚着，一波连缀着一波，叠印出一幅安宁祥和的景象。

中共中央总书记习近平来到于都河畔，向高耸云天的中央红军长征出发纪念碑敬献花篮。他站在当年中央红军长征出发的渡口，目光越过波光

中央红军长征出发纪念碑

粼粼的于都河向远方的山峦眺望，似乎在追溯那支融入崇山峻岭的远征大军的身影和足迹。

习近平总书记参观完中央红军长征出发纪念馆，在接见9位红军后代及革命烈士家属代表时动情地说："建立中华人民共和国，这是无数革命先烈们用鲜血换来的。当年党和红军在长征途中一次次绝境重生，凭的是革命理想高于天，最后创造了难以置信的奇迹。现在国家发展了，人民生活变好了，我们要饮水思源，不要忘了革命先烈，不要忘了党的初心和使命，不要忘了我们的革命理想、革命宗旨，不要忘了我们中央苏区、革命老区的父老乡亲们。"

总书记的一席话语，感动了在场的干部群众。从电视荧屏上，我看到许多人眼中闪烁着晶莹的泪光。

临行，习近平总书记对前来看望他的干部群众说："现在是新长征，我们要重新再出发！"

这句话，像种子一样播撒在全国人民的心田，人们认识到自己脚下的路，正是"新长征"，要像当年红军一样，果敢地"再出发"。

中央红军长征出发纪念馆前，一座圆形花圃正中耸立着一块梯形景石。景石的正面镌刻着"长征源"三个遒劲大字，背面镌刻着周恩来在于都深情赞扬苏区人民的两句话——"于都人民真好，苏区人民真亲"。

历史镜头切入1929年1月，一支打着红旗的队伍从井冈山一路南下，冲破艰难险阻来到赣南，开辟出了赣南、闽西革命根据地，进而建立以瑞金为中心的中央革命根据地。

1934年10月初，国民党军已推进到中央苏区腹地。自10月7日起，中革军委陆续电令地方红军接替主力红军防务，命令红一、红三、红五、红八、红九军团向于都河（贡水）以北地区集结，准备实行战略转移。各军团出发和集结情况如下：

10月7日，红一军团奉令将防务移交红五军团接管，8日晚开始，从兴国竹坝、洪门等地撤离，向于都集结。红一军团第十五师奉令从石城撤

花圃景石上刻着周恩来赞扬于都人民的两句话：于都人民真好，苏区人民真亲

退，向于都集结；12 日，归还红一军团建制。

10 月 7 日，红三军团奉令从石城南部撤退，经宁都，于 14 日晨到达于都东北的水头圩、石溪坝、禾田等地集结。

10 月 7 日，红九军团在第二十四师掩护下，奉令从长汀撤退，经瑞金向会昌集结。11 日，全军团进抵会昌珠兰埠。16 日晚，红九军团主力从会昌渡过濂江，开始长征。

10 月 9 日，红八军团奉令撤离兴国古龙岗战场，经兴国社富，向于都桥头、银坑等地集结。

10 月 10 日晚，中共中央、中革军委率领中央、军委机关和直属部队编成军委第一、二纵队，从瑞金出发，向于都集结。其中，中革军委总司令部及其直属队组成第一野战纵队；中共中央机关、政府机关和军委后勤部、卫生部、工青妇机关组成第二野战纵队。

10 月 16 日，红五军团奉令向兴国社富地区转移，于 19 日抵达于都城北。

根据中革军委命令，至 10 月 16 日，各部队在于都河以北地区集结完毕。从 17 日开始，中央红军主力 5 个军团及中央、军委机关和直属部队共 8.6 万余人，先后渡过于都河，踏上战略转移的征途。

当时，为了不被敌军飞机侦破，都是傍晚搭建浮桥，夜晚渡河，到清晨拆除浮桥。深秋时节，傍晚 5 点，于都河两岸开始搭建浮桥的紧张工作。数百条船只从隐蔽的河湾、大树下驶向早已指定的河段，各部队的工兵连在于都人民的帮助下，像经过精心排练过一般，一个个进入了搭建浮桥的角色。

于都西门也搭建起了一座浮桥。浮桥是将船只连接起来而制成的桥，用绳索和竹木固定好船只，上面铺着于都乡亲拆下的自家门板、床板。为了搭建浮桥，老表将自家的房梁也锯了下来，扛到河岸，当作浮桥的材料；一位曾姓老大爷还把自己的寿材送到了架桥现场……看到这样的景象，红军将士无不动容。

首先从西门浮桥渡河的是红三军团的将士们，他们要赶到前边去打下新田、古陂，为后续部队开辟道路。红军将士从不同宿营地赶到渡口，脚步踏在浮桥的木板上，发出"咚咚"的回声，像声声战鼓催促着远征的红军将士。

于都人民舍不得红军离开，他们从四面八方聚集到渡口来，有的给部队送来饭菜茶水，壮劳力抢着帮助部队挑担背包，妇女和老大娘拿来自己亲手编织的草鞋和新纳的布鞋，往战士们手里塞。

老表与红军将士的心情都异常沉重，但谁也无法挽留住即将远行的脚步。尽管脚步沉重，红军将士还是一步步向前迈进着。

星星点点的火把倒映在于都河的波浪上，映照着红军将士出征的身影。于都河两岸，人头攒动，军民离别，夜空中回荡着深情的歌谣——

千军万马渡江去,

十万百姓泪汪汪。

恩情似海不能忘,

红军啊,红军,

革命成功早回乡……

连续几个晚上,于都河两岸都在演绎这前无古人的场景。在中央红军生死攸关的关键时刻,30万于都人民共同保守着一个天大的秘密,这不得不说是一个奇迹。

从这里踏上征程的8.6万名红军将士,一年后到达陕北吴起镇时只剩7000人。这次战略大转移付出了巨大代价,但也取得了最后胜利,最终以"长征"永载史册。

于都河,是中央红军长征出发跨过的第一条河,而今,因为习近平总书记的到来,这里又成为新长征再出发的起跑线。

人们从四面八方来到于都,为了"新长征再出发",必须从长征集结出发地开始,重温长征精神。在中央红军长征出发纪念碑前,党员胸前佩戴着党徽,向党旗再次举起了右手,庄严宣誓。

1934年10月,自毛泽东、周恩来、朱德等中央领导人跨越于都河长征后,整整86年过去,习近平总书记转乘火车来到于都县,他的心中装着初心和使命,引领我们要继续高举革命的旗帜,弘扬伟大的长征精神,朝着中华民族伟大复兴的目标奋勇前进。

在新长征路上,这是重新再出发的指令,也是我们迈上新征程的誓言。

集结,再出发

从四面八方赶来于都集结的新时代重走长征路的队伍,有老红军后

中央红军长征出发纪念馆

代、各条战线的党员干部、教师和学生，以及新闻战线的记者，他们高举着"重走长征路，奋进新时代"的旗帜，在中央红军长征出发纪念碑前宣誓，广场上旗幡招展、人潮涌动，让人无比激动。

于都河是中央红军长征渡过的第一条河流，如今两岸矗立起一排排现代建筑。86 年过去，山河依旧，换了人间。当年渡过于都河的中央红军，在中国共产党领导下，历经千难万险，书写了气壮山河的现代史诗。

重温历史，是为了更好地开创未来。站在习近平总书记眺望过的渡口，我仿佛看到了 86 年前的那段岁月——

中央革命根据地第五次反"围剿"广昌会战失利后，党中央和中革军委就开始谋划中央红军突围转移的大计。1934 年 10 月初，根据地范围越来越小，分布在长汀、兴国、石城一线防御阵地上的红军主力，根据中革军委的命令，陆续撤出战斗，向以于都县城为中心的贡江北岸集结，开始有组织、有计划地进行战略大转移，也就是后来的二万五千里长征的开始。

于都是中央苏区建立最早、最巩固的全红县之一。早在1926年11月，于都就建立了中共党组织。1928年2月至3月，于都里仁、步前和桥头三乡相继爆发了震惊赣南的农民武装暴动。1929年春，毛泽东、朱德率领的红四军和彭德怀、滕代远率领的红五军在于都会集，并帮助地方党组织建立于都县工农兵革命委员会，推动了于都土地革命运动的迅猛发展。

在第一、二、三、四、五次反"围剿"战争中，于都始终是战争的后方，在输送兵员、筹集战争物资等方面作出了卓越的贡献。据统计，整个土地革命时期，于都县共有6.8万人参加红军，占当时全县人口的五分之一。全县除老弱病残和妇女幼儿外，几乎全部青壮男丁都参加了红军，从事生产劳动的只有妇女、老人和身体残疾者。

在长征前夕两次扩红运动中，1万余名于都儿女报名参加红军，先后组成了8个补充团，主力红军在于都集结休整期间，红一军团补充2600人、红三军团补充2600人、红五军团补充1300人、红八军团补充1900人、红九军团补充1300人，共计补充9700人，其中7000余人是于都籍战士。

参加长征的于都籍红军将士达1.7万余人，其中1.3万余人在长征途中壮烈牺牲，3000余人在突破敌人第一、二、三、四道封锁线时被敌军打散回到原籍继续从事革命斗争，只有1000余人胜利到达陕北，新中国成立后仅留下277人。如上所述，参加长征的8.6万余名红军将士中，每5人就有1名于都人，长征途中每1公里就有1名于都籍红军将士倒下。

长征前夕，于都人民节衣缩食，积极响应中共中央和中央人民委员会的紧急动员，筹集粮食25万担，占全苏区的四分之一。在购买公债活动中，于都县人民省吃俭用、倾其所有，完成购买公债50余万元。同时，还筹集草鞋8400双、菜干150担、硝盐250余公斤，以及被单、毛毯等

长征渡口（东门）

物资供应红军。在红军集结期间，于都人民组织大批慰劳队，带着鸡蛋、猪肉、草鞋、斗笠等慰问品，热情慰问红军指战员。

为了隐蔽战略意图，避免飞机轰炸，红军在于都人民的支援下连续几天架设临时浮桥。傍晚5时开始架桥，星夜渡河。至清晨6点前拆除浮桥，做到不留任何痕迹，包括沙滩上的足迹也进行清除，安全顺利地跨过长征第一渡。

> 十月里来秋风凉，
> 中央红军远征忙。
> 星夜渡过雪都河，
> 古陂新田打胜仗。

在于都河畔，每当十月来临，萧瑟秋风刮落一片片树叶之时，人们便会情不自禁地哼唱起这支歌。

望着纹理斑斓的江面，眼前浮现一幅幅红军渡河的画面。

中央红军 8.6 万余人按照预定的行军战斗序列，中央军委一、二纵队居中，左翼前锋为一军团，左翼后卫为九军团，右翼前锋为三军团，右翼后卫为八军团，总后卫为五军团，踏上了充满艰险与奇幻，生死与机遇共存的漫漫长征路……

收回延伸到历史深处的目光，86 年后的今天，我们进入了中国特色社会主义新时代，脚下的路被赋予新的寓意。

当今世界，"霸权"国家为了一己私利，实行单边主义政策。中国切实履行大国责任担当，积极推动中外人文交流，提出"一带一路"和人类命运共同体的重大倡议，不仅是全球经济增长的最大贡献者，也为应对气候变化、减贫脱贫、抗击疫情等全球性挑战作出重要贡献。中华文化汇入经贸外交往来的滚滚洪流，不断以更大规模、更深维度、更密频率、更高效率走向世界，中国也由此成为维护多边主义的重要力量。

讲好中国故事，展示中国形象，中华文化影响力、号召力日益深远、宏大。新长征，集结中国智慧、中国价值、中国理念、中国体制等一切烙上了"中国"字样的国家意志，向着自己预定的目标前进。

长征，已经深入中国精神的骨髓！

新长征，将引领中国这艘巨轮开启中国梦的伟大航程！

出发！出发！再出发！

何屋缅怀

迎面走来一队身穿灰色红军军服、头戴八角帽、打着绑腿的青年，他们耳朵里塞着"小蜜蜂"耳机，一个讲解员在讲述关于何屋、关于毛泽东旧居的故事。

踏入何屋，像其他地方常见的赣派建筑一样，属于"金包银"，外面是砖墙，里面是木结构。何屋原为何姓人的民房，以当时来说，房子比较

何屋

宽敞，房子前后有小院，共计房间 30 余间，占地 636 平方米。

战略转移前的 1934 年 7 月，在于都成立赣南省委和苏维埃政府。赣南省苏维埃政府机关就设在何屋，每个房间门口挂着内务部、财政部、国民经济部、土地部、粮食部、劳动部、教育部、工农检查部、裁判部、政治保卫局等牌子。

赣南省的成立，是为中央红军战略转移而设立，辖于都、登贤、杨殷、赣县等四县和信康、南雄两块游击区。赣南省肩负着领导全省人民积极参军参战，支援革命战争，广泛开展游击战争牵制、打击敌人的任务。在中央红军集结于都时，赣南省苏维埃政府开展了大规模的筹粮、筹款、扩大红军、征调夫子，从人力物力全力支援红军架设浮桥，从各方面保证了红军胜利出发长征。

由于博古、李德执行王明"左"倾教条主义的错误方针，中央苏区根据地不断丧失。1934 年 8 月上旬，红五军团在高虎脑、万年亭与不断逼近的敌人展开了"短促突击""节节抵抗"的阵地战。随着敌军包围圈的不断缩小，中央苏区面临严重危机，战略大转移成为摆在中央红军面前的唯一选择。

1934 年 9 月上旬，在第五次反"围剿"斗争形势最为严峻的时刻，毛泽东要求到于都视察。他带着秘书和警卫员从瑞金云石山来到于都，入住县城老北门的何屋东厢房。

他深入群众调查研究，检查与指导赣南省苏维埃政府的工作，积极探索红军撤退与突围之路。

他亲自主持召开了贫苦工农座谈会和区、乡、村干部座谈会，同到会代表促膝谈心。

他出席赣南省苏维埃政府在县城北门郑屋召开的裁判部干部会议。

他在县城王家祠接见、慰问于都县红军家属代表会的全体代表……

9 月 20 日，毛泽东给时任军委副主席的周恩来发去一份《关于信丰、于都地区敌人活动的情况》的加急密电——

（甲）信丰河游从上下湾〔汶〕滩起经三江口、鸡笼潭、下湖圩、大田至信丰河沿东岸十里以内一线，时有敌小队过河来扰，但最近一星期内不见来了。此十里以至长洛圩、罗家渡，近三个（月）敌未过我苏区，仍迫近河边，保卫大队来拟以一中队驻三门滩一中队驻罗家渡一中队驻长洛圩，各向其西部地区活动，并各横向取联络，其任务是对敌戒备，镇压反革命，杜绝敌探。①

……　……

电文有 500 多字，共列"甲、乙、丙、丁、戊"若干条，详尽描述了于都河以南的敌情状况，为即将进行的战略转移探明路线和方向。

---

① 中共江西省委党史资料征集委员会、中共江西省委党史研究室编：《江西党史资料》第 11 辑（中央苏区粤赣省赣南省专辑），1989 年版，第 216 页。

在紧张繁忙的工作中，毛泽东病倒了，高烧41度。后在傅连暲的精心治疗下，毛泽东的病情开始转好。

在离开于都前的最后日子，毛泽东在于都县城谢家祠，参加中共赣南省委召集的省、县、区三级主要干部会议。他谆谆教导地方干部，要团结人民，发动群众，做好坚壁清野工作；迅速组织游击队，开展游击战争，牵制敌人，掩护主力红军转移。

10月18日傍晚，毛泽东带着警卫班阔步走出何屋，来到于都河边的浮桥上。

毛泽东的身后跟着马夫，马夫手里牵着一匹黄骠马，黄骠马驮着的马褡子里装着两条毯子、一条薄棉被、一条布床单、一块油布，还有一把红油纸伞、一只行军挎包和一只干粮袋。马匹后面跟着一名挑夫，挑着两只洋油桶改装的文件箱。他跨过于都河，最后回望了一眼于都城，迈开沉重的步履，踏上了战略大转移的征途。

雄关漫道真如铁，而今迈步从头越。

在新长征再出发的路上，我们缅怀毛泽东这位伟人，就是要不断校正自己的航向，朝着中国梦的宏伟目标前进。

时代答卷

眼前的于都河两岸，高楼林立，一座现代化的城市蓝图，在不断完善、优化。

在离城区不到5公里的河面上，渡江大桥、长征大桥和红军大桥飞架南北。川流不息的汽车和人流往来穿梭，静止的桥有了动感的美。

站在桥上，看波涛滚滚的于都河由东向西奔流而去。

于都河给生生不息的人类以生命之源。于都建县于西汉高祖六年（公元前201年），素有"六县之母"的称谓。千百年来，人类就依水而居，与于都河夕夕相伴。

20 世纪 20 年代末至 30 年代初，一场红色革命运动轰轰烈烈地在赣南大地展开，于都人民书写了建县史上的辉煌一页。86 年前，8.6 万余人脚穿草鞋，夜渡滔滔于都河，开始了万里长征，用生命绘就了改变中国前途命运的史诗。

斗转星移，沧海桑田。

今天，初夏时节的于都河畔郁郁葱葱，一派生机盎然的景象。

2019 年 5 月 20 日，习近平总书记来到江西考察调研，在于都发出"现在是新长征，我们要重新再出发"的伟大号召。

5 月 21 日下午，习近平总书记在江西南昌主持召开推动中部地区崛起工作座谈会。此时，是决胜脱贫攻坚与全面建成小康社会进入倒计时的关键时刻，总书记语重心长地谈起了长征，谈到了中部崛起。

在长征途中，面对敌人的重重封锁和围追堵截，队伍牺牲很大，革命前途难以预料，历史转折包含无数种可能。当时的情况下，红军有可能成功，也有可能不成功，比如红军无法渡过湘江、乌江、大渡河，过不了雪山、草地，三大红军主力最后无法会合。但是，星星之火可以燎原。理想信念之火一经点燃，就永远不会熄灭。只要理想信念在，党的事业一定会成功。这是历史的必然。也正因如此，党和红军才一次次绝境重生，愈挫愈勇，创造了难以置信的奇迹。

站在民族复兴的时间坐标上眺望远方，铿锵足音犹如鼓点——

未来 30 年，正好是我们实现"两个一百年"奋斗目标的时间。只要我们保持坚定理想信念和坚强革命意志，就能把一道道坎都迈过去，什么陷阱啊，什么围追堵截啊，什么封锁线啊，把它们通通抛在身后！当年红军长征遭遇到的各种困难，如果在今天的新长征路上再次遇到，仍然要勇敢闯过去。

只要坚定不移、一以贯之，我们就一定能够取得新长征的胜利，就一定能够实现中华民族伟大复兴的中国梦！

于都县干部群众牢记总书记嘱托，在"加快老区高质量发展上做示范，在中部地区崛起上勇争先"。

敢闯敢干的于都人民，正以饱满的激情，撸起袖子加油干，浓墨重彩地描绘着一幅新时代画卷。

2020年4月26日，于都县与兴国县、宁都县、赣县区、鄱阳县、修水县、都昌县一道正式宣布脱贫摘帽，至此，江西全省25个贫困县全部脱贫退出，标志着江西革命老区整体贫困问题得到基本解决。

在于都大地上，33190户156759人顺利脱贫，他们豪迈地走进富硒蔬菜、肉鸡、油茶、脐橙产业园，分享工业首位产业纺织服装强势崛起的成果，呈现一幅好日子红红火火、"芝麻开花节节高"的喜人景象。

在决胜脱贫攻坚与全面建成小康社会这一伟大事业中，于都人民用自己的勤劳和智慧，与贫困做最坚决的斗争，给历史交上了一份最美的时代答卷。

第二章
红色胎记

我们要饮水思源，不能忘记革命先辈、
革命先烈，不能忘记革命老区的父老乡亲

一双绣球草鞋

于都以苏区精神、长征精神，决战脱贫攻坚、决胜全面建成小康社会，受此感召，我的脚步踏入这块红色热土。耳朵像吸铁石般，吸纳了不少红色故事。

在于都中央红军长征出发纪念馆二楼的玻璃陈列柜里，我看见这样一双草鞋：它的材料并非稻草，从编织工艺上也可以看出，编织这双草鞋的人花费了不少心思。现在看来，这仍不失为一双结实耐穿的上品草鞋。这双草鞋最为醒目的是，鞋尖上分别系着一只彩色毛线织成的绣球。

讲解员钟敏告诉我，习近平总书记参观纪念馆时，也特别关注了这双草鞋，还问起过老红军谢志坚的故事。这双草鞋是用黄麻编织而成，与一般用稻草做的草鞋在材质上有天壤之别。黄麻一般是用来制作麻袋的，用来打草鞋，确实有些奢侈。

这双绣球草鞋的背后，蕴藏着一段感人的故事——

那是 20 世纪 30 年代初，一支红军队伍来到于都县岭背乡燕溪村打土豪、分田地，谢志坚家也与大多数贫苦农民一样分到了土豪的田地。为了保卫胜利果实，十四五岁的谢志坚加入了儿童团，他经常与小伙伴们一道站岗放哨、侦察敌情。他的机智勇敢，得到了红军的表扬，也让村里一个叫春秀的姑娘芳心萌动。随着年龄的增长，谢志坚和春秀的爱情也开花了，在即将拜堂的时候，村里组织"扩红"，春秀鼓励谢志坚参加红军。谢志坚平时练就一身武功，刀枪棍棒样样在行，也有一腔热血投效红军。两人商议，等打败了白狗子，再行拜堂之礼。

1934 年 10 月 16 日傍晚，春秀得知谢志坚所在的红一军团将从铜锣湾赶到山峰坝渡过于都河，进行战略转移，她随同村里人来到山峰坝于都河畔为红军亲人送行。于都河畔里三层外三层围满了人，红军排着长队踏上浮桥渡河。送行的老表表情凝重，不停地往红军将士手中塞着鸡蛋、花生等食物，也有的往红军战士手中送草鞋。一些没有看到自己亲人的老表急切地在队伍中搜寻，生怕与自己找的人错过了。几个老汉举着唢呐一字排开，吹奏出低沉的声调，呼应着老表送别亲人的这场壮行。母亲在喊儿子的名字，妻子在喊丈夫的名字，场面热切，令人涕零。谁都想与亲人见上这最后一面，说上几句亲热的话语。

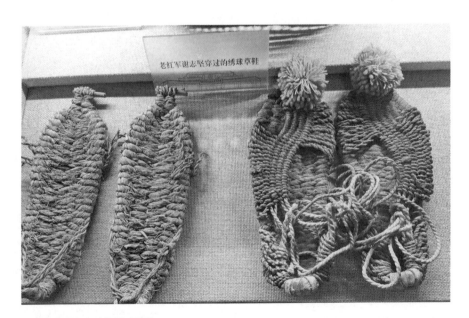

老红军谢志坚穿过的绣球草鞋

春秀在渡口焦急地目送着一列列的红军队伍走过，一分一秒，对她都是煎熬。她手里攒着一双草鞋，小心脏怦怦跳着，生怕错过这个见面的机会。

终于，他看见自己心爱的人走过来了。

谢志坚个头挺拔，腰间挎着驳壳枪，背插一把大刀。春秀知道，自己的心上人是二师政委刘亚楼的警卫员，样子挺神气的呢。她挤出人群，奔跑到谢志坚的面前，一把拉住谢志坚的手，一激动，把先前想好的话都给忘了。

谢志坚用手为她擦去涌出来的泪滴，说，红军一定会打回来的，你等着我回来。说完，声音也哽咽起来。

春秀说，你要多打白狗子，早点回来，我等着你。

春秀将手中的黄麻草鞋塞到谢志坚的手里，说，队伍走远了，你快去追吧。

谢志坚两腿并立，向春秀行了一个军礼，然后转身朝浮桥跑去。

春秀望着自己的心上人跳上浮桥，身影渐渐远去。水面的碧波漾动着，他似乎是踏着水浪而去的。春秀心里空荡荡的，突然"哇"的一声哭了出来。村里一起来的老表安慰着她，她擦了擦眼角的泪水，说，要坚定信心，我们的亲人红军一定会打回来的。

谢志坚紧紧抓着春秀亲手给他打的草鞋跑过浮桥，追上自己的队伍。他将这双黄麻草鞋稳稳当当地捆在背包上，这是心上人给自己的礼物，不能丢了。

长征路上，谢志坚脚上的草鞋破了，哪怕不能再穿了，光着脚板，他也不舍得拿出春秀送的这双草鞋来穿。

在血与火的漫漫征途上，谢志坚有过三次将这双草鞋穿在脚上的经历，每一次都是生与死的考验和重大转折才穿上的。一次是突破湘江战役，部队在脚山铺阻击湘军，敌人似潮水一样冲上来，战士们也一批批倒下去，谢志坚也做好了牺牲的准备，他拿出了春秀送的草鞋穿上，死也不能与春秀的草鞋分开。一次部队过金沙江，谢志坚看到当地老百姓用船送红军过江，想起家乡人民送红军过于都河和春秀送草鞋的情景，心里暖融融的，于是取出春秀送的草鞋穿上，开心地渡过了金沙江。还有一次，红一师及干部团部队强渡大渡河，谢志坚所在的红二师循大渡河右岸向泸定桥漏夜疾进，在风雨中闯关夺隘，全体将士视死如归，谢志坚拿出了这双草鞋穿在脚上。

当从于都河集结出发的这支队伍行至甘肃通渭、静宁交界处时，谢志坚因患重病无法随部队前进，被组织安排留在静宁治疗并做革命工作。谢志坚以逃荒者的名义在静宁治疗，敌人怀疑他是红军，对他进行严刑拷打，威逼他说出红军的情况，但谢志坚宁死不屈。当地一个姓苟的族长悄悄找到谢志坚，告诉他："我知道你的身份，想为你做担保。他们肯定不会善罢甘休，还会来找你的麻烦，甚至可能把你整死。我有一个办法让你安全活下去，不知你是否愿意？"谢志坚看出苟族长是诚心诚意想保护自己，就问族长有什么办法。苟族长告诉谢志坚，如果肯留下来做上门女婿的话，就可以公开保护他，敌人就不会来找他的麻烦了。

谢志坚本分老实，就把在家乡与春秀的事告诉苟族长，并把春秀送的那双草鞋拿给苟族长看，说，春秀还在家里等着他。

苟族长对谢志坚的耿直诚实很是欣赏，更坚定了要保护他的决心。苟族长说，不管你在家乡有没有媳妇，但此时只有保住性命，才能继续做革命工作。

在苟族长的坚持下，考虑到当时的艰难处境，谢志坚与族长的女儿苟新堂结为夫妻。

1949 年，谢志坚担任甘肃省静宁县十一区岷峙乡乡长。1951 年，谢志坚与妻子苟新堂带着春秀送的草鞋回于都探亲，得知春秀在红军长征后被敌人杀害，心情异常悲痛。谢志坚带着那双黄麻草鞋，在妻子苟新堂的陪同下，来到春秀的墓地。回首往事，谢志坚一阵痛哭，在苟新堂劝说下，他才抱着那双黄麻草鞋，一步一回头地离开了春秀的墓地。

1954 年，谢志坚要求回到原籍工作，得到批准。他领着妻子儿女回到于都，被安排在于都副食品公司工作。

1988 年，于都成立"中央红军长征出发纪念馆"，工作人员得知老红军谢志坚有一双不平凡的草鞋，希望他能捐给纪念馆作为馆藏文物。开始时，谢志坚舍不得捐出这双伴随了他半个多世纪的草鞋，但思虑再三，还是同意捐给纪念馆。工作人员来取草鞋时，发现鞋尖上多了两只粉色毛线编织的绣球，令人眼前一亮。谢志坚说，这是春秀留给他的唯一念想，绣球是我的心愿，一颗是她，一颗是我，我们永远在一起。

1992 年，谢志坚病逝前，先后三次来到纪念馆，只为看一眼这双绣球草鞋。他说，这双草鞋有幸存放在中央红军长征出发纪念馆，让更多的人了解长征那段历史，他觉得值！

他相信，这也是春秀愿意看到的！

这双绣球草鞋，维系着谢志坚和春秀的爱情，也萦绕着不绝的长征记忆。

宝金老子

从于都人民口中，听到许多长征战士鲜为人知的故事，比如，孙辉民强渡乌江，是 33 名水手中到达对岸 3 个人中的第一人，受到军委的表彰，还奖励了两套列宁服装；杨德光长征时给王稼祥同志挑文件，新中国成立初期复员回乡当农民，从不摆架子，带头生产，深受群众的尊敬和爱戴；《半条被子》的故事发生在湖南汝城，但 3 个女红军之一的张小妹是于都县罗江乡太坪村人，整条被子也是由张小妹从于都带出去的……

因为篇幅关系，不能一一记录下他们的事迹，这里着重讲述谢宝金和段九长的故事。谢宝金和段九长是中央红军长征途中两个不可或缺的人物，其他红军即便吃不饱肚子，也一定得让他们吃饱饭，保证他们有足够体力来完成他们的工作。谢宝金是背发电机的，段九长是背发报机的。只有他们两人安全了，红军才有了"千里眼"和"顺风耳"。

在长征路上，毛泽东指挥红军四渡赤水、二占遵义城、巧渡金沙江、飞夺泸定桥等一道道命令就是通过这台发报机的"滴滴"声传递给前方指战员，从而达到运筹帷幄、决胜千里的奇效。

谈到谢宝金这位长征老干部，于都人都亲切地称他为"宝金老子"。很多人说他"傻"，宝金确实很"傻"，但他的"傻"不是真傻，是"一心为公""全心全意为人民"的"傻"。

在岭背镇，谢宝金的玄孙谢小云，跟我讲述起了他太爷爷谢宝金的故事——

谢宝金是岭背镇谢屋人，从小家境贫寒，7 岁开始帮地主放牛、砍柴，12 岁种田，18 岁挑担卖苦力。谢宝金的"傻"是从小"养成"的。因为个子高大，他一个人有时候干几个人的活，而且还将最苦最累的活揽在自己身上，别人就在一旁冷言冷语地说他"傻"。不过，他并不在意，还是

谢宝金（右二）给年轻人讲述长征故事

我行我素。

铁山垅钨矿招工，谢宝金做了一名矿工。他1.9米的身高如一尊铁塔，力气大到能挑三四百斤的重物，一个人干几个人的活，而工钱并不比别人多。一天，时任中华钨矿公司总经理的毛泽民发现了谢宝金的"傻"劲，觉得谢宝金的吃苦耐劳是一种品德，问他愿不愿意参加红军。谢宝金十分爽快地答应了，随后被安排到中革军委总参情报部，成为一名红军战士。

谢宝金的任务是和战友一起搬运和看护一台手摇发电机。临行前，首长对谢宝金说："发报机是中革军委的'耳朵'和'眼睛'，他们需要靠这台发电机供电才能工作，它就像我们红军的心脏一样宝贵，没有这个机器我们打不了胜仗。"谢宝金坚定地回答："首长，您放心，我一定会像保护自己的生命一样保护它。"

长征开始后，中革军委为了保护发电机和发报机，派出一个128人的加强连保护这些设备。长征途中，前有围堵，后有追兵，头顶还有飞机轰炸，战友们一个个倒下，后来只剩下谢宝金、段九长等3人负责保护发电机和发报机。长征路途多是险峻山路，两人抬着不便，谢宝金凭借自己的一身力气，索性一个人背着发电机行军。发报机要轻得多，由个头瘦小的段九长负责背。

过雪山、草地，很多战士永远倒下了，但谢宝金却要背着这个重达68公斤的发电机翻越雪山、草地，其中的艰苦不言而喻。雪山，他背着发电机翻越了。草地，背着重物容易陷入沼泽，他于是做了一个小竹筏，将发电机放在竹筏上，硬是将这个铁疙瘩拉出了草地。

过腊子口时，因三天三夜没有吃东西，他几次晕倒在地，但一想到发电机，想到革命任务还没有完成，他咬了几口草根，又振作起来，背起发电机继续前进。敌机轮番轰炸，土把他掩埋了，战友把他挖出来，包扎好伤口，他咬紧牙关再前进。就这样，谢宝金凭着顽强的革命意志和满腔的革命热忱，历尽千难万险，终于完好地将发电机背到了陕北吴起镇，背到了延安。

　　谢宝金吃亏吃在没有文化上，如果有文化，他就不会回家。长征路上，有一个时期整顿，白天干农活，夜里学文化，一班一班轮着来。谢宝金排最后，他负责看管马匹。还没有轮到他，部队就开拔了，他懊悔失去了一次学习的好机会。

　　1952年，在总参上班的谢宝金要求复员回家种地。总参考虑他的功劳，给他安排了县委副书记的职位。不识字的谢宝金在县委坐了几天办公室，觉得自己浑身骨头痛，要求回到乡下种地，组织上还是安排他到岭背乡供销社收购部工作。

　　谢宝金以"傻"劲出了名，也最让人敬佩。凡是公家的，他都不许人家动一分钱："公家的，不能动！"

　　有人说谢宝金是傻瓜，只会打天下，不会坐天下。经过二万五千里长征，牙齿都掉了，还干这又脏又累的收购工作。谢宝金却笑笑，说："为了人民的利益，我乐意干这个工作。"在工作中，他每天站10多个小时，进行物资的收购、整理、加工、翻晒……脏活累活他都抢着干。年近花甲，他还经常跑几里路到江边搬货。为照顾群众，不论生意大小，他都热心收购。有个孩子交售一个铜板、两个铜钱，他用厘戥将铜板、铜钱过秤结账。有人不解地问："一分钱的生意，有啥可做？"谢宝金语重心长地说："我们是人民的勤务员，人民的利益不分大小。"

　　新中国成立后，虽然日子好起来了，但谢宝金勤俭节约的习惯没有变，供销社里哪怕是一张废纸、一块破布都舍不得丢掉，甚至污水里一枚大头针也要捞起备用。每逢节假日，他总是主动留守岗位。老伴儿曾责怪他说："你心里就没有这个家！"他笑着解释说："公家是大家，自家是小家，先大家后小家嘛！"

　　1966年，谢宝金的老伴儿和儿子长期生病，四个孙子需要念书，家境十分窘迫。大家都劝他说："你是老红军，有困难向组织写个报告就可以解决了。"谢宝金却说："现在的生活比以前好多了，但国家还不富裕，不能向国家伸手，要自立自强。"

谢宝金有四兄弟，他本人排行老二，子侄们都求谢宝金这个老革命找老战友出面安排工作。谢宝金回答："要靠自己勤奋创造，不能靠我，我也不会帮你们。"

侄儿谢林贵原是五金厂的一名工人，当过兵，曾冒充谢宝金的名字去赣州市某干休所吃饭。谢宝金知道后，狠狠地批评了谢林贵一顿，说："以后谁打我的招牌骗吃骗住，就不要再死回来。"

有一次，孙子谢道元打着谢宝金的幌子到县人武部报名参军，谢宝金知道这件事后，亲自到人武部将他撸下来，并告诫他，以后不能靠他走后门。

谢华元是谢宝金的第二个孙子，他胆子大，一次打着宝金爷爷的旗号到赣州市行署专员那里要求工作。行署专员也是个长征干部，知道谢宝金从不求人，见他的孙子来要求工作自然高兴。谢宝金知道后，专程坐车到赣州，找到这位行署专员，捶桌子发脾气，坚决不让他为自己孙子安排工作。

"文革"期间，造反派从地主家抄家抄出了许多名画、银圆等物件，交给谢宝金保管。银圆用装米糠的木桶盛装，有六七桶之多。孙子谢新元偷偷拿了一只水烟筒去玩，被谢宝金发现后，连他的被子都扔出去了，一个月不敢回家。

1976 年，已离休的谢宝金，受老战友、外交部副部长马文波邀请去北京，侄子谢林贵和孙子谢华元陪同，住在总参招待所。谢林贵没见过世面，见铺在地上的驼绒地毯十分好，就与谢华元合计，这个东西搞回去作毯子很洋气。于是，谢林贵打着谢宝金的名号向招待所领导要一块带回去，招待所领导觉得人家是长征干部，要一块地毯不过分，就给了。

临上飞机，谢宝金发现谢林贵和谢华元拿着一卷地毯，质问来路。谢林贵吞吞吐吐地道出原委，谢宝金怒不可遏，非要他们送回去不可，并对他们提出警告，以后再不让他们跟着自己出门。后来再次去北京，谢宝金真的不带他们，换上其他人陪同去。

富有戏剧性的是，一次谢宝金在北京军事博物馆参观，一眼看到展厅中摆放的发电机，这不是自己背了二万五千里的"老伙计"吗？他兴奋地直往展台上扑。这下可吓坏了一旁的管理员，连忙阻拦，这可是国家一级文物，触碰不得。

谢宝金说，这是我从江西瑞金背到于都，再从于都背上万里长征，一直背到延安的发电机。这东西比自己的命还金贵，如今进博物馆了，我摸一摸还不行吗？

管理员听他这么一说，才知眼前这位老爷子与这台发电机有不同寻常的故事。

谢宝金动情地拍着这台铁疙瘩说，老伙计，你还是老样子，你如今有资格进军事博物馆，不用我背了。这么多年，没有见到你，你知道我有多想你吗？

谢宝金说着说着，眼泪哗哗地淌下来。管理员吓得不轻，生怕老爷子有个什么闪失，赶紧报告到军事博物馆馆长那里。

军事博物馆馆长见这位长征老人如此动情，当场要求谢宝金给军事博物馆全体馆员上一堂课，讲背发电机走完二万五千里长征的故事……

长征路上，谢宝金与"老搭档"段九长，一个背发电机，一个背发报机，一直跟随在毛泽东、周恩来等中央领导人身边，随时准备让"千里眼""顺风耳"发挥作用。无论在何种情况下，只要中央首长说发电、发报，就是他俩最开心的时刻。

新中国成立后，谢宝金、段九长复员回到了家乡，一个分配在岭背乡供销社当收购员，一个回到段屋乡当农民。段九长与毛泽东还有一段故事呢。1954 年，毛泽东寄给他 300 元钱，他建起了四间土木结构的房子后，将剩下的钱又寄回给毛泽东。1961 年，段九长来到北京，毛泽东留下他住了一个星期。临别时，毛泽东给他钱，他不要，认为国家正处在困难时期，不能再加重国家的负担，只收下毛泽东赠送的一缸酒带回家。

那一代长征人，上至党和国家领袖、将帅乃至如谢宝金、段九长这样的普通战士，都有"舍小家顾大家"的"通病"。

于都人民对于长征干部的高风亮节是深有体会的，他们对那些舍小家、一心为公的"傻"干部，都会亲切地赞扬"你就像宝金老子"！

"宝金老子"与他独有的"傻"融为一体，成为一种爱称、一种敬仰，深深刻在人民群众的心底！

烈士遗孀段桂秀

从东北方向蜿蜒而来的梅江，在寒信村突然拐了一个弯，成东西流向将一个硕大盆地分割为南北两半，北面是车溪，南面是段屋。

段桂秀在段屋出生不久，家里人便将她送到车溪王家做了童养媳，从此变成了车溪人。

2019 年 5 月 20 日，习近平总书记在于都中央红军长征出发纪念馆亲切会见 9 位红军后代、革命烈士家属代表，其中有一位烈士遗孀，就是段桂秀。

在中央苏区，有太多的红军离家后，一去不复返。多少年轻媳妇一直守着自己的家，服侍公婆，坚信着丈夫还会回来。

从第一次反"围剿"到第五次反"围剿"，牺牲的红军千千万万，失去丈夫或儿子的媳妇或母亲难以计数！

我在段屋铜锣湾走访了红一军团长征集结旧址，然后到车溪拜访段桂秀老奶奶。段屋到车溪之间隔着梅江，从前要乘船，现在修建了一座桥，从段屋开车到车溪不过几分钟的路程。

在车溪集镇一栋整洁的民宅里，见到了传说中的段桂秀老奶奶，她虽然已经年过百岁，但精神矍铄，行走也很稳健。

段桂秀老奶奶不会说普通话，车溪乡民政所所长郭湖北给我做介绍兼翻译。

红军后代、革命烈士家属与中央红军长征出发纪念馆工作人员合影（前排坐者左二为段桂秀）

　　段桂秀是于都县段屋乡人，户口簿注明是 1920 年出生，她记忆中户口少写了 2 岁，那实际出生年应为 1918 年。她命苦，刚生下还不足月，家人便将她送给车溪乡王家抱养，按当时的风俗，给年长她十二多岁的王金长当童养媳。郭所长指着客厅墙面悬挂的烈士证明书给我看，从中获悉王金长生于 1903 年，系红军战士，牺牲于 1932 年。在段桂秀的记忆中，金长哥哥是 21 岁参军，这样算来，王金长出生年就为 1911 年。段桂秀养子王地长拿出一本家谱来，谱名为"承仰"条目中，这样记载王金长的身世——

　　字极高，生于清光绪三十二年（1906）丙午又四月十三日，殁葬未详。娶段屋桂岭坑段桂秀，生于民国九年（1920），殁葬缺。子一：鸿明（抱养胞弟长子一半为嗣）。

　　如此看来，王金长比段桂秀年长 14 岁。岁月悠长，不识字的段桂秀，对自己和金长哥哥出生的具体年月也逐渐模糊不清了。

　　段桂秀记忆中的"金长哥哥"对她很好："去哪里玩他都带着我，有好吃的东西也先让着我,我一直喊他金长哥哥。"

段桂秀原以为金长哥哥会一直陪着自己,谁知金长哥哥却去参加红军,她多么不舍,想劝他留下来。王金长一边哄着段桂秀,一边跟她讲革命道理,参加红军是为了保卫苏维埃政权,让老百姓过上好日子。段桂秀知道自己拗不过金长哥哥,只好含着泪与自己的金长哥哥告别。

"那一天,我送金长哥哥到车头圩的一棵大樟树下,我为金长哥哥买了一双鞋。"小小的段桂秀知道,金长哥哥这次出门要走很远的路,她希望金长哥哥穿着自己送给他的鞋子回家。

当时,金长哥哥把自己身上穿的一件旧衣服脱下,仔细叠好交给了段桂秀,还把身上仅有的几块钱从口袋里掏出来塞到她手中,告诉她:"我至多离开三五年,你一定要等我回来。"

段桂秀每每回忆至此,那个场景历历在目。年轻的时候,她常常一个人躲在暗处落泪,时光过去快 90 年,段桂秀老奶奶讲起这件事,眼角还微微泛红。

金长哥哥走后,家里只剩下王金长的妈妈和王金长年幼的弟弟与段桂秀相依为命。生活困难时,妈妈需要外出乞讨才能勉强维持生活。段桂秀 16 岁时,中央红军长征,于都又回到了暗无天日的国民党统治时期。她每天靠挑石灰、挑煤炭挣取生活所需。挑一担 100 斤的石灰或煤炭,只有 2 毛钱的工钱,她每天要挑二三十担,来来去去得走几十里路。

天天盼、月月盼、年年盼,段桂秀由少女变成了大姑娘,自己的金长哥哥一直没有回来。村里去当红军的不止金长哥哥一个人,有的牺牲在战场,有的负伤后回家,但段桂秀始终坚信金长哥哥会穿着自己送给他的鞋子回家……然而,日子数来数去,金长哥哥都没有回来。

娘家的哥哥见段桂秀苦守着这个家,劝自己妹妹改嫁。段桂秀脑子里总是浮现金长哥哥离别时的情景,自己花几毛钱买来一双布鞋,金长哥哥说留着这双鞋子,到时穿着它回家。她绝不相信金长哥哥会骗自己,他肯定会穿着这双鞋子回家的。

不知等了多少个"三五年"，金长哥哥仍未归来。

原先，她觉得参军就是为了打仗，仗一直在打，她当然无法确定金长哥哥什么时候才能回来。后来仗打完了，金长哥哥也没有消息。

是金长哥哥迷路了吗？还是金长哥哥忘记了自己，在外面找了别的女人呢？

直到1953年，她等来了一张烈士证明书，人们告诉她，王金长牺牲了。段桂秀不接受这个事实，她仍然觉得金长哥哥没有死，总有一天，他会穿着自己送的鞋子回家来。她说，我答应了金长哥哥要照顾好这个家，我就要一直等他回家。

段桂秀有一股执拗劲，吐口唾沫也能成钉子。她说过的话，即使时间发生了迁移，她也不改初衷。在她的人生哲学里，即便金长哥哥真的死了，她也不会改变什么。

段桂秀实诚勤快，做的饭菜也香，有人推荐她到车头供销社食堂做饭，每月有30元的工资，解决一家人的生活没有问题，她很乐意地接受了。车头供销社食堂吃饭的人不少，做饭的人只有她一个。从早上3点起床做饭，烧的是煤火灶，先用水煮熟米，再滤去米汤放在甑里蒸，一顿饭得忙活三四个钟头，7点准时开饭。早饭忙完就接着忙中午饭，买菜、洗菜，又是一番忙碌，到中午12点，吃饭的人就来排队。下午2点，无论如何需要休息2个钟头，因为晚餐也不轻松，能够赶在晚上8点下班就不错了。一天工作十五六个小时。

"那时做饭用的水，我要去很远的车溪中学挑来，食堂一共三个大缸，全部要挑满。"段桂秀说，食堂做饭很好，比挑石灰、挑煤炭要好一百倍。

劳累虽劳累，但段桂秀劳累得很有成就感。她用挣来的钱给小叔子成了家，她很开明，小叔子成家后另立门户分了家。

1960年，段桂秀的婆婆也去世了，王家老宅只剩下段桂秀一个人默默坚守着。"虽然剩我一个人了，我也不敢离开，我怕金长哥哥回来找不到我。"供销社的人有的知道她的身世，要给她介绍男人成家，但段桂秀仍然坚持要等她的金长哥哥回家。

1965 年的一天，小叔子提出将自己 9 岁的大儿子王地长过继给哥哥王金长名下，由嫂子抚养，将来给她养老送终。已是 48 岁的段桂秀每月在食堂做饭有工资，养育一个孩子并不困难。何况自己与金长哥哥并无骨血，到了这个年龄，按照当时的乡俗，也需要有人承继香火。她感激小叔子对她这个嫂子的尊重，从此，她也有了名义上的儿子，她供他读书，养他长大。

慢慢地，养子地长也到了娶媳妇的年龄，像当年自己为小叔子办婚礼一样，她又为养子地长风风光光地娶了媳妇，然后，顺理成章地有了孙子、孙女，她幻想等金长哥哥回来，一家人团团圆圆地过日子……

这一等就是 88 年！

转眼进入新时代，段桂秀的生活也发生了变化。她每月要去车溪乡民政所领取养老金，与民政所所长郭湖北便熟悉了起来。在不多的言谈中，郭湖北得知段桂秀老人一直有个愿望，想找到王金长的名字或照片看一看，让自己 88 年的思念有个完美的结局。

郭湖北带着段桂秀来到于都中央红军长征出发纪念馆。纪念馆内有一面草鞋组合的中国地图，段桂秀老人双眼盯着那一双双草鞋，陷入了沉思，也许是想起了当年送给金长哥哥的那双鞋。她用手抚摸着墙上的草鞋，久久不肯离去。

这次进城，段桂秀在纪念馆看到了许多红军时期的物品，勾起了她的回忆。遗憾的是，纪念馆里并没有金长哥哥的名字和物品，她心底反倒更加空落落的。郭湖北看段桂秀老人失望的眼神，安慰她道，明天我再带你去找王金长的名字，一定能找出来。

因为工作忙，郭湖北差点忘记了对段桂秀老人的承诺。段桂秀没有忘记，她迈着小步来到民政所问他，你不是要带我去找金长哥哥的名字吗？

郭湖北看时间不早了，便告诉老人下次带她去找。老人执拗劲来了，说："不行，你现在就带我去找吧，去看一下。"

郭湖北拗不过老人，当即推掉一切工作，带着老人再次来到县城。郭湖北领着老人来到革命烈士陵园。望着英名墙上一排排名字，像当年他们列阵的队形，段桂秀分辨不出自己念叨了88年的金长哥哥排在哪一行、哪一列。

郭湖北带着她一个一个辨认，突然，他喊了声："王金长！"

那个魂牵梦绕的名字，终于出现在老人的泪眼面前。墙上没有照片，老人不识字，她抚摸着那三个笔画不多的字，喃喃自语道："守了你一辈子，你也不来看望我，只好我来看你了。现在我生活过得很好，一个月领得两千多块钱，全靠党、全靠政府的关心和照顾，才有了今天这个幸福的家。如果说，还有什么不美满的话，那就是没有你金长哥哥啊。"

段桂秀老人多想告诉金长哥哥，每一次曾孙辈从学校领回来的奖状，自己都会整齐地贴在金长哥哥的烈士证明书下面，为的就是让金长哥哥知道，这个家庭如今四代同堂、其乐融融了。

段桂秀看见王金长的名字周围刻满了其他人的名字，问："这些，都是战场上牺牲的烈士的名字吗？"老人用手掌抚摸着这些名字，向郭湖北求证。

当看见郭湖北肯定地点点头时，段桂秀老人双手拍打着英名墙呜呜地哭起来了，声音嘶哑着，没有了年轻时的清灵，但明显是压抑了88年的那个腔调。她现在终于知道，金长哥哥再也不会回来了……

无独有偶，在于都县小溪乡高田村，我访问了生于1918年的老红军罗长生，与段桂秀同龄，如今都是跨越百岁的老人。虽说罗长生已是103岁了，但他身体还相当硬朗，经常到村子里四处走动。跟他谈话，思维清晰，还能回忆不少参加红军的事。作为80多年前红军与苏区的亲历者和见证者，他的讲述无疑是红军和苏区的"活标本"。循着他的声音，我仿若也进入了那个战火硝烟的年代。

罗长生 12 岁时参加红军，给独立营一位连长当警卫员。他的嗓子里似乎掺杂了太多岁月的烟云，有些沙哑地说："小时候家里穷，母亲脾气暴躁，我做错了事，母亲就打我。我一气之下跟红军队伍跑了。"

12 岁的年纪，身高还不及枪高，罗长生跟着部队到龙南，部队为毛泽东率部打南雄做外援。打完仗后，部队在于都休整开会，会后在兴国住了一周，

老红军罗长生

又去打永丰。之后，罗长生所在部队又去福建。他至今还记得，"国民党的飞机朝下面扔炸弹，就像屙屎一样"。

后来，罗长生跟随部队到瑞金九堡休整，住了大半年，学习三操两讲。他进入兵工厂，到每家每户去收购废铁锻造枪炮子弹。

干了几个月，就开始长征了，带不走的铁锤东倒西歪，人走厂空。这时候，父亲生病，他回家看望，不几日，剩下最后一口气的父亲咽气了。本来说好还要返回部队的，可是家里没有劳力，母亲不让他走。他无奈就留下来了……

岁月不居，时节如流。今天，在新长征路上，有段桂秀、罗长生这样的百岁长者与我们一起迈步，更要不忘初心、牢记使命，重整行装再出发！

一家一部苏区史

在原中央苏区赣南革命老区，"八子参军"的故事被广为流传。歌舞剧团、采茶剧团纷纷将它搬上舞台，电影也随之将它搬上荧屏。

"八子参军"确有真实典型。当年瑞金沙洲坝下肖区农民杨荣显夫妇，将 8 个儿子全部送上前线，后来都牺牲在反"围剿"战场。这件事可从当时的中华苏维埃临时中央政府机关报《红色中华》的报道中找到印证——

> 下肖区七堡乡第三村有一家农民，他们共有弟兄八人，在这次动员中，他们八弟兄中，有一个很勇敢的报了名当红军。但是后来他们和邻人谈话的时候，却听见邻人说："你们八弟兄只去了一个当红军，这倒也没有什么稀奇"，所以他们便一怒而全体报名加入红军，日前他们已集中到补充师去了。

无独有偶，于都县银坑镇窑前村钟招子有 10 个儿子，8 个当了红军，只留下最小的两个儿子与自己相依为命。丈夫早逝，钟招子挑起了家庭的重担，一边抚养幼子，一边挂念着出征的 8 个儿子归来。时光荏苒，岁月如梭。1949 年，人民解放军进驻于都。钟招子守候在队伍的必经之路上，期待日思夜想的儿子会跳到自己眼前来。她拉着子弟兵一个个询问，但得到的答复让她的心冷到冰点，没有谁知道她 8 个儿子的一丁点消息。

据钟招子的孙子曾华昌介绍，小时候，他经常会听到伯父和父亲讲述家里 8 个兄长参军的故事，其中有一个兄长武功了得，惯使一把大刀。村里人都说，像他这样的功夫，应该斗得过敌人，是最有希望活下来的人。奶奶在世时，每当天黑，她都会在村里的老樟树上，挂上一盏马灯。奶奶明知 8 个儿子不可能再回来了，但她还是要将马灯点亮，高挂在那里，为的是让儿子们归来能够认得回家的路。如果不再挂马灯了，那就是她再也动弹不得了。

银坑镇是苏区时期胜利县的中心，那里家家都有一部苏区史。在平安村，有一位叫张复信的老人，现年 76 岁，父亲一辈也有一家 8 人参加红军，全部战死沙场的故事。

2019 年 5 月 20 日，习近平总书记在于都县中央红军长征出发纪念馆，亲切会见了红军后代、革命烈士家属代表，当总书记握着张复信的手，问他家什么情况，生活怎么样，张复信回答："我家 8 个革命烈士，我妈妈是苏区时胜利县的妇女部长。现在生活一天比一天好。"

张复信的母亲钟桂英，是琵琶村人，1910 年 3 月生，1928 年 3 月参加了桥头暴动。随着苏区的壮大和发展，钟桂英也逐渐成长为一名坚定的苏区女干部，后来当上了胜利县妇女部长。1934 年 10 月，中央红军长征后，国民党军进占苏区，钟桂英落入敌人魔掌。一番严刑拷打，钟桂英毫不屈服。敌人放火烧了她的房子，把她拴在牛栏里，四周堆满禾草放火烧，她被乡亲们抢救出来，全身皮肤大面积烧毁……为了苏维埃、为了人民，钟桂英牺牲了一切，她对革命的忠诚有目共睹。

一次宗族修家谱时，族里发现张复信家出了 8 位烈士和 1 位苏区妇女部长。很快，张复信家"一门九忠烈"的故事就传开了。赣州市委党史办得悉后，通过查阅烈士证、户口簿、族谱、烈士档案等途径，对张复信家"一门九忠烈"情况进

1932 年 7 月任胜利县妇女部长的钟桂英

行了核查，确认张复信一家，苏区时期有 8 位烈士、1 位苏区干部，具体为：

钟桂英：系张复信母亲，1910 年 10 月出生，1932 年 7 月至 1933 年 12 月任苏区胜利县妇女部长，1994 年逝世，系苏区干部。

张相保：系张复信叔公，1911 年出生，1928 年参加红军，红一军团二师三团团长，1933 年在广东省水口镇牺牲，系红军烈士。

张业萱（小名张长生）：系钟桂英前夫，1909 年出生，1930 年参加红军，独立团战士，1934 年在江西省吉安市牺牲，系红军烈士。

张业万：系张复信堂伯，1907 年出生，1933 年参加红军，模范营战士，在北上抗日战斗中牺牲，系红军烈士。

张水生：系张复信堂伯，1908 年出生，1933 年参加红军，1933 年在江西省吉安市牺牲，系红军烈士。

张业波：系张复信堂叔，1910 年出生，1933 年参加红军，补充师战士，在北上战斗中牺牲，系红军烈士。

张业伟（又名张业蔚）：系张复信堂叔，1913 年出生，1931 年参加红军，少共国际师战士，1934 年在江西省瑞金市牺牲，系红军烈士。

张复芹（又名张复琼）：系张复信堂兄，1910 年出生，1930 年参加红军，红五军团战士，1933 年在福建省牺牲，系红军烈士。

张复瑶：系张复信堂兄，1916 年出生，苏区时参加红军，革命烈士，殁葬失考。

真是一家一部苏区史，男女老少皆忠烈。

在银坑，生态园饭店的经理凌彩亮跟我讲述了他外公的故事："我的外公钟士灯家里七兄弟，有六个兄弟当了红军。如果再有两个兄弟，也就成了'八子参军'了。红军长征前，进行了最后一轮扩红，外公是家中老大，带头参加红军，其中四个兄弟在长征途中牺牲了。外公走完了二万五千里长征，后来在抗日战场平型关战斗中牺牲——我表哥到过平型关，在平型关战役烈士纪念碑上找到了外公的名字。六兄弟中的老二钟士喜存活下来，新中国成立后在沈阳军区任职，后来在南昌军分区任司令员。"凌彩亮的爷爷也是复员伤残红军，故事有些奇特："我的爷爷凌步发，1931 年参加红军。第五次反'围剿'广昌战役时是红三军团的一名班长。当时部队撤退，连长负伤。他背着连长跳过一道水沟时，不料被对面的树杈叉到左脸，当时鲜血直流。半边脸被树杈叉掉了，后来成了凹面。1934年因伤残退伍，后以补锅为生。一次去永丰县补锅路过东固茶亭，见国民党查岗，怕暴露复员红军身份，便把随身带的复员证藏在茶亭附近的石缝里，后来去找没有找到，他的红军身份就失去了。解放后，按照规定，本来可以享受伤残军人待遇，但没有证件，又找不到证人，无法享受抚恤金待遇，后于1978 年去世，那年我 11 岁。"

银坑镇副镇长凌步煌的爷爷也当过红军，故事别有趣味：爷爷凌和淦，1933 年 8 月参加红军，由于作战勇敢，很快成为红五军十三师三十九团二营五连副连长。1934 年 10 月参加长征，部队白天宿营，晚上行军。白天躲在山里，送饭的队伍挑着装饭菜的铁皮桶，由于铁皮桶反光，引来敌机一阵扫射。一颗子弹飞来，从凌和淦左胸穿透到背部，打了一个大窟窿，血流不止。幸亏地方担架队及时抢救到后方医治，保住了一条命。伤好后，凌和淦被安排到地方部队医院当护理工，负责护理一位受伤的团长。当时团长看他年轻，问他有没有结婚？他说结婚了，孩子还未满周岁。团长为凌和淦办好退伍手续和伤残证明，发了路费批准他复员。爷爷回家，把伤残复员证藏在冷水坑的茶亭砖缝里。解放后评为三等甲级伤残军人，有抚恤金待遇。凌步煌说："在银坑的凌姓人家，三兄弟、四兄弟同去参军的也不在少数。"

在于都孟口渡口，这里也是当年中央红军长征渡口，我采访了82岁的杨成祥老人，他当过教师，后到采茶剧团干过 14 年美工、9 年编剧，创作过歌舞剧《迈开长征第一步》。杨成祥告诉我："小时候，父亲常常讲起孟口村 13 名青年参加红军的故事，我的叔叔杨有发孜就是其中一人，当年他才 14 岁，就追随红军队伍踏上了长征路。当时，村里的妇女打草鞋送给红军，村民将自家的门板拆下来支援红军搭桥。红军长征后，白军很快就杀过来了。爷爷知道白军会来找红军家属算账，但没有想到白军来得这么快。他刚跳下河想游到对岸去，就被白狗子一枪打死了。我的父亲逃到南昌做了一名搬运工，躲了两年才回来结婚过日子。叔叔杨有发孜后来一直没有消息，同去的 13 名青年一个都没有回来。直到新中国成立后，我家收到政府颁发的烈士证，才知道叔叔牺牲在长征路上。"

在孟口渡口竖有长征纪念碑，上面清楚镌刻着"中央红军第八军团长征渡口"。1934 年 10 月 17 日傍晚，周昆、黄甦等率红八军团，从这里渡过于都河，开始长征。年仅 14 岁的杨有发孜与他的堂兄弟和叔伯们一起踏上了长征路。红八军团是一支仓促建立起来的部队，1934 年 9 月 21 日组建，整个军团约 10000 余人，枪支不到 3000 支。湘江战役红八军团突围失败，几乎遭遇灭顶之灾。最后收容渡过湘江的人员，战斗人员仅剩600 余人，连挑夫、勤杂人员等加起来，也不过 1000 余人……

有人说，"万里长征路，里里兴国魂"。在苏区时期，当年仅 23 万人口的兴国，参军参战的就达 8 万多人，为革命捐躯的达 5 万多人，全县姓名可考的烈士达 23179 人，长征途中，牺牲的兴国县籍烈士就达 12038 人。中华苏维埃共和国首府所在地瑞金，当年不过 24 万人，却有 11 万人参军参战，5 万多人为革命捐躯，其中 10800 人牺牲在红军长征途中，瑞金有名有姓的烈士有 17166 人。

中央红军长征集结出发地于都，在土地革命时期为建立、捍卫苏维埃政权和保卫革命胜利成果，纷纷踊跃参军参战，参加正规红军的有 56726人，参加地方红军的有 11793 人，支前参战的有 96465 人次。1984 年第五次普查，将漏登的 547 名烈士报省民政厅补入《江西省革命烈士英名

录》中，全县共有革命烈士 16336 人，其中土地革命战争时期的烈士就达
16257 人，牺牲在长征路上的烈士达 11000 余人。

由央视黄金时段播出的 29 集革命历史题材电视连续剧《红色摇篮》
最后一集有这样的镜头：一位老人 8 个儿子都参加了红军，老人临终前想
见自己的儿子一面，可儿子们却全部阵亡了。中华苏维埃共和国主席毛泽
东带着儿子毛毛去给老人送终，说自己是老人的"儿子"，要毛毛叫老人
"爷爷"……

这一情节将全剧推向高潮。《红色摇篮》再现毛泽东、周恩来、朱德
等老一辈无产阶级革命家开辟中央苏区、创建中华苏维埃共和国这一段光
辉历史，感动了亿万观众。

长征精神，成为国家记忆，成为民族血液。

长征精神源头在苏区，是苏区人民铸就了信仰之光。

"长征女神"

采访决战脱贫攻坚事迹，走进于都县桥头乡，记起"长征女神"钟月
林是桥头人，请求领队一定要带我去钟月林故居看看。

桥头的红色文化非常深厚，于都三个"赣南第一"，桥头就占了两个，
即赣南第一支正规工农革命武装队伍和赣南第一块红色根据地。由此可
见，桥头在中国红色革命版图中占据一定的分量。

作为"赣南第一块红色根据地"，桥头成为白色恐怖时代的红色核心，
这里涌现了无数开辟红色根据地的英雄。据《桥头乡志》记载，在册的桥
头籍红军烈士就有 580 多人，经受重大牺牲后，依旧走出了谢明、李致远
这样的开国少将，也走出了钟月林这样的女中豪杰。

战争无法让女性退缩，在长征这样险恶的环境下，女红军被称为"长
征女神"，钟月林就是这样一位"长征女神"。

钟月林，1915 年生，于都桥头乡火草坑人，8 岁时许给人家做童养媳。

1930 年春，中国工农红军来到桥头，她报名参加了妇女会。报名时没有名字，红军女干部就给她取了个"钟玉林"的名字。"玉"和"月"读音相近，不知是哪次至关重要的填表，有人将她的名字写成"钟月林"。于是，这个名字便一直延续了下来。她积极参加站岗放哨、慰问红军伤病员等进步活动，1931 年加入中国共产主义青年团并参加革命工作。

1934 年 10 月 9 日，中央直属团从瑞金出发开始转移，钟月林偏偏患上了痢疾。当时中央直属团团长董必武找钟月林谈话，要钟月林留下养病。钟月林坚决不肯留下，说走到哪里算哪里，走一步算一步，死在路上也无怨悔，保证不拖累部队。董必武看钟月林意志坚定，就给了钟月林一包药吃了。没想到，吃了药，痢疾就好了。

作为"长征女神"，钟月林是幸运的。她在生病的情况下，也坚定信念要跟随部队转移，而同样在名单之列的彭儒、黄长娇，却在出发时因病留在了中央苏区。

中央红军出发时的 8.6 万余名将士，其中究竟有多少名女红军？这是一个未解的谜。我搜集到 30 位有名有姓的"长征女神"，将她们的名字附上籍贯排列如下：

贺子珍（江西永新）	康克清（江西万安）	钟月林（江西于都）
杨厚珍（江西瑞金）	王泉媛（江西吉安）	危秀英（江西瑞金）
刘彩香（江西赣县）	李桂英（江西寻乌）	李建华（江西高安）
蔡　畅（湖南双峰）	刘　英（湖南长沙）	吴仲廉（湖南宜章）
曾　玉（湖南宜章）	邱一涵（湖南平江）	李坚真（广东丰顺）
廖似光（广东惠阳）	陈慧清（广东番禺）	萧月华（广东大埔）
邓六金（福建上杭）	吴富莲（福建上杭）	谢小梅（福建龙岩）
钱希均（浙江诸暨）	金维映（浙江诸暨）	危拱之（河南信阳）
周越华（湖北武穴）	甘　棠（四川宜宾）	刘群先（江苏无锡）
谢　飞（海南文昌）	邓颖超（广西南宁）	李伯钊（重庆）

由于中央苏区是革命大熔炉，这30位女红军，来自五湖四海，其中江西9位、湖南5位、广东4位、福建3位、浙江2位，河南、湖北、四川、重庆、江苏、海南、广西各1位。既有从井冈山走来的贺子珍、康克清、吴仲廉、曾玉等女红军，也有从上海白区到苏区的邓颖超、刘群先、钱希均、金维映、危拱之、李伯钊等同志。

二万五千里长征，如果少了女红军的故事就算不得精彩。她们与男红军一样浴血奋战、艰苦跋涉。一部分女红军克服重重困难，完成了长征；另一部分女红军却在战斗和行军中倒下。女红军巾帼不让须眉，她们像男红军一样战斗，为部队筹来一担担粮食，救助一位位伤员，为伟大的长征唱响一支支催人奋进的战歌，谱写下一页页光辉夺目的长征史诗。

长征途中，不分前方、后方，即使是中央红星纵队干部休养连也可能遭到敌军的袭击。贺子珍和杨厚珍就是在贵州盘县遭敌机轰炸而受伤，留下终身残疾的。那时，贺子珍刚生过孩子，身体还很虚弱，但看到一名躺在担架上的伤员没有撤下来，她奋不顾身地冲上去抢救。盘旋的敌机一阵扫射后又劈头盖脸地投下炸弹。敌机呼啸着飞走了，硝烟渐散，同志们发现贺子珍扑倒在伤病员身上，掩护了同志，自己却倒在血泊中。这位巾帼英雄身上从此多了17块弹片，许多块弹片一直伴随她到生命的终点。

女红军杨厚珍是红九军团军团长罗炳辉的妻子，在一次敌机轰炸中负重伤，幸好抢救及时，才捡回一条命，但还是落下一个三等残疾。身体痊愈后，杨厚珍依旧跟着大部队继续行军，最后顺利地到达了陕北根据地。

30位女红军，虽然一起踏上了长征路，但却有着不一样的命运遭际。李桂红和甘棠（阚思颖）就是在长征路上接受党的安排做地方游击工作，她们没有走完长征路，遭遇了与其他人截然不同的命运。1935年2月初，中央红军集结云南扎西（今威信），她们奉命编入川南游击纵队。1936年冬，经过两年苦战，剩下100余人的队伍被打散，李桂红、甘棠同时被捕……西安事变后，李桂红和甘棠才被党组织营救出狱。

长征演绎了战争史上的奇迹，女红军的遭际更是难以想象，如王泉媛和吴富莲两位女红军，在红一、四方面军会师后，她们编入红四方面军。1936 年 8 月，王泉媛被任命红军西路军妇女抗日先锋团团长、吴富莲任政委。妇女先锋团随西路军渡河西征，在甘肃临泽南部的梨园堡一带与敌血战三昼夜，完成了掩护主力突围的任务。此后，妇女先锋团在祁连山中与敌周旋多日，终因敌众我寡，部队被打散。王泉媛和吴富莲先后被俘，饱受凌辱。

王泉媛脱险后与党失去联系，流亡在甘肃、四川、云南、贵州等地，沿途乞讨回到江西吉安，自食其力。

吴富莲负伤被俘后，敌人以官位利禄诱惑，她丝毫不为所动。面对敌人的百般折磨，吴富莲以绝食斗争进行反抗，最后壮烈牺牲，年仅 25岁……

在"长征女神"当中，钟月林算得上是一位幸运之星。钟月林随红一方面军到陕北，在贺子珍等人撮合下，与时任干部团政委宋任穷结婚。此后，他们共同生活 70 年，算得上是真正的白金婚了。可谁知，当初在苏区时，钟月林曾有过不早嫁人而要"嫁"给革命的故事。

1933 年春的一天，一位熟识的女同志告诉钟月林，最近党中央有一个通知，凡属中央或中央所属部门派出的干部，要尽快到瑞金去。到中央苏维埃政府所在地瑞金去，对一个年仅 18 岁的姑娘来说，多有吸引力啊！钟月林按捺不住自己的激动心情，等待着组织的通知。几天过去，却没有丝毫音讯。钟月林跑到团县委去打听消息，团县委组织部长告诉她，确实有这个通知，但组织上不同意她走。钟月林一听，急得在屋里直打转，后经她再三追问，组织部长才告诉她，因为赣南军区一位负责同志看上了她，想和她结为伴侣。听到这个消息，钟月林吃了一惊，她当即向组织明确表示，自己不想这么早嫁人，坚持要先"嫁"给革命。1933 年 8 月，钟月林被调到中共中央局妇女部工作。

中央红军主力跨过于都河，开始长征。由于这次行动绝对保密，路过于都时，钟月林根本没有机会回家看看，也没有去想这次离开后还能不能回来。每个人一个茶缸、一条白毛巾、一个包，还有一个背粮食的袋子。过河的时候，一个接着一个，跟上，跟上，绝不能掉队。长征路上，女红军最怕的是掉队、生病和负伤，女红军们给自己提出一个口号："不掉队、不带花、不当俘虏、不得八块钱。"生病、负伤，实在走不动的，当时的办法是每人发八块光洋，将人安置在老百姓家里。

长征路上，到达每一处驻地后，钟月林需要执行三项任务：找第二天行动的向导、担架员，筹粮，向老乡租房。

由于环境十分恶劣，长征路上女红军普遍停经。开始时，有的月经来了，浑身有一股说不出来的难受，还得不声不响咬着牙追赶队伍。到了后期，长征路上所有的女红军都不来例假，有的因此终生不育。

长征路上有 5 个女红军生过孩子，那种艰难条件，简直是受罪。钟月林回忆说，记得那时在贵州的白苗地区，中央纵队一早起来行军，大约 8 时许，敌机来了，在天上盘旋，敌人的追兵也紧跟在屁股后头，情况非常紧急，偏偏在这个时候，躺在担架上的陈慧清喊肚子痛，眼看就要生了。

真着急呀，敌机在头上飞，敌人在后面追，枪声都听得很清楚。越着急，孩子越是生不下来，大家一筹莫展。这时候，董必武派人去告诉五军团军团长董振堂，前面有女红军正在生孩子，请他们顶住追赶的敌人。

董振堂很干脆地说："你们不要管了，产妇慢慢生，我们顶着敌人。"他命令一团战士，迎向敌人，展开勇猛的阻击战。

过了两个多钟头，婴儿才姗姗来到人世。阻击战越打越激烈，不断有战士倒下。有人抱怨这个女红军真会挑时间生孩子，牺牲了那么多战士的生命。可是董振堂却说："我们干革命打仗，为了什么？不就是为了孩子们吗？"的确，为了孩子，为了下一代，为了中华民族世世代代的幸福，红军有牺牲却值得，长征虽艰辛却值得。

婴儿带不走，只得用一块白布和棉花包裹好婴儿，连同董必武写的条子留在屋子里，沾满污血的手都来不及擦，就赶紧追赶队伍去了。

贺子珍也在贵州白苗地区生了一个孩子。那天，已经是晚上 9 时多，天黑漆漆的，还下着小雨。贺子珍肚子痛，在一家老乡简陋低矮的茅草屋子里休息，刚刚躺下，忽然阵痛起来……什么东西都没有，就用警卫员吴吉清背的一个脸盆装上水，为孩子洗身上的血污，这个脸盆平时用来洗脸、打饭装菜，现在又成了接生用的盆子。

多可爱的孩子，哇哇啼哭着，但是，不能带，也无法带，贺子珍把钱希均和吴吉清叫来，泣不成声地吩咐道："孩子不能带，你们把他寄养在老百姓家里吧。战争是残酷的，不能怪我们不喜欢后代，实在是没有办法。让孩子在人民当中长大吧……"

过雪山的时候，不能停留，不能坐下，一旦坐下就起不来了。过雪山以前，老百姓告诉她们，过这个雪山，喝点辣椒水就好过。她们照办了，征服了雪山。

过草地，要准备七天的粮食，这七天的粮食从哪里来啊？马圈里头有青稞麦，有马吃了拱出来的，也有马拉出来没有消化的。她们拿一个笤帚、一个簸箕，一扫，再把它洗干净，炒熟了，轧成面。

由于行军紧张，沿途环境恶劣，卫生条件差，经常不洗脸、不洗澡。当时钟月林穿一件旧毛衣，白天晚上都穿在身上，时间一长，毛衣里长满了虱子。

钟月林与贺子珍行军走在一起，她给贺子珍看虱子咬的地方，身上全都咬烂了。贺子珍说你把衣服脱下来煮，把虱子煮死。一煮，果然锅里全是虱子。在妇女工作团，钟月林是年龄最小的，贺子珍特别关心她，经常把自己省下来的东西给她吃，还曾用包手枪的绸子，给钟月林做了一个背心。

1935 年 10 月 19 日，钟月林随中央红军到达陕北革命根据地吴起镇。之后，中央红军终于克服重重困难，到了瓦窑堡，结束了一年来无家可归的日子。

在瓦窑堡，钟月林遇到在长征路上相识的宋任穷。从此，她和宋任穷成了革命伴侣，相濡以沫。

在钟月林的眼中，经过长征考验的红军已经成为一支不可战胜的劲旅。在后来的抗日战争、解放战争和抗美援朝战争中，他们无惧任何强敌，成了一支战无不胜的钢铁之师。

…… ……

小车沿着一条村道，曲折爬到半山腰，想赶在一场大雨到来前看看钟月林的旧居。

车子来到一个斜坡上，右前方有一处民居，向导说，到了。头上的乌云化作倾盆大雨盖下来，我们冒雨冲进民居。房内空空荡荡，住在隔壁的钟树声告诉我，他喊钟月林"堂姑"，父亲与钟月林父亲是兄弟。他记忆中，钟月林在 1958 年回来过，那时候粮食紧张，她带了些马铃薯回来。20 世纪 70 年代她也回来过一次，那时"堂姑"已 60 多岁了。这里还是钟月林孩子京波、真真下放时的住地，当年京波和真真从北京来到母亲老家，还是钟树声到于都去接的。钟树声妻子补充说，京波和真真八九十年代都回来过，还给我们的孩子包了红包。

钟三观是钟月林的亲侄子，从小就随姑妈钟月林到北京生活，一口地道的北京腔，他告诉我："说起火草坑这个地名，还有不少故事。火草坑组，是全县最干旱的地方，整个山庄全是草，一点就着，能不干旱吗？姑妈经常念叨，老家喝水有没有困难呀，家里粮食种得怎样呀？1997 年 6 月 29 日，我记得很清楚，我哥到北京来找我，说喝水确实挺困难的。我姑父、姑妈就为老家建了一口井。"

我问钟月林住的房子在哪，钟三观告诉我："您看到的那个房子的门口，以前是草坪，早年间是我爷爷盖的那个屋，就那么一两间房。姑妈就是在那里出生的。六二年重新盖房，把那个草坪填平，就盖了现在的这个房子。"

离开钟月林故居时，雨渐渐停了。

车子穿过一片松树林，我的眼前似乎看见当初钟月林走出这片山林时的影子，她背着简单的行囊，走出火草坑，踏上革命道路，最后汇入伟大长征的滚滚洪流中……

　　在决胜全面建成小康社会的今天，我们踏上新长征，虽然已经没有了战火与硝烟的考验，但再出发的路上，仍然需要走出一种铿锵节奏，与伟大时代同步奔跑。

第三章
在风雨中锤炼

在实战中培养锻炼干部，打造一支能征善战的干部队伍

嶂下村的扶贫画卷

在与蓝宇的谈话中了解到，蓝宇帮扶的宽田乡嶂下村，其贫困程度完全可以用"一张白纸"来形容，他和队友们在这张白纸上描绘了最新最美的图画。从这个意义上来说，蓝宇就是一名"画家"，因为他在嶂下村这张白纸上画出了一幅不同寻常的扶贫画卷。

蓝宇，曾长期在乡镇担任党委委员、人武部部长等职，后调任于都县口岸办主任。2015年7月，转任于都县能源办主任，此时，精准扶贫在全国轰轰烈烈地展开，蓝宇所在能源办对口帮扶宽田乡嶂下村，他担任"大村长"，全面负责嶂下村的脱贫攻坚工作。

蓝宇告诉我，当父亲听说自己要去扶贫，特别叮嘱他回家一趟。父亲从抽屉里拿出一张缺边少角的革命烈士证，指着上面的名字"蓝南斗"说："这是你大爷爷，牺牲在长征路上。蓝南斗牺牲后，你爷爷蓝太阳将我过继到他名下，我就承担着'一子顶两房'的重任。"父亲一边讲述家史，一边谆谆教导蓝宇，现在党中央的精准扶贫政策深得民心。你是烈士后代，一定要好好干，让老表真正过上幸福的日子，这才对得起那些长眠地下的先烈。

父亲的一番话，深深打动了蓝宇。一种"初心"的东西在他的心底涌

动，他感觉到了肩上的"使命"，脸上顿时多了一层凝重。

蓝宇开着皮卡车，在凹凸不平的山路上颠簸，足足花了一个多钟头才进入嶂下村。那时的入村公路，还是砂石路，坑坑洼洼，对轮胎的损伤非常大。蓝宇说，进村的头一年，光轮胎就换了三次。直至 2019 年上半年，嶂下村才开通了水泥路。

嶂下村也并非"一张白纸"，它拥有土地面积 5.1 平方公里，其中耕地 538.4 亩、林地 7000 亩。全村有 9 个村民小组，144 户 741 人，其中建档立卡贫困户 60 户 263 人，村民的房舍分布在海拔 400 米至 800 米的山地间。

蓝宇和本单位扶贫干部来到嶂下村，首先将 60 多户贫困户采取包干的办法分配给每一名扶贫干部。所谓"因村派人精准"，就是要使帮扶干部和贫困户精准对接，责任明确。蓝宇挑了村里出了名的 8 户贫困户作为自己的帮扶对象，其他副科级 5 户、股长 3 户，每名干部都分配了对口帮扶贫困户。

于都为了增强脱贫攻坚力度，在派驻第一书记的基础上，实行"大村长"责任制。"大村长"由县直单位一把手担任。脱贫攻坚是一项艰巨复杂的工作，就以嶂下村来说，为了确保脱贫攻坚取得最后胜利，在帮扶干部的匹配上，就有驻村领导、驻村干部、第一书记、常驻队员、村书记、村主任、包组村干部、结对帮扶干部和村扶贫专干等"九职"人员，这些人员都由"大村长"统管。按照"大村长"工作职责，蓝宇需要牵头做好脱贫攻坚工作日常调度，对精准识别、精准退出、"两不愁三保障"、问题整改、产业就业落地、扶贫政策落实等底数精准负总责。

蓝宇履职"大村长"后，他有很长一段时间眉头总是打着结。

看到村民们日出而作、日落而息，但从事的却是低效益的劳动。村民们种田，无非是保障自己吃的粮食不用花钱买；种菜，不至于跑到十几里外去买菜吃，但日常的化肥农药、油盐酱醋、衣服鞋袜、锅碗瓢盆，都得花钱。如何让嶂下村的群众增加收入，满足他们对美好生活的向往，这成为"大村长"蓝宇的奋斗目标。

嶂下村海拔高，气温低，光照不足，搞种植显然受到局限，那就只能走养殖一条路。村民日常也养鸡、养鸭、养猪，但没有形成规模化生产，如果要靠养殖作为嶂下村的主打产业，那养什么好呢？

蓝宇说，如同在一张白纸上画画，画得不好，把白纸糟蹋了。起笔很重要，需要气势，需要格局。

蓝宇陷入了深深的思索。

蓝宇是个务实的干部。从2015年8月至2016年4月，大半年的时间，他做了大量的调查研究，一方面召集村里党员、贫困户和村民代表开会，从思想上统一认识；另一方面要大家开动脑筋，想办法，确定养殖产业的方向。

蓝宇召集大家开会，其实就是要灌输扶贫脱贫的理念，脱贫不仅是贫困户的事，也是整个嶂下村民的事。必须激发群众的内生动力，只有群众自觉要求脱贫，扶贫工作才能顺利开展起来。

大家出主意想办法，有人提出各种担心，比如养鸡、养猪怕瘟疫导致亏损什么的。蓝宇不赞同这种想法，驳斥说："如果怕这怕那，那就什么也养不了，最后又回到老路上了，贫困日复一日，何时才能翻身？鸡瘟、猪瘟，既然是一种病，那总有办法对付。这方面我们可以去访问那些养鸡、养猪大户，听听人家是怎么应对的。办法是人想的，不能自找借口拦住致富路。既然人家能养，我们为什么不能养呢？"大家被他这么一问，觉得无话可说。

蓝宇说："我们大家分头行动，想办法去找养殖方面成功的大户参观学习，看人家是怎么发展起来的，眼见为实，这样就会心中有数。"

蓝宇一方面电话征询各路朋友，请他们提供养殖示范户；另一方面在网上搜集资料，确定参观目标。

大半年时间，蓝宇的皮卡车轮子一直转动着，只要听说哪里的养殖做得好，他都会亲自去实地考察，搞调查研究。

他到过于都县黄麟、罗江等乡的棘胸蛙养殖基地，也到过宁都考察过养鸡、养蛙、养猪项目。

他到过进贤、兴国参观养虾、养黄鳝等水产养殖项目，也到过信丰观摩养蚯蚓项目。

听说闽西那边养槐猪很成功，他一次次开动脚力，前往调研，上杭、武平、长汀等地都留下了他的足迹……

每每参观一个养殖示范户，蓝宇都会将这个养殖项目在脑子里置换到嶂下村，比对它在嶂下村养殖的优势与劣势。这些项目，首先在他的脑子里过滤，如果被他否定的，就没必要带回村里讨论。有的项目他本人觉得不错，就搜集资料、拍照，带回村与大家一起讨论，大家觉得可行再领着村民代表前去复核，村民代表统一意见后，又回到村里与大家开会，形成统一认识。如此反复比较，反复考察，反复研究……这一圈跑下来，蓝宇的皮卡车表盘上的公里数竟然蹿升了13000多公里，蓝宇开玩笑说，这是嶂下村扶贫路上的"万里长征"。

一幅长卷在蓝宇的胸怀里徐徐展开。综合各地的成功经验和嶂下村的实际情况，大家一致决定将麻花蛋鸡养殖作为嶂下村发展的基础产业，其他诸如养羊、养槐猪等，就由对项目感兴趣的贫困户自主选择。

为什么确定麻花蛋鸡作为嶂下村的基础养殖产业呢？

首先，养鸡作为小农经济，家家户户都养过，容易被贫困户接受；其次，养鸡成本低，投入少，一只鸡苗从投入到养大，成本不足20元，养100只，投入也才2000元，小投资才更有推广、普及的可能。

要让村民致富，需要有极好的耐心。有些贫困户平时懒散惯了，你一心想着为他们致富，他们也不一定领情。有的贫困户就说了，抱回那些雏鸡，养不活怎么办？

蓝宇办法多，他从帮扶资金里拿出钱来先买蛋，然后送到孵化场孵出鸡仔，再将鸡仔送到有养殖经验的师傅那里饲养40天左右。这段时间，每一只鸡需要注射5次疫苗，鸡达到约1.2斤。看着这些活蹦乱跳的鸡，贫困户担心养不活的想法早丢到九霄云外去了。

贫困户根据自身的条件领养数目不等的鸡，有的领养 50 只，有的领养 100 只，还有的领养 200 只、300 只……第一批下来，就发放了 1700 只鸡。

蓝宇幻想着这些鸡几个月后就会生出一个个麻黄的金蛋来。他的画笔正在画着一个又一个的椭圆……

然而，事情出乎他的意料之外。还不等这些鸡生蛋，转眼到了年关，一些鸡贩子耳闻嶂下村养了大批麻花鸡，一齐蜂拥到村里出高价收购这些吃米吃谷的麻花鸡。不等扶贫干部反应过来，贫困户们就已将卖鸡的花花绿绿票子揣进了荷包。扶贫干部到村民家里清查，1700 只蛋鸡剩下不到 500 只。

这让蓝宇十分郁闷，蛋鸡还没生蛋，就被贫困户当肉鸡卖掉了。扶贫干部们抱怨说，这些贫困户真是烂泥扶不上墙，我们真心帮扶他们，他们一点不知道爱惜。

郁闷归郁闷，蓝宇对扶贫干部的抱怨提出了批评，这件事我们也不能全怪贫困户。他们把蛋鸡当肉鸡卖，我们也有责任。如果我们能早有预防，就不会出现贫困户卖鸡的事情。

是呀，鸡贩子出价高，每公斤 100 元，一只 1.5 公斤的鸡，能卖 150 元。卖 50 只鸡就收入七八千元钱。一些大户卖了一两百只，两三万元钱揣进荷包，现成的钞票谁不会数呀。

这样大的诱惑力，责怪贫困户短视也毫无道理。有的贫困户说："留着生蛋，到时家家户户有蛋，鸡蛋卖不掉怎么办？"

卖了鸡的贫困户都沉浸在收获的喜悦中，没有卖鸡的倒羡慕起那些卖鸡的人来。

蓝宇紧急召集村民开会，说："卖掉的鸡是收不回来了，我们也不予追究，但剩下的一律不准卖。我们养的是蛋鸡，蛋鸡就是生蛋的，不是当肉鸡卖的。你们一定要相信，养蛋鸡比肉鸡要合算，我们不会做让你们蚀

嶂下村民散养的麻花蛋鸡

本的买卖。"

没有卖鸡的村民因为有蓝主任的保证信心大增，他们在等待鸡生蛋的日子到来。卖掉鸡的村民也在暗地里观望，看究竟谁吃亏，反正他们荷包里鼓起来了，这比什么都强。

转眼过了年关到正月，仅剩的 500 多只蛋鸡陆续开始下蛋了，县里田舍郎公司经理曹金祥开着车子来嶂下村收购鸡蛋，每枚鸡蛋按市场价 1.5 元收购。一个月下来，头脑精明的村民算了一笔账：一只鸡每月产蛋 18—22 枚，平均按一只鸡每月产蛋 20 枚计算，一只鸡一个月可产生效益 30 元，一年则可产生效益 360 元。如果养 50 只鸡，一年则有 1.8 万元；100 只鸡，一年则有 3.6 万元；养 200 只鸡，一年就有 7.2 万元……这真是矮子上楼梯，步步高升啊！

那些卖掉鸡的贫困户心里纠结了，他们除了手里的那点钱，再也变不出现金了。他们开始后悔，承认"短视"给自己带来了损失，要求扶贫工作队重新给他们分配蛋鸡，并承诺再也不把蛋鸡当肉鸡卖了。

蓝宇轻车熟路，重新孵化了一批鸡仔，并委托师傅饲养40天，然后分两步给贫困户配发鸡苗：第一，部分卖掉鸡的贫困户，工作队负责给他们补齐。例如，某贫困户第一批养了100只鸡，把蛋鸡当肉鸡卖掉了30只，工作队就给他配30只，仍然保持100只的存栏量；第二，全部卖掉鸡的村民，蓝宇要他们将卖鸡的钱拿出一部分来买鸡苗饲养，等鸡下蛋时，再去农户家点数，如点到100只鸡，再补助给他们100只购买鸡苗的钱。这样做的结果既教育了群众，也起到了真扶贫的效果。

村里有个叫叶发的年轻人，原在上海打工，因为父亲常年有病需要照料，过年回家就没有再去打工了。叶发脑子灵活，也想趁扶贫工作队在村里大力帮扶的形势下把产业做起来。他雄心勃勃，下本钱养了3000多只蛋鸡，成为全村养蛋鸡示范户。蓝宇看叶发这个年轻人是个可造之才，提名叶发担任村文书兼村盈收种养合作社主任。

叶发走马上任当了合作社主任，蓝宇给他布置任务，合作社除了规模化养鸡外，还要做到自己孵化、育苗，为养殖户提供鸡苗。叶发不辱使命，潜心学习孵化、育苗以及家禽的防疫等技术，为村民解决养鸡的疑难杂症。2019年7月，叶发新购两台孵化机，专心致志地为大伙儿孵化育雏。

蓝宇说，叶发这个年轻人不错，他要求上进，还给村党小组递交了入党申请书，现在是预备党员。

自从嶂下村发展养鸡产业后，给村子带来意想不到的良性循环。首先，贫困户变得勤快了，睡懒觉的人少了。俗话说，天上掉金子，也要起得早。鸡到了下蛋的时候，需要早早起床捡鸡蛋，这不就是捡金子嘛。捡完鸡蛋，还要给鸡喂饲料，喂得不及时，就会影响鸡的产蛋效率，哪顾得上睡懒觉。其次，养鸡带动了其他家禽的养殖。养鸡，要求村民学会打预防针。有了这门技术，养鸭、养鹅都不成问题。这样，很多村民实现了鸡、鸭、鹅多种养殖的良性循环。

画纸上已经有了深深浅浅的层次了，蓝宇描画着村民们难得一见的笑脸，画着画着，村民看见蓝宇紧锁的眉毛舒展开了。

为了打品牌，合作社为嶂下村的鸡蛋贴了"司旭"的标签，寓意村民的生活像旭日东升，步步高升。

嶂下村的蛋鸡吃的都是自家的粮食和野菜，产的蛋品质好。一传十、十传百，消息不胫而走。田舍郎公司作为嶂下村鸡蛋的唯一代理商，每天到村里来收走 5000 多枚鸡蛋，市场供不应求。头天没有买到的客户，等也要等到第二天再来买。除了田舍郎公司经销外，合作社也设计了快递包装，每箱 30 枚，可通过网店销售到全国。

5 年的扶贫，原先的贫困户，现在有的成了"百万富翁"。蓝宇说的"百万富翁"，是槐猪养殖户肖庆波、肖红阳父子。

当初，蓝宇在福建上杭一带考察槐猪养殖，觉得这个项目移植到嶂下村非常适合。他返回村里，组织村民开会，看有没有对养殖槐猪感兴趣的村民。话讲到一半，贫困户肖庆波就打断他的话头，说："蓝主任，村里发展蛋鸡产业路子对了，现在一些在外面打工的年轻人都有意回家来发展产业。你刚才说的养槐猪这个项目不错，我儿子不打算出去打工了，他愿意回家搞养殖，你带他去看看行吗？"

蓝宇说："那你先领我去你家看看。"他要考察一下肖庆波家附近有没有养殖场地。

肖庆波高兴地领着蓝主任来到自己家，端茶倒水。蓝宇见到肖庆波儿子肖红阳，个子高挑，做事勤快，人也很本分。在外打过工的肖红阳，头脑灵活，是搞养殖的好料。养槐猪是放养，需要一块山地供槐猪撒欢儿。肖红阳指着一个山窝说："这里，养几百头猪肯定没有问题。"

蓝宇走进山窝，觉得这是一个养槐猪的好地方，他拍了一下肖红阳的肩膀说："兄弟，该你发财了。明天我们就到上杭去，你带上钱，看准了当天就把槐猪拉回来。"

翌日，蓝宇开着皮卡车，捎上肖庆波父子就上路了。

来到上杭一个山村，肖庆波父子看到漫山遍野的槐猪，有的在山地上悠然自得地拱着地里的土，寻觅着食物；有的躺在地里与世无争地晒着太阳……肖庆波父子看得入迷，脑子里放起电影来，似乎这些猪正在嶂下村自己那片山坡上、荒地里撒欢觅食拱泥地呢。

父子俩二话不说，当即决定买十几头槐猪带回村去。老板很有经验，给肖庆波父子一个优化配置：2头带孕的母猪、1头公猪、3头小母猪，还有7头大小不一的肉猪，总共13头，1.5万元还包运费。

这些槐猪一运到嶂下，肖庆波父子就将它们放养在家附近的山坳一块坪地上，槐猪一落地就在山坳奔跑起来，像跑马圈地一样，这块地方就算是它们的了。肖庆波父子俩在山坳一侧的坪地搭建了一个茅草棚，供喂养和雨雪天气槐猪栖身之用。槐猪除了野外觅食，也需要饲养，吃的是麦麸、红薯、谷子，全是生态链食物。在茅草棚喂食可以达到三个目的：一是为了形成条件反射，让在野外的槐猪定期回家；二是保证每个发育阶段的营养供给；三是恶劣天气为槐猪提供躲避风险的场所。蓝宇像一个饲养专业户，他说，定期喂食，能最大限度地缩小猪之间的成长差距。

自2016年冬天开始饲养到2017年冬天，经过一年的繁殖和饲养，由最初的13头槐猪发展到了60多头。肖庆波父子开始将第一批肉猪宰杀投放市场，投资终于变成收益，父子俩脸上露出了难得的笑容。到2018年冬天，肖庆波父子饲养的槐猪存栏达到200多头，父子俩尝到了甜头。

槐猪的繁殖能力强，一窝产猪仔12头，一头母猪两年可产5窝即60头，如果饲养10头母猪，两年后就能繁殖600头。到目前为止，肖庆波父子饲养的槐猪存栏达500头，其中母猪有70头。每一个圩日，肖庆波父子都会到市场宰杀2至3头肉猪，一头猪90—110公斤，零售每公斤60元，一头猪的销售价可达6000元左右。按现有存栏，肖庆波家的槐猪价值达300万元，正如蓝宇所说，贫困户一跃而成了"百万富翁"，真的名不虚传。

蓝宇告诉我："榜样的力量是无穷的，不仅有嶂下村民养起了槐猪，连附近村子的村民也学肖庆波养起了槐猪。一个人富不算富，大家富才算真富。肖庆波父子也毫无保留地将饲养经验传授给村民。"

故事讲到这里，我非常感慨，原先觉得"扶不上墙"的贫困户，现在成了"致富标杆"。

这一幅槐猪牧放图，在蓝宇的笔下，浓墨重彩地勾勒着。

蓝宇在村里开会时呼吁，希望村里出外打工的年轻人能返乡，与扶贫工作队一起共同打造村里的产业。发展产业需要年轻人的参与，如果一个村子只有老人和留守儿童，那这个村子还有什么希望呢？

叶发、肖红阳等年轻人回来了，在蓝宇等扶贫干部的支持下，搞起了养殖产业，走上了小康路。

这天，嶂下村来了一对年轻夫妻，他们打听谁是"大村长"蓝宇。蓝宇正在布置工作，停下手头工作，问他们有什么事。

经过一番交谈，蓝宇知道男的叫袁上福，是珠田村里田组人，在广东打工认识了四川女孩黄蓉碧，两人结为夫妻。袁上福说，看到嶂下村搞养殖产业红红火火，也想返乡搞养殖，希望得到蓝宇的帮助。

听说袁上福想返乡发展产业，蓝宇很高兴，尽管来人不是嶂下村民，但蓝宇表示愿意帮助他。了解到袁上福的两个孩子在家里当"留守儿童"，蓝宇更加鼓励他们返乡创业——耽搁了下一代，挣再多的钱也没有用。留在村里发展产业，这样既能照顾孩子，也可以兼顾老人。

蓝宇问他们有没有养殖经验，袁上福说，妻子黄蓉碧四川老家那边养羊是传统产业，不知可不可以搬到这边来。

蓝宇觉得袁上福提出的养羊项目可行，但不要盲目，要做彻底的摸底调查。搞产业首战成功是关键，一旦首战失利，要挽回影响就难了。他要袁上福找一个养羊专业合作社先培训，有了对养羊的专业知识后，再动手买羊种也不迟。

袁上福觉得蓝宇主任说得对，做任何事都要调查研究，要打有准备之仗。既然想在养羊上大干一场，就得先学本领。他联系了广西一家养羊专业合作社，经过沟通，对方办了扶贫培训基地。袁上福交了3000多元学费，参加了一个养羊速成班的学习，结业后感觉长了本领，亟须一试身手。

袁上福随妻子回了四川老家一趟，到一些养羊专业户那里实地观摩学习，并从四川买了 100 多只种羊回来开始养殖创业……

经过几年的发展，现在袁上福的羊分布在一大片灌木林里，数量有 2000 多只。

一天，袁上福愁眉不展地找到蓝宇，说，羊繁殖快，但销售跟不上，怎么才能扩大羊的销售量呢？他知道蓝主任的点子多。

蓝宇说："这好办啊，县城菜市场那么大，每天卖两只羊肯定供不应求。明天我就给你去与市场管理部门联系，看能不能找两间门店，你租下来专门卖羊肉。这样直销市场，价格卖得高，挣的钱也多。"

袁上福听蓝主任这么一说，茅塞顿开，连忙给蓝主任点烟。

蓝宇挥挥手，说，他不抽烟。

袁上福会做生意，他有意识地让市场保持适度的缺口。羊肉价格高，1 公斤 110 元，一般 1 只羊重 45 公斤，销售额达 5000 元，效益非常可观。按袁上福现有的存栏量 600 只，如果全部销售出去的话，数字是惊人的。

墨分五色，蓝宇浓浓淡淡地勾画着，画中的山羊活蹦乱跳，似乎能听见它们咩咩的叫声。

嶂下村有一个村民叫谢顺秀，因为老公有哮喘病，常年不能劳动，家里还有两个读书的孩子，她不能出去打工挣钱，家里没有任何经济来源，生活十分贫困。

2017 年的冬天，也许是海拔太高的原因，嶂下村比别的地方更显阴冷。蓝宇语音里重复说，那个冬季非常冷，很冷很冷。

一天下午 5 点多，天就要擦黑了。蓝宇与单位扶贫干部收班从扶贫点返回县城，车子开到半路上，村支书刘广昌给他打来电话说："谢顺秀的老公叶于都突发性死亡了。"

蓝宇惊讶道："是怎么死的？"

刘广昌说:"不知道,反正就是突然间在家里就不行了。谢顺秀显然没有能力处理这件事,我们村里几个干部感到非常棘手,蓝主任,你看怎么办?"

蓝宇问:"刘书记,如果是平常,这样的事情,你们该怎么处理?"

刘广昌回答,我们顶多就是凑一点钱,别的也没有什么好办法。

蓝宇临危不乱,以商榷的口吻对刘广昌说:"这件事一定得处理好,这是乡风文明的体现,过去你们怎么办我不知道,但现在有我们扶贫工作队在,我们就不能袖手旁观。你这样——先把村委会的人召集起来,其次把死者本族说话有分量的族人和小组长叫上,再就是把合作社主任叶发叫来,你们先议一议,想办法,我将单位的人送到于都马上就上来。"

三个小时后,蓝宇返回嶂下村,已是晚上8点多了。此时,村支书刘广昌已经将人马召集齐,大家抽烟的抽烟,喝茶的喝茶,七嘴八舌地议论着。

蓝宇问大家:"你们是不是议论出了什么好办法?"

大家你一言、我一语地说:"怎么办?只有凑钱啰,但是我们凑的这点钱又能干什么呢?"

这个时候,需要一个主心骨站出来主持局面。蓝宇转头问刘广昌:"这个事情,是你来说还是我说?"

刘广昌说:"蓝主任,还是你来说吧,你更有办法。"

蓝宇说:"那好,我们今天在这里开一个简短的会议。这个会议讨论的事情,大家不能推诿,一定要执行到位。"

蓝宇指挥有方,他将大家分成四个小组,各自领命,分头行动:

第一小组,由第一书记蓝福和村支书刘广昌负责咨询政策,看民政局、扶贫办有什么具体针对贫困户死亡的政策,比如火化、安葬费等,把政策用起来,要求立马打电话,半小时之内把情况汇总。

第二小组,由族人和小组长负责把死者家里的亲朋好友召集起来,形成一个理事会,也要求在半个小时之内完成。谁家都有急难的时候,要告诉大家，主动靠前，不能把这个事情丢在这里。

第三小组，由村妇女主任负责组织村里妇女做好后勤工作。如果死者家里没有米、没有菜，我们从自己家里带一点过去，要确保在他家里做事的这些人有水喝、有饭吃。谢顺秀一个女人在家里六神无主，小孩子又还小，大家都不知道怎么办，所以我们要主动靠前。

第四小组，由合作社主任叶发负责，写一个捐款倡议书，利用合作社组建的微信群发布消息，争取在外打工的年轻人的支持。

话音刚落，蓝宇从口袋里掏出600块钱，拍在叶发面前的桌子上说："把我的名字写在最前头，村书记也凑600块钱写到第二名，然后是我们单位的扶贫干部和村干部开列一个名单；其次，动员村里党员、村民代表和村小组长，让他们发动大家一起援助；最后，动员在广东、福建打工的小有成就的这些人，让他们发起捐款行动。"他最后嘱咐道，在微信上要把气氛搞活跃一点，让大家都能心往一处想、劲往一处使，把工作做好做扎实。

不到一个小时，四个小组都来汇报：咨询政策方面的情况来了，族里和村里办事的人也来了，烧水、做饭的妇女们也组织起来了，捐款也一下子凑到8000多元钱……

死者的后事处理完后，大家松了一口气，但蓝宇叮嘱村干部："这个事情还没完，我们要趁热打铁，继续做好以下文章：第一，向群众宣传文明殡葬、厚养薄葬的新理念，引导树立乡村文明新风尚；第二，要把这种共同帮助、同舟共济的风气，发扬光大，只有大家拧成一股绳，就没有困难能难倒大家；第三，要把善后工作通过微信方式通报给全体捐款人，做到有始有终，以村委会的名义代表死者亲属和族人感谢所有人的支持和帮助。"

这件事极大地促进了乡风文明建设，也让村民对扶贫工作队竖起了大拇指。村民们都说，搁在从前，这个事情还真不知道是怎么样一个结局。扶贫工作队真的是真心实意为老表着想，在我们最困难的时候，你们会挺身而出；在我们最无助的时候，你们会伸出援手，为我们想方设法，把难事做成易事。你们真是我们老表的贴心人！

在嶂下村，乡风文明谁曾提过，也只有蓝宇这位"大村长"高屋建瓴，将这个时髦的词搬到了嶂下村，这幅最新最美的图画里，又有了新的意境。

蓝宇给我讲述他帮扶的贫困户谢青兰的故事。从他的讲述里，我体会到：要做好一名扶贫干部真是不容易，不仅要懂得搞产业，还要对贫困户从生活上体贴入微的关心，才能真正帮扶到那些弱势的贫困群体。

谢青兰是"大村长"蓝宇帮扶的 8 户贫困户中的一户。由于丈夫早年去世，她独自带着两个儿子过日子。所幸，两个儿子长大了，一个 17 岁，一个 19 岁。蓝宇发现谢青兰和孩子眼睛里空空的，对眼前的贫困似乎毫无知觉。什么叫人穷志短，也许就是他们这样的吧。

谢青兰与两个儿子似乎是这个村里的另类，村里人很少与他们家往来。别的人家，要么让人感觉一家人亲亲热热的，要么能听到大人教育小孩的训斥声，但这个家庭冷冷清清，谁也没有话说，像三个哑巴。

蓝宇到谢青兰家里走访，发现她家的房子是一层红砖房，家徒四壁，内墙也没有粉刷，外面的光线能从砖与砖之间的缝隙里透进来。

蓝宇是临近中午到的，谢青兰正蹲在地上做饭。蓝宇很奇怪，她家连灶台都没有吗？地上垒几块砖，上面放着锅，风轻轻一刮，烟忽左忽右飘着。女主人手忙脚乱，一会儿用手背擦着眼睛，一会儿抓着锅铲在锅子里翻炒。锅里炒的是辣椒，把她呛得不住地咳嗽。蓝宇发现女人眼睛里有泪水，不知是被烟熏的还是委屈而流下的。

看到这个情形，蓝宇心里十分难受。

蓝宇走进谢青兰家，连像样的凳子也没有，他和小组长只能站着跟谢青兰说话。

蓝宇问她："你的两个儿子为什么对你没有亲近感呢？"

谢青兰木讷地摇摇头。

蓝宇在贫困户谢青兰家访问

　　蓝宇又说："你自己可能还不知道这其中的问题，我来跟你分析。第一，你没有从生活上去关心他们，我到你家里看了一下。你家里有两张床，你一张，两个儿子合睡一张。孩子这么大了，你说两个大男孩睡一张床合适吗？第二，你们家里的房间，夏天连小蛇都可能会钻进来，冬天能暖和吗？第三，你蹲在地上做饭，烟熏火燎的你自己都受不了，这样怎么能做出可口的饭、炒出可口的菜呢？"

　　蓝宇话没说完，谢青兰呜呜地哭了起来。她肯定受了不少委屈，将两个儿子带大也不容易。蓝宇知道，这么多年，肯定没有人对她说这些话，希望这些话能对她有所触动，从而行动起来改变一下家庭的面貌。

　　不善言谈的谢青兰，眼泪也是她的语言。

　　蓝宇看着默不作声的谢青兰说："我帮你搭一个灶台吧，明天我让师傅过来。灶台搭好后，你就不要在地上烧火做饭了。"

后来灶台搭好，谢青兰买来个新锅，算是告别了十几年蹲在地上烧水做饭的历史。

那年冬天，蓝宇碰上谢青兰的两个儿子回家过年。蓝宇叫住他们，跟他们聊起来，适时掏出 700 元钱塞到其中一个孩子手里，叫他们兄弟俩到街上去挑一张床。蓝宇对他们说："你们可以高高兴兴地分开来住了。我知道你们没有父亲，母亲又没有文化，不懂得关心你们。现在你们长大了，是家里的顶梁柱，要学会关心母亲，她含辛茹苦地把你们养大不容易，你们要学会感恩。"

村里通过民政部门，为谢青兰家申请了两床被子和一台电视机，这样一家人开开心心地过了一个年。

自此，儿子在外地务工会给母亲打电话，逢年过节兄弟俩回来，也会来村部玩。这一家子，现在的精神状态大不同于以前。儿子学会了关心母亲，母亲看见儿子回来，会流泪，会给他们做好吃的。

谢青兰养了 50 只蛋鸡，每年有一万多元的收入，两个儿子打工一年也有三四万元拿回家。

蓝宇的心里一直有个疙瘩，就是谢青兰家透光的内墙。一次，蓝宇跟谢青兰的两个儿子打电话："你们现在打工也能挣点钱了，寄点钱回家，请一个师傅把你家的墙粉刷一下，过年贴张画也好看些。"他们果然很听话，第二年过年，内墙粉刷得雪白，似乎可以在上面画画呢。

由于两个儿子阳光活泼起来，村里的年轻人也会到他家里走动，聊聊外面打工的事。这个家有了前所未有的崭新面貌。

这一家三口的肖像图在嶂下村的画卷里，也许并不显眼，但却是蓝宇真正用心一笔一画渲染出来的。

因为疫情，上述故事都是与蓝宇在微信语音里聊出来的。疫情结束，我来到于都，在嶂下村见到了语音里早已熟识的蓝宇：他个子不高，但眉宇间有一股英气，眸子里闪射着智慧的光彩。

我一家家地走访蓝宇讲述的故事主人公，看袁上福、肖红阳、叶发几位养殖大户养的羊、槐猪和蛋鸡。我到村里看各家各户养殖的麻花蛋鸡，它们在房前屋后觅食，毛色鲜亮，精神十足，为村民生产着"金蛋"。

在叶九月家，我与他站在平台上聊天。他家 5 口人，过去因为孩子多，靠他打工养家糊口，被评为贫困户。扶贫工作队驻村后，叶九月开始养蛋鸡，后来又养猪、养鸭，多种经营。叶九月说，现在蛋鸡还有 50 只，我看见它们在草丛里啄食。

叶九月家前面是一片水田，田埂上有几十只鸭子在悠闲自得地梳理着自己的羽毛。叶九月说，明天要去抓 200 只鸭子来养，鸭苗定金都付了。他一年养三批鸭子，每批 200 只，三批就是 600 只。

我们站立的水泥平台底下是一个猪圈，叶九月养了 30 多头猪。他说，一头母猪正在坐月子，他每天要给母猪敲两个鸡蛋。给牲畜喂鸡蛋，这是我第一次听说。牲畜跟人一样，也需要营养。

我跟叶九月简略地计算了一下去年的收入：蛋鸡 50 只，销售收入 1.8 万元；鸭 600 只，销售收入 3.6 万元；牛 1 头，销售收入 0.8 万元；猪 30 头，销售收入 12 万元，总计 18.2 万元。去除饲养成本，纯收入约 12 万元。

叶九月家的墙壁上，贴着"脱贫之星"的奖状，我竖起大拇指对他说："你致富了。"叶九月咧嘴笑着。他指着自己脸上的一道墨绿色印记说，我打工挖煤 20 年也没有致富，这是挖煤留下的痕迹，已经长进肉里抠不掉了。是啊，这个印记是过去贫困的记忆。叶九月是个开朗的人，他咧开嘴巴一笑，露出一排黄牙来，但这无法掩饰他内心的喜悦。

嶂下村在扶贫工作队的帮扶下，家家户户都有产业，每天都有鸡、鸭、鹅、猪、羊等产生的资金流在村民的账户流动。每个人都沉浸在劳动的欢快中，享受着大自然赋予人间的美好与阳光雨露的惬意。

在合作社，我见到了新近入党的合作社主任叶发，他穿着一身白大褂刚给鸡苗打完疫苗。他介绍说："合作社吸纳全村 60 多户贫困户，每户缴 2000 元入社费，按 20% 年利分红，每个季度通过银行发放。"

村民们对扶贫工作队的工作给予充分肯定，蓝宇和队员们只要走进村子，家家户户都会热情相邀：

"蓝队长，到我们家喝杯茶呀！"

"蓝队长，到我们家吃完饭再走吧！"

在一天天变得富裕起来的嶂下村民眼中，蓝宇和他的扶贫工作队，是党中央和习近平总书记派来帮助他们致富的，是他们真正的恩人！

"你会画画吗？"我突然发出一声询问。

蓝宇指着苍莽的山林，对我说："我们扶贫工作队正在考虑第二个大动作，准备在这里发展一片脐橙园，利用鸡、猪、羊产生的肥料，每家每户种上 50 至 100 棵脐橙。山上种果树，树下养鸡、养羊。"

他答非所问，但我感觉他的回答也恰到好处。

这会是一幅怎样的图景呢？山岚在远山弥漫、扩散，我的思绪漂浮着，眼前一幅山村种养图徐徐展开：果树在长高，鸡在树下扒着食物，羊在树林里悠闲地吃草，槐猪在树下睡懒觉，脐橙像耀眼的金币挂在树上……

有人在大地上一笔笔地画着，画着，终于完成了这幅叫《嶂下新村》的画稿。画画的人有蓝宇、蓝福，有刘广昌、叶发，有肖庆波、肖红阳、袁上福、黄蓉碧，还有谢青兰、叶九月……

"对于扶贫，你最爱说的一句话是什么？"我突然问道。

蓝宇收回目光，望了我一眼，回答说："贫困群众就是我们的兄弟姐妹。"一开始，一些干部抱怨扶贫攻坚，说群众不懂事，烂泥巴扶不上墙。蓝宇就会批评说，只有把这些贫困群众当成自己的兄弟姐妹，就不会有这么多抱怨，也不会觉得扶贫攻坚有什么困难能难倒我们。

我再问："这么多年的扶贫，你最大的感受是什么？"

蓝宇没有直接回答我，而是说了这样一番话——

一次县政协主席到嶂下村调研，问了这样一个问题："这几年，你去过什么地方旅游吗？"

蓝宇哈哈大笑说："我每天在嶂下村'一日游'，脱贫群众的笑脸，就是最美的风景！"

在嶂下村这幅新时代扶贫画卷里，群众的笑脸不正是蓝宇和扶贫干部们用心血和智慧描绘的最美图景吗？

铿锵扶贫曲

> 甜香辛辣龙溪姜，
> 赛过远近十八乡。
> 嫩如冬笋脆如藕，
> 一家炒菜满村香。

这是仙下乡龙溪村扶贫干部和老表们嘴里流传的一首打油诗。第一书记袁勇锋更是张嘴就来，像背诵唐诗宋词中的经典名句一样，抑扬顿挫，趣味十足。这首打油诗，把龙溪村盛产的生姜说得喷香四溢，让人真想亲口尝一下不可。

袁勇锋，"80后"，2016年从县委组织部来到仙下乡担任党委副书记。2017年，袁勇锋到龙溪村调研，开车进村的道路只有3.5米宽，行车极其困难。进到村里才知，17个组只有3个组有通组路，老表们出门只能步行，买卖生活必需品或销售自产生姜等土货也全靠扁担挑运。孩子们上学，则要翻山越岭攀爬一个多小时，如果碰上不好的天气，孩子们都是在泥巴路上滚爬，让人十分心疼……山高路远的龙溪村，自然条件恶劣，是全县脱贫攻坚最难啃的硬骨头之一。

袁勇锋主动请缨，立下军令状，一定要啃下这块硬骨头。

龙溪村是"十三五"贫困村，地处高山峻岭之中，平均海拔600多米，大部分房屋都建在半山腰和坑沟里。全村17个村小组，487户2655人，其中建档立卡贫困户158户752人，当年贫困发生率达28.32%。

袁勇锋扛着铺盖进村，龙溪村不脱贫，他就不下山了。一开始住在老表家，他骑着摩托车，跑遍了龙溪村每一处角落和每一户贫困群众。

袁勇锋回忆当时的情景依然印象深刻，他说："上户调研的时候，有的地方通不了车，就坐村干部的摩托车，有的地方摩托车到不了就走路。印象最深的一次是去大塘组，只有土路，坐摩托车进去都将近一个小时，都是碎石路面，屁股都颠痛了，第二天浑身酸痛得要命。还有的地方，摩托车都到不了，就只有步行，远的组要走一个多小时。"

老表们很淳朴，说："很多年都没有干部来过，你袁书记能大老远跑来看望我们，我们很感动。"他们会端上自己做的红薯片、笋干和酸枣丹来招待，十分热情。

拜访了龙溪村的党员、组长、乡贤，搞清楚了龙溪村贫困状况，了解了龙溪村的自然优势前景，摸清了现有产业情况……在大山里转了半个多月，爬完最高的山、走完最偏的户、去过最远的组，袁勇锋感触非常深刻，脑子里有了一本账，他静静地关在屋子里，写下洋洋万言的"龙溪调查"——《来自于都一个山区贫困村的脱贫攻坚调研报告》。报告在描述其交通状况时这样写道：

> 龙溪村目前的通组路，一碰到下雨天气，就泥泞不堪，村民无法出行，而且龙溪村的土路也很陡峭，有几个组摩托车都无法到达。如楼脑组，今年未挖开路基之前，只能靠步行，大塘组，虽有路基，但路远且滑，摩托车技术不好的都不敢上去。通户路欠账更为巨大，基本上入户便道都是羊肠般的土路，有的农户甚至需要走田埂路才能到家，能做到脚上不粘泥回家的农户不足 10%。在精准扶贫干部结对帮扶中，江西环境工程职业学院有三名帮扶干部先后负伤：一名干部上山走访贫困户时脚摔伤导致骨折；"第一书记"走村串户滑倒，导致腰部扭伤；另一名帮扶干部上户走访时，从摩托车上摔落，导致左手骨折……

　　这样的交通状况，里面的产品运不出去，何谈"外面的产业引进来"？在这样一个"行路难、上学难、就医难、灌溉难"的村子，如何脱贫，令人深思。

　　除了交通状况落后，通信设施也严重欠账。袁勇锋在调查报告中也有描述："龙溪地处高山，由于路程远，线路长，建设成本高，基站少，高山阻隔，移动通信覆盖面小，导致移动通信信号极弱，无4G信号。电信宽带也只通达村部所在的毛屋组，全村未通有线电视。手机信号极差的小组有5个：大朱、大塘、茶子、珍珠、小均；较差的小组有6个：龙子、桂竹、暗坑、楼脑、新石、坑内。未通网络的小组有6

龙溪村全景图

个：大塘、大禾、屋背、小均、暗坑、楼脑。家里无电视的农户：叶三妹、朱道旺、毛谱发、方仁福、卢火秀、胡理盛、许桂长。"

在这份报告中，袁勇锋详尽地剖析了龙溪村的致贫原因，对脱贫优势、发展规划进行了颇有深度的思索。这为龙溪村的精准脱贫提供了坚实的战略支撑。

每天早上起来，站在高处，就能看见大山里云雾蒸腾，起伏的山峦间，隐隐约约分布着老表的居所。要说风景，这里还真是一个世外桃源，适合闲情逸致者在此隐居修行。但老表们不是隐士，他们"对美好生活的向往"十分迫切。

要致富，先修路。龙溪村的道路修建分三大板块：首先是通村公路，全程10公里，路面仅宽3.5米，还是2010年修建的，现已破损严重，需要加固拓宽；其次是通组路，所辖17个小组分散而偏远，尚有13个自然村未修通组路，需要打通村组的交通联系；还有就是孩子们上学的"希望之路"，尤其是新朱、老朱小组的130多名学生，上学需翻山越岭，走的是泥巴路，遇到雨雪天气，时有学生摔伤骨折。

修路！修路！这已经成为袁勇锋心头的一块巨石，不搬掉就寝食难安。

修路，要打通村组的山岭阻隔，但首要的是打通村民内心的淤塞。袁勇锋召开了全村党员、村小组长和群众代表大会，将龙溪村有史以来最大规模的修路规划向大家做了说明。龙溪村未来的发展，必须建立在路与路的连通上。现在正在积极向国家争取资金来修路，这是千载难逢的机遇，但是修路必然涉及各家各户的山林、田地，甚至墓地，希望道路所到之处，村民能不计个人得失，以大局为重，把修通路作为每一个村民的责任和义务。

村民小组长回到组里，也召开了户主会，袁勇锋亲临各小组做群众工作。村民们听说要修路，这是几辈子都盼不来的好事，大家你一言、我一语地支持，都答应，要是修路占用自己家的田和林地，自己毫无怨言，完全同意。

袁勇锋善于做群众工作，他说："党的政策是好，但是不可能带田带土来给我们百姓修路，路修好了是方便我们子孙后代的，只有路通了，才有财通，龙溪才能有大的发展，所以大家都要拿出肚量来，不论是谁，决不能做村里发展的拦路人。"

随着工作的推进，绝大部分群众都达成了普遍的共识。为避免后续产生纠纷，袁勇锋发动村组德高望重的群众带头，写了一纸自愿配合修建道路的承诺书，让村民签字。这个传统的仪式无疑给修路加了一道保险栓。

根据其他村的成功经验，袁勇锋组织成立了道路修建理事会。理事会成员由村民自发推选，群众干事创业的激情被充分点燃了起来，把"要我修路"变为"我要修路"。

群众自发投入劳力为修路勘路界、清障碍，协助施工方拉线并砍伐杂木；自发迁移道路沿线的坟墓 8 座，其中两座还是近 300 年的祖坟；此外，还拆除路障房 2 栋。在没有任何补偿款的情况下，修路过程没有出现一例阻工行为，没有出现一起矛盾纠纷。

2017 年 12 月，新朱、老朱小组通往龙溪小学的 1.2 公里改建工程顺利竣工，因为这条路解决了孩子上学在泥土里滚爬的现象，被群众称为"希望之路"。

2018 年新建的新石组至龙子组 3.1 公里 4.5 米宽公路打通了龙溪通村公路的内循环，盘活了整村总体交通。在这条路竣工之日，沿路涉及的 3 个村小组的村民无不拍手叫好，称这条路为"小康大道"。

2018 年底，15 个村小组完成 19 条 17 公里通组路硬化并做好了安全防护设施。

此外，还硬化通户路 2.55 万平方米，真正开始了村民"脚上不粘泥"回家的日子。

一条条蜿蜒曲折的盘山水泥路，犹如一条条"血脉"通往村组各家各户，给当地群众带来了发家致富和追求美好生活的希望。

现在，又到了春耕春播的时节，龙溪村的群众开始了在梯田作业。耕田不再用牛，而是使用小"铁牛"——一种机械化的犁田小农具。村民说，这种农具实用方便，不像过去家家户户要养牛，占用大量的饲养成本。现在，农村一头牛价值也在 1 万元左右，而这样的"小铁牛"却只要两三千元一台，它喝的是柴油，操作比牛的效力高多了。

2018 年 9 月，龙溪村的新朱水坝，年久失修，结构老化，被一场大雨冲垮，使新朱组大批良田无法正常灌溉耕作。袁勇锋获悉后，组织相关领导和专家前往实地考察，在县水利局争取到一个水毁水渠以工代赈的项目资金，水坝重建方案随即启动。不到两个月，新朱水坝顺利建设完工，工程竣工那天，围观的乡亲们都对袁书记竖起了大拇指。

道路的修建，基础设施的完善，其目的是为了提升群众的生活质量。如何发展产业，让群众的腰包鼓起来，这是更重要的事。袁勇锋思考最多的就是发展产业的问题，因为搞产业比修路更具挑战性。产业兴旺，才能财源广进。

"授人以鱼不如授人以渔，等靠要不能等来幸福生活。"这是袁勇锋在下村扶贫中说得最多的一句话。过去，一部分政府主导的产业群众并不认可，效益自然不明显。袁勇锋坚定了一个想法，发展产业不能盲目，贫困户经济基础比较薄弱，经不起折腾，必须要立足实际，充分尊重群众的意愿和想法，同时要结合龙溪村自身的特色优势，才能发展起来。

生姜是龙溪村民世代栽种的经济作物，龙溪独特的高山环境和土壤，造就了龙溪生姜的优良品质，历史上就有"贡姜"之称。袁勇锋在走访时发现，基本上家家户户都种了生姜，少的几分田，多的有 2 亩田。生姜亩产可达到 1500 公斤到 1800 公斤，即使只有一块钱一斤，除去成本，也远超种一亩水稻的收入。

长期以来，一直有两个难题制约着龙溪的生姜产业发展，也让龙溪的百姓守着好的产业却难以致富：一是生姜发姜瘟病的概率较高，一旦发生姜瘟病就会绝收，所以村民都不敢大面积种；二是生姜的价格不稳定。姜不像其他玉米等经济作物，姜在日常家庭中一般是调味品，所以每家每户的需求量不大，要集中全部销售出去有困难。一般龙溪百姓种的生姜挑到仙下圩镇卖，一天能卖百十来斤就算不错了，但是除却交通成本和人工成本，即使多卖两元一斤也划不来。因此，龙溪生姜基本靠瑞金、吉安等外地姜贩子上户集中来收，外地姜贩子一般会压价，会用市场上一般姜的价格来进行收购。曾经也有龙溪村的村民自己到外地跑市场、搞批发，但因市场风险和资金不足等原因都蚀了本，后来就一直没有人出去跑市场了。

2017年9月的一天，袁勇锋到龙溪最偏远小组大塘组贫困户蔡东长家进行入户走访，蔡东长愁眉苦脸地说："袁书记，能不能帮忙想想办法，我去年的2000公斤生姜还一直在地窖里没有卖掉，再过两个月，新的姜就要丰收了，储存的地方都没有，真的不知道怎么办才好。"在蔡东长一家5口人住的土坯房里，袁勇锋望着蔡东长无助又充满期盼的眼神，被深深地刺痛了，被信任的同时感觉到了一份沉甸甸的责任。

追忆起来，袁勇锋告诉我："这户贫困户，让我很挂念，总想着能给他多办点事，让他早日脱贫。他家里有5口人：他夫妻俩，两个儿子，一个孙女。大儿子身体有病，没有结婚；小儿子讨了老婆，生了个孙女后，因为家里穷走掉了。"大塘组很偏远，离村部还有4公里，很少有人愿意到那里去收购生姜。蔡东长当时要建房子，家里确实比较贫穷，得知这个情况后，袁勇锋就联系了北京赣州商会一个在赣州做餐饮和超市的副会长，当时他开了一辆车来消费扶贫，一下买走蔡东长1500公斤的生姜。蔡东长通过卖生姜、养牛、种蔬菜等挣了钱，终于盖起了新房子，现在正在装修，近期要搬进去住。后来，赣州市领导驻村与群众同吃同住同劳动的时候，到蔡东长家帮助拔生姜，这无形中提升了他家生姜的知名度。第二年，蔡东长又增种了两亩生姜，他栽种生姜的信心更足了。

在村里开座谈会征求意见时，当问及龙溪村发展什么产业最好时，许多贫困户对袁勇锋说："龙溪的生姜是个好东西，如果袁书记您能帮忙解决生姜的瘟病，把龙溪生姜的牌子打响，带领我们一起跑市场，单单依靠这个产业，我们都能脱贫。"

袁勇锋把村民说的话记在了本子上，更记在了心里。袁勇锋带着村"两委"干部多处奔走汇报，在挂点领导的协调下，近两年内，赣南科学院农科所的专家先后4次到龙溪村进行实地指导、培训授课并发放宣传资料，龙溪村在家的姜农基本上都接受了培训，掌握了生姜的病虫害防治技术，有效地减少了姜瘟病的发病率，提高了产量。同时，袁勇锋带着大户到赣州、吉安等地考察批发市场，并积极向挂点帮扶企业——北京赣州商会争取帮助，利用多种平台推广销售龙溪生姜。在各方的协调努力下，龙溪生姜的品牌影响力得到了极大的提升，龙溪生姜两年来共参加了市县农产品展销会10余次，《赣南日报》登报开展义卖生姜活动一次。贫困户蔡东长的生姜在此次义卖活动中一销而光，增收1.3万元。江西电视台农业频道"稻花香里"宣传龙溪生姜并义卖扶贫产品一次。2018年12月，乡亲们利用市领导下村"三同"机会，请赣州市市长当了龙溪生姜的"代言人"，再一次将龙溪生姜品牌推到一个新的高度。与此同时，龙溪村村民自发成立了生姜合作社，在袁勇锋的建议下，注册了商标，并通过县级有关部门层层申报国家地理标识产品。为了更大提升龙溪生姜的品牌价值，让生姜卖出真正的"贡姜"价格，袁勇锋带领几个种植大户到外地考察学习，迅速成立了生姜深加工农家小作坊，发展了红糖生姜膏、养生醋姜等多种深加工产品。通过对生姜的深加工，既延长了生姜的保存期限，提升了生姜的附加值，又带动一部分贫困户农闲时的就业。

袁勇锋曾亲自到各地去了解生姜的销售行情，一次他到赣州出差，背了一袋子生姜到赣州市农贸市场推销龙溪村的生姜。不看不知道，一看吓一跳。那里有一个专门卖生姜的市场，他们的生姜大多是云南来的，一天都可以卖十几万斤。以这个销售量，龙溪村目前的产量，还不够这里一天卖的。由此袁勇锋也看到了生姜的前景，是可以大力发展的。

龙溪生姜合作社自成立以来，帮助群众销售生姜10余万斤，保底价格每公斤 7 元，帮助龙溪百姓户均增收 1500 多元。2019 年生姜的价格更是达到了近年的新高，卖到了每公斤 10 元，很多于都县城的市民周末都开车到龙溪来拔姜。龙溪生姜合作社同时通过微信平台、网商平台，销售龙溪生姜深加工产品 10 万余元，带动了 9 名贫困群众劳动力就业增收。

一次偶然的机会，袁勇锋到一家巴马香猪养殖基地参观，发现香猪养猪场没有异味，而这种猪非常聪明，适合林地放养。袁勇锋突发奇想，这种养殖方式如果带到龙溪村，利用龙溪的自然生态条件，一定有发展前景。第二天，他就组织龙溪村的五六名贫困养殖户到现场实地考察学习。巴马香猪养殖成本不高，主要吃米糠和青草，属于生态养殖。经过八九个月的饲养，若销售渠道稳定，一头可获得六七百元的收益，一户人家养殖 50 头，相对比较轻松，同时还可兼带干点其他农活，一年即可增收三四万元。有几户贫困户蠢蠢欲动，但他们担心销售不畅。为打消贫困户心中的顾虑，袁勇锋积极奔走市场，和北京赣州商会下属的一些企业签订了协议。北京赣州商会为了扶持龙溪村产业发展，提前预付了 10 万元的消费扶贫定金，给贫困户吃下了定心丸。同时，合作社和贫困户签订了包销协议，承诺按照生产和质量要求，保证贫困户每头巴马香猪的利润空间不低于 600 元。猪苗供应方也提供了优惠：本应一次性收取 400 元每头的猪苗费用，减至首付 200 元，待猪出栏后付清剩余 200 元，减轻了贫困户的经济负担。

龙子组的钟来祥就是第一个开始养殖巴马香猪的贫困户。他养殖的 48 头巴马香猪还没有到出栏，就被预定了，2019 年增加纯收入近 4 万元。2019 年 9 月，他儿子结婚，特意邀请袁书记来喝酒，他笑着对袁勇锋说："多亏了袁书记帮我选准了产业，如果明年龙溪的乡村旅游搞起来了，我还要扩大规模。"

在袁勇锋的工作计划中，他还有一个更宏大的愿景，就是带领群众实现高质量脱贫。他拿出了一套乡村旅游规划来，这是挂点帮扶单位——江西环境工程职业技术学院请专家给龙溪村量身定制的。

袁勇锋访问贫困户

2019 年 6 月，南昌铁路 20 多名退休职工来龙溪避暑，经过两个多月的亲身经历，他们纷纷转发朋友圈，自发推广介绍龙溪。以此为契机，袁勇锋计划在龙溪村建立康养与居家养老中心。每名游客包吃包住每月收取 1500 元，就以 200 人计算，仅此两个月的吃住一项，将为龙溪村带来 60 多万元的收入，可直接或间接带动 40 多户群众增收近万元。同时，龙溪村的土特产品再也不用挑到山下去卖了，在家门口就能实现销售，也能在家门口就吃上旅游饭了……

龙溪村还具有丰富的"土色"资源，延续几百年的农耕文化，独特的龙溪生姜、高山蔬菜、高山蓝莓、冬笋、番薯、芋头等农特产品，和山下普通农特产品对比，口感成色有较为明显的优势。

"龙腾盛世党风吹来山乡富，溪桥春好惠政送去家梦圆"，村部大楼的门联写得文采斐然。站在村部大楼的顶层，这里是一个绝佳的观景台。放眼望去，层层山峦如水墨画一样，云雾在天边渲染着美景。山的高度衬托出峡谷的深邃，一条条新修的水泥路像绣花的针线穿梭在错落有致的山谷里。村民的房屋这里一簇，那里一簇，终年与云雾相携相伴，让人仿若居住在仙境。梯田的弧线形成一道人造景观，在坡度陡峭的山地生存，梯田成为村民祖祖辈辈必不可少的作业。

"龙溪村有云峰嶂、龙溪梯田、双龙潭、大禾坑水库等景观，许多城里人来到我们这里就不舍得走了。"袁勇锋不无自豪地说。

龙溪村提出融入乡村旅游开发大局，建设山美水美的大美龙溪，打造"农耕文化、美丽乡村"旅游名片的发展思路，他们逐步打造一批特色的农家乐、农家宾馆及高山土特产品品牌，推进乡村旅游经济发展，带动群众脱贫致富。许多村民对龙溪的发展充满期待，他们相信在袁书记的带领下，龙溪村肯定会走出一条更宽阔的小康大道来。

这时，一个扶贫干部端来一杯姜糖茶，我喝了一口，像蜜一样甜，还有丝丝的辣意。我想起开头的那首打油诗，不禁脱口诵读起来：甜香辛辣龙溪姜，赛过远近十八乡……

在决战脱贫攻坚战场，龙溪村这块最难啃的硬骨头终于攻克，在新长征再出发旗帜的感召下，龙溪人正以饱满的激情奔走在全面建成小康社会的大道上，踏步前进！

有困难，党员先上

从贡江镇进入新陂的道路处于重新铺设之中，在利村乡挂点扶贫的县文联副主席许九洲开车从利村拐进去，将我送到新陂乡政府就匆匆赶往自己的扶贫点去报到。

乡宣传委员刘金连领着扶贫办主任丁建华与我见面。丁建华是新陂乡扶贫工作的顶梁柱，曾长期担任村主任、支书职务，有丰富的农村工作经验。

我打开采访本，记下了丁主任的简历：丁建华，1974 年生人。当过兵，退伍后在村里任民兵营长。1999 年 11 月，被村民推选为村主任，任职 15 年。2014 年 8 月，村书记、主任一肩挑。2017 年 8 月，通过事业编统考，调任新陂乡扶贫办主任兼高田村支部书记、主任。2019 年 1 月 22 日，卸任高田村支部书记、主任，专任新陂乡政府扶贫办主任之职。

在去觉村的路上，丁建华给我介绍，新陂乡像装菜的盘子。他说的装菜的盘子，也许是指新陂的大棚蔬菜种植比较有规模吧。在觉村、板塘、中墈 3 个村，就各建有 100 亩的大棚蔬菜基地。另外，新陂村和群联村加起来还有 300 亩大棚蔬菜基地，全乡种植大棚蔬菜 600 亩。

觉村是康林少将的故里。康林的战争生涯富有传奇，1934 年 10 月 18 日，他随红一军团从山峰坝渡过于都河，经禾丰、小溪，向安远方向进发。10 月 22 日凌晨，红军先头部队与国民党粤军交火，全力突破敌人设置的第一道封锁线，康林所在班 9 个人负责放哨。经过一场激战，红军部队快速通过了封锁线，可康林他们班却与大部队失去了联系。全班牺牲 3 人，剩下的 6 人在山里转来转去，找不到部队，急得团团转。正当大家不知所措的时候，遇到了当地负责收容的游击队，他们将康林等 6 人带到信丰油山坚持游击斗争。不久后，项英、陈毅等中央分局和中央政府办事处的负责人陆续来到油山，康林担任了陈毅的警卫员……新中国成立后，康林任原北京军区副司令员，1961 年晋升为少将军衔。20 世纪 70 年代，村里人写信请康林为家乡修桥、修水陂想办法，康林回了一封信，里面装着一叠"自力更生、艰苦奋斗"之类内容的剪报。那一代共产党人，觉得权力是党和人民给的，根本不会想到以权谋"私"，哪怕是给家乡修桥、修水陂……

从觉村到高田村，有一段路程。一路上，丁建华跟我谈起全乡的精准扶贫情况，全乡开展"一村一品"，其中 7 个村发展肉牛产业，这是一个市场潜力大、附加值高的主导产业。"高质量脱贫，需要广大党员干部以绣花的功夫主抓脱贫攻坚，我们乡在产业、合作社上狠抓落实，像熬汤一样慢慢熬。"丁建华将扶贫工作比作"熬汤"，是我第一次听到。可不，农业投入与产出不像工业生产能很快见效。种一片脐橙或猕猴桃，需要三年以后才能结果；养一头牛，需要半年或一年才能出栏……哪能今天种明天就摘果子的道理呢？这就需要有"熬汤"的耐心。

丁建华有 20 多年的村务工作经验，我要他谈一谈如何做群众工作？

丁建华说："村务这一块，要沉得下心来，进得了老表的门。我是一个不干则已，要干就一竿子扎到底的人。"他给我讲述有一年村里发洪灾，他与村干部救灾的事——

"2007 年 5 月 22 日，一场 50 年未遇的大洪灾，禾丰江决堤，将村里三分之二的田地泡在水中，有的老表家都被冲掉了，群众的生命和财产受到严重威胁。我是村主任，与村干部们一道冲锋，顾不上自己家被水浸泡，先得不顾一切疏散群众到安全的地方和抢救群众的财产。有一个 80 多岁的老人家，洪水进他家里一尺多深，他走又走不动，倚在门框上盼望有人来救他。在水中站立了半个多钟头，就在他快要坚持不住的时候，我们冲进去，将老人背出来，送到安全的地方……我们 4 个村干部在水中足足奋斗了 20 多个小时，没沾一粒米，连水都没有喝一口。说实在的，我们脑子里闪过的都是红军长征爬雪山、过草地的影子，还有湘江战役，红军不怕牺牲的精神鼓励着我们，最终战胜了洪水。"

洪灾过后，村里 4 个干部都病倒了。支书、文书住院一周就出院了。丁建华最严重，住院 40 多天，头 20 多天在县医院没有查出病因，后来转到赣南医学院附属医院治疗。一个小时拉十几次稀，人虚脱得气若游丝。当时他认为自己没救了，都交办了后事，老婆哭得像泪人一样，那个时候，孩子才 1 岁多点。赣南医学院附属医院一个老中医问得十分仔细：吃了什么，干了什么？他老婆告诉老中医说，洪灾那天，他一直浸泡在水中。老中医说，每一次洪灾过后，都会出现疫情，只是程度不同而已，这应是疫情导致的。后来，在老中医的精心调理下，病情有了好转，转危为安了。

丁建华这样的农村干部，看起来做的事很不起眼，但是他们为群众的付出是实实在在的，有时甚至要舍弃自己的利益，以群众利益为先。丁建华头脑灵活，他本来在赣州搞物流公司，生意做得风生水起，但当村里要他回来当村干部时，便停下挣钱的生意，毅然回村当起了"勤务员"。

丁建华说，自己的人生有一段完完全全与精准扶贫事业融合在一起的经历，他感到很自豪。

高田村是"十三五"贫困村，全村共有615户2338人，其中建档立卡贫困户68户311人。2014年，高田村党支部被列为"软弱涣散"支部，要甩掉贫困村的帽子，没有一个"坚强堡垒"的党支部，是天方夜谭。那一年，丁建华被上级党组织和村民选拔为党支部书记兼村主任。

精准扶贫政策一下来，因为贫困户能够享受到很多优惠政策，这便导致村民争贫、闹贫现象层出不穷。"不以贫为耻、反以贫为荣"的例子很多，高田村也不例外。

2014年初，高田村有建档立卡贫困户81户387人，群众对扶贫政策不了解，贫困户评定程序不够规范，群众反应很大。找村干部评理的有，说情的有，最后不服上访闹贫的也有。高田村下王组丁某，49岁，家庭人口3人，他老婆45岁，精神抑郁、二级残疾，按说这种情况确实令人同情，但丁某儿子23岁，在于都的一所高中任教。他儿子属于国家公职人员，按政策，是不能被评为贫困户的。丁某曾多次找到丁建华，求他给予关照弄个贫困户，理由是其妻子有残疾，无法劳动。丁建华搬出建档立卡户评定规则，一条条地跟他讲道理，最后丁某只好放弃。还有山上组孙某，53岁，家庭人口4人，他老婆51岁，两个儿子分别26岁和28岁，一家四口都是劳动力，无病、无残、无灾，但因为未评到贫困户，多次上访到县纪委、市纪委，其理由是"两个儿子年近三十了，穷得没钱结婚"。当时，面对争贫、闹贫的现象，村里经常无法正常开展工作。

为了狠刹这股不良之风，丁建华召集党员、村干部、村民代表和驻村工作队开会，通过政策宣传、舆论引导，严格按照贫困户"识别七步法"和"七清四严"的相关规定，共剔除贫困户13户76人。针对丁某、孙某等 16 户争贫、闹贫的农户，丁建华与干部们上门宣讲政策，做思想工作，争贫、闹贫现象终于杜绝。

作为"五级书记"最基层的书记，丁建华要做的不仅仅是政策的宣传、讲解，更重要的是政策落地与工作落实。要让贫困户有稳定、可持续的收入，提高脱贫质量，就业和产业是我们必须翻越的两座大山。

"一人打工，全家脱贫"，就业做好了，能保证贫困家庭脱贫。丁建华统计本村的务工劳动力，到工业园区推荐务工。目前，已推荐贫困劳动力50 多人到工业园区务工。

贫困户有自主创业愿望的，丁建华力促他们发展产业，找准脱贫途径。山上组贫困户孙红生，因为肝硬化，时不时要住院，无法外出打工。夫妻二人在家守着一亩三分田，两个儿子上学的压力让他们喘不过气来。丁建华和扶贫队员通过多次走访了解到，他家有近 5 亩山林产权常年闲置，丁建华便鼓动他养殖蜜蜂。孙红生说不懂技术，丁建华安排他夫妻二人参加电商培训和蜜蜂养殖培训。培训完成后，丁建华又帮助他办理了小额贷款 5 万元。通过夫妻二人的努力，蜜蜂养殖产业发展顺利，蜂蜜畅销，收入稳步增长，2018 年底光荣脱贫。

2016 年 9 月，村"两委"商议，村里搞"一村一品"。在充分考察市场、分析环境、成本、利润等因素后，决定成立一个小黄牛养殖合作社，带动贫困户发展产业。当时村里也没有启动资金，于是开会讨论落实资金问题。

一听说要大家凑钱入股，大家都不开腔。有的害怕亏本，打起了退堂鼓。

眼看会开不下去，"一村一品"计划要泡汤。丁建华只好站出来表态："亏了算我的，有盈利大家分！"并承诺用个人的资产担保，所有股东的资金不受任何风险，还确保按入股资金的 8% 保底分红。

丁建华有过做生意的经验，他曾在赣州搞过物流公司，还租用土地栽种了 20 多亩绿化苗木，大家都知道他有家底。他的"兜底"，立刻反转了局面。不过，当他说出"亏了算我的"时，还是有人担心说，"你这个风险很大"。

丁建华说"亏了算我的"同时，后面还跟着一句："有困难，党员先上！"

他只是一个示范，一个带头人。关键时刻，"党员先上"才能显出党组织的战斗力。

丁建华拼凑了50万元，村主任等5人拼凑了30万元。有了启动资金，大家的劲头铆足了。三个月后，一座占地1400平方米、仓库等设施占地200平方米的养殖基地拔地而起。130头牛犊赶进了牛棚，20亩牧草也开始冒出地面……

贫困户看合作社搞得有声有色，这才你五千、他五千地加入进来。最后，全村56户贫困户入了股。第一年，县里对贫困户的奖励资金16万元，都分给了入股群众。当年的利润分红36800元，也足额发给了62户贫困户。看到贫困户拿到钱时的喜悦，丁建华心里说不出的开心。群众说，没想到还有这样的好事，自己不动手，不操心，还能拿到钱。贫困户在合作社务工，割草、喂饲料，也能取得劳动报酬。这也是激发群众内生动力的

丁建华在黄牛养殖基地

办法，贫困户也要靠劳动付出才能得到收益，绝不养懒汉。

精准扶贫，还要从提高每一户的脱贫质量做起。每一户的脱贫质量高了，全村的脱贫质量也就高了，贫困户的幸福感、获得感也就提高了。山下组孙益家，家庭人口3人，2014年建档立卡贫困户。2017年5月，孙益家被检查出有肺癌，一个月后，他老婆被确诊患有喉癌。他儿子孙胜华那时刚刚初中毕业。本来他家2017年预脱贫，不幸的是，9月至10月，孙益家夫妻二人相继去世。面对突如其来的变故，孙胜华痛不欲生。在年底综合研判会上，村"两委"没有让孙胜华脱贫，还以支部的名义发起了捐款倡议，共计捐款9800元，让他度过了暂时的难关。驻村县领导蓝地寿知道这个情况后，介绍孙胜华到上欧工业园天键电子厂务工，帮他找到了工作。2018年4月，孙胜华找到他的帮扶干部，主动提出要求脱贫，孙胜华感动地说："非常感谢党和政府的好政策，感谢干部们的关心，帮助我度过了最困难的时期，我现在有了稳定的工作和收入，我可以脱贫了。"

在丁建华的带动下，高田村党支部由"软弱涣散"变成了"坚强堡垒"，他们用自己的付出，换来群众的满意。

来到贫困户孙益发家，屋内陈设简陋，但很干净。

孙益发脸上虽有愁容，但还是微笑着与我交谈。他讲述自己家庭的贫困状况：妻子尿毒症，每周需要到医院做三次透析，一个月下来，医疗费政府支付1万元左右，自己仅支付四五百元。如果不是建档立卡贫困户，得了这个病，哪个家庭也吃不消。政府报销95%，自己负担5%。就是这5%，对于我们家来说也是不小的负担。因为病人拖累，自己不能到外面去打工，经济来源有限。好在现在精准扶贫政策好，各项补贴都为我们贫困户考虑。村里"一村一品"，搞养肉牛合作社，分红8%，补贴2000元，有时还拿过3000元；2017年奖补5000元，入股投的本金早就回来了。乡政府给他安排了一个护林员的公益性岗位，一年有1万元收入。主要负责巡山，一个月至少20次，转一圈3公里。尤其是清明节、中元节要防止火灾。用打铜锣、吹哨子的方式宣传，要老表们不要带火种上山。小孩读书也有住宿补贴，每年 2500 元，助学金每年 800 元。孙益发说："没有党的好政策，就没有我们贫困户今天的幸福生活。贫困户要树立信心，脱贫报党恩。"

丁建华谈到自己的家世。他说，爷爷有六兄弟，排行老二，爷爷与老四参加了红军，后遭错杀，新中国成立后被追认为烈士。爷爷牺牲时，父亲生下来才 15 天，是奶奶将父亲带大。红军长征后，国民党进来清算红军家属，姑姑背着父亲逃到利村的大山里才躲过一劫。

高田村境内有"于都烈士纪念园"。纪念园的大门高大雄伟，门楼设计古朴，但材料都是采用花岗岩垒建而成。广场两侧是英名墙和浮雕廊等纪念设施，载录烈士 16347 名。

走进墓区，烈士墓排列整齐，像当年他们走向战场的列阵，一排排、一列列，我似乎听见了他们在报数：一、二、三、四……声震寰宇，气贯长虹。

丁建华说，在烈士墓区有一位新成员，是 2019 年 4 月安葬入园的烈士丁振军。2019 年 3 月 30 日，凉山州木里县雅砻江镇立尔村发生森林火灾。第二天，扑火人员在转场途中，受瞬间风力突变影响，突遇山火爆燃，包括丁振军在内的 30 名扑火队员牺牲。2019 年 4 月 6 日，丁振军烈士骨灰被送归故里于都，于都人民为丁振军烈士举行了隆重的葬礼。只见大理石墓碑上镌刻着：

丁振军（1997.4—2019.3），男，于都县新陂乡移陂村坝山组人。2016 年 9 月入伍，四川省凉山州森林消防支队西昌大队消防员。2019 年 3 月 31 日在四川省凉山州木里县森林火灾扑救中英勇牺牲，评定为烈士，追记一等功，追认为中共党员。

丁振军的墓框周围摆满了黄色、白色、红色、紫色的鲜花，大理石墓碑上还镶嵌着一张他穿着军装的彩色照片，炯炯有神的眼睛望着广袤的天空，让人对和平时期的英雄更加敬仰。

这里是教育后人传承中华民族气节血脉，弘扬烈士精神的最好阵地，凝心聚力，共筑中国梦，不能忘记革命先烈。

我默默说，在再出发的路上，我们既需要丁建华这样扎扎实实为民做实事的乡村党员干部，也需要回望英烈，走出一条属于我们这一代人的新长征路来！

扶贫，爱的事业

利用中午吃饭的时间，我采访了驻村第一书记刘林。

自精准扶贫以来，村里便有了一个特殊的职位——第一书记。第一书记官职不大，但却需要直接与农村基层的党员和群众打交道，起到抓基层党建，抓精准扶贫，助推乡村振兴的作用。

实践证明，选派机关优秀干部到村任第一书记，是加强农村基层组织建设、解决一些村"软、散、乱、穷"等突出问题的重要举措，是促进农村改革发展稳定和改进机关作风、培养锻炼干部的有效途径。

第一书记是党的组织建设的一个重大进步。如果说，当年毛泽东把"支部建在连上"是一场组织建设的革命，那么今天向农村基层派驻第一书记，也是农村党的组织建设的一场新的革命。第一书记在脱贫攻坚中作出了巨大贡献，也必将在新一轮的乡村振兴战略中发挥重要作用。

刘林，个子瘦高，"90后"小伙子。赣南医学院毕业后入于都县疾病防控中心工作。看着年轻的第一书记，我想起当年从中央苏区走出去、经过二万五千里长征的将士们，许多都是十三四岁就参加红军，拿起梭镖和步枪上前线成为一名红军战士，很多将领都是20岁左右的年轻小伙子。有一组数据让刘林深深铭记：长征时，红军军团长一级的平均年龄为25岁，一线作战的师团级干部平均年龄为20岁，14岁到18岁的红军小战士占 60%。如红一军团第十五师政委萧华才 18 岁，第一师一团团长杨得志 24 岁，红四团团长耿飚 24 岁、政委杨成武 20 岁……那一代年轻人虽然不像我们今天这么富足、安宁，但是他们背负着光荣和梦想，成为中华人民共和国的脊梁。

年龄不是问题，人人都是一块"铁"，只有置身于革命的大熔炉里煅烧，才能锻造成为一块合格的"钢"。这些年轻的红军将领，骁勇善战，英勇无敌，经过万里长征的淘洗，在之后的抗日战争、解放战争和抗美援朝战争中驰骋沙场，成为铭刻在共和国大厦上功勋卓著的将帅。

刘林喜欢阅读长征故事和看关于长征的影视作品，他被长征精神深深感染，主动要求到一线担任驻村第一书记。2018 年 1 月，27 岁的他来到岭背镇蛤蟆石村担任驻村第一书记，他说，比起那些年轻的红军将士的年龄来，他已经是一名老兵了。

刘林卷起背包，像出征的战士，来到蛤蟆石村。

第一书记的职责自然是为民办实事，带领村级组织开展为民服务工作，打通联系群众的"最后一公里"。

身为第一书记，能与全国 278 万名驻村干部、43.5 万名第一书记共同战斗在扶贫第一线，他感到无比荣幸。于都是中央红军长征集结出发地，更应该当仁不让，把贫困的帽子摘掉。一开始，他也想到了困难，但自己不是孤身一人，单位还派出了扶贫队员协助工作。

刘林到贫困户家中上门去宣传党的政策，有一些贫困户会说，每次来不带东西来。这些贫困户以为，第一书记上门就是去送东西的。碰见这种情况，刘林耐心做工作，扶贫扶志是根本，必须彻底根除贫困户"等靠要"思想。如果只是指望干部给他们送钱和送物，就很难从自身的内生动力来达到真正脱贫。

担任第一书记以来，刘林也碰到过一些棘手的问题。刘林说，村里修入村道路，本是一件对村民有益的事情，但修路需要占地，占了谁家的地心里都不舒服。绝大多数群众在我们做工作的情况下都能接受，但还是有少部分村民不那么爽快，吵着要补偿。这些村民的要求，你也不能说他们不讲道理，他们提出来也是正当的，但村道不是国道和高速公路，没有土地补偿费、安置补助费，以及地上附着物和青苗的补偿费。村道是村集体出土地、政府出资，对于所占土地政府不作补偿，涉及被占地农户的土地一般由村集体调整解决。

经过刘林和工作队队员反复做工作，最后也都做通了群众的思想，路修通了。

蛤蟆石村有个贫困户叫谢资源，是个小儿麻痹症患者，单身，低保户，有精神抑郁症，不愿与人交流。刘林给他安排了一个图书管理员的公益性岗位，每月有 300 元收入。他现在变得愿意与人交往了，每天打开图书室的门，让村民阅读，还安装了网线，与外界搭上了联系，他的抑郁症也不治而愈了。

刘林说，做群众工作就是当好"人民的勤务员"，他讲述了一个为群众办实事的故事——

有一个贫困户叫谢桂发生，他的孩子在车溪朱坑小学读书，六年级，因为上课不听讲，怕挨父母打，就和另一个孩子跑到于都去玩。家长找不到孩子着急，于中午 12:30 报警，下午 2 点家长将丢失孩子的情况报告到村里，刘林和扶贫干部立即组织大家开始在村部、学校寻找。

村里和学校都没有发现孩子的踪迹，家长和老师都十分着急。刘林想到了微信，他号召村干部和学校老师都在微信发朋友圈，扩大寻找范围。

时间一分一秒地过去，到晚上 8 点，一个面包车司机看到了寻找孩子的朋友圈，立即打来电话，他说，下午三四点时看到两个小孩下于都了。

接到这一报告，确定这两个孩子就是要找的对象，刘林立即拨通公安局的电话，请他们协助展开调查。公安局从监控里捕捉到孩子的行踪，晚上 12 点，终于在于都城的街道上找到了两个无家可归的孩子。

公安局的同志将孩子送到谢桂发生家，刘林叮嘱家长不要打孩子。家长也觉得对孩子的教育不能简单粗暴，决心改变对孩子的教育方式。家长感激刘林和大家帮助他们寻找到了孩子，说，扶贫干部与群众心连心。

刘林谈到自己定点扶贫的一个叫谢天禄的贫困户，45 岁，2002 年领证结婚，后夫妻矛盾，女方没有办理离婚手续就走了，后来得知女方在外面又嫁了人，还生了小孩。谢天禄也开始找女朋友谈婚论嫁，但自己是已婚之人，无法办理合法结婚手续，谢天禄不知如何办才好。得知这一情况，刘林找到岭背镇司法所所长，为谢天禄寻求法律援助。司法所一听说是贫困户的事，二话不说，接受刘林的请求为贫困户实行法律援助。法院开庭审理，女方未到庭，按照司法程序登报满三个月判决即可生效。困扰谢天禄心头多年的一件大事，终于圆满解决了，他非常感激，买来决明子茶到村部来看望刘林和扶贫工作队的同志。刘林深有感触地说，我们能为群众解决一些实际困难，心里也感到非常开心。

刘林的第四个故事，虽然不像一千零一夜那么富有悬念，但我们所有人都竖起耳朵静静听他讲述：村里有个叫肖东香的老奶奶，2017 年，她最小的儿子 44 岁，因患肝硬化去世，老人心里的阴影一直挥之不去。我们经常上门去跟她谈心、沟通，帮助她化解心头的郁结。2018 年秋天的一个党员活动日，我们安排帮助肖东香收割稻子、挖红薯。挖出来的红薯，除留一部分给肖东香自己吃外，我们党员你 10 斤、他 15 斤，都按市价买回了家。肖东香奶奶感慨万千地说，扶贫干部真好，过去的苏区干部好作风又回来了！

蛤蟆石村位处岭背镇东部的梅江北岸，东临车溪乡，全村有 499 户 1992 人，其中贫困户 72 户 318 人。刘林跟我谈起村里的产业情况。由于栖岭公司在岭背建立基地，这几年扶贫养鸡在于都风生水起。蛤蟆石村自然也不例外，依靠"大户 + 贫困户"的模式，建起了拥有 4 座养鸡大棚的合作社，纳入 66 户贫困户入股，其中 16 户入股股金为 2000 元，50 户入股股金为 3000 元，不足部分由大户承担。4 个大棚，大户投资 28 万元。无论经营亏盈，贫困户的利益有充分保障，分红不得低于股金的 10%。

刘林领我来到岭背镇桂林坑易地扶贫安置点。这个扶贫安置点位于岭

刘林（右）和扶贫干部帮助贫困户挖红薯

背镇水头村东洋脚组，于 2018 年 2 月开工建设，至 2018 年 12 月完工。

从一片荒无人烟的山地，开垦出一处排列整齐的安置小区来，确属不易。11 栋安置房，共安置岭背镇各村 135 户 612 人入住。房屋设计非常现代，墙面粉刷成白色，窗框呈烟灰色，青黛色的屋顶与蓝天和四面青山融合为一个整体，十分和谐。

走进谢金炎家，这是 116 平方米的三室两厅房。谢金炎夫妻俩住在这里，房子宽敞明亮。

谢金炎，1953 年生，他原住蛤蟆石村莲塘组。谢金炎告诉我，莲塘组有 300 多人，搬出来的只有三户人家。

谢金炎与第一书记刘林非常熟络。谢金炎说，刘林经常会过来看望我们。谢金炎的贫困原因，缘于 1995 年的一场车祸，致脑组织损伤，吊氧气达半个月。当时他骑着单车，一辆小四轮龙马车从后面失控撞过来……就这样，自己差点一命呜呼。这场车祸花费了 10 多万元，肇事司机垫付了 1 万元住院费后就消失不见了。谢金炎除了付出家里的全部积蓄外，还借了一大笔钱。从医院出来，他就不能干体力活了。2017 年，又检查出患有糖尿病、肾囊肿等病症，已是 67 岁的他，还指望什么？就等一副棺材把自己埋了。没想到，共产党的扶贫政策来了，真是及时雨啊！没有房子住，政府建好房子让我们搬进来住，还为我们今后的生活考虑得非常周全：在住房附近，流转了 100 亩土地，每户 3 至 5 亩，成立合作社，种植大棚蔬菜，由贫困户负责管理，蔬菜由合作社统一销售。这样做的目的就是为了让我们贫困户住得下、稳得住。真要感谢共产党，感谢习总书记！你是作家，要把我们的心里话带给党中央！我说，我会将您的心里话写进书里，让人们都能读到，也让后人看到我们今天贫困群众过上的幸福生活！

谢金炎笑了，我将他的心里话写进书里，这是他活了一辈子也想象不到的事情。他开心地笑着，像一轮夕阳那样灿烂。

从谢金炎家出来，刘林又领我走进谢金森家。

谢金森是位 79 岁的老人，他走路需要拄着拐杖，年龄不饶人啊。他身上有肺气肿、气管炎、坐骨神经等多种疾病。他是个鞋匠，从 1981 年开始补鞋，一补就是 30 多年。他说，2019 年 1 月就放下了鞋匠那套家伙，彻底不补了。以前住在蛤蟆石村莲塘组，走路到岭背街上补鞋，5 公里，全靠步行。逢双日当墟，墟墟不误，一个月要走 15 趟。不当墟就在家里种田，他家里有 3 亩地，可收 13 担谷子。过去，自己虽然做鞋匠，兼种地，但常常还吃不饱。种田要交税，补鞋子也要交税。现在，种田不仅不要交税，还有补贴；摆鞋匠摊也不用交一分钱。谢金森感慨道："党中央想尽办法要我们群众过好日子啊！你看我现在住的这个房子，跟城里人住的房子一个样，这要感谢党的好政策啊！"

这是百姓真切的声音，他们对党和人民领袖的感激之情溢于言表，没有半点虚假和做作。在与移民安置点贫困户的交谈中，我被他们满满的幸福感打动。

之后还采访了蔡称平和谢国豪两位贫困户。他们贫困的原因不同，但幸福却是相同的。

贫困户对扶贫干部都满怀好感，因为这些扶贫干部都是党和政府派来关心他们的。贫困户日子过好了，自然而然地对扶贫干部充满感激。扶贫干部对贫困户也如同自己的亲人一样，越困难的贫困户，他们越是鼓足干劲去帮扶。如果哪个贫困户有怨言，那是自己工作不到位，是工作的缺失，自然也会受到良心谴责。

扶贫干部走到群众之中，与群众打成一片，使党群关系亲如一家，是新时代的一大特色。

每次到贫困户家里，他们都会尽力拿出家里有的点心来给你品尝。这些点心虽然不起眼，但这是贫困户对咱们工作的认同。如果他们不认可你，连水都喝不到一口，那是对你工作失职的抗议。刘林说："扶贫工作是充满爱的工作，扶贫事业是充满爱的事业。你只要对群众多一份关心和爱，他们就会回报你十分的爱。"

突如其来的新冠肺炎疫情笼罩在华夏大地，一场没有硝烟的战斗从此打响，于都的广大干部和群众也无一例外地投入到了这场抗疫大潮中。

此时，刘林是于都县疾控中心派驻蛤蟆石村的第一书记，他的妻子卢慧敏也是于都县疾控中心的一名医师。自从担任驻村第一书记后，刘林与妻子聚少离多，难得团圆。抗疫战斗打响后，两人见面的时间更少了。刘林说，整整一个多月，不能回家。他们只能靠微信联系，互相鼓励，坚守岗位，妻子对他的工作十分支持。

正月初一，接到上级指令，为切实做好疫情防控和应急处置工作，全县取消春节休假。刘林立即和妻子通了电话，把小孩托付给奶奶照顾。蛤蟆石村作为岭背镇的东大门，与车溪乡交界，任务十分繁重，不仅要和常驻队员肖海明、村"两委"干部一起在卡点24小时轮流执勤，还要会同防疫部门和乡镇细致核查返乡人员，一村一户地宣传预防新型冠状病毒知识，每天都奔忙在蛤蟆石村的角角落落……

这次抗疫运动，中央统筹运用人民战争、总体战、阻击战的战略战法，取得疫情防控斗争的全面胜利。刘林所在蛤蟆石村落实防控措施，筑起了全村疫情的"防火墙"，增强了村民的疫情防控意识，提升了村民打赢防控新冠肺炎疫情的信心和决心。

为打赢扶贫攻坚和防疫双胜利，刘林与队员们冲锋在一线，谱写了一曲高扬的时代之歌，他们的事迹也会被后人传唱。

有一种蓝，叫阿克陶蓝

夜色渐浓，我们围着餐桌，放下筷子，大家都在听援疆回到于都的赖扬平讲述支教故事。他的讲述很有感染力，大家屏声静气地，唯恐漏掉一些细节。

赖扬平是于都二中高中语文教师，2017年2月作为江西省第九批援疆干部人才进疆工作，分配到阿克陶县雪松中学，同时任江西省援疆工作前方指挥部办公室秘书、机关党委青年委员、前指教师党支部副书记等职务。2017年12月被任命为阿克陶县雪松中学副校长。除在雪松中学从事教育教学工作外，还协助江西援疆前方指挥部教师组做日常管理工作。

赖扬平说，于都和阿克陶两地相距5300多公里，自己的援疆之路，也是一次万里长征。从于都出发，到南昌乘飞机，航程八九个小时……

还是从头讲起吧。2016年12月，赖扬平获悉上级要求学校选派一个语文老师援疆，他当即报名。之前学校有两个老师参加过第三、第七批援疆支教。他们回来给全体老师做报告，描绘支教的火热生活，在赖扬平心中点燃了激情。趁着年轻，应该走出去拓展自己的视野，锻炼自己的斗争精神，埋藏在赖扬平心底的火开始燃烧。

当时妻子正怀孕4个月，赖扬平跟她商量，妻子说，我已习惯了你不顾家的风格，再说，你决定了的事，谁能阻拦得了。一句话，支持呗。

出发时，单位领导说，要像当年苏区群众送红军长征那样送你去援疆。领导果然不食言，亲自开车送赖扬平到赣州乘火车，让他心里备感温暖。

响应祖国号召，把自己的职业规划与国家的大政方针、民族发展结合在一起，这对个人来讲也是一件非常有意义的事情。赖扬平是学文科的，有一股子浪漫情怀，所谓诗和远方，援疆成了他逐梦的地方。

第一次长时间坐飞机，跨越中国辽阔的疆土，心情既有激动，也有兴奋，更多的是期待。在飞机上，赖扬平激情喷发，写下一首打油诗："青春无限劲飞扬，男孩启程赴南疆；万里支教心不悔，甘洒热血向远方。"

到阿克陶，需要倒3个钟头的时差。那里非常缺水、干燥，对南方人来说一时非常不适应。那里一年的降水量，还不到江西一天的降水量那么多。头一两个月，每天早上起来，会发现鼻黏膜出血，嗓子痒不停地干咳。

除了时差、干燥缺水之外，每年4月，沙尘暴昏天暗地地扑来。能见度非常低，需要持续一个多月。出门必须全副武装，戴口罩，回来一身的灰。

阿克陶处在地震带上，地震非常频繁。前几年也发生过几起比较大的地震，一年下来，三五级的地震要经历一二十次。有时候隔三岔五就会来一场地震。赖扬平等支教干部经常要组织学生进行防震演练。

除了克服自然环境的困难外，还要克服饮食、生活习惯以及当地的社会环境等差异。从教师的这个行业来说，肩负着提升学生基础知识水平的重任。很多学生不能正常用普通话进行沟通交流，这就造成了在教育、教学和管理上非常大的差异，而这一点，让赖扬平和支教教师们都非常惊讶。

以前，赖扬平作为语文教师，一直在做国学教育、优秀传统文化的传承和推广。到阿克陶后，他也把从家里募捐到的一些国学教材，如《弟子规》《三字经》和《论语》等一些优秀传统文化读本，约五六千册，送到

赖扬平在阿克陶县边境牧区布伦口乡学校，给师生讲解端午节文化

阿克陶的幼儿园、小学、中学，供孩子们学习。赖扬平不光是送书了事，他还在各个学校搞起了巡回讲解。这事被教育局领导知道后，主动邀请他对阿克陶县进行一次国学教育进课堂巡回推广活动。一时间，阿克陶全县读古诗、诵经典，形成一个学习传统文化的热潮。

每当传统节日来临，赖扬平还会深入到偏远的农牧区，特别是边境线上的那些牧区学校，给孩子们讲授中国传统节日的含义。2019 年，赖扬平带了几百个粽子，到一些偏远的牧区学校去给那些学生讲端午节文化，孩子们特别喜欢。这个活动，也作为进课堂、送教下乡活动在阿克陶全县推广。

在雪松中学有一个"江西班"，这是学校重点打造的一个模范班，其中有一个重要的活动，就是把江西的红色文化根植到阿克陶的校园里。通过讲红色故事、唱红色歌曲，给孩子们配置红军服进行排练，把红色文化融入音乐课教学当中。让人绝对想象不到，在中国的西部边陲、古老的丝绸之路上，竟能听到《十送红军》的悠长歌曲。一时间，"江西班"在阿克陶县声名鹊起。一次，中央部委领导来到阿克陶视察，出乎他们意料之外，在新疆竟然听到了熟悉的江西红歌，大家露出了惊喜的表情。

雪松中学很多学生是住校生，都是偏远的农牧民的孩子，生活条件非常艰苦。出于改善学生生活条件的目的，赖扬平在学校建了一个"长征源"爱心点赞超市。赖扬平来自长征集结出发地于都，希望把长征精神的火种带到新疆、带到阿克陶。将爱心点赞超市取名为"长征源"，赖扬平经过深思熟虑："源"就是饮水思源。要让孩子们知道感恩，感恩党、感恩社会、感恩国家。雪松中学是江西省出资 1.2 亿元，全资打造的一所学校。在戈壁滩上建一所学校，的确不是件容易的事，所以赖扬平将感恩教育、励志教育，融合到日常生活中。

为什么叫"爱心点赞超市"呢？赖扬平想让那些贫困学生，尤其是品学兼优的学生通过自己的努力，不仅仅是文化成绩优秀，表现也要优秀，包括平时的言行举止，要得到同学、老师的认可。然后，孩子们凭这些得到点赞，就可到爱心点赞超市去免费换取他喜欢的学习、生活用品。

这不是给贫困贴标签，只是对这些贫困生进行一个格外的关注，一个考核。只要发现贫困孩子们有进步，有亮点，赖扬平就以这种方式给予鼓励。让孩子获得一种认可感、一种尊重感——不是因为贫困得到补助，而是因为自己表现优秀，才得到奖励。爱心点赞超市运行了两三年，效果特别好，在学校形成了一种你追我赶、团结奋进的风气。爱心点赞超市的费用，是赖扬平号召高中、大学时期的同学以及同事们捐赠的，有的一百、两百，有的三百、五百，一共捐了两万多块钱，交由学校团委专门负责管理。

援疆干部也有扶贫任务，赖扬平的结亲户是克孜勒陶乡牧区的一个柯尔克孜族的牧民。这个结亲户情况比较特殊，老爷爷和老奶奶在山上放羊，因为儿子、儿媳离婚，两个老人带着一个名叫阿娜尔汗的小孙女。由于统一集中办学，山上的牧区学校撤并，当地儿童就统一集中到县城的小学读书。两个老人家在山上放羊，儿子由政府统一组织的劳务输出到福建打工去了，阿娜尔汗小姑娘一个人在县城读书。

脱贫攻坚在中国大地铺展开来，赖扬平在阿克陶县的帮扶工作分两块：

一块是对这个家庭做政策宣讲和生活帮扶。每个月，赖扬平会带点生活用品，米面油，水果、蔬菜什么的。去一趟，开车要两三个小时，带着司机和翻译。开始是学校同事一同陪他走访，帮助解决牧民家里的一些实际困难，比如说一些政策的宣讲，问牧民补助有没有到位，家里还存在什么困难等，为他们解决些实实在在的问题。

另一块就是帮助阿娜尔汗的学习和生活。赖扬平在县城教学，小姑娘读书的小学就在雪松中学不远。小姑娘比自己的儿子大一岁，看到她，赖扬平就有一种父爱的冲动。平时隔三岔五，赖扬平就会到阿娜尔汗的学校去看看，买点学习、生活用品带去。有时，赖扬平也会带她去商店里逛逛，买买衣服，在外面吃餐饭，弥补一下她缺失的父爱。有时，吃完晚饭散步，走着走着，就走到她的学校，看到阿娜尔汗才觉得安心。

阿娜尔汗患有先天性心脏病，得知这一消息，赖扬平十分震惊。他第一时间打电话求助江西援疆医生，正好这个医生是心脑血管专家。赖扬平连忙领着阿娜尔汗去医院，找到这名医生做各种检查、治疗。

有一天，阿娜尔汗主动给赖扬平打电话，问能不能给她过一个生日。阿娜尔汗说，自己的父亲和母亲从来没有给她过过生日。赖扬平连声说，好，好，你等着，我们给你过一个难忘的生日。

赖扬平给阿娜尔汗的班主任打电话商量，把阿娜尔汗的生日当作一堂课来上。

生日课安排在这一天的最后一节课，赖扬平领着十几个江西援疆教师去捧场。班主任早已把课桌摆成活动场所，还设置了一个小舞台。黑板上写着："祝阿娜尔汗生日快乐！"

赖扬平提着蛋糕，带着小礼物，还有点心、糕点和水果等零食进场，让全班小朋友为阿娜尔汗过了一个开心快乐的生日。

阿娜尔汗眼泪汪汪地说："爸爸妈妈不在身边，爷爷奶奶在山上下不来，'江西爸爸'就像父亲一样关爱着我。"自那以后，赖扬平就有了一个特别的称谓——阿娜尔汗的"江西爸爸"。赖扬平心底也很高兴，自己有了一个"阿克陶女儿"。

赖扬平最后讲了一个"懒羊皮"的故事。这是他在阿克陶上课的时候遇到的有趣故事。

由于阿克陶学生的普通话不太好。上课往往要费尽心思让孩子们明白一些道理，比如汉字的意义、读音等。有一次，赖扬平用自己的姓名来举例，他在初二年级班上的黑板上写下了"赖扬平"三个字。他还告诉孩子们怎么读音、怎么写，还给他们解释汉族的名字包括姓和名。然后姓氏怎么读，名字怎么读。当地的维吾尔族和柯尔克孜族的名字后面是父亲的名字。赖扬平要求孩子们将任课教师的名字写在作业本上，最后，好多孩子将"赖扬平"写成"懒羊皮"了。

这场课演绎成一个笑话，江西援疆团队都在传扬，看见赖扬平就称呼他"懒羊皮"老师。"懒羊皮"这一称谓，也一直延续到赖扬平的援疆历程结束。

令人欣慰的是，通过这两三年的援疆支教，孩子们的知识面貌得到改观，"懒羊皮"现象也将成为历史。

赖扬平是个浪漫的人，触景生情时，他会在手机和电脑上记录下自己的援疆情思。援疆期间，诗和远方始终是他心底的一抹亮色。赖扬平在阿克陶写下 30 多首诗歌，不妨摘录几句，让所有人都有不一样的诗和远方——

　　　　有一种蓝叫阿克陶蓝，

　　　　蓝得那么宁静，蓝得那么透明。

南方小城的一场雨，
竟让万里之遥的一双明眸，
蓝得像湖泊，蓝得像碧空。
…… ……

第四章

潭头村纪事

中国要强，农业必须强；中国要美，农村必须美；
中国要富，农民必须富

最新最美的图画

潭头圩紧挨贡江南岸，与山峰坝遥遥相望。山峰坝是中央红军长征一军团的渡河点，从山峰坝上浮桥，到潭头圩登陆。为了支援红军工兵连搭建浮桥，山峰坝和潭头圩的群众纷纷卸下自家的门板来充当临时浮桥的材料。

潭头是瑞金与于都两个县城之间的必经之路。1934年9月，在中央红军生死攸关之时，中华苏维埃共和国主席毛泽东从瑞金云石山来到于都为中央红军战略转移探路。途经潭头区，毛泽东检查了区消费合作社食盐供应情况。区消费合作社组织群众用老壁土熬硝盐，其次是收购家禽去白区换食盐，以此解决群众食盐难的问题，得到毛泽东的肯定。

2019年5月20日，中共中央总书记习近平来到梓山镇潭头村看望慰问老区人民。在红军烈士后代、退伍军人孙观发家，他同孙观发一家人和当地镇、村干部围坐在一起拉家常，详细了解老区人民生产发展和生活改善等情况。

潭头村作为全面建成小康社会的示范村，迎来了一批又一批外地参观团前来学习、观摩。客人们带着疑问、好奇和探索的心理而来，又带着欢欣、满足而去。

潭头村航拍图

毫无疑问,潭头村成了中央红军长征集结出发地的一张响亮名片,那么它的亮点在哪里呢? 带着这个问题,我采访了潭头村第一书记肖桂花。

听名字以为肖桂花是位女同胞,见面才知是一位温文尔雅的男士,潭头村的工作做得可圈可点,这位第一书记自然有绝活。

潭头村是"十三五"贫困村,国土面积 2.35 平方公里,耕地面积 1600 亩,林地面积 188 亩,辖 18 个村小组 827 户 3082 人。潭头村有建档立卡贫困户 109 户 470 人,贫困发生率达 16%。经过这几年精准帮扶和贫困户自身努力,目前全村已脱贫 101 户 458 人,未脱贫 7 户 14 人,贫困发生率由 2014 年初的 16%降为 2019 年底的 0.45%,已于 2017 年整村退出。肖桂花书记对村里情况满盘清。

过去,潭头村一度处于贫困落后的状态,大部分群众居住在危旧土坯房,由于基础设施不完善,有"晴三天挑烂肩头、雨三天水进灶头"的嘲言;村民喝的都是河水、溪水,很不卫生;电压低,每到大家集中用电高峰期，连饭都煲不熟；道路差，村里都是一些羊肠小道，路很不好走，赶个集都要半天时间；基础设施薄弱，整个村庄脏、乱、差，脱贫任务十分艰巨。医疗、教育、卫生事业薄弱，村民文化素质低，村集体经济收入基本空白；基层组织整体战斗力弱，乡风文明差，不赡养老人、薄养厚葬等现象时有发生。全村大部分青壮劳动力都外出务工，村庄平时基本上见到的都是一些老人和孩子。

说了一大堆过去的落后状况，肖桂花书记话锋一转，胸有成竹地说，脱贫攻坚政策实施以来，扶贫工作组进驻潭头村后，经调查研究，探索出了一套行之有效的实战方法：

一是加大资金投入。整合资金，投入了 1000 多万元，用于水利、交通和管网等基础设施建设。同时动员社会帮扶力量支持各类建设，贫困户按照户均 2000 元以上投入产业合作社发展产业。

二是加大帮扶力度。这里强调的是人的因素，首先是强化干部帮扶机制，帮扶干部每月至少两次以上与贫困户沟通交流，及时掌握贫困户家庭生产生活变化情况，实施精准帮扶；其次是强化驻村服务机制，驻村工作队吃住在村，一线解决农户实际困难，每天轮流在村部值班，接待村民来访。驻村以来共接待群众 560 批次，解决实际问题 500 余个，村民归属感、满意度明显提升。

三是加大产业发展。以万亩蔬菜基地为龙头，通过土地流转、参与务工和"龙头企业＋合作社＋农户（贫困户）"模式，带动农户参与产业发展，实现增收致富。

经过不懈努力，随着脱贫攻坚的深入实施，全村农业产业得到蓬勃发展。村域内有万亩蔬菜基地（南区）、富硒葡萄基地、百香果基地、富硒水稻基地等特色产业基地。依托秀美乡村环境和富硒产品特色，开发了系列乡村旅游产品，村合作社开办的"富硒宴"广受好评，经济发展破茧成蝶。

经过几年脱贫攻坚，村劳动力实现了家门口就业，村集体经济收入实现了从无到有，村民从自给自足转变到合作社集约化发展，生活水平大幅提高。随着乡风文明建设和技能培训的深入开展，居民就业素质提升，富了口袋也富了脑袋。潭头村党支部经过脱贫攻坚工作的锤炼，已成为梓山镇里最能吃苦、最能战斗的"铁军"。

谈到村党支部建设，肖桂花就像一根擦亮的火柴，声调也提高了半度：潭头村构建以党员为核心的党小组长、村小组长和妇女小组长三类小组长队伍，在党支部的带领下，积极参与到空心房整治、扫黑除恶、农村环境整治、乡风文明、防汛防火防灾及矛盾纠纷调处等核心工作中，为村民办实事，解决痛点堵点难点问题。空心房拆除了、滋事闹事的没了、屋前屋后干净整洁了、矛盾纠纷少了，村民对党委政府的满意度也有了大的提升，能够自发向党组织靠拢。

一个村的兴旺，离不开村党支部的战斗堡垒作用。抓村里工作，千头万绪，无从抓起，首先，抓住党员，充分发挥党员先锋模范作用，团结带领群众，让村容村貌焕然一新。其次，还组织开展"新时代赣鄱先锋"和十佳优秀党员评选活动，引领时代风尚，弘扬社会主义核心价值观。最后，广泛开展党组织五星创评、党员承诺公示、先锋创绩、支部书记论坛等活动，让党员知责思为、知任图进，从而有效激发党员为村级事业发展出谋划策、担当作为的热情。

"梓山潭头，吃苦两头；晴三天，挑烂肩头；雨三天，水进灶头。"这是潭头村人过去的口头禅，那时村里穷得叮当响，连修河堤的钱都拿不出，活人受水的欺负。大部分群众居住在危旧土坯房，电压低、道路差，基础设施十分薄弱。近年来，潭头村沐浴精准扶贫的东风，一大批项目落地生根，村里发生了翻天覆地的变化：集中改水 754 户，18 个小组的低电压改造全面完成，通组路改造 26 条 13.6 公里，实现了组组通宽 3.5 米以上的水泥路，96 户享受了危旧土坯房改造政策，完成改厕 385 户，宽带网络、广电网络实现全覆盖，家家户户住上了安全房、喝上了干净水、用上了稳定电、走上了平坦路。全面建成小康社会，在这里已经不是一句空话，而是真实的情景和数据。

　　走进潭头村，这里处处都显现党员的身影和影响力。鲜艳的党旗在人们聚集的广场、游步道和祠堂等处迎风招展；党员家庭大门一侧钉着"共产党员户"的牌子，彰显党员的责任与担当；穿着红马甲的党员志愿者在蔬菜大棚等脱贫攻坚现场穿梭，处处都有党员活跃的身影。

　　漫步在村里，一排排现代化标准蔬菜大棚鳞次栉比，大棚内翠绿色的丝瓜挂满藤蔓，勤劳的人们正在劳作。村间小路绿树成荫，清渠净水汇入一方方池塘。这些都是梓山镇潭头村"党建和脱贫攻坚"工作成效的生动缩影。

　　目前，潭头村通过创新党员服务机制，建立了社区居家养老服务站和留守儿童之家。以村"两委"换届选举为契机，着重从党员、能人、大户、致富带头人中选配村干部，着重把懂经济、会管理、作风正的人培养为村党干部。通过换届选举，组建了一支党性观念强、群众认可度高、致富本领高的村组干部队伍，成了引领全村脱贫攻坚工作的主心骨

党员志愿者活跃在蔬菜大棚产业园

和领路人。

有一名叫刘锦华的党员，原在外务工，2002 年开始返回家乡创业，成为村里致富带头人，2015 年被选为村委会主任，带领村民脱贫致富。针对流动党员多的问题，该村加强流动党员的教育和联系，把党的好政策告诉他们，让流动党员返乡就业创业，既能发展家乡经济，还能照顾家庭，增加收入。

肖桂花从微信发给我一组最新数据：潭头村成立蔬菜专业合作社以来，通过"龙头企业＋合作社＋农户（贫困户）"模式，带动 385 户农户实现土地流转，户年均增收 1300 多元；124 户农户通过合作社入股蔬菜企业，入股金额达到 30.2 万元，户年均增收 2000 多元；本村 200 余名群众在基地务工，人年均增收近万元。村级光伏电站总装机 70 千瓦，2018 年发电效益 4.9 万元，村集体经济收入 8.1 万元，村民人均收入达到 1.3 万余元。

如今，潭头村有着富硒蔬菜、葡萄、优质稻等主导产业，乡亲们既能外出务工，又能在家门口就业。既能照顾家人和小孩，又有土地流转收入和务工收入，贫困户还有分红收入。

我听到一个新鲜词汇——"阵地工程"。在肖桂花的解释下才了解，这是一项增添组织保障、夯实阵地建设的工程。政府先后投资 35.6 万元，以支部标准化建设为目标，打造党员议事室、远程教育中心、图书阅览室等阵地设施。真正把支部建设成为党员组织生活的"主阵地"，村民讨论发展集体经济的"议事厅"。

2018 年，全村实现村级集体经济收入 52160 元；2019 年村级集体经济收入 25.4 万元，其中合作社入股分红 3 万元，旅游公司（含民宿）经营收入 15 万元，蔬菜基地管理费 2 万元，店面租金 1.2 万元，葡萄基地管理费用 1.2 万元，光伏发电收入 3 万元。此外，还办起了蔬菜深加工、民宿旅游，麻饼、酱油、豆豉、烧卷子等土特产品也开始从农户家走向市场……

"一张白纸，没有负担，好写最新最美的文字，好画最新最美的画图。"这句话是毛泽东在新中国刚成立、百废待兴时说的。如果将潭头村比喻成这样一张"白纸"的话，那便是几年前的刚开始精准扶贫之时。随着脱贫攻坚的层层深入，我们现在看到的已经不再是"白纸"，而是已经被写上"最新最美的文字"和画上"最新最美的画图"了。

——这是一幅美轮美奂的新时代图景！

——这是一幅革命老区奔小康的画卷！

孙刘合祖祠堂

潭头村有一栋明清古建筑祠堂，门首钉着"孙刘合祖"的牌匾。

看到这个牌匾，我心里感到纳闷，一般祠堂都是一个姓氏所有，这个祠堂为何两姓共有？这其中必有故事。

我们先探足一下潭头村的历史。潭头村过去叫潭头圩，该村自明初建村至今已 700 余年。悠悠古村，民风淳朴，崇贤尚德，风清气正，一踏入这个村子，便感觉和谐春风扑面而来。

在潭头村境内有一座城隍庙。城隍庙一般是建在县城里，潭头村怎么会有城隍庙呢？

原来自西汉高祖六年（公元前 201 年）建于都县以来，县城经历多次迁移，曾于公元 558 年迁于大昌村（即今潭头村），同时兴建城隍庙。风风雨雨 1450 多年，几经修复的城隍庙一直矗立在于都人的心中，成为不朽。

小小潭头村，有了这些悠久历史，其文化底蕴自然十分丰厚，而孙刘两姓共一个祠堂的稀罕事也就在潭头村诞生了。这是一则敬祖睦邻的古老故事，也是一则新时代乡风文明的美丽故事。

潭头村全村有 18 个村民小组、750 多户人家，以刘、孙、李、张等姓为主，但大家都不分姓氏，亲如一家，很少有不和谐的事件发生。

孙刘合祖祠堂

孙刘两姓祠堂为明朝中期所建，距今约有 550 年。孙刘两姓先祖共建祠堂，成为潭头流传至今的一段佳话，也昭示了村民们敬祖睦邻重孝道的优良传统。孙刘两家世代友好，从未发生打架斗殴不和谐的事。

每年的正月初六，孙刘两姓都要在祖堂摆酒席，每家每户都会派出家庭代表赴宴，在觥筹交错中共叙亲情友爱，同商发展大计，这种习俗延续了数百年，没有间断。

村里老人说，孙刘两家原为表兄弟。孙家在潭头开基已有 800 年，在孙家来到潭头开基 100 年后，刘家看这个地方不错，便也搬到这里来发展。孙刘两家一直和衷共济，共同打造了潭头村的美丽家园。

在村中池塘边，还有一座凉亭，名叫"孜和亭"。问及缘由，是因为"孜"字代表孙刘两姓，是村民和睦相处的见证和延续。"孜"字有两层意思：一是孜孜不已、孜孜不懈、孜孜不倦的含义；二是乐滋滋、美滋滋的意思，形容高兴的样子。"孜和"则是孜孜不懈、开开心心地和谐相处的意思。

"和"是中国文化的重要支点，诸如"礼之用，和为贵""天时不如地利，地利不如人和"说的都是"和"。如此，细究起来，"孜和亭"的意义的确不同凡响。

潭头村利用孙刘合祖的故事引导乡风文明建设，广泛开展"学模范，树新风""五好文明家庭评比""文明信用农户创评"等活动。同时，充分发挥群众的积极性，组织"五老"人员成立了理事会，利用古村村规、村训等引导群众邻里和睦、互相帮助。在孙刘合祖祠堂里，醒目地张贴着孙刘两姓的族规。

孙氏族规这样写道——

> 孝父母，亲兄弟。和邻里，睦宗亲。
>
> 慎教诲，励子孙。慎交友，正世风。
>
> 勤与俭，持家远。戒轻生，保平安。
>
> 俭丧葬，改陋俗。戒酗酒，保身家。
>
> 戒赌博，安社会。

刘氏族规也有十二条——

> 敦伦纪，睦宗族。和乡里，勤职业。
>
> 重祠墓，谨祭祀。广祭田，慎嫁娶。
>
> 劝读书，急输将。戒争讼，远奢靡。

一个有历史厚度的村落和族群，必然有自己的文化痕迹可寻。在孙刘合祖祠堂内侧墙壁上嵌有石碑数块，讲述的就是孙刘两姓人家维系数百年的合祖祠堂肇基以及维修之事。碑刻密密麻麻，字迹不太好辨识。其中有一块刻的是《刘孙联谊维修祖堂记》：

> 刘孙奠基，联谊择建。族史悠久，逾数百年矣。
>
> 堂势禀严，昭奕代祖功宗德。春来秋去，遵万古圣贤礼乐。值此银河泻影之时，追念先型，临笔祖驰，不胜缅怀倍切。
>
> 先代有□谋肇基端由勤俭，后人宜续绪务本继以宏业。堂构相承，箕裘勿坠。
>
> …… ……

需要一番考证的功力才能将这些碑刻内容记录下来。去的时候正是下午，光线已暗，没有尽情抄录，也算遗憾。

穿行在潭头社区的村街巷道，转了一圈，发现这里的房屋基本都是最近这些年建造的。外墙都粉刷一新，房顶都盖上了琉璃瓦。路面全是水泥铺就，再也不会重现"晴天一身灰，雨天一脚泥"的惨状。

"中国要美，农村必须美。"对于这样一个有良好传统文化根基的村庄，乡村振兴与乡风文明建设如何开展，潭头村主任、旅游公司总经理刘锦华有自己的主见，他说，乡村振兴要实现文明乡风，首要一条就是村民需要实现脱贫，而要做好脱贫攻坚与实施乡村振兴战略，又需要我们在帮扶过程中有意识地培植文明乡风，着力加强农村思想道德建设和公共文化建设，培育良好家风、淳朴民风。除了要关注他们的钱包，还要深刻了解他们的思想认识，作出积极引导。特别是对贫困群众的关注，不能关注完"钱袋"再来关注"脑袋"，要实现"钱袋"与"脑袋"同时富。当然，潭头村的村民已经稳步脱贫，现在村民都迈入了小康，如何让文明乡风继续发挥作用，也是我们工作的方向。

潭头村于2019年成立了旅游合作社，每股2000元，全村108户贫困户入股。一开始村民有顾虑，刘锦华以个人名义担保，每月财务公开，分红不低于10%。2019年底，经营仅半年的合作社就给入股村民分红了

20%，群众拿到分红都很开心。旅游合作社对全村资源统一调配，为避免经营乱象，互相压价，统一规划餐馆、民宿和扶贫超市的经营。2019年下半年，已接待游客近4万人，营业收入达120万元。

刘锦华给我的茶杯里斟茶，我的思绪也似杯中的茶，深了浅，浅了又深。对于乡村振兴和乡村文明建设，在我有限的思维空间里，认为应该挖掘每一个村庄固有的文化内涵，提炼出每一个村庄的文化精髓，就像医生针对不同的病人施行治疗方案一样，不能千篇一律，雷同抄袭，而应该因村施策，既要保留传统文化的精髓，又要导入新时代新文明和新风尚，使乡村振兴立足于高质量发展的基石之上。

我们的话题开始泛化，也有一丝担忧。农村是我国传统文明的发源地，乡土文化的根不能断，农村不能成为荒芜的农村、留守的农村、记忆中的故园。如何让农村在传承乡土文化的基础上，融入现代文明元素，留住美丽乡愁，确实需要有识之士镂空心思好好探索和实践。

孙刘合祖祠堂，应该就是潭头村的那块"留得住青山绿水，记得住乡愁"的地方。

新时代文明实践站

潭头村有一口大水塘，此刻，水中安装的喷头撒着水花正向客人宣示着村民的幸福生活。水塘四周修建了木围栏和栈道，高低错落处有木梯连接。这里还有一处观景台，木结构的围栏和地板，还有木长椅，四五个孩子仗着这里的树荫在观景台上戏耍着。

水塘四周建有民居，外墙粉刷一新，像要办一件大喜事一样，收拾得整整齐齐。

在观景台对面有一个大广场，地面是砖块铺就，错落有致的拼接纹比水泥硬化的地面好看多了。

广场西面登上十几级台阶，正中有一座木结构老房子，上书"刘氏宗祠"。祠堂正中是大天井，天井上方横梁上有"民主协商议事厅"字样，与祠堂正厅上方有古朴方正的"敦睦堂"三字彼此错落。祠堂内摆放着整齐的木制桌凳，一看就知是村民办理红白喜事和议事的场所。

祠堂右侧有一栋砖房，外面粉白，房子门头上方悬挂着一块红底黄字的大招牌，"潭头村新时代文明实践站"醒目地占据着招牌上的最佳位置。

"新时代文明实践站"的功能是做什么用？潭头村支书刘连云告诉我，这里主要开展主题教育和文明实践活动，诸如"新长征再出发""不忘初心、牢记使命"等活动，成为新时代文明实践站的常态化活动。

在宣传栏中，对"新时代文明实践站"做了这样的阐述：

建设新时代文明实践站，是深入宣传习近平新时代中国特色社

潭头村的旗帜雕塑

会主义思想的一个重要载体，要着眼于凝聚群众、引导群众，以文化人、成风化俗，调动各方力量，整合各种资源，创新方式方法，用中国特色社会主义文化、社会主义思想道德牢牢占领农村思想文化重地，动员和激励广大农村群众积极投身社会主义现代化建设。

思想文化建设是不少农村的薄弱环节，新时代文明实践站给我们提供了新的实践路径。潭头村新时代文明实践站，规定了每次活动的具体流程，活动分五个步骤：

不忘初心——合唱一首爱国歌曲；

新时代新思想——朗诵一段"平语近人"；

新时代人物——讲述一个人物故事；

理论宣讲——宣讲一堂理论知识；

宣讲感言——分享一个宣讲感悟。

潭头村支书刘连云兼任实践站站长，他指着新时代文明实践站宣讲单说，文明实践站每个月的学习内容也各有侧重，实行每月开讲制，围绕传理论、传政策、传法律、传科技、传文化，因人、因时、因需制宜，精心策划讲堂内容和形式，及时做好宣传资料、影像图片收集归类入档。刘连云侃侃而谈，新时代文明实践站的成立，承担着五个方面的任务：传思想——持续深入学习宣传习近平新时代中国特色社会主义思想；传政策——深入宣讲新旧动能转换、乡村振兴战略、法制建设实践以及农业农村教育、医疗、环境等各方面的方针政策，宣传相关法律法规知识；传道德——大力弘扬社会主义核心价值观，积极倡导社会公德、职业道德、家庭美德、个人品德，做文明有礼临朐人，培育崇德向善、文明有礼的社会风尚；传文化——弘扬中华优秀传统文化、红色文化，传习文学艺术、绘画书法、传统习俗；传技能——组织开展劳动技能、科学技术、健康保健、传统技艺等实践活动，满足不同群体的工作生活需要。现在有了新时代文明实践站，对乡村文明建设无疑起到了飞跃式的进步。

我仔细阅读宣讲单内容，每个月的侧重点都不一样，但与时间节点完美结合，如一月份：学习党的十九大会议精神、乡风文明法律讲座；二月份：潭头春节文化系列活动、文明交通法律讲座；三月份：赣南新妇女运动座谈会、健康知识培训；四月份：扫黑除恶法律知识讲座、清明文明祭祀、森林防火法律知识讲座；五月份：学习习近平总书记系列讲话、脱贫攻坚"五星创评"培训；六月份："六一"儿童节、留守儿童关爱活动、"端午节"关爱空巢老人包粽子活动；七月份：防溺水宣传教育活动、阅读推广讲座；八月份：国防知识教育培训、古色文化研学；九月份：我们的节日"中秋文化活动"、家长学校培训；十月份：重阳节孝敬爱亲活动、国庆主题文化活动；十一月份：脱贫攻坚知识讲座、科普知识讲座；十二月份：大棚蔬菜种植管理技术培训、典型模范系列评选活动。

我们坐在实践站的课桌前，刘连云站长给我们讲解说：新时代文明实践站有完善的管理制度，遵循"从群众中来，到群众中去，让群众教育群众"的原则，及时做好本村新风尚、新事物、新变化的采集提炼，宣讲员在第一时间"零距离"进行宣讲。

农村基层是各种宗教势力和不良风气角力的地方，新时代文明实践站承担起举旗帜、聚民心、育新人、兴文化、展形象的使命任务，围绕培育文明乡风、良好家风、淳朴民风，统筹城乡互动，宣传思想政策，传递文明风尚，打通宣传群众、教育群众、关心群众、服务群众的"最后一公里"，打造融思想引领、道德教化、文化传承等多种功能于一体的基层综合平台，建设"传播思想、实践文明、成就梦想"的百姓之家。

新时代文明实践站，就是要坚持物质文明和精神文明一起抓，弘扬和践行社会主义核心价值观，加强农村思想道德建设，传承发展提升农村优秀传统文化，加强农村公共文化建设，开展移风易俗行动，提升农民精神风貌，培育文明乡风、良好家风、淳朴民风，不断提高乡村社会文明程度，使农民焕发昂扬向上的精神风貌，以此助推乡村振兴战略。

新时代文明实践站除了室内学习，也会经常组织实践队员到富硒蔬菜产业园感受科学种植成果……

潭头，是一片洋溢红色热情的红土地。这里蔬菜产业兴旺，新农村快速发展，村民过上了红火的日子。

潭头，是一片释放红色活力的红土地。这里有新技术、新产业，结构在调整、产业在升级、动能在转换，人们以高昂的干劲迎接更"红"的明天。

"永跟党走"

在潭头村，我见到了红军后代、退伍军人、老党员孙观发。因为习近平总书记到他家做客，他在中央电视台亮相后一下子成了名人。全国各地到于都参观访问的团队络绎不绝，他们沿着习近平总书记的视察路线，来到潭头村，都会踏进孙观发家看望这位精神矍铄的老人，孙观发也不厌其烦地将总书记到他家访问的情况一五一十地讲给人们听。

孙观发中等身材，圆脸，鼻子和下巴向前翘突，笑起来特别甜。他天生就爱笑，无论碰到多大的困难，他也没有皱过一下眉头，总是笑对生活。也难怪，总书记亲自上门做客，这样的福气谁能比得了。

当我问到孙观发的年龄时，他自豪地说，我与新中国同岁。共和国走过了辉煌的 70 年，我也与共和国一道成长，走过了风雨兼程的 70 年。

我问孙观发，你作为一名烈士后代，是怎样理解当年革命先烈不怕牺牲的精神的？

孙观发不假思索地说，作为一名红军烈士后代，我们上顶着烈士的名头，下又有子孙后代，我自己时常告诫自己，不能辱没自己门楣上的烈士家属这个称号。孙道发生是我继父，他 1931 年参军，是中央红军红三军团的一名战士，牺牲时不满 20 岁。想想我们现在的年轻人，20 岁是什么样的年龄，会读书的还在大学校园里，不会读书的也在工厂里打工挣钱，这样的生活得来不易，是革命先烈用鲜血和生命换来的。

孙观发初中毕业，当村干部一年多，担任过民兵营长。年轻人崇尚军旅生活，在他的带动下，村里有 4 位年轻人跟他一块报名当了兵，服役期满后都回家了。和平时期的兵，不比战争年代，"古来征战几人回"？长征途中突破第四道封锁线的湘江一战，就损失了 5 万多名将士，这其中有相当一部分是我们于都走出去的红军战士。孙观发的继父孙道发生就是在突破湘江战役时牺牲的，说到这里，他心里一阵哀痛。

孙观发也当过贫困户，那年妻子因为得了不治之症，治病花去了几十万元。这些年，国家关心贫困户的生活，还给自己低保金。幸亏党的政策好，儿子出外打工挣了一些钱，儿媳也在于都制衣厂上班，摘掉了贫困户的帽子。2018 年孙观发主动申请退出低保。"我本人还有参战人员补贴 715 元，带病复员 665 元，老年保险 100 元，加起来有 1500 元。另外，土地流转每年有 2700 元，光伏产业分红也有 5000 元。今年我住院费用 1800元，报销下来实际花费 97 元，报销 90% 以上呢。"孙观发说。

2018 年春节，孙观发请人写了一副对联，表达他感党恩，跟党走的决心：

> 拔穷根摘穷帽决胜全面小康大航程；
> 感党恩跟党走阔步社会主义新时代。
> 永跟党走（横批）。

孙观发家的客厅不大，没有沙发，习近平总书记就坐在孙观发一家平常吃饭的圆桌上首，与孙观发一家唠起了家常。圆桌上首是一把带靠背的实木椅子，现在这把椅子被孙观发作为家庭"一级文物"看待，村民和来宾到孙观发家参观，都会在总书记坐过的椅子上用手抚摸一下。村民说，这是一把幸福椅、平安椅，会给潭头村带来吉祥。

孙观发说习近平总书记在他家座谈了 25 分钟。25 分钟，对于普通百姓来说也许没有什么，但对于一国领袖来说，每一分钟都是黄金般的宝贵。孙观发觉得这 25 分钟比 25 年还值。他只要一想起总书记走进自己家的情景，就会涌起一阵阵的激动。他太幸福了，潭头村上百户村民，谁家都不去，总书记偏偏跨进了他的家里。

回忆起习近平总书记的到访，孙观发说，总书记来到我们村，我很激动，特别是来到我家里，看了厨房、卧室，连厕所都看了，还问我们吃的油是不是自己生产的，用的液化气多少钱，厕所好不好用，我真的很感动。现在村里环境很好，鸟语花香，家家户户接上了自来水，用上了卫生间，住上了新房子，芝麻开花节节高，今后日子会更好！

2019 年 5 月 20 日，习近平总书记来到于都潭头村视察。孙观发十分激动，领着自己儿子、儿媳和两个孙子站在门口迎接总书记。

孙观发跟我讲述习近平总书记走进他家的情景，时隔两个多月了，依然就像昨天刚刚发生一样——

总书记来的时候已是下午近 5 点，他先从水塘西北方位绕到东边来，围着水塘走了一圈，视察村容村貌，然后来到孙观发家门口。孙观发全家 5 口人站在门口迎接总书记。孙观发跨前几步，跟总书记握手，然后介绍自己的家人：这是儿子，这是儿媳，这是孙子、孙女。总书记摸着孙子的头，问几岁啦？读几年级啦？

孙观发牵着总书记的手，请总书记到家里做客。总书记一看大门左侧是厨房，就跨进去视察，问液化气多少钱一罐？电磁炉好不好用？电力足不足、电正不正常？一个月多少电费？问得特别详细，孙观发一一回答。

来到客厅，总书记一眼看到墙上贴了整整一面墙的奖状，高兴地鼓励孙观发的孙子、孙女说：你们要好好学习，一定要考上大学。

见卧室床上铺着凉席，总书记亲切地说："我在福建工作的时候，一年四季都是铺的凉席。"

总书记十分关心群众，一定要看卫生间是否符合卫生条件。孙观发家卫生间，里面是白瓷铺的地面，有水冲厕所，还挺干净。总书记问会不会堵水？还问卫生间做的是三格式还是沼气式？这是个很专业的问题。三格式化粪池是由三个相互连通的密封粪池组成，沼气池是密闭的。总书记曾下放陕北梁家河度过七年的知青生活，打坝挑粪、修公路、建沼气，他在这里加入中国共产党，又担任大队党支部书记……类似"三格式"还是"沼气式"可能很多农村人也未必清楚，但是总书记却一清二楚。乡党委书记段建阳回答，是三格式，改水、改厕的优惠政策修建的。

总书记问起孙观发一家的生活情况怎么样？孙观发说，我们在总书记的领导下，生活得很好，很幸福，又有党的好政策，我们的吃穿住、水电路发生了翻天覆地的变化。

总书记特意问到家庭收入情况怎么样？孙观发说，2018 年全家收入73000 元，人均收入 14600 多元，今年争取突破 10 万元。

临行，总书记高兴地跟孙观发讲，我们要不忘初心、牢记使命，弘扬长征精神，要团结在党中央周围，我们的生活就会像芝麻开花节节高，越来越好，好日子还在后头。

…… ……

讲述完总书记到访的情节，孙观发仍然沉浸在无比的激动之中，眼泪抑制不住地涌流出来。

这也感染了我，我的眼圈也红红的，似乎有泪水在里面打转。

孙观发说，总书记这样关心我们老百姓的生活，我们更要把日子过好，心中要有对美好生活的向往。只有我们老百姓的日子过好了，总书记才能安心。

"我的丰收我的节"

潭头村，成为于都"中国农民丰收节"的主办地。

中国农民有福了！2019 年 9 月 23 日，又是一年秋分至，中国迎来第二个"中国农民丰收节"。节日时刻，人们情不自禁地哼起了这支《在希望的田野上》——

> 我们的未来在希望的田野上
> 人们在明媚的阳光下生活
> 生活在人们的劳动中变样
> ……　……

　　这是一首歌唱祖国繁荣富强的歌，歌词把希望和未来巧妙地结合起来，既歌颂了改革开放以后的新变化、新面貌，又憧憬着富裕、兴旺而幸福的未来。新时代的中国农民丰收节，正是近 40 年来在祖国大地唱响的《在希望的田野上》的最美画卷。

　　九月的于都，秋高气爽，五谷丰登，瓜果飘香。一派丰收的喜悦在这片土地上蔓延，时和年丰的壮丽画卷在这里展开。欢声笑语，载歌载舞，欢庆农民丰收节的喜悦幸福。

　　从国家层面专门为农民设立全国性节日，致敬农民、礼赞丰收，党中央显然是考虑到了多个重要层面，这一深远谋划让农民丰收节有着特殊的意义。

　　中国农民丰收节，体现了鲜明的文化符号和时代标记。

　　在潭头村，川流不息的人群打破了这里的宁静。

　　潭头村广场，搭建起了丰收舞台，巨大的背景墙上用声光电技术展现着丰收节浓浓的节日气氛。"我的丰收我的节"成为这次活动的主题，优质富硒蔬菜、生态脐橙、油茶等农产品成为丰收节展示推介的主要农产品。

　　主持人一身轻盈的红装，甜美的嗓音使全场安静下来。趁此节日，于都特有的采茶舞、茶篮灯、擂茶舞登台亮相，唢呐、二胡、锣鼓、古文说唱也竞相献艺，好一副热闹的场面。

于都第二届丰收节在潭头村举行（黄长生摄）

采茶舞的客家女服饰非常亮眼，七八个着装一致，身材苗条的客家姑娘踩着碎步来到前台。她们将摘茶、制茶等生产劳动细节融入舞蹈动作中，伴随着清甜的歌唱，给人一幅客家人积极进取、追求美好幸福生活的甜美图景——

> 太阳出来喜洋洋，采茶姑娘采茶忙。
> 采来春光送情郎，采来笑语四季香。

悠扬歌曲与舞蹈配合，采茶姑娘与情郎对歌，再现了客家人的农业生产的优美风情。

四五个被誉为"擂茶传承人"的客家农家妇女各自捧着一只陶瓷钵上台，她们围着一张八仙桌，用一根木棍在钵里擂起来。

于都擂茶，世代相传，源远流长。无论贫家富户，不分男女老幼，每每工余课后，总要喝上几碗浓郁香醇的擂茶解乏。如果亲朋登门，更少不了以擂茶殷勤相待。民间有歌谣唱道："家家擂茶声，户户茶飘香；擂茶食中宝，胜过人参汤。"

大姑娘小媳妇从小耳濡目染，擂茶成了她们的拿手活。一把炒米，一捧茶叶，一掬芝麻，数片八角，几片橘皮，一撮花生米，放入陶质擂茶钵中，加上几调羹茶油，用二尺来长的擂茶棍，使劲地在钵内运转擂磨。待原料变成了稠糊糊的酱青色浓浆的"茶饵"，再冲入滚烫的沸水，就是一钵味道鲜美，香气四溢的擂茶了。

于都流传过一则毛泽东、陈毅与擂茶的故事。1930年4月，毛泽东在会昌听取徐复祖汇报盘古山特区的情况，当即写成《仁风山及其附近》的调查报告。徐复祖等人将盘古山茶添入花生、芝麻、橘皮等物擂成糊状，冲入开水后端给伏案工作的毛泽东喝。毛泽东一连喝了两大碗，很是高兴，赞叹不已。1935年2月，陈毅率部在茶梓区的盘盛山（时属安远县）休整。被敌人围困已久，缺衣少食的红军在当地群众的帮助下，采下茶树上的老叶，经洗涤干净后制作成擂茶，让红军战士喝上了难得的美味。陈毅指挥红军打退了前来侵扰的敌人，他将手里盛装着擂茶的大碗高高举起，豪迈地说，这场战斗，是擂茶助我们打了胜仗……

至今，随着人们生活方式的变化，颇费工时的传统擂茶在城镇大多为泡茶所取代，但在山乡僻壤，仍有喝擂茶的习惯。要是你到那里登门造访，热情好客的主妇，准会捧出满钵热气腾腾而又清香扑鼻的擂茶来款待一番。

舞台上歌舞热闹之后，一场拔河比赛又开始了，就不去说它。让人们饶有兴致围观的倒是捕鱼比赛。一个大鱼池，剩下浅及膝盖的泥水，一条条大草鱼活蹦乱跳，六个捕鱼小组拿着箩筐下水。大草鱼在水中挣扎，没有捕鱼经验的人，双手在水中卡着鱼，经不住鱼奋力挣脱，又从手中滑落池中。有经验的捕鱼高手，将池水边缘的鱼抛上岸滩，鱼没有了水，挣扎不了几下，这时再抓就十拿九稳了。

几十个精壮男子和泼辣女子在水中扑腾，本来一池清水此刻成了一潭泥水，大家各显神通开始了"浑水摸鱼"。鱼在浑水中，辨不清方向，大家一抓一个准。浑水摸鱼，是三十六计第二十计，在军事上指有意给对方制造混乱，或乘敌方混乱之机，消灭敌人，夺取胜利。中央苏区第一次反"围剿"，红军成功实施浑水摸鱼之计，摸到了张辉瓒这条"大鱼"……

文艺演出、民俗展演、农事体育运动会等活动精彩纷呈，吸引着来自四面八方的群众和外来宾客。近年来，于都在乡村振兴、美丽乡村建设和农旅融合中取得了长足发展、成果丰硕，借丰收节向新中国成立70周年献上了一份于都人民的厚礼。

丰收节农产品展销会上，琳琅满目，既有时鲜蔬果产品，又有农产品加工产品：稻谷、大豆、冬瓜、南瓜、青红辣椒、芝麻；西瓜、板栗、猕猴桃、脐橙、蜜柚、石榴、花生；鸡蛋、肉鸡、水鸭、螃蟹、鲫鱼；米酒、蜂蜜、菜籽油、茶籽油……还有于都地标产品梾木果油、富硒丝瓜、盘古山绿茶等。在展台上，还靓丽地出现了本地产的木瓜。

木瓜种植大户谢剑平头戴毡帽，也出现在丰收节现场。

谢剑平，1968年生，是黄麟乡人，高中毕业学过木工。家里穷，跟着村里人到广东做过装修，一干就是13年。后来考虑孩子需要就读，就回到家乡创业，以开饭店谋生。2007年，赣南掀起种植脐橙的热潮，谢剑平也没有落下，种了50亩脐橙。脐橙这些年闹黄龙病，还没有根治的良方，发展脐橙心有余悸。正好有个台湾的朋友，建议种植台湾的水果，经过评估，确定了种植木瓜。根据于都的气候和木瓜的特性，不能在野外种植，会被冻死。于是选择怀德农业科技的智能大棚来种植。

走进谢剑平的木瓜基地，仿佛置身木瓜树的森林。木瓜树长得有两人高，噌噌地往上长，对高档智能大棚是个威胁。谢剑平利用木瓜树的特性，将木瓜齐腰处扭折让树横向生长。他说，木瓜树折断只要还有一块皮连着也不会影响生长。木瓜现在长势良好，我期待这个"吃螃蟹"的人，种植的木瓜能够如期盛果，获得大丰收。

…… ……

农民丰收节，除了展出农民们的果实，也是一场农产品展销会，大家可以与摊主讨价还价，将自己看中的果实和产品带回家。

秋天，到处是丰收的图景。远远望去，大地一片金黄：金黄的叶子、金黄的根与茎、金黄的果实，一棵棵、一片片仿佛给大地穿上了金色的盛装。

潭头村上空想起了嘹亮的唢呐，我们迎来了 5G 时代，这一声声撼动人心的声音，接续着久远的农业文明史。中国古代就有庆五谷丰登、盼国泰民安的传统，今天的中国更需要一个举国同庆的农民丰收节来为全面建成小康社会庆典。

秋天，真可谓红红火火、喜气洋洋，将大地渲染成一幅至美的丰收画卷！

第五章
南菜北鸡模式

没有农业的现代化，就没有整个国民经济的现代化

"这里土壤含硒，一定要把这个品牌打好"

进入梓山镇潭头富硒蔬菜产业园南区时，马路一侧有块巨型招牌，上面用黑体字写着："人民对美好生活的向往，就是我们的奋斗目标！"

穿过门楼，两侧的大字很醒目："实施乡村振兴战略，加快农业农村现代化。"这幅不是对联的对联，重点在"乡村振兴"，乡村兴则国家兴，乡村衰则国家衰。

全面建成小康社会和全面建设社会主义现代化强国，最艰巨最繁重的任务在农村，最广泛最深厚的基础在农村，最大的潜力和后劲也在农村。

潭头富硒蔬菜产业园号称万亩之广，走进这片园地，蔬菜大棚一座接着一座，一片接着一片，似乎看不到边际。就在车子越过一个又一个大棚，以为就要到达采访点时，领路的镇宣传干事却说，还在前面。车子左拐，开了一段后右拐，前面有一个钢化简易办公区，梓山镇宣传干事说，这里就是怀德农业科技有限公司的办公区。

我们停下车，走进办公房，迎面是一幅巨幅山水摄影作品，右上角的题款是一首《怀仁报德》的诗：

> 怀赣地胜怀故乡，德老表恩德绵长。
> 绘远景登高望远，图发展前程辉煌。

这是一首藏头诗，将"怀德"二字反复糅合诗中，可谓匠心独运。

夏阳高照，简易办公房内的温度很高。生产和技术总监杨龙明领我到办公房内室，里面有空调，我们的谈话直入主题，杨龙明向我讲述习近平总书记来产业园视察的情形——

在330号大棚前，摆放了许多蔬菜瓜果品种，有辣椒、丝瓜、苦瓜、黄瓜、螺丝椒、西红柿、樱桃番茄、菜豆、干豆、冬瓜等40多个品种。公司总经理施长国向总书记汇报蔬菜基地的总体情况，这个基地是2016年于都县政府招商过来的，2017年4月开始搭建，边搭建边种植。

杨龙明向总书记汇报丝瓜的产量和销售行情：一茬每亩可采11000斤，一年可采两茬。现在的价格是6块5毛一斤，行情很好，销往湖南长沙、广东和江西南昌。

总书记走进大棚后，杨龙明采了一个成熟的丝瓜，掰开递到总书记面

梓山富硒蔬菜产业园

前。总书记接过去，放在鼻子下闻了闻说：还有清香味。我说：我们这个品种，一是皮薄，二是肉多，三是汁多。

总书记见到前面有劳动的工人，就快步走过去。工人们见总书记走过来，就都围了过来。工人们说："总书记好！"总书记亲切地回应："你们好！"然后问道："你们家住得远吗？"工人们说："我们家就靠这里不远。"总书记问："你们收入怎么样？"大家回答："很好。"一个女工人说："我是外面打工的，看到家乡变化这么大，在这边打工又能挣到钱，又能学到技术，还能照顾好家庭。"老表们附和道："我们现在日子好过了。"

总书记听了大家的发言，说："共产党就是给人民群众造福的，党中央现在一门心思琢磨的，就是使我们的农民和广大的老百姓过上好日子……你们的日子就像芝麻开花节节高，今后的日子会更好！"

杨龙明特别说到一个情节，总书记上车后，就在车门关到一半时，他向我们招手。我赶紧跑到车门口，总书记特别叮咛："你们这里土壤含硒，一定要把这个品牌打好。"

…… ……

梓山蔬菜基地是 2017 年引进山东苏利、江苏怀德等 4 家省外蔬菜企业投资建设的，辐射梓山村、潭头村等 6 个村，总面积 8100 亩，主要种植茄子、辣椒、丝瓜、叶菜等果蔬品种。2018 年产蔬菜 6 万吨，年产值 3.6 亿元。

梓山蔬菜基地最大的特色就是土壤富硒，每千克土壤硒元素达 0.4 毫克以上。同样的品种和种植时间，这里种植的蔬菜长势旺、坐果好、口感好，产品销往深圳、厦门、长沙、武汉和南昌等市场。基地注重以富带贫，通过土地流转、劳务用工、入股分红、返租倒包等方式，2018 年辐射带动周边 2800 多户农民增收致富，户均增收 1.5 万元。

农村有家家户户种植蔬菜的习惯，但只是传统的零星露地种植，靠天吃饭，"提篮小卖"，长期以来本地应季蔬菜城镇供应自给率不及50%。尤其是春淡、秋淡时节自给率不足 30%。整个赣州这几年北上南下引进了一批示范种植的蔬菜龙头企业，形成于都丝瓜、宁都黄椒、会昌小南瓜等蔬菜优势产区，打造"赣南蔬菜"品牌，搭建供港、供深平台，推动品质蔬菜进入粤港澳大湾区。怀德公司就是搭这趟顺风车来到于都的。

我们借赣州的地理和政策优势，立足于发展蔬菜富民产业，为打造中国中部地区蔬菜发展中心、南方重要蔬菜集散地的战略定位贡献我们的力量。于都县在落实全市蔬菜产业中长期规划中不遗余力，发挥富硒土壤资源优势，以品种引领、品质提升、品牌打造为主攻方向，持续推进蔬菜产业高质量发展。

眼前的辽阔大地，被一座座现代化的大棚覆盖，我被这广袤的农业景观震撼，也为老区人民寻找到一条新农业之路而高兴。赣南将设施蔬菜基地作为发展目标，而梓山镇潭头富硒蔬菜产业园就是这一发展目标的样板，也是实施乡村振兴战略的具体行动。

实施乡村振兴战略，关乎实现"两个一百年"奋斗目标和中华民族伟大复兴中国梦的大计。不仅梓山镇，在于都县，甚至广阔的赣南大地，到处都呈现一幅改天换地的蓬勃气象。

"村民过上小康生活，是我最大理想"

对农业专家杨龙明的采访，我是分两次完成的。

第一次采访，因为天黑了下来，不得不中断采访，约好第二天再来。第二天因参加全国妇联在于都举办的一个大型文艺活动，而推迟了一天。第三天到蔬菜基地，对杨龙明进行了第二次采访。杨龙明讲述了他从事农业科研攻关的经历。

杨龙明，1959 年生，江苏东台人。他身材魁梧，额头有两道像平行线一样的抬头纹。虽是一口江苏口音，但并不妨碍他在于都与这里的干部群众打交道，即使与总书记汇报，他也不怯场，交流顺畅。

　　了解一个人，我喜欢从最初的经历中梳理出他的人生经历来。杨龙明初中毕业后考入东台市农业学校，因是定向培训，1977 年毕业到村里当技术员，三年后又到村里酱制品厂工作。也干过村财务辅导员工作。1994 年至 1998 年间干了 5 年村支书。1999 年到外面包地种西瓜、蔬菜……这才正式开始了他的主业。

　　话题回溯到计划经济时代，那时种棉花、大麦、小麦，老百姓温饱不能解决。后来试种蔬菜，但在那时这无疑与政策相左。杨龙明便想出了夹套种的法子，既能完成国家计划任务，又能增加农民收入，两全其美，解决了大问题。

　　开始，高秆作物与矮秆水稻夹套种。西瓜两边套种棉花，这样的话，棉花产量高，西瓜产量也高，比单纯种棉花高出一倍。西瓜先收，棉花后收，很合算。杨龙明沉浸在过去的喜悦当中。农民种地，用汗水换取自己的收成，就该一万个支持。他说，东台的萝卜皮胜过山东的苹果和梨。白萝卜、西瓜替换种，西瓜种完，又种白萝卜，不让土地空闲。

　　谈到种西瓜，杨龙明一身的劲，他说，开始种老品种，后来农科院引进苏蜜西瓜。由于是新品种，第一年种苏蜜西瓜，市场并没有热销。我们拉到上海沪西市场推销，赢得了一部分人的赞扬，说这西瓜比老品种好。到第二年，我们来了干劲，将西瓜再次拉到上海，要从那里突破，打开市场。事也凑巧，不等我们去上海，上海市场负责人亲自跑到我们村里来，请我们农民到他们那里去卖西瓜。真是瞌睡遇到枕头，一时间，我们种的西瓜在上海成了畅销产品。当时上海《文汇报》还刊登了《东台西瓜甜透了大半个大上海》，一时东台西瓜传为美谈，广受欢迎。

　　杨龙明开始从种植模式上改良，改一钵双株为一钵单株，改土坑育苗为有机质电热丝育苗，改一株多果为一株一果。这样，西瓜商品性好，产量高，可以说达到了当时的高质量发展。

　　……　……

　　作为一位热爱农业的行家里手，杨龙明从 2009 年开始给农业大户搞技术管理，随着公司在各地展开，很多地方留下了他的足迹。

2015 年，杨龙明与怀德农业科技有限公司结缘，开始了怀德在江西的创业历程。

怀德秉持"踏实、拼搏、责任"的企业精神和"诚信、共赢、开创"的经营理念，将江苏的农业产业模式、管理模式以及技术和服务带到老区于都来，希望能更好地服务老区群众。

杨龙明继续说，我老家苏中也是革命老区，是抗日战争时期新四军取得"黄桥决战""七战七捷"的地方。著名的淮海战役更是创造了世界战争史上的奇迹——五百万支前民工，遍地都是运粮食、运弹药、抬伤员的群众。"淮海战役的胜利，是人民群众用小车推出来的"，这句话耳熟能详。来到于都，更切身体会到原中央苏区人民，为中国革命作出的牺牲是空前绝后的，我们江苏相比江西老区来说，属于发达地区，我们来这里搞农业生产，将我们的生产经验带到这里来，就是希望带动江西老区的群众致富。

杨龙明谈到自己的理想时说："让村民脱贫致富、过上小康生活，是我的最大理想。"

来到江西，我感觉老区土地非常亲切，这里气候条件适宜种蔬菜，富硒土壤，每 1 千克土壤含硒 0.04 克，这一点连习近平总书记都知道，我们一定要打好这个品牌。各级领导对我们很关心，老表也非常友善，我们来时举目无亲，老表借给我们房子住。刚到这里来，吃水和生活用水很困难，老表给我们井水用，让我们体会到老区人民与当年红军鱼水情深、亲如一家的感受。

一开始，我们感觉最难的路、电、水问题，当地政府急人所急，派专人驻村，以最快的速度解决。以前的羊肠小道，车进不来，现在大巴车自由进出，太阳能灯、绿化等基础设施和排水系统都完善起来了，原来我们说"深圳速度"，现在我们不得不惊叹"老区速度"。

杨龙明跟我介绍蔬菜大棚的情况，公司投资大棚 6000 多万元，政府补贴 50%，分三年返还。大棚有智能大棚，有普通连体大棚。智能大棚有外遮阳、内遮阳、保温、水帘降温，有排风扇、喷灌，一亩地投资 12 万元。米可多薄膜一平方米 12 元，可用 10 年。普通连体大棚一亩地投入 1.2 万—4.4 万元，但要高品质发展就不能省这个钱。普通连体大棚也有保温和反季节种植的功能，有喷灌、排风扇，三层共挤 EVA 无滴防老化薄膜，一平方米 10 元，只能使用 5 年，寿命比智能大棚少了一半。

谈到蔬菜基地规模时，杨龙明说，公司目前已开发 1380 亩，准备再开发 1000 多亩。流转一亩地按稻谷计算：每年 650 元，相当于 800 斤谷子。请工人以小时计算，女工每小时 9 元，按 8 个小时计算，每天 72 元；男工每天 100 元，每月 3000 元。一般大忙季节时需要 130 个工人，平时六七个人，工资直接打到工人自己的银行卡上。

年支付工资达 190 万元，土地流转金需要 150 多万元。

农业科技方面，引进了良种和国外、国内适销对路的产品，实施良种良法工程，培育壮大反季节产品。大棚蔬菜可控温度，防寒，能够达到增早和增产的目的。我们做到人无我有，人有我先，人有我优，一年四季不脱青，公司天天有钱见面。2018 年，公司纯利润达 350 多万元。2019 年上半年雨水多，下半年又干旱了两个多月，露天蔬菜种不了，大棚里没事，也不怕雨淋。大棚种植不受雨水和干旱的影响，也就不影响产量和收获。2019 年的价格特别好，纯利润可突破 1500 多万元。

说到这，杨龙明问我要不要见一见承包大户，我点点头。他立即摸出手机，拨通对方电话。不到三分钟，就叫来一个种植大户。他将采访时间交给了这位种植大户，自己走出去，外头有好几个人在等着他分派工作。

我望着他的背影，感觉到他的踏实、稳重。富硒产业园四季飘香，赤橙黄绿青蓝紫的各色蔬菜瓜果，像一支合唱大军，在他的指挥棒下节奏分明、快乐地生长，一茬一茬地走向市场，走向千家万户……

"乡村振兴需要打组合拳"

岭背镇，位于于都县中北部，毗邻县城，距县城 13 公里，区位优势得天独厚。岭背在中央苏区时期，就以生产苏区紧要物资出名。据《于都县志》载：1932 年 1 月，于都岭背区因熬硝盐最早，产盐最多，技术最好，被评为全苏区熬盐模范区。

曾经的模范区，在乡村振兴、全面建成小康社会之时，积极响应"在加快老区高质量发展上做示范，在中部地区崛起上勇争先"的号召，江西栖岭农牧有限公司落户于都县岭背镇，形成于都跨越发展的"南菜北鸡"两翼腾飞模式之一翼，为新时代老区发展和新长征再出发树立了一面独特旗帜。

在岭背镇简陋的镇政府食堂，一边用餐，一边与镇党委副书记谢慧谈论乡村振兴话题。谢慧中等个头，壮实，精力充沛，黝黑的皮肤是紫外线所致。他戴一副眼镜，谈吐十分儒雅。说到乡村振兴，谢慧的话匣子打开了——

乡村振兴战略的实施，一靠农村基层党建的引领；二靠产业兴旺提高经济造血能力；三靠人与自然的和谐与共，实现生态宜居；四靠乡风文明建设做保障。

乡村振兴不能是一穷二白，所谓振兴，就是老百姓生活富裕，环境优美，乡风文明建设搞得好。"火车跑得快，全靠车头带。"落实和实践好党中央振兴乡村战略的伟大工程，人是决定性的因素。身在基层位处一线的乡镇党政班子，要积极投身到这一伟大工程之中，成为实现乡村振兴战略的实践者。

这些年的精准扶贫工作，使农村党组织建设得到了全面加强。乡村振兴战略的实施，需要进一步夯实农村基层党组织基础，把支部挺在前面。只有农村基层党组织强起来，才能真正发挥战斗堡垒和先锋引领作用，农村工作才会有坚实基础，农村改革发展稳定才会有可靠保障，乡村振兴才会有希望。

乡村振兴的关键点是产业。培育特色产业，提高乡村地区的经济造血能力，是农民富起来的重要保障。要依托当地特色资源优势，因地制宜，发展特色农业，培育富民产业，壮大集体经济，带动当地群众脱贫致富。

我们身处乡镇多年，深知搞产业不容易。"因地制宜"说起来容易，但做起来却很难。谢慧见我记录滞后，用手扶了扶眼镜，有意识地将语速降了下来——

2016年，我们引进了一家栖岭公司，搞养鸡，这家公司实力雄厚，技术和抗风险能力强。投资当年遇到禽流感，亏损了但不焦虑，他们稳得住，知道禽流感的发病规律。他们采用"公司＋合作社＋大户＋贫困户"的模式，搞规模化养殖。一开始，老百姓不太相信养鸡能挣钱，怕有风险。我们组织能人带头，党员干部先养——这时候党组织的作用就体现出来了。1000元一股，最多投4000元，门槛适中。为了规避贫困户的风险，保底分红，投1000元，按15%分红，县里还有奖补资金。一开始，养一羽鸡奖补5元，这是调动大家积极性的举措。

一个大棚投资10万元，可以养35000羽，利润2.5万元，公司负责种苗、防疫、饲料和销售，养殖户没有后顾之忧。这一产业，有力地带动了周边11个乡镇的产业发展，形成了于都县南菜北鸡的产业格局。实践证明，这个产业选对了，真正能使老表获利，很多老表的银行卡上多了一笔产业收益分红的钱。此外，还有"公司＋村集体＋贫困户"的模式，收益的40%给村集体，40%给入股贫困户，20%给无产业无就业的失能家庭，使低保、特困人员也能得到产业的收益，让老百姓有获得感，看得见真金白银。

乡村振兴必须是宜居先行。岭背过去叫"虎岭背"，是圩场后山形似虎背而名。境内山岭、河流纵横错落，山区老表分散居住偏远地带，乡村振兴难以见成效。有的老表住在山区，在坡地上建房，下雨睡不着觉——

怕山体滑坡；秋季睡不着觉——种植有野猪来侵害，要去守夜。我们实行移民搬迁，"居者有其屋"策略，分三级梯度转移：有生产劳动力可务工的，鼓励去县城工业园区和中心镇居住；有一技之长的，到中心村、中心镇居住，发挥自己的技能，也可以种菜、养鸡；对于住在风雨飘摇的老房子里的特困人员，政府建设保障房，水电到位，粉刷好墙壁，只需拎包入住。

镇里规划了桂林坑移民小区，入住了 132 户贫困户，每户只要付 1 万多元。为了让贫困户搬得出、稳得住、能致富，政府在三个方面做了有力保障：第一，人离开村庄，组织上有保障，组织居委会、服务中心为小区居民服务。第二，做好扶贫车间，因地制宜组织弹棉被、电子加工等产业，让居民就业。第三，流转土地分两块：让居民有一块菜地，不用买菜；还有 100 亩土地种大棚蔬菜，通过合作社带动产业，给居民增收。

实践证明，从山区搬迁出来后，就医、就学方便多了。同步搬迁的还有一些生态环境脆弱的非贫困户。

基础设施建设是乡村振兴的前提条件：一是交通须保证路畅，比如大塘村，桥没有修起来的时候，根本谈不上发展。现在不一样了，道路畅通，各种产业争相落实发展，油茶、脐橙、蔬菜、杨梅、葡萄、养鸡、肉牛、羊……这些种养业纷纷发展起来，大有后来居上的架势；二是水，水是生命之源，不能不重视；三是厕所革命，改厕；四是路灯，改变过去走夜路用手电照明的习惯；五是修建乡村广场，方便群众跳广场舞。

现在不少老表都说："我们农村不比城市差。"

谢慧给我们讲了这样一个故事：水头村有一个木禾组，道路不便，要翻几座山才能到。有几个年轻后生到了谈婚论嫁的年龄，女方家到男方家去看，走到山梁上一望，吓倒了，死活不愿意再走下去。这个组的光棍比别的村多。现在修了一条 5 米宽的路进去，男的找对象也不成问题了。老表感慨地说，再要出光棍就不是路的问题，而是人的问题了。

岭背有 26 个村，有 26 个驻村第一书记，其中有 9 个贫困村，是全县贫困村最多的乡镇，贫困户有 2728 户 12000 人。镇里积极发展多种经营，解决贫困落后面貌，比如光伏产业就是一个很好的例子：村级建有电站，30 千瓦，一年村集体有 2 万元的收入；村民家里安装光伏，一年也有 6000 元的收入，装在屋顶上，这些钱等于是"捡"来的。总之，乡村振兴需要打组合拳，把有能力的带动起来，没有能力的兜起来，偏远的搬出来，让贫困村富起来。

"绿水青山就是金山银山。"坚持绿色发展理念，坚持人与自然和谐共生，是实现生态宜居的必然之路。

乡风文明是乡村振兴的保障，乡风连着民风。必须坚持物质文明和精神文明一起抓，培育农民精神风貌，培育道德正风，文明乡风，良好家风。要把乡风文明建设作为乡村振兴战略的重中之重工作来抓，破陈规，倡导文明新风。

党的十九大报告提出实施乡村振兴战略，是破解"三农"问题，促进农业发展、农村繁荣、农民增收的治本之策，是实现中华民族伟大复兴中国梦的必然要求。只要一代人接着一代人，一茬接着一茬干，接力奋斗，久久为功，乡村美、农民富、产业兴的美好图景就一定会实现。

谢慧举起矿泉水瓶，朝我做一个碰杯的手势说："以水代酒，希望你多发现我们岭背的亮点，挖掘乡村振兴过程中的人和事，为新时代丰碑添砖加瓦。"

栖岭模式

于都有个栖岭养殖模式，是规模化养殖产业领域的一张名片。

江西栖岭农牧有限公司坐落于岭背镇禾溪埠村，从岭背镇到禾溪埠村只需四五分钟车程。224 省道北侧，一栋网格式大楼正在塔吊的运作下拔地而起。

来到临时工棚搭建的办公场所，见到栖岭公司总经理周红华。

周红华，"70 后"，江西宜春人。2016 年 3 月到于都县岭背镇开辟栖岭农牧产业。

周红华告诉我，他于2005年到广州温氏集团做财务，从此改变了他的命运。温氏集团是一家以养鸡、养猪业为主导，兼营生物制药和食品加工的多元化、跨行业、跨地区发展的现代大型畜牧企业集团，目前已在全国23个省（自治区、直辖市）建成160多家一体化公司，集团销售收入数百亿元，是养殖行业的巨型航空母舰。

2008年，周红华辞职加入创业团队，他与团友们每个人凑钱入股成立和盈公司。很快，一家集产、供、销于一身的现代化畜禽养殖企业在中国大地悄然崛起。目前，和盈公司下设全资子公司7家，分别位于江苏泰州、盐城、常州、泰州、广西南宁、安徽阜宁，栖岭公司便是其中的一家全资子公司。和盈公司秉持"和谐合作、同创共盈"的经营理念，倡导吃苦奉献，容人乐业，力争实现"和百农，万家盈"的企业愿景。公司以养鸡为主业。

周红华指着一张公司规划图对我说，栖岭公司成立于2016年6月，经过三年多的发展，2019年上半年已销售1000万只鸡，产值达2.5亿元，照此发展下去，规模超过其他6家子公司只是时间问题。目前，在地方政府的支持下，通过绿色通道已征工业用地50亩，计划投资1.6亿元，第一批7000万元已落地，计划建饲料加工厂、办公大楼、乳化厂；第二批6000万元，用于建种鸭厂、有机肥厂；第三批3000万元，建屠宰场。公司对未来充满信心，将要达到年产4000万只鸡、2000万只鸭，产值构想15亿元的目标。

公司以"公司＋合作社＋家庭农场"的运作模式，即由公司统一给农户提供禽苗、饲料、疫苗、药品等物资，提供免费技术服务，统一饲料管理标准，统一品牌销售，由公司按合同保价回收。农户提供养殖场所、饲养管理人员，合作过程中禽苗、饲料、药品，均记账领用，不需要现金支付。

周红华领我来到栖岭公司交易平台。在钢架工棚下，水泥平台高出地面一米多，这方便了推车直接将鸡笼推上大型卡车车厢。

平台一边是入库平台，一边是出库平台。合作社或农户将鸡送到平台入库，货主到场拉货出库。出库平台设有大型电子秤，工人们将装有鸡笼的推车拉到电子秤上，显示屏就会跳出整车的重量。每一笼装有 10 只鸡，一辆卡车大约可装 200 笼，约 2000 只鸡。看见一笼一笼的鸡装上大卡车，还有几辆车在排队等候。这些车，有的发往广州，有的发往福建，有的发往南昌……

周红华介绍说，交易平台每天需要走货，工人们越忙，公司生意越旺。不远处是饲料仓库，那里的搬运也十分繁忙。目前，公司还没有生产饲料的场所，所有饲料需由广西柳州运输到这里。

"公司＋农户"的运作模式，由龙头企业带动农民增收。农户家庭饲养，一般情况下能养 7 万只：即一年可饲养 3.5 批次，一批次能养 2 万只，每一批次需时 90 至 100 天。按照周红华的计算方法，农户养 7 万只鸡，按每只毛利 3 元计算，能挣 20 多万元，除去成本，纯利可达 15 万元。

栖岭牧业的肉鸡正在过磅装运到外地

搭建 1000 平方米鸡棚，每平方米公司补贴 20 元、政府补贴 25 元，农户需投资 5.5 万元，可享受无息贷款。

一般情况下，夫妻可以养 2000 平方米，公司提供饲料、鸡苗、药品，免费技术服务，回收鸡。

2017 年 3—4 月，H7N9 型禽流感疫情蔓延，集团亏损严重，每天亏损不下 200 万元，仅两个月就亏损 1.2 亿元。公司承担市场风险，但农户不用担心由此造成的损失。周红华说，宁肯公司亏损，也不能让农户"辛辛苦苦几十年，一夜回到解放前"。

目前，于都已发展 30 万平方米养鸡面积，带动岭背、银坑等乡镇的七八千户贫困户饲养肉鸡。饲养行业，不论学历、年龄和性别，只要勤快，就一定能挣钱。

当然，养鸡也要讲究科学，不能蛮干。它对温度、空气、密度、防疫、卫生有严格要求。我们采取农户与技术员配比工资制，农户养不好，扣技术员工资；农户挣钱，技术员加工资。一个技术员管 6—8 万平方米，存栏 50 万只鸡，一年 180 万只鸡。

农户饲养的前 7 天，小鸡需要精心照料，每天工作需 13 至 15 个小时。前 7 天温度、喝水不一样。往后中大鸡，每天工作 4—5 小时，动作快的 3 个小时就完成了。

周红华介绍说，公司拥有发展养鸡产业的核心技术、雄厚的资金和专业的科研团队，并结合当地实际培育种苗和相对应的专用饲料。特别是育种、饲料和疫苗三项核心技术的应用，可使鸡每百天达 3 斤重。对于鸡苗质量，公司有严格的管理制度：一、种鸡，分量差不多，须经过 7 次称重，达到饲养 100 天 3 斤的标准，上下幅度 10%，还要经过 7 次体检；二、鸡蛋，需要严格挑选，重量形状，要求 45 克，重了也不行，轻了也不行；三、鸡苗，精心挑选，弱苗打掉 1%—2%。

公司的鸡苗目前由泰州调拨过来，每天 5 辆空调车在路上 24 小时奔跑，一辆车可载 15000—20000 只鸡，两天半跑一个来回。饲料则从广西公司运来。

从周红华侃侃而谈的话语中，了解到他是一位事无巨细、面面俱到的公司负责人。因正在建设办公区和饲料加工厂房、仓库等设施，这边的临时办公区，还有饲料仓库、销售部都拥挤在简陋的工棚里。

周红华谈到销售时说，公司的鸡以于都周边300公里范围为主市场。不用我们送货，客户上门拉货。早上8点，农户送来，公司过磅，客户接货，像一道流水线一样运作。客户拉货付现款，我们也不拖欠农户的款子，用现金支付。

我问了一个看似可笑的问题："您怎么选择了于都这块宝地来投资的，到底有什么秘诀？"

"于都区位优势明显，交通便捷，气候宜人，政务环境好，创业环境好，发展空间大。"周红华说，"于都境内有319和323国道，有厦蓉高速和宁定高速公路穿境而过，周边300公里内有赣州、吉安、龙岩、三明、韶关、梅州、河源等广大市场，地理位置优越。"

"上面说的都是硬性条件，其实，我们更看重于都的红色基因，帮助老区群众致富，也是企业的责任。想想当年中央红军长征从这里集结出发，老区人民为中国革命作出了巨大牺牲，我们有幸在老区办企业，为老区乡村振兴出力，也是福分呢。"周红华继续说，"当地政府为企业发展和群众脱贫致富着想，企业更应该为党和政府分忧，帮助老区困难群众脱贫致富，尽快实现乡村振兴战略，为全面建成小康社会贡献力量。"

……　……

一场春雨淅淅沥沥，覆盖着赣南大地。

时隔半年，我再次来到栖岭公司。与半年前不同的是，这里办公大楼和农户服务中心已经拔地而起。这次见到的是卢志望总经理，他告诉我，周红华到银雁农牧有限公司担任总经理去了。在栖岭公司发展的基础上，和盛集团在于都基地计划建立三个平行公司，除了运作成熟的江西栖岭农牧有限公司外，目前江西银雁农牧有限公司种鸭、种蛋都出来了，鸭苗也出来了，正在起步；还有一个年出栏 20 万头，产值 4 亿至 5 亿元的专业养猪公司正在注册中。三家农牧公司平行运作中也有相互协作，预计将使1.2 万户贫困户、3 万多人口在这一产业链中受益。

卢志望，广东河源人，"85 后"，高个子，国字脸，高挺的鼻梁上架一副眼镜。一套灰色运动衫，似乎是刚从运动场下来。他简单叙述了自己的经历。2010 年毕业于广州番禺职业技术学院，物流专业，从学校迈入社会，他敲开了和盛食品集团有限公司的职业之门，先后在公司旗下子公司履职，从基层技术员干起，干过办公室主任、饲料厂厂长。2015 年 12月至 2016 年 7 月，卢志望担任江西栖岭农牧有限公司经理助理，后到广西、江苏担任和盛子公司总经理助理、总经理，2019 年 9 月重回江西于都担任江西栖岭农牧有限公司总经理。他的从业经历自始至终都在系统内流动，从技术员到公司高管，一步一步，扎扎实实地走到今天。

穿过雨帘，卢志望领我们去看饲料加工厂。迎面的车间墙体上写着："发展现代农业，助力精准扶贫。"眼前的饲料加工设备，一个个的圆柱体高高低低地伫立在乌云下。这套加工设备是自动化的，来到五楼的中控室，里面一个操控员面前摆放着 5 台电脑，电脑荧屏上出现各种形状的图形和参数。

空旷的仓储房，码放着白色和黄色的麻袋包。一辆大型卡车正在卸下饲料原料。

卢志望说，现在加入养鸡行列的贫困户越来越多。为了满足贫困户饲养肉鸡的饲料供应，公司加快饲料厂建设进度，比原计划缩短工期近一年。他亲自到饲料生产一线指挥，连续奋战 20 多天，从一天生产 20 吨上升到 300 吨产能，有效保障了贫困户肉鸡生产的饲料供应。于都县合作养殖面积已达 30 多万平方米，其中带动贫困户人口 5 万多人参与收益，给贫困户增加了就业机会并增加了务工收益。

在技术部，见到总管柴睿，他手下有 10 名管理员，承担着 300 多户养鸡户的管理养护工作，平均每人要管理 30 多户养鸡农户。

管理员必须每天下乡，指导农户从进鸡苗到小鸡、中鸡、大鸡的饲养管理，包括打疫苗、切鸡嘴和抓鸡，以及一系列的疾病防控和生产管理环节。养鸡户不会的，需要管理员手把手地教他们。在遇到自然灾害或者遇到一些不可抗拒的因素时，公司的管理人员会第一时间到达现场指导养鸡户救灾，尽量减少灾害造成的损失。灾害后进行评估损失，公司承担大部分的损失，农户只承担很少部分的损失，这样更有利于养鸡农户恢复生产。鸡舍如果被大风或者泥石流吹倒损坏的，公司还根据情况给予一定的补贴。

柴睿跟我讲述了两个与养鸡户打交道的故事——

故事一：2019 年 7 月 12 日，黄麟乡发生泥石流事件，水沟被堵，有个叫杨捡福的贫困户养鸡棚大面积进水。杨捡福带着哭腔给管理员打电话求救，我们公司人员快速赶到现场，一到那里，就帮助农户一起抢救被水淹的鸡。村干部也来了，杨捡福的亲戚也来了，大家忙了一整天。所幸，这批鸡被抢救了下来，尽最大努力减少了损失。

杨捡福以前到广东打工，在一家鞋厂工作，突遇一场大火，他的脸和胳膊烧伤，右手只剩两根手指。他加入了养鸡合作社的行列，建了一个大棚，每一批鸡可养 1 万羽，已经养了 3 年，每年可获利约 6 万元。

故事二：2020 年 2 月 15 日下午，突发台风，由贫困户入股的元峰村养鸡合作社鸡棚，被大风吹塌。险情发生后，卢志望亲自组织公司人员到现场进行抢险救鸡。当时风特别大，天又奇冷，还下着雨。到达现场，看到鸡棚的篷布被吹得噼啪作响，鸡舍摇摇欲坠，他们立刻投入抢救鸡的战斗中。大家不怕苦、不怕累、不怕脏、全心全力、团结一致，一直至凌晨一点多，共抢救出 7822 羽肉鸡，给养鸡的贫困户尽可能降低损失，让他们吃下"定心丸"。

新冠肺炎疫情肆虐期间，养殖业遭受极大打击，栖岭公司也不例外。全国的活禽交易市场关闭，导致肉鸡滞销，合作养殖户肉鸡饲养日龄延长，企业亏损达到 2000 万元。虽然遭受严重的经济损失，但公司仍然不裁员、不降薪、不减员工福利，保证贫困户饲养肉鸡的饲料供应、保证苗鸡供应。管理员通过自主研发的 APP 网络指导养鸡户的肉鸡日常管理。此外，公司按照合同签订的回收价，回收养鸡户和合作社的成品鸡，并提高了因疫情影响导致的超期饲养补贴，确保养鸡户和合作社的合理收益。

卢志望说，栖岭公司已列为于都县脱贫攻坚的六大板块之一。作为栖岭人能为决胜全面建成小康社会和乡村振兴贡献力量，这是我们的荣耀。

录田养鸡合作社

梅江自东向西呈弓状穿过岭背镇，将岭背分成南北两片。北面青山纵横，盆地相间，六条主要河流向南注入梅江；南面丘陵起伏，四条溪流向北流入梅江。

了解了栖岭公司的经营策略，我更想知道农户和合作社的具体养殖情况。他们与栖岭公司合作到底能不能盈利？到底有多大的利益？这些不能光凭公司说了算。

到处修路，车子绕来绕去，在梅江两岸绕了不少弯路最后才来到录田村养鸡合作社。这个养鸡合作社建在一座山头上，整座山被推土机推平了，在黄泥地上凸起 5 个大棚。5 个大棚并非一字排列，而是根据地形地势分布成三块，最大的一块地错落着 3 个大棚，与 3 个大棚同在一个水平线上较为狭窄的一块地建了 1 个大棚，另一个大棚在高出五六米的山顶上。

除了 5 个养鸡大棚，还修建了一处简易的办公兼管理人员住房。"岭背镇录田合盈种养专业合作社"的牌子挂在办公室门口。

正在忙活的王田生、谢菊兰和孙金宝见我们到来，赶紧停下手中的活，领我们参观。

王田生，1967 年生人，初中毕业就到广东、浙江打工，光做衣服这一行就干了 20 多年。他说自己 1981 年就出去打工，2016 年回家，出门

35 年了。人生的大半时光都是在外省打工，幸亏周总来到岭背建了栖岭公司，我们可以开始在家养鸡，一来可以照顾 80 多岁的老妈，二来出门的人总有一天要落叶归根。

我们走到一号大棚，见门口有消毒液，王田生要我踩着消毒液经过，这样鞋底就消毒了。

"嗬！这么多鸡啊！"看见大棚里数以千计的鸡密密匝匝地站立在大棚里，不禁惊叹起来。

这些鸡已经喂养到两个月大了，属于中大鸡，再有一个月就可出栏了。这些鸡全身黄色，鸡冠红色，1 平方米面积容纳 10 只大鸡。这个棚宽约 10.5 米，纵深约 96 米，面积约为 1000 平方米，存栏 10000 只鸡。

我注意到大棚的支柱和横梁是用毛竹搭建的，塑料棚的拱顶及两边则是钢管弯曲而成。这么密集的鸡群需要良好的通风和透气，鸡棚内每隔一段距离都有一台大风扇在转动。

在大棚里，除了那些密密匝匝的鸡群，还能看见悬空吊着的黄色圆桶和红色葫芦。王田生告诉我，黄色圆桶是喂饲料用的，红色葫芦是喂水用

录田养鸡合作社的鸡棚养殖

的。这些黄色圆桶和红色葫芦等距离地分布在大棚里，保证每一只鸡都能吃到饲料和喝到水。

鸡棚与鸡棚不能隔得太近，你们刚才进来的山脚下有 4 个大棚，就是因为鸡棚设计靠得太近，省了地，通风设备没有跟上，导致鸡易生病、成长慢、经济效益差。这是王田生的经验之谈。

不能光想着节省，一定要科学布局。当初建棚，栖岭公司的周红华总经理提出了这个问题，但我们不听，多建一个大棚，不是能多养鸡吗？结果事与愿违，没有达到预期的养殖效果。这次村集体搞的大棚我们总结经验，直接推了一座山，棚与棚之间距离就很远了。王田生俨然已是老师傅了。

我问："养鸡累不累？"

这时，王田生妻子谢菊兰插话道："早上 5 点起床，一直要忙到晚上 8 点收工。原本说照顾老妈，现在倒是老妈照顾我们了，洗衣、做饭都是老妈帮我们干。"

王田生不善言谈，倒是谢菊兰心直口快，我转头问她："你告诉我每天需要忙些什么？"

"一天要喂两次料，水壶一天要洗一次。"

"两次喂养的时间是什么时候呢？"

"早上 5 点开始喂水，然后喂饲料，一般要忙 3 个小时。傍晚 4 至 5 点开始，喂水、喂饲料，忙到 7、8 点完工。"

"一个人负责一个大棚，每月 3000 元工资。我们现在不准备到外地去打工了，就在家里养鸡。"谢菊兰说。

录田村是江西省"十三五"贫困村，也是 2016 年脱贫村，辖 9 个村民小组，413 户农户、人口 1490 人，其中贫困户 52 户 202 人。全村有党员 43 人。在产业扶贫中，录田村大胆探索，先行先试，率先在全镇乃至全县发展肉鸡养殖产业，取得了明显成效，得到周边 10 多个乡镇的高度认可。目前，录田村已有两个肉鸡养殖合作社，社员 55 人，吸纳贫困户务工人员 15 人。

2017 年 5 月，通过"公司＋致富能人＋贫困户"的模式成立了录田合盈种养合作社。该合作社占地 20 亩，总投资 61 万元，有两名大户各出资 20 万元，每户贫困户入股 4000 元，共建 4 个大棚年可出栏肉鸡 18 万只，年纯收入达 20 万元以上，每户贫困户每年可分红 1120 元。

2018 年 9 月，录田村积极向上级筹措资金，通过"公司＋村集体＋贫困户＋低保户"的模式成立了录田村股份经济合作社。该合作社占地 30 亩，总投资 61 万元，新建养殖大棚 5 个，共 5000 平方米。由村集体请人管理和代养，年纯收入可达 20 万元以上，按照村集体 40%、贫困户 40%、低保户 20% 进行利润分红。综合以上两个合作社利润分红和上级产业奖补资金，每户贫困户每年可增加收入 4000 至 4500 元左右。

于都县引入龙头企业，出台扶持政策，依靠企业的资金、技术和销售网络优势，以有限的资源撬动当地数千贫困户走上产业发展道路，激发了贫困户脱贫的内生动力，为乡村振兴提供了经济保障。"公司＋合作社＋贫困户"的模式虽然不算新鲜，但适应了贫困户各家情况不一的具体现实，入股分红、产业奖补，加上在基地务工工资，贫困户脱贫致富有了保障，也让起点低的贫困户对将来的收益有了明确的预期。这些经验和做法，给各地实现脱贫攻坚和乡村振兴提供了不少启示。

第六章

小康人物谱

小康不小康，关键看老乡

钟新财

赶在一场大雨降临前，来到于都县马安乡马安村健源养鸽基地，眼前一位斯斯文文的"90后"，就是我要采访的"脱贫之星"——

钟新财，戴一副茶褐色边框眼镜，镜框下一双眼睛晶亮晶亮，每一次眨动，都是智慧的闪烁。

钟新财在大学学的是汽车工程本科，2016年毕业后投身到养鸽行业，所学专业与创业选项大相径庭，这一点让许多人颇感意外。

对于大学生创业，社会各界褒贬不一。某著名教授在大学讲台上大言不惭地诋毁大学生返乡创业，说他们一无资源、二无实践、三无资本，拿什么创业？现在，钟新财的创业例子不啻是对这位赫赫有名的教授的讽刺。

大学生创业，确如某教授所言，失败的例子很多，但也不乏成功者，不能一概而论。失败和成功确实需要好好总结，甲为什么失败、乙为什么成功，这里面值得深思和研究。

从钟新财的身上，我发现了可贵的金子。他为什么能够成功？他身上到底有什么魅力让他一招制胜？怀着这些问题，我采访了他，似乎寻找到了答案。

按常理，钟新财大学毕业后，完全可以到城市找一个与所学专业密切关联的职业，做一个白领，但他却选择了返乡创业。当了解到他返乡创业的目的后，让我对他刮目相看。

钟新财说："老爸当时 64 岁，到了年老体衰的时候；妈妈因为智力障碍没有劳动能力；妹妹才 6 岁，懵懵懂懂不谙世事。我作为老大，肩负着摆脱贫困、改变家庭命运的责任，所以我放弃了到城市找工作的想法，毅然回乡创业。"

一颗拳拳之心，他要用自己的知识摆脱家庭和乡亲的贫困。

有人说，这孩子"孝"。"孝"是中国人根深蒂固的传统理念，难道是"孝"促使了他今天的成功吗？

也许是，又不完全是。

在钟新财柔弱的双肩上，搁着责任和重担。一种为脱贫而树立的决绝信念，自小就在他的心底埋下了种子。

的确，创业，谁都想，但却又不是人人都能完成的一道命题。

抽丝剥茧，我们从钟新财身上发现，他的成功没有豪言壮语，但一切又都在他的盘算之中。

说实在的，钟新财开始并没有想到要养鸽子。他大学期间利用寒暑假到温州去打零工，做的是房产销售业务。做房产销售，免不了到城市的各个角落去跑。一次他看见一个鸽场的门牌——养鸽，这才跳入他的脑海。

钟新财对新事物有非常好奇的探究心理，这也是他成功的因素之一。他回到住处，用手机不停地搜索有关养鸽的信息。他获悉养鸽有几个显著优势：一是投资可大可小，有钱投入几万几十万也可，没钱投入几百几千也行；二是周转灵活，鸽子繁殖快，投入的本钱可能几个月就能回本；三是出栏快，一只鸽子从孵蛋到出栏，只需一个月左右时间。对于初出茅庐的创业者，手头没有大笔的投资，必须是短平快的项目。钟新财清楚父母都没有积蓄，只能靠自己，而自己手头的资金不过只有打工挣来的几千元钱。

这么想着，他越发对养鸽产生了浓厚兴趣。

钟新财在观察鸽子的生长情况

　　有了项目当然还不能盲目投资，需要对所选项目的市场进行调研。大学毕业回到家里，钟新财就开始在于都和周边各县做了为期三个月的市场调查。兴国、宁都、瑞金、赣县、南康、上犹、赣州、吉安，他都跑遍了。他考察的内容除了价格，还有品种以及销售量。随着人们生活质量的提高，肉鸽的需求量也在倍增。有了市场的保证，更激发了他养鸽的信心。

　　一段时间，鸽子在他的心空日日夜夜飞翔着。睁开眼睛，他看见了鸽子；闭着眼睛，他还是看见了鸽子。

　　下定决心之后，钟新财返回温州，找到养鸽的老板诚恳地说，我来自江西，想学养鸽，我愿意免费打工一个月，跟您学技术，请您收留我做学徒吧。

　　养鸽老板被钟新财的诚意打动，让他跟着自己忙活。怎样给鸽子投放饲料，怎样给鸽子喂水，怎样给种鸽配对，怎样预防流行病……他将养鸽的全部流程和技术都熟记于心，从师傅那里买了200羽鸽种带回家，开始了他的创业生涯。

钟新财将鸽子带回家，先在自己的老房子里养了一段时间。他把鸽子当宝贝，每天观察鸽子的习性，看着母鸽下蛋，孵出幼鸽来，又看着幼鸽成长……鸽子的繁殖速度相当快，老房子的空间很快便被鸽子挤占。他必须为鸽子扩容，营建一个上规模的养殖场。

为了选址，他跑遍方圆几公里的地方，不是水不方便，就是空气不通风，要不就是阳光不充足……找了五六天，也没有找到一块合适的地方，钟新财有些懊恼。

有一天，村主任钟荣湖找到他家，核实贫困户补助是否领取，见到大学生钟新财养了一屋子的鸽子。他看着这些鸽子在笼子里来回跳着，十分乖巧。"这个平素很少说话的大学生，养鸽子能行！"他心里这么赞叹了一句。

钟新财见村主任朴实，是个肯帮助人的干部，他就决定把自己的难处给他说说："主任，我想扩大养殖规模，但找了几天也没有找到一块地方，您知道哪里可以租到地吗？"

眼前的三间土坯房，人占了两间，鸽子占了一间。如果要发展鸽子养殖，人住的地方很快就得让位给鸽子了。村主任钟荣湖看在眼里，急在心上。扩大养鸽规模是好事，与目前的精准扶贫很合拍，这叫激发群众内生动力……很多贫困户创业找不到路子，现在钟新财自己要创业，哪能不支持？钟荣湖高兴地说，你要什么样的场地，我们一块给你找。

钟荣湖对全村的每一个地方都了如指掌，他领着钟新财一个地方一个地方地跑。有的地方确实适合办鸽场，但土地的主人不愿意出租；还有的听说要办鸽场，狮子大开口，地租一下子飙升……找来找去，最后，在细山子南边，找到一块平坦的地。土地主人是个60多岁的老伯，听说这个小伙子要办鸽场，还是个大学生，家里又是建档立卡贫困户，二话不说，就租给他了。谈租金时，老伯说，年轻人创业，我支持，不用给钱了，你养就是。

钟新财感激这位老伯的宅心仁厚，但钱一定要给。况且自己办鸽场，建鸽棚也是需要投资的，万一对方反悔了，不租地给他了，自己的投资就泡汤了。他虽年轻，但懂得依法办事，创业需要法律上的保障。

在村主任钟荣湖的撮合下，土地以每年 600 元一亩的价格租给了钟新财。

给鸽子建窝，并不亚于给自己建造房子让钟新财费脑筋。

选好场地，搭建鸽棚也不能马虎。鸽棚设计时，不仅要考虑鸽舍的空气新鲜、阳光充足、地面干燥、冬暖夏凉和清洁、安静等条件，而且要使鸽舍的朝向以坐北朝南为好，既要操作管理方便，又要能防兽害。

村主任钟荣湖，协助钟新财选址、协商租地、平整土地，还帮助他办贷款，使鸽场顺利开办起来。钟荣湖领着他去银行，了解贷款途径、流程，没费什么周折就把 5 万元免息贷款给办下来了。拿到这笔贷款，钟新财心里乐开了花。

有了资金，很快一个 300 平方米的钢架大棚拔地而起，层叠式鸽笼也很快到位。鸽子有了新窝，钟新财就像为自己盖了新家一样开心。

有了规范化的养鸽大棚，管理运营便进入正轨。每一对鸽子都有自己独立的空间，它们卿卿我我，似乎在商量创造美好生活的话题。

无独有偶，正当钟新财的事业渐入佳境时，一个纤巧机灵的姑娘走进了钟新财的世界。经村里的长辈介绍，钟新财认识了现在的妻子。钟新财说："一开始，因为鸽场里边的气味比较大，我老婆是一个爱干净的女孩子，突然之间接触这个气味，非常不适应。一整天，她吃不下饭，一直想吐，把我吓坏了。"钟新财曾经雇过一个工人，他在这边只工作了三天，就受不了鸽子的气味走了。钟新财担心老婆受不了，会离开自己。最后，老婆克服并适应了鸽子的气味，喜欢上了这些鸽子，真正与钟新财不离不弃了。

爱巢是两个人在平凡的生活中逐渐垒建起来的。这多么像他们养殖的鸽子，成双成对，谁也离不开谁了。

经过几年循序渐进的发展，钟新财在细山子脚下建起了 3 个鸽棚。上棚可容纳 2660 羽鸽子，中棚可容纳 3040 羽鸽子，下棚可容纳 6080 羽鸽子。3 个鸽棚总共可以容纳 1 万多羽鸽子。

从 2016 年购进 200 羽鸽子，至 2018 年鸽场的三个棚达到饱和养殖，只用了两年时间。如今，钟新财的公母鸽存栏达 9000 羽，肉鸽月产 6500 羽，年出栏 6 万羽。鸽场刚起步时，收入每年约 5 万元左右，后期规模逐步扩大，2019 年的收入达到 40 万元。

产业已经生根发芽，现在自己有了一些微薄的能力，希望能帮助村里一些贫困户一同致富。下一步，钟新财计划扩大养殖规模，成立合作社，让村里的贫困户入股合作社享受产业红利。钟新财的成功之路，让我感慨颇多。有了创业冲动后，就要脚踏实地去做市场调研，亲力亲为做好每一个环节、流程。钟新财是鸽场老板，但同时又是技术员、饲养员、工人，每一个环节都少不了他。

俗话说，"师傅领进门，修行靠各人"。师傅所教的都有限，真正的技术需要靠自己在实践中钻研、总结。

钟新财的养鸽之路，引来了四面八方的人参观学习。这个养鸽产业在马安乡马安村落地生根，扩大影响力后，他将尽可能帮助更多的乡亲，带动邻村乃至全县的养鸽行业的发展、壮大。

肖永生

车子在山路上转，来到一处山坡上停下。山的那边是一个山坑，也许是它的形状像一把禾铲，故名禾铲坑。望见一片粼粼波光——这就是段屋乡枫树村养殖专业户肖永生的鱼塘。

禾铲坑离村子远，种菜不方便，种稻子收不了几担谷子，只好被撂荒在这。僻静的好处是没有人打扰，选择这里做养殖基地，他养殖的鱼、羊、牛在静静长大。

禾铲坑有 100 多亩撂荒地，肖永生选坑口的一块修筑成面积达 14 亩的大鱼塘，买来草鱼、大头鱼、鲢鱼、鲤鱼等鱼苗倒进鱼塘，精心饲养并运用网络教育自学高密度养鱼技术，发展以鱼为主打产业，并逐步向羊、牛、蜜蜂等齐步推进的综合养殖基地。

禾铲坑成为他的梦想。他在鱼塘一侧搭建了一个简易工棚，堆放鱼饲料，还摆放了凳子和小方桌，客人来了可以喝茶聊天。我把本子搁在小方桌上，跟他聊起来，一边聊一边记录。

肖永生，1975 年生，长期在外务工，家里有个 84 岁的母亲，还有两个读书的孩子。中间回家创业，投资修建禾铲坑鱼塘失败欠下一笔债务，只好又去广东打工。家里母亲年纪大，小孩读初中需要照顾，他打工不安心，2013 年便决定不再出外打工了。2014 年精准扶贫建档立卡时他被评为贫困户。

幸福不会从天而降，好日子是干出来的。肖永生说，现在我们党的政策真好，上级的帮扶干部每天跟在他后面嘘寒问暖，关心他，爱护他，适时给他解决一些实际问题。你没有资金，帮扶干部帮你联系贷款；你搞产业，帮扶干部帮你跑补贴；甚至于你要买什么鱼苗，帮扶干部都会联系农业局帮你打听哪里鱼苗实惠可靠；你要养牛，他们也会给你从科学养殖的方向帮你物色什么品种……现在的帮扶干部与群众心贴心啊！

以前的干部可不这样，你锅里揭不开锅，跟他也没有关系；你想求他们办件事，他眼睛盯着你的口袋，脸色有时比雾霾天还难看；有时走在一股道上，干部看见贫困群众还故意躲得远一点……还是这些干部，怎么到了现如今，就变了呢？

看来，中国特色社会主义进入了新时代，说得没错。

短短几年，肖永生在帮扶干部的帮扶下，他的养殖成果成为枫树村励志脱贫的典型。肖永生因为养鱼缺乏技术和资金，经营不善而亏损，导致创业斗志低迷，无奈只好丢下年过八旬的老母亲和两个孩子，出外去打工挣钱还债。2013 年，国家扶贫政策的到来，再次点燃了肖永生创业的激情。他回乡贷款 5 万元扶贫资金，并向亲友借款 20 万元，将禾铲坑的鱼塘扩大，在坑口建水坝，准备大干一番。肖永生笑着说，我能重新搞起农村种养经济，要感恩党的好政策。没有政策我们都要干，何况还有这么好的政策，我怎能不好好干！

人的机遇一生中不会一抓一大把，可能就只有一次两次，必须抓住机遇，谋求发展。肖永生抓住了精准扶贫的机遇，与贫困做了告别。

肖永生告诉我，他 3 岁时父亲就去世了，母亲一个人拉扯他长大。从小家里穷，没钱读书，读到小学三年级便辍学了。他读书比较晚，9 岁才发蒙，辍学后母亲找了个弹棉花的师傅带他，他跟随师傅走乡串户弹棉絮。弹棉花这活，吃的是百家饭，但挣钱少，糊个口没有问题。干了五六年弹棉花后，他发现村里的后生都到广东打工，他们进工厂挣工资比自己神气多了，他告别师傅跟着村里的小伙伴到广东打工去了。打工挣钱后，他娶了媳妇，正式成家立业了。在工厂他一心做工，赢得厂里好评，从生产工干到了车间主任，每月也有七八千元。有一年，他回家看望母亲，看见母亲日渐衰老，心疼母亲就想留在家里照顾她老人家。在家里，他也闲不住，一次偶然的机会跑到禾铲坑找母亲放在这里的耕牛，看到这里撂荒的田地长满了杂草，就想，如果在这里挖个鱼塘，不是变撂荒地为聚宝盆了吗？

肖永生说干就干，他先找到撂荒地的主人，签订了 10 亩为期 40 年的合同，每亩 50 元一年，一次性付清租金，然后请人开路，一辆小型挖土机终于开进了禾铲坑。

禾铲坑都是烂泥田，需要将烂泥全部挖掉，在坑口做一座水坝，才能一劳永逸。做水坝谈何容易，需要县水利局的设计图才能施工。即便图纸下来了，修建水坝需投资 20 多万元，肖永生一时难以筹措。

他一下子陷入人生最大的困境当中，愁白了他年轻的头。

这时，他妻子说，搞鱼塘这么麻烦，还不如到广东打工，一年也能挣八九万元，比搞鱼塘省心。

无奈，肖永生只好再次南下到广东打工。他租赁土地、开路和请人挖鱼塘已经花费了四五万元，成了一个烂尾工程，他心有不甘。转年，又到了过年的时候，肖永生回到家乡，看到鱼塘静静地躺在山坑里，水里没有打捞干净的鱼跳跃起来，似乎在跟他这个主人打招呼。主人你就这样丢下我们不管了吗？你是个不服输的人，怎么这么轻易就承认自己失败了呢？

不！我还要回来！

肖永生扯了一把路边的野草抛到塘里，有几条鱼迅速游过来抢食。肖永生看到这一幕开心起来了，没想到，这些鱼没有人照料还能活得这么自在。

此时，《国务院关于支持赣南等原中央苏区振兴发展的若干意见》已经下发半年多，于都到处掀起了一股振兴热潮。肖永生到村里汇报自己的想法，得到了村"两委"的支持。村里叫他打报告到县水利局批复建设山塘水坝的请求，很快得到批复。县水利局派人实地勘察绘制了水坝图纸，肖永生内心的冲动像一群奔马一样跑了出来。

村里帮他跑来贷款 5 万元，他自己又向亲友借了 20 多万元。很快一座坚固的水坝就在禾铲坑口立了起来。有了这座水坝，他在禾铲坑发展水产养殖就有了高质量发展的基石。

肖永生的梦想也随之展翅飞翔了。等养鱼有了起色，他要将整个禾铲坑的 100 多亩撂荒地都开发出来，按梯级朝里开发，养鱼、养龙虾、养泥鳅、养黄鳝……

把禾铲坑经营好了就是天然聚宝盆，这是一座富矿，够他下半辈子经营的。

不过块头大，自己不一定能吃下，到时可以联合村民们成立合作社，大家一起来开发。致富不能一个人富，要大家富才算富。

肖永生的 14 亩鱼塘，年头投放进去的 13000 尾，大头鱼 1000 尾、鲢鱼 300 尾、鲤鱼 7000 尾，鱼在一天天长大，但他不打算捕捞上市。原来，今年普遍干旱，很多鱼塘缺水只好捕捞贱卖，市场的鱼成了地板价。禾铲坑因为有水坝，山坑里蓄水能力强，并不缺水，所以他不急着捕捞出售，他要等到鱼价恢复到正常时才卖。我问，这些鱼按正常卖能卖多少钱？他说，可以卖 20 多万元，除去成本，能挣 7 万元。

此外，肖永生还利用禾铲坑养了牛羊。土牛长得慢，效益差，女儿帮他从网上找到山东肉牛，养一年就能出栏。他买了去山东菏泽的火车票，亲眼看见了肉牛的养殖情况，引进了 10 头杂交肉牛到禾铲坑来养。

4 月买回的牛，养七八个月就能出栏，一头牛能卖 1 万多元，纯利润能挣 3000 多元，10 头牛就能挣 3 万多元。肖永生对养牛有了经验，决定年后还去山东菏泽买肉牛来养殖，与养鱼形成综合养殖产业。他觉得这个养牛模式可以在村里推广，带动其他村民致富。

黄洪财

来到盘古山镇山森村，见到贫困户黄洪财。他长得中等个，偏胖，腆着将军肚，从他眯缝的眼睛里，看得出他心里的小算盘来。他的右手比左手短了一截，手腕已被截肢了。这位"80 后"，19 岁到广东打工，做五金技工，操作冲床时不小心将手掌冲烂。当时痛得在地上打滚，送到医院，医生给他做了截肢手术，变成了三级残废。

黄洪财的名字里有"财"，注定他不会一世受穷。但他至今还是光棍一条，那是无钱娶老婆，还是别的什么原因？

我是在村里的农家书屋里见到黄洪财的。他是农家书屋的管理员，每个月有 300 元的岗位补贴。逢周六、周日，他像村干部一样到村部值班。

二楼的农家书屋，有书架，有会议桌，有办公桌椅。闲来无事，黄洪财也会翻阅书架上的实用技术方面的读物。他说，这里平时很少有人来，看书很安静。他养了鸡、养了羊，没事在这里就看看这些书，对养殖大有帮助。

我问他："农家书屋的书，还会有谁来借阅？"

他说，村里年轻人不多，看书的人很少。实用技术类的书有人翻看一下，还有就是养生和疾病方面的书，有个退休教师会来借阅。

2012 年，他开始在家乡养羊。刚开始，养四五只，第二年养十几只。后来精准扶贫政策下来，他扩大生产，到现在存栏有 50 多只。羊自己繁殖，现在一年可繁殖小羊 20 多只。卖掉的全是公羊，一年卖十几只。山羊出栏 20 多公斤，一只能卖 1000 元左右。2018 年大约产值 1 万多元。黄洪财说："一只羊要养 1 年半。羊以吃草和树叶为主，全生态无污染。"

我问他怎么想到养羊这个行当的。黄洪财说，自己虽然工伤变成了残疾，但他并不想坐等别人来抚养。不仅自己不能靠别人抚养，自己还有一个精神病的母亲需要照顾。

黄洪财说，自己 12 岁时，父亲就去世了，母亲也精神失常。如果母亲没事，他虽然只有一只手，还是可以到外面打工，做些力所能及的事，比在山里挣钱容易多了。但为了照顾母亲，只能选择在家守着。

他得想办法挣钱养活自己。在农村不靠双手又哪能挣来活路呢？但自己右手已经被截肢了，靠双手干活已经不可能了。动脑筋吧，自己读书不多，脑力劳动的活也干不来。

他思来想去，想去思来，到底做什么来钱呢？一次他骑摩托车来到邻乡，看见路边散落着的羊群在吃草，他好奇地停下来看着黑一块、白一块的羊发呆。羊的嘴小，吃草比牛要斯文得多。这东西好养。他在心里赞叹了一声。

这时一个 50 多岁的男人走过来，问他是不是看中他家的羊了，是开餐馆的吗？

经他这么一问，黄洪财知道这个男人是羊的主人，就向他打听起来。他老老实实地说，自己不是买羊的，也不是开餐馆的，自己手残废了，想找一个能挣钱的路子养活自己。看这羊好喜欢，不知好不好养？

羊主人看这人不买羊，还对自己的羊左看右看，还以为他有什么坏心思，但又听他说话很诚实，手也的确残废了，就生出了怜悯心，说，我看，你养羊肯定没有问题。

羊主人告诉他从哪买羊种，多少钱投入，怎么养……一五一十，毫无保留地告诉他，似乎想让他一下子从养羊项目里发达起来。

黄洪财说干就干，他按那个养羊人的话，搭建了羊棚，进来了羊种，开始做一名养羊专业户。养一也是养，养二也是养，他后来又开始养鸡了。

他也随之被人称为"羊司令＋鸡司令"。他走在山路上，就有一群羊成为他的兵卒；他拿起食盆一吆喝，那些毛色鲜亮的鸡就从四面八方聚拢而来，"司令"当之无愧了。

我说，走，去看看你的羊和鸡。光在这聊，没有看到实体，等于是纸上谈兵。

黄洪财听说我要去看他的羊和鸡，高兴得跳起来说，好，我用摩托车搭你去。

山森村就是一条峡谷，村道沿着溪流向前延伸。村道两侧的山坎垒建着村民的房屋。满眼的翠绿，房屋也被杂草和树木掩映起来。摩托车在水泥村道上朝峡谷深处奔跑。

不一会儿，就来到一处稍微平整的地面，相隔二三十米远搭建了两只棚子。上面一只棚子是竹木结构，依照羊的习性建成了吊脚楼式。四根柱子用粗大的杉木立起来，垫楼板的横梁也是杉木做的。从便利角度出发，木匠只是用码钉将柱子和横梁固定，下面用木桩撑着，给羊搭建"安居工程"，省去了挖基脚、砌墙、留窗台等烦琐的工作。板壁用竹子劈成片，钉在木梁上，虽然透风，但也能让羊享受外界的清爽空气。我本以为山村，瓦也应该是竹子劈开盖成的，黄洪财却用了石棉瓦。黄洪财为羊搭建的"羊楼"就这样竣工了。羊还住着"楼房"，挺舒适的。

羊在羊棚里，我透过竹片做的门板望进去，里面空间用竹片分割成三栏，从竹片缝隙打进来的光线落在这些花色不一的羊身上，让人觉得这些羊像活动的艺术品。羊有纯白色的，有一段白一段黑的，还有棕色的；有的四个蹄子是黑色外其他都是白色；有的屁股一片黑，其他是白色；有的脖子是黑子，头脸与其他地方又是白色……像极了一幅油画作品。

我说："羊吃草，不需要投资，一本万利啊。"

黄洪财说："羊需要买盐砖给它吃。"

羊要吃盐？我以为跟养牛一样。

食盐还有调味的作用，能刺激唾液分泌，促进淀粉酶的活动。缺乏食盐容易导致消化不良，食欲减退，饲料营养物质利用率降低，发育受阻等现象，因此必须给羊喂盐。黄洪财已成养羊的行家了，他说，喂盐的方法有多种，在放牧季节，可每隔 10 天左右给羊啖盐，按每只羊 15 至 20 克准备，将食盐撒在石板上，让羊舔食。

欣赏完黄洪财的羊，我又走进黄洪财的鸡场。

鸡不像羊靠四条腿走路。鸡只有两条腿，但两条腿跑起来比四条腿灵活多了。鸡还有一双翅膀，跑不及的时候，它还能飞。羊就不行了，只能永远在地上走。

黄洪财的鸡场说大不大，说不大又很大。不大是因为，就那么一小块地方属于寸草不生，其他地方全是野草地。说大，那是因为黄洪财并没有在周围做栅栏，鸡可以在草丛里四处活动，寻找虫子、蚯蚓、草根啄食。

这里野草疯长处，以前应该是梯田，现在这些田似乎都退耕还林了。但林木没有长起来，便由这些生命力旺盛的冬茅和杂草盘踞了。

这个鸡棚的造价要比"羊楼"高。鸡棚架子是木架搭建，外面是篷布，防风、防雨。黄洪财说，鸡棚搭好后，养了 200 多只鸡做试验。投资约 3000 元。第一次养，损失了一半，病死的，不懂预防。活下来一半，卖了 100 只，每只卖 100 元，回收了 10000 元，没亏本。

第二批进鸡苗 700 只，有了第一次的经验，知道了鸡的品性，好养多了。有个朋友在赣州卖鸡，他是本村人，会来这里拉。这批要等到 10 月出栏。已投资 2 万多元。如果一次性卖给一个买主，价格只能算批发价，按正常预算，这批鸡可挣 1.2 万元。前后需要 5 个月时间。越冬不好养，这批鸡卖完后，就要到明年春上再进鸡苗。

谈到现在的政策，黄洪财说，政策太好了。他现在家里有三口人享受低保政策：自己、母亲、侄子，每人每个月有 260 元低保金。侄子还有教育扶贫，每学期 750 元。医疗保险政府代缴，看病能报销 90%。自己搞养殖业，享受金农扶贫贷款 5 万元，3 年免息。精准扶贫，真正让我们这家人享受到了"两不愁三保障"。

小康不小康，关键看老乡。这话一点没错，如果贫困老乡不能脱贫，如何实现全面建成小康社会呢？看到黄洪财这样的身残志不残的青年，坚定了我对广大农村脱贫奔小康的信念，也看到了农村的新希望。

丁章明

丁章明，1972 年 8 月生，罗江乡上溪村人。初中毕业后就与村里一帮年轻人到东莞打工，做服装。

丁章明人长得瘦瘦高高，脑门高，头发稀疏，一看就知道是个善于动脑筋的人。在东莞打工，但心思已经转回到了上溪村。本来按照他的所学专长，他回于都完全可以到工业园区找一份做服装的工作。于都大大小小的服装企业有 2000 多家，像他这样的熟练工人肯定人家抢着要。但他没有重回服装企业打工，而是开辟了一条罗江乡人想象不到的创业门路——养鹿。

2018 年 8 月，丁章明回村，开始了他的养鹿梦。

其实，早在三四年前，丁章明就开始设计回乡的事，一是自己年纪大了，不宜再在外面打工谋生；二是父母老了，需要有人照顾；三是小孩读书，作为家长，需要亲力亲为照顾。有了这三个理由，他在外面待一天都是多余的。此前，他一边打工，一边盘算着回乡后自己靠什么创业这个问题。在农村养猪，没特色，还污染环境；养鸡也谈不上特色，养的人也多。他在网上调查，最后盯上了养鹿。

现在网上信息渠道畅通，想找什么资料都不难，他查阅了养鹿的相关信息。鹿是传统的名贵药用动物，汉代时就有"鹿身百宝"的说法，是灵丹妙药的象征。《本草纲目》记载鹿茸、鹿角、鹿角胶、鹿角霜、鹿血、鹿脑、鹿尾、鹿肾、鹿筋、鹿脂、鹿肉、鹿头肉、鹿骨、鹿齿、鹿髓等都可入药，有极高的药用价值和保健功效，能够预防和治疗多种疾病，而鹿的初生幼角——鹿茸，更是被视作"宝中之宝"。以上说的都是鹿身上的肌体部分，除此之外鹿的粪便也是一宝，可以杀菌，抗病毒能力强。养鸡容易感染鸡瘟，养猪也经常遭遇猪瘟，但鹿的免疫力强，基本不会担心有鹿瘟之祸。鹿的口感好，牛不吃的草叶它吃，饲料就不是大问题。

有了这一番考证，丁章明逐渐迷恋上了鹿。他决心已定，靠养鹿来实现自己的创业梦。

丁章明给鹿喂料

2018 年 10 月，他到吉林双阳县考察，与一家养鹿公司签下合同，一口气买下 20 头鹿，公鹿 10 头，母鹿 10 头。公司包教学养鹿技术，他在那里学了 12 天养鹿。公司的人教给他鹿的习性、鹿的喂养方法、鹿的饲料、鹿的繁殖、鹿的常见病理和治疗等，这回学习，比他拿初中毕业文凭上心得多。这关切他的创业梦，关切他的一笔巨大投资，用他自己的话说，鹿就是他的命根子了，他能不精心学习吗？

学习期满，他将购买的鹿寄存在公司，自己先行返回家里，这些宝贝运回家前需要为它们建好圈栏。鹿的圈栏不像人的房子那样精致，有点像牛栏或者羊圈，但又比牛栏和羊圈讲究。鹿圈地面用砖铺平，四周墙用砖垒砌，场地最好空出大半露天，三分之一盖顶棚给鹿遮阳避雨即可。鹿圈建好了，一个电话打到吉林双阳，公司早已给他排好队，装运 20 头鹿的车开始由北往南输送，2700 多公里路，运行时间为 30 个小时左右。电话打出的第三天，他就见到了他的 20 头宝贝。公司包运输，但运费是自己的。从吉林双阳到江西于都，运费 1.5 万元，一头鹿运费合 750 元。丁章明是做大事的，他将运费通过微信转付给了司机，还招待司机吃了一顿，以犒劳他将 20 头鹿宝贝送到自己家中。

在双阳学养鹿，丁章明身旁有师傅，他当然不用操心。现在不一样了，鹿是自己的，养不好就有损失，丁章明自然不能麻痹大意。有的细节，师傅也不一定都会教，需要自己在实践中探索。一开始，有两头母鹿生下的鹿崽，被别的母鹿冲过去咬死了，这个状况他并未料到。刚生下的新生命被另一头母鹿咬死了，这让丁章明格外心痛。怎么办，又不能给"凶手"判刑。只能在母鹿生育时采取隔离措施，保障母鹿和鹿崽的安全。

丁章明买的种鹿是 3 年以上的鹿，这些鹿正值壮年，第二年 10 头母鹿就有 9 头生了第二代，除了 2 头鹿崽被咬死外，实际存活 7 头鹿崽，其中 5 头公的，2 头母的。鹿的生产时间在四五月份，其他时间不生育。

鹿茸一年当中可割两次，6 月一次，8 月一次。鹿茸只有公鹿才有，一头鹿可产鹿茸 3 公斤，10 头鹿共产鹿茸 30 公斤，每一公斤鹿茸可售 5500

元，这一项销售额可达 165000 元。当然，还有饲料和人工成本未算在内。

我问这些鹿现在吃什么？

鹿的食性很广，主食草类、草根、苔藓、地衣、树叶、树皮，一些小植物的果实，有时还会寻些草药类吃。到了冬天吃玉米秆、红薯藤、稻草，几乎不挑食。丁章明笑着对我说，一牛养十鹿。意思就是一头牛一天的食量可以喂养 10 头梅花鹿。

看鹿这么好养，如果我住在乡村，我都想买几头当宠物养，每天给它们割草，或放养到野外，看它们吃草、撒欢，一定很好玩。

鹿在我的脑海里，与庐山白鹿洞有关，传说洛阳人李渤与其兄涉在白鹿洞隐居读书，李渤养一头白鹿"自娱"，鹿通人性，跟随出入，人称"神鹿"，后人便将这个地方叫"白鹿洞"。我将这个故事讲给丁章明听，他没去过庐山，自然不知白鹿洞有多美。但他听说白鹿跟读书人有关，就说，你到我这来，我送你一头梅花鹿。

一头鹿如果是公的，能割鹿茸，如果是母的还能生鹿崽，但光单身不行，要送就得一公一母。我顺着他的话开起了玩笑。

你如果来，那没有问题，一公一母都送。他大方地说，就怕你舍不得大城市。

我看看这里的山，不是什么大山，山上没有树木，有的只是杂草和岩石。在这里搭个茅棚，估计扶贫组还得给我扶贫，给当地政府添麻烦。

闲话归闲话，我们话归正题，还是谈起了鹿的话题，丁章明给我介绍鹿的知识——

鹿的寿命可达 20 年，产茸 12 年，老化后可卖鹿鞭 5000 元，鹿皮2000 元，还有鹿肉……一头鹿到了既不能产鹿茸，又不能繁殖后代的情况下，它还能为丁章明创造近万元的产值。可以说，养鹿是一本万利的产业。

看不出，丁章明还是个做生意的老手。他拿出六七个酒杯，从展示架上拿出了鹿血酒——酒是浅黄色，有半瓶淡紫色沉淀物。他将酒瓶摇晃了几下，那些淡紫色沉淀物就浮上来了，他倒入酒杯中，给每人一杯品尝。酒是高度酒，酒中有很大的腥味。出于好奇，每个人都喝完了一杯。

丁章明是有想法的人。他说，一个人富不算富，要全村人富才算富。他在扶贫工作队的帮扶下，计划扩大规模，采取"农户＋合作社"的模式，农户认领一头 1.5 万元，承诺产值归认领人，一年分配减除 2000 元饲料、护理费。

眼下丁章明想扩大再生产，但资金出现瓶颈状态。银行给了他 5 万元贷款，由于周转不开，一时还不了，村支书丁红平以个人名义贷款帮助他还掉了贷款，银行才第二次给予他 14 万元的贷款。

丁章明说，我的目标是养 100 头鹿，年收入达 100 万元。

谁知道，丁章明就是一位贫困户，家里 5 口人：夫妻二人，上有老母，下有两个儿子。他致贫原因是缺资金。

丁章明是个勤快人，他利用房前屋后的空地养了 300 只鸡，鹅 20 只，牛 3 头。养鹿是他的专业，这些不过是外快。

丁章明对现在的扶贫政策十分满意，他说，小孩读书免学杂费，还有餐补等费用；医保也一应俱全，看病住院能报销。他养鹿这项产业，政府也补贴了 3000 元钱。

写到这里，我希望丁章明真正实现自己的产业梦，把养鹿产业做大做强，还带动村民一起致富。

钟作桂

盘古山镇有个茶梓村。茶梓村有两样东西出名：一样是红薯干，一样是香瓜。

我决定去拜访靠这两样东西改变自己贫困命运的贫困户钟作桂。在去年，他凭借这两样东西致富抱回了于都县委县政府授予的 2018 年度脱贫攻坚工作"脱贫之星"的牌匾。

车子停在村前广场，步行沿着一条小溪朝上游走，路过茶梓区苏维埃政府旧址，房屋两侧的附属建筑均有坍塌，主屋还算完好，但屋内堆放着一些废旧的农具和木板之类的物件，门前堆放了木柴，禾场上长满了杂草。

沿途的田地已经翻耕，栽种上了红薯秧。沿着山脚下的小道来到尧屋背，穿过一片树林，看见几栋坍塌的土坯房。前面山坡上一栋半新的两层小楼，外墙还贴了瓷砖，与不远废弃的土坯房形成鲜明对照。这就是钟作桂家。这栋房子是他 10 年前盖的，那个时候，他正年富力强。

还是对贫困户钟作桂做一番简单的介绍吧。他生于 1965 年，2014 年检查出患有冠心病、心肌梗死等疾病，做过微创搭桥手术，在赣州附属医院做支架搭桥手术花了七八万元。现在，他每个月都要到赣州附属医院拿药，后来有扶贫政策在县人民医院买药可直接报销。他的身体出现状况后，家里的重活都落在妻子肩上，终年劳累，妻子腰肌劳损，身体也大不如前。他的大儿子已成家，生育 1 个孙子，独立支撑能维持小家庭就算不错了。小儿子还在读大学，虽然国家免去学费，但生活开支还是需要支付的。

钟作桂种了八九亩红薯、2 亩香瓜。红薯一亩地产红薯 800 公斤，如果卖红薯，每公斤约 3 元，收入约 2400 元；如果深加工做成红薯干，1 公斤红薯可产红薯干 0.2 公斤，一亩地可产红薯干约 160 公斤，每公斤红薯干销售价按 26 元计算，一亩地的产值则增长为 4000 多元。

深加工需要费不少人工，还要碰上好的阳光。钟作桂的偏房里堆放着做红薯干的设备，木甑是用来蒸红薯干用的，红薯干蒸晒后，色泽反而越亮，好看，好吃；篾搭是用来晒红薯干用的。红薯一开始要在大锅里煮，煮至六分熟就拿出来去皮，切成条，在太阳底下晒干。晒干后再蒸，蒸了晒，晒了再蒸，再晒，这个蒸晒方法叫倒蒸。不管煮还是蒸，最后都要放在篾搭上晒。

乡村老表没有包装，贱价卖给客商。客商经过包装后，在商场和网店高价出售。钟作桂并不眼红，他说，商家有了利润，才会到我们乡下来收购。没有利润，他们不来收购，我们的红薯干也卖不出去。一个产品需要多方面协作，才能被市场接受。

2018 年风调雨顺，红薯丰收了。冬天的阳光也好，钟作桂挖出地里的红薯，制作了 1400 多公斤的红薯干，仅此一项，他的收入就有 3 万多元。除此之外，他还种了 2 亩香瓜。一亩香瓜的收入也有 5000 元，2 亩香瓜收入 1 万多元。这样算来，2018 年，他靠自己的勤劳收获了 4 万多元，县里给他颁发了"脱贫之星"的牌匾。他接到牌匾的一刻，开心极了。这一刻，比卖出红薯干数钞票还开心。

坐在钟作桂的客厅，桌子上摆着新从地里挖出的花生和红薯干，这是茶梓村人招待客人的最好点心。钟作桂跟我讲述政府给予他家的许多项优惠政策：第一是健康扶贫，他住院的手术和医药费用，90%报销了。自己只支付少量的往返车票和伙食费，这一项对于他身体的情况是解决了大问题；第二是教育扶贫，他的小儿子读大学，一次性补了 6000 元，雨露计划每年还有 3000 元，这对他家来说，也是非常大的支持；第三是产业扶贫，他家做红薯干、种香瓜，每年有 2000 元的产业扶持；第四是普惠政策，种水稻、花生每亩补贴 300 元。

他说，精准扶贫给贫困户带来了希望，没有这一政策，我家这种情况看病都看不起，儿子读书也肯定辍学，日子肯定一天比一天难。现在好了，政府给我们解决了大难题，我们活得也有了尊严。扶贫扶困，让我们有福迈入小康，共享祖国繁荣！

时序进入隆冬，我关心钟作桂今年的红薯干收成，给他打电话询问情况。他说，老婆生病了，腰椎间盘突出症、腰椎结核感染多种病集中爆发，先在县人民医院，后转到赣州市人民医院治疗，住院 2 个月，已花费 10 多万元，目前还不能出院。他告诉我，幸亏国家的扶贫政策好，绝大部分医疗费自己不用掏钱，要不然，拿不出医疗费只能把病人拉回家。

我问他今年的红薯干晒得怎样？他说，我们出来时，只晒制了两次，一次生产 100 公斤，共生产了 200 公斤的红薯干。家里还有一房间的红薯等着处理，但病人比红薯干要紧。只恨人不争气，辜负了党和政府的期望，去年颁发的"脱贫之星"，今年又回到了贫困线了。现在我老婆病好了也不能做活，我也干不动，这顶贫困帽子想甩掉，真怕它又落到自己头上啊！

我安慰他说，转眼就是 2020 年了，是脱贫攻坚的收官之年，也是我们国家全面建成小康社会之年。这一年以后，不是我们国家就没有了贫困户。贫困永远是相对的，国家政策也会不断进行调整，对于相对贫困的人口，国家肯定也会出台相应政策应对这一局面。你放心治病，国家一天天强大，也在不断满足人民群众对美好生活的向往上作出努力。

电话那头传来一阵哽咽声。他说，我想领老婆早点出院，早点把红薯干晒好！

红薯干，还是钟作桂摆脱贫困的一个希望。

第七章

搬出大山

让老区人民过上幸福生活

大桥移民新村

早就听说罗坳镇大桥村有一个省级重点移民工程，他们整体从大山深处的古嶂片区搬迁出来，家家屋顶安装了光伏发电，成为远近闻名的易地搬迁脱贫示范村。

车子沿着一条新修的水泥村道曲折前行，经过一个叫和平村的集居点，车子开始爬坡，并不陡峭，很快眼前就出现一片规划整齐的白墙蓝顶的三层连片建筑，这就是大桥村移民新村。

移民新村为方阵设计，四栋连体，三纵十二列，像一艘驶向小康的巨轮。中央有一栋朱红屋顶的建筑，这就是大桥村委会办公大楼。村部大楼右侧的粉红墙建筑是村幼儿园，左侧是沐恩苑活动广场。整个移民村布局和设计非常美观，让村民们满意，来宾们叫好。

大桥村党支部书记陈星宇，是 2015 年省劳模。他中等个头，身体壮实得像一尊铁塔。只是他走路还有些不平衡，一条腿明显有些瘸。他告诉我，2013 年 2 月 28 日那天，他骑摩托车去罗坳镇汇报移民新村工作，心里着急，脑子里想着移民建村的事，速度没有控制好，在消防大队附近被一辆横过公路的铲车撞上。他连人带车被铲车铲到了马路对面，还是路人拿手机报警，才及时送到了医院。

在医院住院半年，陈星宇如坐针毡，浑身不自在。2013 年 8 月 30 日这天，他得知移民工程开始平整土地了，但还没有一个人报名。古嶂片区移民搬迁，是他向党和政府立了军令状的，能不心急如焚吗？与其在医院坐卧不宁，还不如出院到村里去与村民交流，动员他们搬迁。这个有着钢铁般意志的男人一拳砸在自己另一条还算健康的大腿上，喊道："出院，我要出院！"

须知，当时他的一条腿还完全处于静养期，大腿、小腿上都还安装着钢板，伤口还在流脓。医院拗不过他的意愿，陈星宇拄着拐杖回到了村里，开始了一家一户上门做工作，动员群众搬迁。

现在，很多村民都记忆犹新，如果没有陈书记，古嶂片区移民工程这盘棋不知会下成什么，有可能如许多村民所想的那样，不搞移民搬迁，就在古嶂原住地搞新农村建设。持这种保守意见的人不少，包括老书记温永峰、永红组组长温五发都持这一论调。他们的意见形成合力，有80多个村民在反对移民搬迁的意见书上签名，对移民搬迁工程形成巨大阻力。如果任由这一思想波动泛滥，移民搬迁工程就得泡汤。

脱贫攻坚不仅是从物质上脱贫，更要从思想上脱贫。必须从思想上让这些"老顽固"改正守旧观念，树立移民搬迁实现脱贫的新理念。

陈星宇拄着拐杖与镇党委组织委员亲自上门，找到老支书温永峰，从党性原则立场表明态度：移民搬迁工程是党中央为实现全民脱贫一盘棋的重要一环，党和政府高度重视移民搬迁工作，作为党员首先要讲党性，要服从大局，带头帮助群众做好工作。温永峰从故土难离的守旧观念与陈星宇争吵起来。

"你温永峰是老党员、老支书，带头组织群众反对移民搬迁，给党和政府的工作带来巨大阻力，你的党性原则立场到哪去了？"陈星宇对温永峰红起了脸，不禁大声地吼起来。

镇党委组织委员做起了和事佬，劝陈星宇别动怒，有话好好说，最后温永峰意识到自己的思想被守旧观念绑架，没有维护好党和政府的大局观。他承认是自己对移民搬迁的扶贫政策学习不够，作出深刻反省，承认错误，收回了那个 80 多人签名的反对移民搬迁意见书。

老表们也逐渐认识到移民搬迁是党和政府对自己的关心，是真正为老表脱贫做的一件大好事。思想的交锋比战场上的真刀真枪还要严峻，这也是古嶂片区移民搬迁赢得的第一场胜利。

古嶂片区自然条件恶劣，是于都县灾害频发区和地质灾害避让重点区域；交通区位偏僻，山高坡陡，道路险峻，没有通户路；基本公共服务不足，没有教学点，只有一个临时医疗点，条件简陋。这样一个不适合人们生存的地方，因为故土难离，村民并不愿意搬迁到 10 公里外的磨刀石水库旁。当初，老表担心搬出来没有了田地，吃饭是个大问题，有压力。县里领导也来做工作，出台一系列让老表能搬得出、稳得住还能致富的优惠政策。移民安置房采用一户一栋，占地 85 平方米、总建筑面积 216 平方米的房屋按建筑成本 13.98 万元的价格售给老表。内装修老表自己负责，外墙由政府统一粉刷。村民享受了三方面的优惠政策：每户享受土坯房改造政策 15000 元（低保 20000 元，红军烈士遗孀 40000 元）；享受人均补贴 4000 元；享受每户贷款 5 万元，两年由政府贴息 80% 的政策。这些政策为老表从大山搬到新村解决了大问题。

从一个传统居住地搬迁到陌生的新村，工作难度肯定是可以想见的。特别是陈星宇住院期间，村里的大大小小事没有主心骨。"80 后"村文书温八月工作压力大，产生畏难情绪，跑到医院对陈星宇说："书记，我还是不干了，我在外面做药剂师随便也有三四千元，在村里拿千把元钱，工作还这么难做，不值得。"

陈星宇语重心长地对他说："到村里做事，不要把钱看得这么重，也不要管我们付出了多少，老表的认可或不认可也先丢到一边，让历史来见证我们的所作所为。我们村移民点是省级重大工程，把它理顺了，做好了，后面的工作就会好开展得多。"

后来，温八月听从陈星宇的意见，留了下来，经过了这场考验。2014 年 12 月换届选举，温八月得到村民的认可，被选为村主任。

陈星宇是过来人，他也是从村文书干起，逐步挑起了村里"一把手"的重担。事情得从2008年说起，那时，母亲中风，在外面打工的他回村照顾母亲。一年零三个月，母亲的吃喝拉撒都是他一人服侍。村里的老党员看见这个年轻人有这样好的孝心，就提议要他到村里工作，为村民做服务。他征求哥哥陈佛生意见，哥哥对他说，既然村"两委"要请你到村里工作，就应该为村里做一些事情，但一定要脚踏实地，不要扣票子，不要贪污。

有了哥哥的这一番话，陈星宇坚定了要为村民做"有益的事情"的信心。既然做了村干部，就要把村里的事当作自己家里的事一样来对待，他时常说："老表的利益，就是我的奋斗目标！"

看着眼前的这个移民示范点，陈星宇觉得自己做了一件问心无愧的大事。当初，他挂着拐杖一家家、一户户地走访，村民陆续开始登记，到2014年6月，古嶂片区80%的村民都报了名。陈星宇心底踏实了，这80%就是吸铁石，剩下的20%就算是钉子，也会被吸铁石给吸引过去。果不其然，最后133户人家，只有两三户死硬派，死活不肯搬迁。最后他们后悔了，因为他们的顽固不化，孩子上学成了问题。等他们重新想搬出来的时候，政策的大门已经关闭。政策不可能为他们几户人家重新制定，陈星宇为他们惋惜。

有必要对罗坳镇大桥村的情况做一个简要介绍。大桥村位于罗坳镇东部，辖区有村小组12个，人口1423人，其中贫困户152户，贫困人口674人。古嶂片区是2003年合并到大桥村的，人口约133户656人。古嶂离磨刀石新建移民点9至10公里、距县城20多公里。古嶂移民搬迁到磨刀石新建移民点后，距离县城也约9至10公里，开车或骑摩托车20多分钟就能到，方便了村民进城打工。

据村民说，古嶂山区上半年水分充足，下半年半山腰缺水。田地都是梯田，种植很难有收成。下半年种点红薯，野猪群起拱之。野猪是二级保护动物，不能猎杀。真正是穷山恶水，已经难以适应老表们日益增长的对美好生活向往的需求。

有必要对古嶂移民新村项目建设和搬迁过程做一番梳理：

2012 年 6 月 28 日,《国务院关于支持赣南等原中央苏区振兴发展的若干意见》出台, 于都乘势而上, 开展了土坯房改造项目。当时对地处偏僻的古嶂片区做了一次重大调研, 开始考虑能不能原地重建, 后经过多方考证, 决定易地搬迁, 选择在和平与大桥之间的磨刀石水库山脚下建设移民安置点。

2013 年 7 月征地, 8 月平整土地, 9 月动工建房, 移民搬迁走在全省前列。

2014 年 1 月, 实行精准扶贫建档立卡。

2015 年 1 月, 春节前夕举行了集体搬迁入住仪式。仅仅一年半时间, 便完成了建设和搬迁工作的全过程, 这可以说是创造了奇迹。村民们在移民新村度过了一个欢庆祥和的春节。从深山搬到移民新村, 村民们说自己

大桥移民新村

仿佛进入了天堂。这只有在传说中才能遇到的故事，让村民们着实感受到了党和政府的深切关怀和关爱。

陈星宇谈到，如果没有一个强有力的领导班子，要实现移民搬迁，真正让贫困群众脱贫致富，共同实现小康是一件非常难的事。大桥村围绕精准扶贫抓党建，抓好党建促扶贫，积极发挥党组织的统领、协调和保障作用，找准"党建＋精准扶贫"的结合点，引导党员干部瞄准贫困户，当好政策宣传员，帮助融合，为贫困户量身定制"脱贫钥匙"，实现了党建与扶贫互动促进的良好局面。

"搬出来就是脱贫！"这是陈星宇掷地有声的金句。当然，他后面还附加了"有了党和国家的扶贫好政策，老百姓的日子越过越红火"的修饰语。为了满足群众的多元化需求，罗坳镇党委积极和上级对接，争取了多种方案供村民选择，对生产生活环境恶劣、不宜居住的，安排一批到大桥移民新村、上欧思源社区进行集中安置，实现易地搬迁，转移就业。条件好的可以选择较大户型，也可以搬到城里的安置点"进城入园"；条件差一点的可以选择小户型，特别困难的还可以选择集中保障房安置。经过两年的努力，大桥古嶂移民新村已成为多功能为一体、配套设施完善、生态和谐宜居、公共服务均等化、产业同步发展的现代化社区示范点。

谈到移民新村的产业发展，陈星宇成竹在胸地说，我们用"党建＋产业发展"，解决移民后顾之忧。首先，发展光伏发电产业，实现蓝色幸福之梦。移民新村规划设计里就将光伏产业设计到了每栋房屋的屋顶，让现代科技与移民新村完美融合。以村民曾春发的光伏发电为例，5 千瓦光伏发电板预计年发电量为 5000 度，按照 0.98 元／度的标杆电价收购价计算，可实现年均 5000 元左右的经济效益。当初，曾春发对光伏发电丝毫不知，是陈星宇书记一次次上门跟他解释，才解开了心中的"疙瘩"，点亮了他的幸福生活梦，他痛痛快快地在光伏发电协议书上签了字。在大桥，像曾春发家这样缺乏劳动力、经济困难的贫困户家庭有 46 户，他们都在光伏产业上获得了生活保障。当然，发展光伏产业，也是充分尊重群众意愿基础上进行的，移民新村制定了两种"模式"供村民选择：一是农户自己经营模式，农户自己安装发电设备，通过并网收购直接受益；二是"企业＋农户"模式，农户出租屋顶给企业，按照每年1200元的租金，直接打到农户账上，企业自己经营。

2015年1月，古嶂村民搬迁进入移民新村后，政府开始谋划怎样才能住得稳。当时考虑光伏发电，只要一次性投资，就能保证23—25年有收益，也没有风险。2015年6月开始安装，当时市场价要3.8万元，政府贴5000元，安装公司贴5000元，老表承担2.8万元，这部分投资由政府统一贷款，只要提供身份证签名即可办理。银行的钱变成了农户的产业，六七年收回成本，每年有4000至5000元的收益。移民新村现已全部安装了光伏发电板，老表们编了个顺口溜："屋顶装着钱窝窝，足不出户把钱赚。"

移民新村还因地制宜发展现代农业，打造"一村一品"百香果产业。按照移民新村的最初规划建设，在新村旁有许多农田可以流转。经过专家分析，移民新村附近的土壤、气候、水质等自然因素符合百香果种植。经过政府的引进介绍，百香果种植企业入驻大桥。赣兴合作社以"合作社＋基地＋农户"的模式进行推广，农户进入合作社后，由合作社提供种苗、技术服务等，果品上市如有滞销则由合作社按照协议价兜底收购。大桥种植百香果230余亩，并且于2016年8月中旬上市销售。百香果当年种植当年收，是群众脱贫致富的新路子，目前已带动20多户贫困户长期在百香果基地就业，月收入2000余元。

此外，大桥村利用传承客家传统手工腐竹，成立源群专业合作社，生产客家传统手工腐竹。合作社由老党员张观寿、张贱发等发起，合作社理事长张群生是手工腐竹第三代传人，共有15名成员，其中贫困户8人，辐射带动周边贫困户增收致富25人。大桥手工腐竹生产始自20世纪30年代，至今有80多年的生产历史。目前，合作社生产腐竹年产量1.8吨，主要销售渠道包括县城各副食销售代理商、农村E邮、农村淘宝等，用传统手工腐竹作坊开启新时代致富路。

天已擦黑，陈星宇留我在村里食堂吃饭，他用电话喊来温五发。温五发用塑料酒杯倒了一杯酒，边喝边跟我聊起来。这位仁兄是 1955 年生人，是古嶂永红组组长，有一定号召力。他在古嶂的老房子是 1980 年盖的，2009 年他拆除老房子，在原地基上扩宽建起了一座新房子。为了扩宽地基，他挖山一年多，纵深后靠 10 多米，用畚箕挑土填出了一个 60 米的停车场。砖和水泥，用车装运到村里，然后请人挑上坡。砂石都是到 75 公里外的铁山垅钨矿拉来的标准基建砂石，运费和建筑材料花费了 20 多万元，2010 年装修花了 10 多万元，房屋总共花费了 40 多万元。温五发为什么要花那么大本钱投资，其实有他的一套想法，他想古嶂风景这么好，以后可以搞乡村旅游，在自己家里搞农家乐。当然，在农村有这样想法的人不多，整个古嶂也就他温五发一个人有这种想法。

2012 年，政府实施搬迁移民工程，将他个人的一整套思路打乱了，他当时极力阻挠，希望政府在古嶂搞新农村建设，不搞移民搬迁。毕竟胳膊扭不过大腿，自己的想法不能跟政府的大政方针和村里大多数村民的愿望相抗衡。他的脑筋转得快，当移民新村在磨刀石破土动工时，他又看到了这里的发展确实比古嶂好：第一，移民新村交通好，离县城更近了；第二，这里规划设计水平高，服务设施条件优越，这是原住地古嶂不可能实现的……一个人思想的转变之快，是与时代变化联系在一起的。对一个祖祖辈辈都生活在山村的农民来说，他过去依靠土地和大山生活已经习惯了，现在要他们一下子脱离这些依靠，自然不习惯。但时代在高速发展，如果再住在山区，就只有与时代脱节。党和政府看在眼里、急在心里，想方设法要将山区群众搬迁出来，与现代文明融化起来。

"如果没有我们的党，哪里有我们的幸福生活，我们两个老人老了，孙子、孙女在读书，全靠儿子、儿媳两口子打工养活一家五口。"温五发感慨道："我没有文化，不会说什么，但我们要感谢习近平总书记！感谢共产党！感谢政府！"这是他的肺腑之言。

"该我们享受的都享受到了，孙子、孙女读书也不用愁，国家都有补贴。我二话不说，第一个报名同意搬迁，又是第一个搬家来到移民新村的。"这个一开始极力阻挠搬迁的人，成为搬迁的积极分子，这是"搬出来就是脱贫"的强大引力的驱动。

来到沐恩苑一侧的"古嶂书屋"，见到陈佛生先生，他正在书屋内领着几个孩子练书法。桌上摆放着毛毡、毛笔、墨水和字帖。陈佛生花白的头发已经逐渐谢顶，一副眼镜显出几分书生模样。他一见我就欣慰地说，在大山里面住了几十年，现在能住上三层"小洋房"，真要感谢党和政府的好政策。古嶂山区平均海拔 500 多米，当地人称"小青藏高原"，由于山高路远，交通不便，住房破旧，小孩上学难，村民就医难等现实问题困扰着村民。孩子上学要走两个多小时的山路才能到学校。现在好了，移民新村有幼儿园，不远的和平村就有小学，去罗坳镇读初中、进县城读高中都不难了。

看到陈佛生对移民新村这么满意，我的心里也盛开了鲜花。当初就是陈佛生支持陈星宇进入村"两委"工作，并谆谆教导他，进村委工作"一定要脚踏实地，不要扣票子，不要贪污"，要真心实意为老表办好事……我越看陈佛生，越像一个乡贤人物，他虽不在前台指挥，村里的各种活动

陈佛生在"古嶂书屋"辅导孩子学习

也很少有他抛头露面的场合，但他却是这个村子的灵魂人物。陈星宇喊他大哥，对他尊重有加，陈佛生也对这位弟弟另眼相看。如今，大桥古嶂移民新村的老表们安居乐业，是党和政府的功劳，也有自己这位弟弟踏实苦干的功绩。一个人活在世上，一定要做一番于人于己有益的事。于人有益就是于己有益，如果于人无益那对自己怎么会有益呢？那样会遭到所有人的反对，也做不成任何事，可以说人生是失败的。只有做与大众有益的事，才会得到群众的拥护，做任何事也就容易成功。陈佛生似乎是一位哲人，他现在和一群孩子打交道，但心里却像一尊佛，装着一颗教化的心。

进城入园

车子穿过长征大桥，在赣江左岸划出一条漂亮的弧线，很快便来到上欧工业园区一侧的移民搬迁扶贫安置示范工程——思源社区。

走进社区，映入眼帘的是一排排崭新的房屋和整洁干净的路面。这是于都县扶贫工作的新探索，即把移民搬迁与工业园区建设相结合，让从土坯房走出来的农民，可以走进工业园区新房，当上园区工人。

为了让搬迁扶贫项目实现群众利益最大化，于都县在江西省率先探索

思源社区全景图

实施了深山区整体移民搬迁扶贫"进城进园"工作，采用县城工业园、中心镇、中心村社区三级梯度安置方式，让移民利益最大化，实现"政府赢民心、移民得实惠、企业获发展"三赢，确保 2020 年实现 3.5 万深山区人口成功移民、全面脱贫。

社区党小组书记孙菊英打开电子荧屏向我们展示社区的全息图。思源社区成立于 2015 年 8 月，总占地面积 293.84 亩，其中一期占地面积 100 亩，建筑面积 13.5 万平方米，总投资约 2.3 亿元，按 50m²、100m²、130m² 三种户型建设安置 1193 套，现已入住 1000 余户 4000 余人，其中建档立卡贫困户 596 户 2500 余人；二期规划用地面积 193.84 亩，规划建筑面积约 30 万平方米，共建设安置房 2676 套，安置群众约 10000 人，总投资约 10.68 亿元。

于都县是国家扶贫开发重点县，至今仍有 96243 名群众尚未实现稳定脱贫。为贯彻落实习近平总书记"不让一个贫困户掉队"的殷殷嘱托，该县积极推行"党建 + 扶贫，扶贫促党建"模式，大力实施移民搬迁扶贫工作。按照"政府主导、农民主体、市场运作"理念，打造了贡江镇思源社区、罗坳镇大桥移民新村等一批安置示范点，让移民户"搬得出、稳得住、能致富"。

孙菊英书记停顿了一下，接着这个话题展开起来——

为让移民户"搬得出"，于都县最大程度地让利于民，将房价（毛坯房）确定为均价 1400 元 /m²。同时，移民户可享受每人 4000 元的深山区移民补助政策，符合条件的还可享受农村危旧土坯房改造补助和过渡安置补贴，并可办理 10 万—20 万元以内的住房贴息贷款。在建设资金的保障方面，于都县整合涉农资金，采取市场化运作，基本实现了项目收支平衡，实现了项目的可复制、可推广。

为让移民户"稳得住"，于都县在社区成立党支部和居委会，配套建立社区服务中心、幼儿园、卫生所、便民超市等公共服务设施，设立了党员活动室、阅览室、网络亲情室、培训室、居家养老服务中心等服务平台，引进了物业管理服务，为群众提供一站式服务。

为让移民户"能致富"，于都县以社区精准扶贫（就业）服务岗为平台，适时发布工业园区企业用工信息，为移民户提供就业培训和创业指导，目前已培训3期80人次，入住社区的258户贫困户中，有223人实现在工业园区就业，月工资约3000元左右，不少贫困群众激动地表示："搬出来就是脱贫了！"

社区专门设有精准扶贫就业服务岗，动态掌握社区内移民安置群众的生产生活状况，及时提供就业服务信息，组织开展园区用人单位与移民安置群众对接，做好移民安置群众的跟踪管理和服务，解决好他们"进城入园"难题。服务岗成立以来，为小区223人解决了就业难题。

孙菊英书记领我走访居住在思源社区的贫困户，首先来到张冬陀家。

张冬陀，1941年生，看不出他是个年近八十的老人。此时是盛夏，他穿一件白背心，裤腰带上挂着房门钥匙，人显得很精神，落眼一看他根本不像一个农村老汉，倒像是城里的知识分子。

130m² 的住房，住着他和老伴、儿子儿媳和孙子、孙女六口人。张冬陀原住贡江镇仓前村下鸡笼山村小组，因交通不便和缺资金而导致贫困。过去认为住在山区，自给自足，过着桃花源般的生活，现在不一样了，年轻人都进城打工了，山里除了老人，就看不见什么人。没有人气的山区，田园荒芜，种一点粮食还不够野猪吃的。看来，一个时代有一个时代的生活规律，在农耕时代或战争年代，人们远离城市在山区过着安稳的太平日子，躲避着战乱。如今，世界发生翻天覆地的变化，城镇化、集约化成为全球共识，山区农村不再是桃花源的理想生活之地，张冬陀赶上了最末一班车进城过上了城市生活。

我问张冬陀老人这里住得好不好？

张冬陀连声说"好，好，好"。他是2016年6月摇号，分配到这套移民保障房。自己装修花了10多万元，2017年3月8日迁入小区，成了思源社区的永久居民。他说，原来那个山村眼前看到的都是山，山外的世界根本看不到。别说小车开不进去，就是摩托车也没法骑到家门口。现在，你看这里楼房连着楼房，见的人各色各样，大人孩子好多，城里的日子比山里强不知多少倍。

孙菊英书记这时插话说："2012 年，我去过一次他们住的山区，原来知道偏僻，但不知道那里有这么偏僻。当时，山里还有六七个留守儿童，我跟孩子们讲，你们有什么困难跟阿姨说，阿姨一定帮助你们。孩子们企盼的眼神现在还记忆犹新。我留下了电话，可是，没有一个人给我打电话。后来我想，并不是孩子们没有困难，而是他们习惯了那样的困难，他们也不知道怎样开口向人求助。"

张冬陀老人接过孙菊英书记的话说："是的，山里孩子不会麻烦人家。住在山里最担心的是孩子生病，找赤脚医生都找不到，一旦生病就非常麻烦。"

张冬陀老人谈起以前住在山里的状况：道路是蛇形小路，要爬一段很陡的路。山里别的没有，有的都是树木。空气虽好，但人烟稀少。最好的地方一旦没有了人，就荒凉了。以前组里一共十多户人家，多数人家都搬出来住了，只有几户没有能耐的人家还住在那里，现在都被政府请下山了。说到那里的田，因为地无三尺平，都是梯田，很小的一块叫蓑衣坵、斗笠坵。那里建房子也不易，有一个人为了建房子，竟然挖掉了半座山才安下了房基。为什么挖山，因为田本来就少，只有挖山盖房子。

在山里建房子很不易，张冬佗说，先用车装木头，放到水库边，再用肩膀扛两三公里。砖房就别想了，我们山里是用黄土筑墙建房子。到外面买材料运费吃不消，买 300 元瓦片，请人挑，人工费要去掉 1800 元。有个"老顽固"不想搬出来，但经不住深山野猪拱。野猪不仅拱你的菜地，连厨房都敢进来拱，你奈何不了它。"老顽固"用电缆把菜地围起来，将野猪电死了。他挑着野猪肉到街上卖，野猪没有卖掉，人却被森林派出所抓起来了。野猪属于国家二级保护动物，他不懂法，进了班房还不知怎么回事。

我问，如果允许你搬回去，你还搬吗？

张冬陀笑笑说，再也不回去了。现在这里住得好，买吃的、看病都方便，以前住的地方有钱也买不到东西。你看，这里卫生好，蚊子、苍蝇都没有。在山区给儿子带小孩，两三个孩子在村小读书，要走2公里。有一次下大雨，小孩没带雨伞，我拿雨伞去接，小孩蹲在路上哭。风大，雨大又涨水，还担心山体滑坡，看到这一幕心里特别痛心、心酸。孙子一辈，万一他们出点问题，怎么向儿子、媳妇交代。现在政府安置我们住进花园一样的移民小区，孩子在城里读书，问题也得到解决了。

孙菊英书记说，党和政府给了这么好的政策，让他们从大山里搬出来成为城里人。如果靠他们自己打工，真不知道要多久才能盖起这房子。

张冬陀说，过去讲，没有共产党，就没有新中国。现在我要说，没有共产党，就没有老区人民的幸福生活！

从张冬陀家出来，孙菊英书记领我去走访一户做服装来料加工的贫困户。

杨流生、曹香平夫妇，在思源社区一层租用车库做服装来料加工。家里5口人：母亲、夫妻俩、一对儿女。

杨流生，四级残疾，出生时就患有脑瘫，导致左手、左脚活动不便。

杨流生、曹香平夫妇在服装加工店

妻子曹香平，2013 年做过宫外孕手术，肠梗阻、结石也找过她的麻烦。

杨流生老家在贡江镇仓前村上鸡笼山组，那个组有 20 多户人家，全部搬出了大山，最后一户是两个五保户老人，也搬到村里的保障房居住。

保障房是 2015 年 12 月摇号，2016 年 1 月装修，3 月就入住了。老家的土坯房政府补助 15000 元。政府还发了 6 个月的过渡费，每个月 600 元，共 3600 元。

说到自己的经历，杨流生说，虽然自己不会写诗，但绝对是一部打工者之歌。1993 年到广东打工，找的第一份工作就是做服装，一干就是 20 多年。2007 年回到于都，在实验小学开过文具店，因经验不足，结果亏损 1 万多元。2009 年下半年，又开始租房做服装，对外承接加工业务。2015 年，因为自己的身体条件，被评为建档立卡贫困户。2016 年，政府在这里盖起了安置房，摇号分配到了一套住房。

杨流生告诉我，加工服装是一门技术活，从早上 7 点到晚上 7 点，12 个小时没停，一天做 12 件衣服，一件加工费 18 元，一天可挣 200 多元。没有节假日，一年可以挣七八万元钱。

谈到当年去广东东莞虎门镇打工的遭遇，杨流生至今记忆犹新。一到虎门，并不是马上就能找到工作，他足足等了 3 个多月。对于一个出门求生存的年轻人来说，那是最难熬的一段岁月。早餐省了不吃，头发也 3 个月没理，连拖鞋也买不起，他穿了一双人字拖，鞋帮断了，用针插进去接起来又穿。特别是水土不服，身上起疱疹，连 5 元钱的皮康王也买不起……真不知当时是怎么熬过来的。与其在这里受苦，还不如回家去，但口袋里没钱，回又回不去。幸亏妹妹在厂子里做工，接济他一些零花钱才度过那段不堪回首的时光。也幸亏当初没有回家，因为一旦回家，以后再要出门就难了。很多人遇到困难就逃跑了，其实只要挺过了最难熬的日子，好日子就会来到。杨流生总结得没错，人遇到困难的时候，一定要挺过去，不能当逃兵。

1995 年，认识了她，生活开始慢慢好转。杨流生用嘴努了努工作台对面的妻子曹香平。曹香平正在专心缝制衣服，每天 12 件衣服，这个是硬指标，一停手，就可能要推迟下班时间。所以，我与杨流生谈话，她偶尔也会插一两句话，但手脚却不闲着。看来，杨流生的命运是从认识曹香平才开始转折的。1996 年，儿子出生，日子渐渐有了起色……

曹香平看自己老公说话笨嘴拙舌，这时就插话说，日子真正好起来，还是要从搬进思源社区开始算起。这里交通好，政府政策好，如果靠自己打工挣的那点钱，到现在也买不起房子。房子住得很舒适。过去租房，总不踏实。现在感觉很安全，房子是自己的，可以做长远打算。今天我们还操心没事做，社区孙书记又给我们介绍来一笔加工业务，一年能挣到 7 万元，生活还挺有奔头。

孙菊英书记接过曹香平的话说："我认识一个做服装小企业的老板需要找人加工，正好他们夫妻俩是做这一行的，我两头一说合，就成了。我们社区希望所有贫困户在这里安居乐业。"

"吃水不忘挖井人，这真要感谢共产党的恩情，使我一家结束了居无定所的日子，在思源小区安居乐业了。"杨流生言语中流露出对党和政府的巨大感恩之情。

住的条件好了，交往的人际关系也好起来，孙菊英书记也为贫困户做了一件让贫困户增收的好事，杨流生夫妻俩的手艺有了用武之地，那个小企业老板也找到了可靠的合作伙伴，真是各美其美，美人之美，美美与共。

从杨流生店里出来，孙菊英书记领我转几个弯，来到一家便民超市。经营超市的是王书荣夫妇。王书荣是利村乡茶坑村人。家里有 6 口人，上有父母，下有一对儿女。2015 年冬搬进思源小区，2017 年脱贫。

王书荣说，以前住在山沟沟里，四周都是山，学校、医疗完全没有，上幼儿园要到七八公里以外的下渭村。连卫生所也要到下渭村去，生个病很危险。现在思源社区就不同了，这里环境好，交通好，就业岗位多。这个超市是 2015 年 12 月开张，经营超市比打工强。头三年，政府还免创业房租。

从山沟里搬出来，在这里既有安居房，又解决了就业，双丰收。最苦的时期要算 2008 年至 2009 年，在于都打工，没有房子住。租住人家的房子，经常搬家，没有安全感。2010 年至 2015 年 12 月，在于都开出租车，只有两三千元收入，仅能糊口。真正脱贫要从入住思源社区开始算起。

王书荣是易地扶贫致富的典型，他在一次县里召开的易地扶贫搬迁发展产业脱贫大会上，回忆了自己过去在山村生活的经历，并立下搬出大山的誓言——

我是利村乡茶坑村丰背组村民。茶坑村距离圩镇有 10 多公里的路程，是一个名副其实的深山小村，用"夜听虫鸣，推门见山"来形容那里的生活一点都不为过。小时候，因为自己半夜生病发烧，而村里又没有就医的诊所，父母连夜走了近 2 个小时的山路，才把我背到乡卫生院。至于上学，以前村子里还有个教学点，前几年教学点也撤了，要翻山越岭到隔壁村去上小学，就连逢年过节买点肉，也要长途跋涉去圩镇购买。那些经历到现在还历历在目，难以忘却。

于是我更加坚定了一个想法：要搬出大山，到城里买套房子，让自己的孩子和父母过上好日子。

2015 年，是王书荣人生的转折点。现在回想起来，至今还仿佛就在昨天。那一年，"悲"与"乐"交织，如同"过山车"一般。悲的是小孩马上就要入学，而买房却遥遥无期，这样居无定所的生活，只会苦了孩子。突然有一天，乡里干部找到我，告诉我国土资源部支持了增减挂钩政策，保证了移民搬迁扶贫用地指标，我们可以通过移民搬迁，统一安排到上欧思源社区入住，真正实现搬出大山的梦想。"只花了 8 万元就买到一套 110 平方米三居室的移民安置房。惊喜来得太快，我一开始不敢相信，不想还真幸运，成了第二批搬迁入住的对象，装修后，到年底就搬了进来。"王书荣一脸喜悦地说。

王书荣就这样实现了在县城有房的梦想，这是做梦也不敢想的事。他说："如今，我用这间带有政府温暖的店铺办了一个社区超市，请小区一位同样是深山搬出来的贫困户帮忙看店，刨去成本，夫妻俩每月也有近5000元的收入。依托超市这个平台，使我全家走上了脱贫致富的道路。"

王书荣是一名退伍军人，回到家乡，他经过党组织考验，加入了中国共产党。他对党有着深厚的感情，对党的富民政策有着深刻的体会。最后，他满怀深情地说："搬出大山，让我这么快就走上脱贫致富的道路，感谢党的十八大把'不断满足人民日益增长的美好生活需要'作为施政纲领，才有了我们今天的幸福生活！"

"老吾老，以及人之老"

从大山里搬出来的不仅是贫困户，还有一些无劳动能力、无收入、无法定赡养人的"三无"人员。在小溪乡高田村有一座美观的建筑，这里就是登贤养老服务中心。

现在农村看到最漂亮的房子，不是学校就是卫生院，不是卫生院就是养老服务中心。教育与公共卫生领域被越来越重视，民生得到极大改善，这种现象代表国力和人民生活幸福指数的上升。

说到登贤，于都人都知道，登贤是苏区时期的一个县名。1934年2月，为了巩固苏区南部地区，决定在于都、赣县、会昌三县边界和原信康边沿新设赤南县苏维埃政府，党政机关驻祁禄山上岗岭村袁氏宗祠。1934年3月，苏维埃中央政府为纪念英勇牺牲的中央政治局委员罗登贤，将赤南县改名为登贤县；5月，登贤县机关迁小溪乡杨屋……登贤养老服务中心正是借用"登贤"这个苏区时期的县名而来。

于都县登贤养老服务中心的前身是小溪养老院。因为养老院原来的设施老旧，为了节省资源，县里将小溪和祁禄山两个乡镇的养老院合并，新建了这座登贤养老服务中心。

走进养老服务中心，只见房屋建筑呈"口"字形分布，中间正在铺设活动场所和绿化工程。萧军是养老服务中心的主任，但大家习惯称他"院长"，他领着我们从办公楼转到老年公寓，楼与楼之间有连接走廊。公寓房间窗明几净，被子叠得整整齐齐，房间里有卫生间，通风良好。老人们三三两两地坐在走廊里聊天。有个别老人卧床休息，护理员告诉我，这是失能老人，吃喝拉撒都要护理员精心料理。

老年公寓占据了"口"字的左上右三边，分为 A、B、C 三栋，栋与栋之间连通，虽只有 3 层，但却安装了电梯，方便老人上下楼梯。

养老服务中心食堂、活动楼、办公医疗楼、设备房、门卫等附属建筑齐全。进入养老服务中心，赏心悦目，心情顿时舒畅起来。

登贤养老服务中心占地 30 亩，小溪河如绸带一般挽着养老中心向北流去。萧军介绍，养老服务中心的功能就是让老人晚年生活能够老有所养、老有所乐。除了五保户外，也准备接收社会供养老人，让外出务工的年轻人能够安心工作，没有后顾之忧。

在养老服务中心的棋牌室，这里没有人打牌，是个采访的好地方。护理员袁春梅领来一位叫张发福生的老人，袁春梅跟我说，张爷爷各方面都好，吃饭吃多少盛多少，不浪费。有时候，看我们搞卫生很辛苦，还组织养老中心的老人一起帮助搞卫生。

老人讲的是当地的土话，难以听懂，袁春梅充当了翻译。我了解了一下老人的身世，他生于 1938 年，这样年纪的老人经过了两种社会制度的洗礼，还经历了新中国成立 70 年的每一次变革。我与张发福生的谈话是从他的家世开始的。

张发福生，以前住在簸箕村丹村组，是一个非常偏僻的山村。家里有三姐妹，他是老大，还有一个弟弟和一个妹妹。父亲在他 13 岁时去世，母亲改嫁，他便过继到船坑村，弟弟也跟着他到船坑村。簸箕村的土地卖掉给人盖了房子，卖得的钱供弟弟读书。张发福生没有读书，但他努力培养弟弟读书。继父也是一位农民，他过继没有多久，继父便去世了。继父去世后，一位伯父可怜他们兄妹三人年纪小，于是收留了他们。船坑村土地少，除了种菜的山地，种稻子的田并不多，靠挑石灰、挑竹麻、做苦力维持生活。

弟弟后来毕业于祁禄山的共产主义劳动大学，学医，回村当了一名赤脚医生，现在还在船坑村当医生。

张发福生没有读过书，按照养老中心的"无劳动能力、无收入、无法定赡养人"收养标准，他再添加"无文化"，应该是"四无"人员。2006年12月26日，张发福生69岁，对于一辈子没有能力结婚生子的人来说，他孤身一人，已经年老体衰，在家里搞不到吃的，政府安排他进了养老服务中心，才开始有了不愁吃、不愁穿的无忧无虑的晚年生活。

在养老服务中心的日子，他享受了苦难人生中最幸福的日子，他说，在这里过得很舒服，不用种菜，不用砍柴，不用做饭，共产党都弄好了，过去的地主也没有这么好过的生活。张发福生拿以前的地主的生活来做比较，还真有趣。共产党带领人民群众翻身做主人，不就是要人民群众过上幸福的生活吗？

用张发福生的话来说，如果不是共产党这么好，我们这样的人讨饭也讨不到吃的。他手指着这里的房子说，共产党给我们包吃，还建这么好的房子给我们住，你说共产党好不好？他竖起了一个大拇指，举过自己的头顶。共产党对于老人们来说，无异于是他们头顶上的天。

有些院民不珍惜粮食，张发福生就会说，饭要吃多少盛多少，不要浪费，要比较自己以前在家里是什么生活，要比一比过去过的苦日子，比一比有没有儿子、儿媳们养得更舒服。以前在老院区，我们生病了，护理人员会带着我们去医院，那些街上做生意的人看见他们从门前过，都会说，我们有儿子的，都没有你们这么享福。

袁春梅说，张爷爷讲公道，讲道理，给我留下了深刻印象。

　　袁春梅是登贤养老服务中心最年轻的护理员。刚进养老服务中心工作那会儿，一些院民都在背后议论，这么年轻，肯定做不下去，看到不能自理的老人拉屎撒尿都会想吐的，哪里会做得下去。

　　一开始到养老服务中心上班，面对这些不是自己的亲人的老人还确实有点不习惯。袁春梅说，当初的确有打退堂鼓的想法，幸亏有院长的关心鼓励，还有一起工作的大姐，她们都对我非常照顾。工作上有什么不顺心的事，她们都会帮我解决，会关心疏导我。做了差不多一个月，那些开头议论我的院民又在背后讲，没想到她这么年轻，还吃得了这个苦。慢慢他们对我的工作也认可了，有的老人还对我竖起了大拇指。

　　袁春梅其实也是一位贫困户，我了解了她的遭遇后，深表同情。

　　她以前和老公在广东打工，小孩放在老家给家公和家婆带。2009 年，家公检查得了癌症，不久，大女儿刚好六七岁，在放学回家的路上被车子撞了。他们不得不放下手中的活，连忙赶回老家。老公在于都照顾她家公，她在赣州医院照顾女儿。家公抢救无效去世，大女儿还在重症监护室。从 2010 年到 2013 年，一直在给大女儿看病，后来家公过世，她女儿的病情有所稳定。迫于生计，她和老公又到广州去打工，两个小孩托给家婆带。2014 年，她又怀上一个小孩，生下来后，带到一岁多，她就叫家婆带。家婆带着三个小孩，一个七八岁，一个五六岁，一个才一岁多，可想而知，也是够操劳的，但没办法她要去打工挣钱。走的时候，她心里很是不舍，最小的孩子才刚刚断奶。于心不忍，但没有办法，不趁着自己年轻出外打工挣钱，以后老人要照顾、小孩要读书更脱不了身。袁春梅是位乐观的女性，没有因为生活的压迫而怨天尤人，她讲述苦难的时候，还是带着些微的笑容的，似乎这些困难都是过眼云烟，是生命本身就该有的一样。

　　接下来的生活也是戏剧性的，袁春梅在去广州的路上，走到赣州去转车，结果又意外被一辆助力车撞了，脑震荡，住了几天院。老公回来接她，一起去广州打工。去了才两个月，家婆又病倒了。到医院一检查，是直肠癌，那时已是 2016 年的事情。她和老公心急火燎地赶回来，老公跟他妹妹就一直在那里陪着家婆治病，一开始在小溪卫生院，然后转到县人民医院，后来又转到赣州市人民医院。做完手术就在那里住院，住得差不多了，就又转回于都县，后来更稳定就又转回小溪卫生院。从那年开始，她就一直在家里，没有再出去打工了，一来家婆身体不好，二来三个小孩需要照顾。

家婆是农历四月病倒的，到大年三十去世。袁春梅在家里带着三个小孩，第一年在家里种地，后来想一下，这样子也不是办法，就做了一下保险。2019 年刚好有个机会，听说登贤养老服务中心招人，她就报名到养老服务中心上班。在养老服务中心干活，肯定是照顾老人。对袁春梅来说，护理老人应该是有经验的，因为家公家婆生病的时候，自己需要靠前照顾。来到养老服务中心后，又组织过专业培训，这样就更有信心了。过去出外打工，家里有什么事都无法照顾到，现在不一样了，家就在坳下，骑电瓶车上班，几分钟就到。

袁春梅跟我描述她一天的工作——

冬天的话，7 点半早餐，她 7 点钟左右就会赶到养老服务中心，然后就是给老人们打开水、叠被子，打扫卫生。7 点半到了，就给老人打早餐端到房间里，等他们吃好早餐，就给他们洗碗。做完这一切，就比较清闲一点，袁春梅和护理员们就会像家人一样陪老人聊天。老人们聊以前的事，然后袁春梅就会哄一下老人开心。袁春梅也会跟老人们聊一下外面的事情，然后有些老人家需要代购一些物品，她就会拿纸和笔来登记，哪个人给了多少钱，要买什么，在本子上写得清清楚楚。这样很快就到了中午，袁春梅和护理员们又得给老人打饭端菜，老人们吃好后，一般都会午睡一下。下午，袁春梅会比较忙一点。因为天气热的话，需要给失能老人们洗澡。需要帮忙洗澡的失能老人有三四个，几个护理员一起协助，帮忙一起洗。洗好澡，帮老人穿好衣服，就该吃晚饭了。如果轮到她值班的话，在睡觉前她会到各个房间前转一圈，特别是那些失能老人，她会多走两遍。

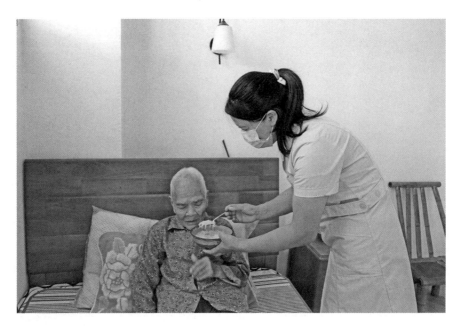

袁春梅给失能老人喂饭

　　有些失能的老人，需要护理他们吃喝拉撒，老人家会跟袁春梅说"长命百岁""多子多孙"之类的好听话，表达他们的感激之情。袁春梅听了，觉得很开心。

　　疫情这段时间，袁春梅值班时会把小女儿带到中心来。这些老人家都很喜欢小孩子，看到小女儿来了都会叫她："小妹妹过来拿吃的给你吃。"小女儿可能从小没有得到过爷爷奶奶的疼爱，对那些老人家都没有那么亲近，但是也会叫他们"爷爷奶奶"，也会回答老人的问题。老人家给她吃的她也不接，但是她也会说"谢谢"。这些老人家看到有个小孩子在这里，他们都很开心。

　　袁春梅聊到护理工作中与院民打交道的故事，听起来虽然都是普普通通，但却让我有记录的兴趣——

　　院民中有一个爱哭的老奶奶叫钟云秀，98岁，与袁春梅是同村人。平常，老奶奶一见到袁春梅，会说"自家人来了"。袁春梅也会跟她聊天，说说村里的事，诸如哪个奶奶问起她身体好不好之类的，钟云秀就会说，亏她还记得。

一次，这个称"自家人"的钟云秀老奶奶生了气，怎么哄都哄不过来，让袁春梅伤了脑筋。事情的缘由是，那天过节，食堂加餐，比平时多做了几道菜，有鸡鸭鱼肉等六菜一汤，中午老奶奶爱吃五花肉，吃得很开心。到了晚上，护理员又给钟云秀多盛了些肉，她就开始生气，不吃饭。袁春梅和其他护理员轮流去劝钟云秀，她都不吃饭。问钟云秀为什么不吃饭，她就哭，说一些"我不吃，留给他们吃"的气话。哄了好久，也没有哄住她。后来有个了解钟云秀的老人说，莫不是她要吃鸡肉。听了这个老人的话，袁春梅重新到厨房去端了一碗鸡汤来，跟老奶奶解释道："您要吃什么跟我们说，我们不会不给您吃的。开始为什么没有端来鸡肉给您，是因为鸡肉煲了两餐后，剩下骨头了，不好意思给您端来。"钟云秀看到鸡汤，虽然没有鸡肉，只有几块骨头，但这下气也消了，肚子也饿了，就说，骨头就骨头吧，端起碗吧嗒吧嗒吃起来。

袁春梅说，老人有时候像小孩子一样，不过老人没有小孩子那么好哄，小孩子比老人好哄。

院民中的老人，经常会突发一些状况，生老病死是家常便饭，护理员时刻都要打起精神来应对。有个叫舒阳毛的老人，64岁，从黄泥村来的，在敬老院时期就住了五六年。舒阳毛长得五大三粗，说话粗声大气，好像要跟人干仗似的。

2019年夏天，院长发现舒阳毛不对劲，脸色发黄，肚子胀大，精神状态与平素两样，就叫他去医院检查。舒阳毛不以为然说，我没事。袁春梅陪同舒阳毛到小溪卫生院作了初步检查，医生诊断为肝腹水，叫养老服务中心送他去县人民医院复查。在县人民医院做CT、拍片子后，确认已是肝硬化晚期。养老服务中心考虑在于都照顾不方便，就回到小溪卫生院住院。养老服务中心离乡卫生院不远，午餐由袁春梅送，晚餐舒阳毛自己回养老服务中心吃。后来，舒阳毛病情复发，又送去县人民医院感染科住院，养老服务中心只好每天花 200 元请护工照顾他。舒阳毛脑子已经神志不清，看见医生、护士也不认识，还打人。袁春梅经常在半夜 12 点接到医院的电话，第二天，她作为养老服务中心的代表前往县人民医院去看望病人。

袁春梅见到舒阳毛问："阳毛，还认得我吗？"

舒阳毛说："你是小梅。"

听到舒阳毛的回答，袁春梅知道他还是有记忆的。

没有办法，养老服务中心只好又将舒阳毛接回到小溪卫生院。此时，舒阳毛已完全不能控制自己，大小便都拉在身上，有时地上、床上到处都是。袁春梅像亲人一样帮他清理。

一天早上，袁春梅去敲门。半天没有声音，心里一阵打鼓，不会出什么事吧？她叫来隔壁一个老爷爷，一起把门撬开。舒阳毛躺在床上，一动不动，老爷爷走近床前，试了试他的鼻息，人已经过世了。

院民中有许多失能老人，有的脑瘫，有的视力障碍，有的智障……各种情况都有，还有一个患羊癫风的智障女孩，20 岁，大家喊她秋香。一开始，袁春梅以为养老服务中心收养的都是老人，没想到还有这么年轻的院民。

秋香，坳下村人。养父原是养老服务中心的院民，两年前去世。秋香也就顺理成章由养老服务中心来照看了。

秋香平素最怕有人凶她，若是谁对她言语重一点说话，她就会生气，不吃饭。袁春梅只好把她当孩子一样哄："秋香，你快吃饭，吃完了我给你买糖吃。"秋香一听说买糖吃，就乖乖地吃起饭来。最担心的是秋香羊癫风发作，倒在地上，口吐白沫，全身抽搐……开始看到这个场面，袁春梅十分害怕。秋香的羊痫风一周要发作两三次，尤其感冒了更容易发作。每次病情发作完后，秋香会到处跑，跟她住一间房的奶奶会到处找。袁春梅看见奶奶找人，也会跟着一起找。一次晚上 9 点多，袁春梅和奶奶在食堂找到秋香，她搬着一个凳子不放手。袁春梅就哄她："秋香，凳子给我，明天我给你买糖吃。"秋香放下凳子，被哄回了宿舍。这天半夜 12 点，秋香又跑了，同住的奶奶又到处找她，袁春梅也一起找，最后在 C 栋的走廊上找到了。

登贤养老中心每天值班由一个院长带两个护理员，经常要应付这类突发事件。在采访结束时，我想起了两千多年前的儒家代表人物孟子说的一句名言："老吾老，以及人之老。"翻译过来就是："在赡养孝敬自己的长辈时，不应忘记其他与自己没有亲缘关系的老人。"袁春梅与她的同事们，正是这样做的。我对她们怀有深深的敬意。

"我们所处的岗位平平凡凡，从事的工作平平淡淡，没什么可写的。"袁春梅说。

习近平总书记说过这样一句话："伟大出自平凡，英雄来自人民。把每一项平凡工作做好就是不平凡。"

我把这句话送给护理员袁春梅，她笑了，笑得那么灿烂，仿若冬阳下一朵朵梅花的影子。

第八章
澄江古村披上火箭绿

不忘初心，方得始终

火箭军爱民路

从银坑去葛坳乡澄江村，车子沿着 319 国道来到宁都交界处，右拐进入新修的柏油路，顿感舒适起来，没有丝毫颠簸。三四分钟后就见到一座古色古香的村落，迎面两棵巨大樟树特别醒目，这就是传说中的澄江村迎客樟。

澄江村地处于都、兴国、宁都、瑞金四县（市）交界之要冲，距于都县城 55 公里，离 319 国道 2 公里，至宁都县城 45 公里，到葛坳乡政府 5 公里。村域面积 6.6 平方公里，常住人口 3100 多人。澄江古村占地 500 余亩，居住人口 280 余户，1500 多人。

小巧的牌坊用琉璃瓦砌就牛角飞檐。在牌坊正中镂空成扇形，白底红字写着"火箭军爱民路"几个字，下面横排着几行金色小字——

丁酉年秋月，火箭军坚决贯彻党中央、习总书记打赢脱贫攻坚战伟大号召，入中央红军长征出发地于都县精准扶贫。派导弹工程兵出资 300 万，为澄江村建乡村道路，历时半年，大道贯通。伟哉吾军，人民子弟，不忘初心，爱民为民。援建道路，惠及百姓。践行宗旨，情犹挖井，饮水思源，立碑为记。

二〇一八年四月

　　牌坊是村民为纪念火箭军修建这条乌黑的柏油路而立的，这是军爱民、民拥军，军民团结的象征。

　　火箭军是中国人民解放军新的军种，由第二炮兵更名而来，是中国大国地位的战略支撑，是维护国家安全的重要基石。这支掌握着"大国利剑"的神秘部队从诞生伊始便肩负着保障中华民族根本生存利益的重任，可以说，对于潜在的敌对势力而言，火箭军堪比古希腊神话中的"达摩克利斯"之剑，是震慑敌人的最有力战略撒手锏。

　　火箭军某部助力革命老区定点援建葛坳乡澄江村精准扶贫和乡村振兴建设，是不忘初心、牢记使命的具体行动。

　　葛坳是朱毛红军下井冈山后进入于都县的第一站，并在此成功摆脱了敌军的围堵。1929 年 1 月，毛泽东、朱德、陈毅率红四军从井冈山下山进入赣南，一路上遭到国民党军的围追堵截。2 月 10 日，红军在瑞金、宁都边界的大柏地伏击歼敌两个团，取得了下山以来的首次胜仗。此后，部队计划经葛坳向兴国进军，目的是与江西红二、四团会师，不料敌军在葛坳堵截了西进之路。在冷冽的寒风中，朱毛红军立即改变行军路线，掉头东进 40 里，另辟前往东固之道。2 月 19 日，红四军与江西红二、四团

澄江古樟广场

在东固胜利会师。事后，陈毅写下著名的《红四军军次葛坳突围赴东固口占》一诗，成为葛坳突围的历史见证——

> 大军突敌围，关山度若飞。今朝何处去？昨夜梦未归。
> 带梦催上马，睡意斗寒风。军号声凄厉，春月似张弓。
> 尖兵报有敌，后队转向东。急行四十里，敌截已扑空。
> ……………

红四军在赣闽边界取得了武装斗争的胜利，扩大发展成为中央苏区，澄江、杨梅头等土围相继被红军攻破成为红色区域。据不完全统计，葛坳乡参加红军有姓名可考的达 570 多人。在这支队伍里，张耀祠、黄经耀、杨思禄成为葛坳人引以为傲的开国功臣，后均晋升为少将军衔。张耀祠当兵第一次站岗，就在毛泽东主席的办公室门口，从此以后，他一生几乎没有离开过保卫党中央和毛主席的工作岗位，他还负责组建了中央警卫团——8341 部队。

在澄江村，至今仍有不少红军宣传的条例、公约、标语与漫画等红色遗迹。相明翁祠是红三军团八军四师二团团部驻地，大门两侧墙壁上的红军标语和蒋介石漫画清晰可见；中宪第（即文景祠）大门两边墙上，红军留下的《军民联欢公约》字字可辨。这些表明，澄江是有着光荣红色历史的一座古老村庄。

从《于都县革命烈士英名录》中查找到澄江有名有姓的谭氏烈士就有152 人，他们先后牺牲在苏区斗争和长征途中，他们的英名被记录在澄江的村志上……

2016 年，火箭军进驻葛坳乡澄江村定点帮扶，对村内红色文化遗产进行抢救性修缮保护，修缮后的革命旧址及文化遗存，将作为爱国主义教育基地，也是传承红色基因、弘扬苏区精神的园地。

火箭军不忘初心，重点在长征沿线革命老区、民族地区、特困地区，结对帮扶 140 多个贫困村，大力实施助学兴教、医疗帮扶、设施援建、生态保护、科技助民、文明共建等精准扶贫 6 项行动，援建特色产业、基础设施的惠民项目 700 项，目前 430 多个项目，已落地见效。

火箭军派出导弹工程兵奋斗 200 多天，将澄江村里 3.5 米宽的道路拓宽改造成 6.5 米宽的 4 级柏油路，如今的澄江村路变宽了。房变新了，村容村貌变靓了，返乡的年轻人也越来越多了。

村民们说，这条爱民路确实给我们当地群众带来了很大的实惠，让我们村里的农产品能够快捷地运出去，也可以通过淘宝往外面卖了。物流的畅通，群众封闭的思维开始畅通。村民亲切地把这条路称为"火箭军爱民路"。

村民谭金生在得知村里的扶贫政策后，主动放弃在深圳的高额收入回乡建起了养殖大棚帮助贫困户就业。利用火箭军帮扶的 40 万元资金投入到养鸡大棚。

青年谭建祥年幼时父亲就去世了，是村里的重点扶贫对象。今年他还如愿拿到了大学通知书，火箭军官兵得知他的情况后，主动与他取得联系，希望帮助他继续完成学业，而这时他却主动选择了报名参军。

谭建祥说，今年有两个火箭军的兵哥哥，了解到我家情况后，主动与我取得联系，对我进行了帮扶，这就更加坚定了我要从军报国的决心。今年刚好毕业，拿到了大学录取通知书，我就报名参军了。

近年来，火箭军持续加大参与脱贫攻坚工作力度，专门组织部队一线负责扶贫的干部观摩，着眼群众急需围绕解决吃、穿、住和上学、看病等基本问题，切实为贫困群众办实事、办好事，全力以赴为打赢脱贫攻坚这场特殊的战役作贡献。

门匾，记录澄江史话

火箭军对澄江古村的古建筑爱惜有加，一栋栋破败的房屋都列入了修缮名单。一度陈旧的古老建筑顿时焕发出新时代的荣光。

穿街走巷，每一栋古建筑中都刻录着岁月的烙痕。村里文书谭金生告诉我，在澄江村，流传着许多民族英雄文天祥和谋略家刘伯温的故事。因为这些历史上赫赫有名的人与村子产生联系，谭金生觉得身为澄村人很有荣耀。他领我来到村史馆，看着这些从家谱中翻拍的"实证"，了解到故事并非子虚乌有，而是有史料可查的。

在澄江，镇村之宝莫过于祖先一代代流传下来的族谱了。文天祥撰写的《澄溪谭氏初修族谱序》中说："余先府君（亡父）以儒业尝设帐于叔奇之叔子清家塾。余乃侍读至其家，辱（承蒙）叔奇之父叔辈，怡怡愉愉，深嘉爱之，固相甚悉。自后，以余宦子清甫辈，阔别十余载，而其人亦不作也。"这段序言可以确证少年文天祥随父亲执教在澄江读过书。少年记忆是深刻的，文天祥记得自己在澄江读书的美好时光，与同窗结下了深厚的友谊，也得到了澄江的叔叔、伯伯们的厚爱。这为他日后"参加殿试，赐进士第一"奠定了坚实基础。

一飞冲天的文天祥没有忘记澄江，趁泰和守孝的最后一年，他来到少年时期读书的澄江访问。此时的文天祥身负状元盛名，又是江西提刑官，早已名满朝野。来到澄江，自然得到过去同窗好友及其叔伯们的热情款待。文天祥还慷慨相助澄江修建四门，以报当年澄江对他的哺育之恩。

谭金生告诉我，文天祥手书了澄江四门的门匾，现在仅存"北门"石刻门匾，收藏于于都博物馆。这方石刻门匾的照片在村史馆中看见过，仔细研究这方门匾，让我产生几个感慨：一是"北门"二字出自文天祥手笔，存世 750 多年，这是罕见的一件文物；二是，门匾两边刻有不同年代的边款，除首款是修建四门时由文天祥所题外，其余四款分别题写于"明天启五年""大清雍正七年""大清道光三年"和"民国二年"，这四款都表示该年对四门进行了重修。这种做法一般只有书画收藏中常见，后代收藏前人的书画作品为了表示珍爱，会在书画作品中题写边款，将这种做法运用到石刻作品中，极其罕见。

东门遗址

　　与四门门匾对应的文字可查《澄江谭氏族谱》，清道光二十六年一位落款为"族人欣快人氏"所写的《澄江四门记》中云："他族村外无门，而侬族独立四门，盖文信国公报子清公之德而为之也……然则，信国公立门之意是以吾祖父之遗烈，期之侬族后人也……"文中"信国公"即文天祥封号。文章证明了澄江四门是文天祥为"报子清公之德"而修建的，自然题写门匾这样的手笔也非他莫属。不过，"北门"首款"皇宋淳祐三年春友生文天祥为澄江谭氏族立"令我顿生疑窦。淳祐三年（1243年），文天祥才8岁，还是个刚入学才两三年的儿童，怎么可能题写门匾呢？文天祥为祖母守孝到澄江访问之年是"咸淳三年"，此时文天祥32岁，正是风华正茂之年，题写门匾正当其时。但题款出现如此严重错误，将"咸淳"误写作"淳祐"，实在令人费解。如果要推断，我认为是当年文天祥题写了"北门"二字，没有写边款，边款是若干年后重修时谭族人补刻的，但却误将"咸淳"写作"淳祐"了。

文天祥是一代名臣,在南宋朝处于没落时期,率部与元军进行了不屈不挠的斗争。据《于都县志》记载,文天祥领兵在于都取得抗元大捷。那个时候,元军兵锋所指,南宋山河震颤。南宋朝廷的文武大臣,有的归降了元朝,有的追随幼主在大海漂浮。所谓的南宋已是一盏在风雨中飘摇的灯火,随时都有熄灭的可能。

南宋残存的疆土上,只有文天祥还在统领各路军马与元军对垒。1277年,文天祥率部从梅州进入江西,收复会昌,与元军战于于都,取得大捷,光复于都。

胜利只是暂时的,靠文天祥独撑危局,终究挽救不了南宋朝廷覆没的命运。后来的故事,中国历史做了最好的注脚,元朝取代宋朝,文天祥成为民族英雄,他的诗句"人生自古谁无死,留取丹心照汗青",万古流芳。

文天祥与元军的斗争不是孤立的,他得到了赣南人民的全力支持。文天祥当初在澄江读书时的好友同窗叔奇,因与文天祥"同肄业觉海寺十余载",彼此的友谊非同一般。叔奇急公好义,凡是兴学、御盗、救荒、赈饥、编修族谱等公益事业都有他的身影。在元军大举进攻南宋之际,他招募义兵与文天祥转战福建、广东,后遭失败,被元军杀害,成为南宋朝廷的一名烈士。无疑,在外族入侵时,他奋起斗争,也算得上是一位民族英雄。

《澄溪谭氏初修族谱序》是文天祥于宋咸淳三年(1267年)三月望日所作。之所以有这篇序作,正是因为叔奇将家谱的清样特意手抄一册给文天祥,请求自己的同窗好友、南宋朝廷的状元文天祥作序。文天祥想起在澄江读书时的情景,有道是"滴水之恩,当涌泉相报",何况澄江人将自己当作亲人一般看待,给予好吃好住,让自己一心读书,才有自己现在的功名。文天祥望着同窗好友的厚厚一摞书稿,挥笔写下洋洋千言的序作——

家之有谱犹国之有史也。有谱则家之疏戚有所考，有史则国之
隆替有所究。故国不可以无史，而家尤不可以无谱也。予友于邑谭
君叔奇，手其家谱过示予序……

谭金生说，这次申报中国传统村落名录，与民族英雄文天祥相关的史料起到了重要作用。澄江村也可以说是文天祥的第二故乡，我们澄江人将这个故事一代代传承下来，成为我们村史的一部分。

一幅画像的历史细节

在澄江村史馆，我意外地发现了刘伯温拜师谭宽的一幅画像，古朴的画风透露出一些历史细节，一看便知是从族谱中复制下来的。谭宽端坐书案前，慈眉善目地看着面前的少年，而少年意气风发，正侃侃而谈……这个少年不是别人，正是后来被称为"三分天下诸葛亮，一统天下刘伯温"的谋略家刘伯温。

澄江村是一座风水人文名村，谋略家刘伯温年轻时曾到澄江拜师学艺、研学风水。

澄江开基祖谭文谟既是中国风水学奠基者、堪舆术祖师杨筠松不记名的徒弟，又是杨筠松的关门弟子刘江东的女婿兼嫡传弟子。

大唐盛世演绎到唐僖宗之时，一场倾国大难来临。公元880年12月，黄巢起义军兵临长安，唐僖宗出逃四川。杨筠松当时为金紫光禄大夫、国师，掌管皇宫灵台地理事物，他最担心的是宫中的书籍被义军毁坏，于是挑选了几本阴阳术数的书册，与朝中大夫谭全播和钦天监廖三传南逃。

杨筠松名为广东窦州（今信宜市）人，实为江西庐陵（吉水）人。生父汕都病逝，母亲何氏改嫁一个从事金银珠宝贩卖的窦州人杨粲都。谭全播和廖三传都是虔州（今赣州）人。杨筠松回广东必须经过赣州，三人结伴归乡，走的都是一条道。到了赣州，二人极力挽留杨筠松到赣南观光

做客。

杨筠松盛情难却，来到谭全播和廖銮、廖三传的家乡宁都。从此，杨筠松便在赣南落脚，将帝王家的风水学推行到民间，为无数百姓选址定向，世人称其为"救贫"先生。

杨筠松在赣南传播风水学，一面著书立学，总结前人堪舆理论，自成一体创立了具有实战价值的堪舆风水学；一面广收门徒，挑选那些器识不凡的弟子，着力培养打造。

葛坳的曾文辿、刘江东，宁都的廖三传便成了杨筠松的嫡传弟子。当然，谭全播的幼子文谟也求学于杨筠松门下。

据《澄江谭氏族谱》记载：全播次子承爵，"号文谟，袭父爵，时杨筠松主卢光稠家，同父与光稠镇虔，得杨公全书天元一气篇。配刘江东之女，复亲得其传"。这段文字透露了两个信息：一、因当时杨筠松住在卢光稠家，与镇守虔州的谭全播和卢光稠关系十分要好，杨筠松对天赋异禀的少年才子文谟另眼相看，并将自己所著的风水理论著作《天元一气篇》赠送给这位少年学子，这也表明杨筠松对这位少年的青睐，名义上也算得上有师徒名分；二、文谟成为刘江东女婿后，此时杨筠松已去世，又得到杨筠松嫡传弟子刘江东的悉心指导。

谭文谟与岳丈刘江东朝夕相处，多数时间是住在葛坳上老的刘江东家中。一日，谭文谟经过澄江，发现这里是做屋场的好地方。谭文谟站在生机勃发的后龙山上，心旷神怡。脚下这座山，来龙活跃，开帐后的龙穴结成阳宅平阳局。他望着眼前的山川走势，山如龙虎跃腾，静中有动；水如长鳝悠游，动中有静。砂、护、案、朝这些峦头外形完美齐备，堂局开阔明朗。他想象出一幅人间图腾的景象：村落背靠后龙山，前有澄溪河，田亩层叠，是人口生息的好地方。谭文谟怕自己看走眼，又请岳丈刘江东出马勘察了一番，刘江东连声说好。这就是澄江村建基的肇始。

澄江真正兴隆要到谭文谟之后十世孙谭文景，他生于宋真宗咸平五年（1002 年）二月，文武兼具，授宋仁宗朝都指挥使，出征西番有功，出镇汉阳府。后致仕返归故里。据《澄江谭氏族谱》载：文景"精祖堪舆之秘，爱于山水，复徙于都之澄江，为澄江始祖"。这个信息表明，澄江自基祖文谟相中这块地后，并未大有发展，直至十世孙谭文景，再次用祖传的堪舆知识从地理风水学论证，仍然认为澄江是个定居的好地方，于是，从虔化合江口迁徙到了澄江定居。之后，繁衍发展，谭文景被后世称为澄江始祖。

澄江的历史与谭氏代代相传的风水学密切相关。而元末明初天赋异禀的谋略家刘伯温也和澄江有一段历史渊源。刘伯温是幸运的，他想深造地理堪舆术，便遇见了澄江人谭宽（仲简）。一颗星遇见了另一颗星，只会使天空更为明亮。

江西赣南是风水祖师杨筠松传播风水学的根据地，也是历朝历代风水国师和地理名师的摇篮。要学风水真经，到赣南拜师准没错。

谭宽是位造诣深厚的地理风水家，他对葛坳的山水从地理风水角度作了精辟论断："迢遥好延长，左右峰耸插两旁，惜非巽丙方；妙喜水弯环，惜未滚深潭，幸未跌深潊，官贵堪久远。"

谭宽的风水术是家传秘诀，一般不外传，但在刘伯温这位名震江浙的才子面前，谭宽破例将风水学倾囊相授。谭宽将天文星象及地理风水秘诀悉心传授给刘伯温，古本《地理真定一粒粟》传承谱中有这样的记载："杨公筠松传曾文迪、刘江东、胡矮仙、李子华，曾文迪传廖禹，刘江东传谭文谟，文谟十八世孙谭宽传刘基。"古代学术讲究师承关系，这个传承脉络十分清晰地将杨筠松至刘伯温的起承转合描画出来了，中间自然少不了刘江东、谭文谟至谭宽的转承，一头一尾的杨筠松与刘伯温，一个将地理学播撒民间，一个出谋划策，运筹帷幄，帮助朱元璋征东平西，逐鹿中原，干出了一番轰轰烈烈的明王朝建国大业。

刘伯温跟随师傅踏遍青山绿水，体察山水阴阳变化之妙。在谭宽的指导下，刘伯温潜心学习风水堪舆之精髓。他将师傅的传世之宝《地理真定一粒粟》工工整整地抄录下来，结合自己所学精华倾注于笔端，写下了近

2000 字的注解——

> 盖尝见夫星峰特起，剥换分明，或露或隐，或山或坪，旁分两砂而为龙虎。中流一脉而有正斜，名曰三合，形如何字。水初分于两边，而合于龙虎之前，从左右而出矣。中流脉伏而凸起节泡，旁生阴砂而为蝉翼。水次分于两边而合于阴砂之际，而称为大八字矣。中脉略生块硬而名球檐，旁水分于左右而名小八字矣。
>
> ……　……

元末明初，由于战乱，长江沿岸的人口锐减，江西人口大量外迁，民间称之为"江西填湖广"。谭宽在这股迁徙风暴中从赣南迁徙到了湖北利川。到明末清初，四川出现人口萧条危机，"湖广填四川"的人口迁徙运动浩荡展开，利川的谭宽后裔开始向四川迁徙。现在，其后裔枝繁叶茂，遍布川北阆中、旺苍、南江、巴中等地，人丁达 3 万之众，还有部分在陕南生息繁衍。

2013 年，于都澄江村申报历史文化名村，有人将谭氏族人齐聚澄江宗祠祭祖的信息传播到网上，四川谭宽后裔看到如获至宝，开始了寻根问祖的历程。2014 年 8 月，家在四川的谭锦，受族人的委托，借出差江西的机会来到澄江寻根。后澄江也委派代表远涉 3000 多公里，经成都、广元到达旺苍，接续了自谭宽公迁徙外乡 600 余年的宗亲聚首的人间佳话。

川北编撰于清嘉庆十六年的《谭氏族谱》中有这样的记载："吾族宗图难以枚举，唯以元末始迁之宽公为第一世，刘氏伯温奉为著命……"

刘伯温澄江拜师学艺，为澄江历史文化名村开启了一方神秘窗口。这一资源如何利用，澄江还没有考虑好。村文书谭金生说，以刘伯温的影响力，一定可以打造一个亮点，提升澄江的知名度。

扶贫必扶智

澄江小学是一所文化资源十分丰富而独特的百年老校。从这里走出去一批又一批学子，他们奔赴祖国的各个城市学习和工作，也有的在本乡本土生产劳动。

过去学校的建筑和教学设施都十分陈旧，如果不看门牌，还以为是一座废弃的老厂房。现在火箭军来了，把学校全部改造、翻新了一遍，不比城里学校差，孩子们的精气神也比过去好多了。

过去的老式铁门，现在改成了不锈钢自动伸缩门，加建了门房，高大的门墩上镶嵌着"火箭军澄江希望小学"9个字，在阳光下金光闪闪。

澄江小学有学前班和一至六年级，师资水平均衡。学校占地面积为6399平方米，建筑面积为3080平方米，学生体育用地为3000平方米。澄江小学具有浓厚的文化气息和优良传统，教学设备也是一流，每个教室装有班班通。

火箭军驻村挂点后，定下帮扶大计，首先决定提升澄江小学的硬件设施。火箭军深知，"扶贫必扶智"，高质量的教育扶贫是阻断贫困代际传递的重要途径，更是提升贫困群众造血能力的重要抓手。贫困家庭只要有一个孩子考上大学，毕业后就可能带动一个家庭脱贫。治贫先治愚，贫困地区和贫困家庭只要有了文化和知识，发展就有了希望。

澄江小学条件简陋，设施陈旧，火箭军帮助学校更新配套教学设备，投入80万元，为学校添置课桌椅，建设网络教室和实验室；为改善校园环境建设，又投入80万元，整修操场、修建篮球场等校园配套设施，并援建主题雕塑；此外，为了帮助培训教师队伍，投入10万元，每年安排2名教师到北京共建学校见习。

老师们纷纷表示，现在跟以前不一样了，每个班都采用火箭军给我们建设的网络教室上课，以前都是用粉笔和黑板，现在使用班班通，无尘无

火箭军慰问澄江希望小学的孩子们

污染，让我们大山里的孩子也能够享受到大城市的教育条件。

班班通是新型的教学设施，包括黑板＋投影仪／触摸一体机等设备，彻底打破教室、教师、校园的界限，可实现局域、城域无界限。班班通是进一步推动教育信息化向纵深发展，最终全面提升基础教育教学质量不可或缺的一环。

在我们的记忆里，教师和学生之间，一般都是用黑板进行交流。教师一边讲述，一边在黑板上书写文字和描画图形，提示重点，学生接受起来就更直观和形象。现在，教师使用班班通，不需要用粉笔在黑板上写，更加清洁和卫生了，这既对教师的健康有利，更是打破传统教学方式的一道靓丽荧屏。

追溯澄江的办学历史，澄江人最值得荣耀的是先祖子清公，从吉安请来文革斋先生来澄江执教，其子文天祥侍读澄江十余载，学费、吃住费用全免，比族人照顾得还周到，成就了一代状元、名臣，并最终成为名垂青史的民族英雄。受此影响，澄江人更为重视教育，致力于开办学校，教子课孙贤能辈出。

白鹿洞书院有著名的"学规"，澄江谭氏有十七条"条规"，倡导族人崇文尚学、讲究礼仪，如设学校、敦孝悌、恤宗族、遵礼制、清祭田学田、示劝惩、戒邪行等。这些条规，是族人安身立命的规范。条规中，教育列为第一要务，只有重视教育，才能以教化人。澄江谭氏设文会、家课、条规、学租，募捐斗款，多方设法办学，家族把办好本族子弟教育视为本族兴旺发达的大业。

过去，宗族的祠堂也是学堂，确保子弟有遮风避雨的就读场所。条规中"祭田学田"的收入，其中一项用途就是办学，包括聘请教师、奖励学业优秀子弟、资助贫困学子等。

澄江谭氏秉承先祖崇尚教育的优良传统，办学从未间断，即使战争、时局混乱的年代也是如此。1912 年至 1929 年（民国元年至民国十八年），族贤谭万安在塘泥坳创办育三学校，学制七年，培养了不少人才。1934年（民国二十三年）澄江村办起了完小，次年改为澄江中心小学，并在杨梅村、陈田村改私塾为保学。1942 年（民国三十一年），一生扶危济困、德高望重的老族长谭万旻，又倾囊在原澄江土围坪兴建了澄江小学新校舍，为办学创造了更好的条件。

新中国成立后，国泰民安，教育复兴，澄江走上坦途，搬迁到土围坪的新校舍，由族贤谭翰文任首任校长，杨梅小学、陈田村学也重现生机。历任澄江小学校长的族贤们为澄江的教育事业披肝沥胆，倾心尽力，为澄江培养了一大批有识之士、贤达能人。

1986 年在澄江小学的隔壁又建起澄江职业初中，于是中小学合并为澄江中小学。1997 年澄江初中撤并入葛坳初中。校园归属于澄江小学，形成现在澄江小学的雏形。现在澄江小学学前班有 33 位学生，一至六年级共有 342 位学生。教师有 14 位，多为年轻教师。

澄江过去英才辈出，或进士及第，官位显赫；或骁勇善战，为国捐躯；或学术精湛，堪舆名家辈出；或经商有道，家业宏大。澄江现在人才如雨后春笋般涌现，据不完全统计，从澄江走出去的人才有师级干部6人、县团级干部21人、科级干部87人，高级职称人员38人，教授、博士18人，硕士62人，中级职称100余人，大学本科生600余人……今天，在祖国大地上奉献才干的他们，每一个人在追溯自己童年或少年的求学记忆时，都会想起在这所小学的情景。不过，如果他们现在重返澄江小学，那些老旧教学楼、教室、课桌椅、操场、学校围墙、厕所、入校道路等都变了样，他们一定会对火箭军竖起大拇指。

三层教学楼焕然一新，从一间间教室里传来老师的讲解声和学生们的读书声。宽阔的操场铺着塑胶跑道和球场，几只小鸟在操场上跳跃着，它们也许是发现了地板上映现了自己的影子。

这时，一阵清脆的铃声响起来，很快，从一间间教室里涌出来一群穿着黄色校服的孩子，叽叽喳喳，像一群飞鸟般扑向操场。操场上塑胶材料铺成的跑道和球场，现在俨然成了这些孩子嬉戏追逐的场所。孩子们打心眼里感激火箭军为他们提供了这么好的学习环境，他们将欢笑写在脸上，洋溢在春天里。

火箭军打造"聚宝盆"

澄江村在2014年列入省级新农村建设点，2015年列入于都县8个新农村建设中心村之一。2016年，火箭军入驻澄江村挂点扶贫，对澄江村民房外墙进行粉刷，对古祠堂檐阶、水沟进行修建，内院、路道彩色条砖装饰；对现代民居楼房，上加马头墙，外绘仿青砖，使村庄整体风貌完美统一，景色宜人。还有一个重要改观，在北门至圩边等处安装了太阳能路灯，方便了村民夜晚行走，再也不用手电了。

为了使澄江尽快迈上全面小康，火箭军在澄江村布局扶持发展绿色种植业，成立大棚蔬菜种植合作社，流转90亩田地，棚占地面积约70亩，大大小小的大棚建了 120 多个。建果蔬大棚，需要对自然田亩进行修整，河堤要修，水沟要修，机耕道要修，加上建大棚，总投资达 200 万元。合作社吸收 80 户贫困户加入，增收计划分为三部分：政府政策奖补每户 5000 元、贫困户每户年均分红约 1000 元、贫困户务工收入每天 70 元。

果蔬基地在 2019 年开始经营，支书谭富荣挑头承担经营责任。上半年开始种植豆角、冬瓜、香瓜等品种。三个品种穿插种植，种完一茬，需要换种另一品种，这样有利于土壤积聚地力。不同的植物吸收的矿物质不同，种植同一作物会导致该土壤某种或某几种矿物质含量降低，影响作物生长。

豆角收完种西瓜，西瓜收完种香瓜，香瓜收完再种豆角……如此反复，土地始终向劳动者奉献最好的果实。

豆角种了近 30 亩，每亩一茬可以收 1000 公斤，批发价好的时候每公斤可以卖 3.6 元，行情低的时候每公斤只能卖 1.4 元。冬瓜种了 30 亩，亩产一茬可达 5000 公斤，市场每公斤批发 2 元，后来销售给学校做营养餐，每公斤卖 0.7 元。香瓜种了 40 亩，采摘时一般三天可采 500 公斤。2019 年果蔬销售大约可达 60 万元。

谭富荣说，村里成立了果蔬合作社，贫困户入股每股 2000 元，按 8% 保底分红。大棚的种植需要翻耕、种植、除草、施肥、剪枝、采收等，常年有 10 个员工在果蔬基地做工。本身是扶贫产业，采取贫困户优先原则。果蔬基地每年支出工资一项需要 25 万多元。村民在家门口就能打工，有收入，又能照顾家里，都说扶贫产业好。

除了果蔬基地，火箭军还投入 40 万元在澄江村布局畜禽养殖业，通过"公司+合作社+贫困户"的形式发展肉鸡养殖产业，目前养殖规模为 3 万只肉鸡，吸收 42 户贫困户加入。

我采访了肉鸡养殖合作社社长谭金生，他非常谦虚，一脸憨厚的笑容让人感觉亲切。他大致讲述了一下自己的人生经历：1998 年高中毕业到福建打工，主要做服装加工。2002 年开始做服装企业的经营管理工作，从车间主任干到生产主管，这样干了七八年。2010年开始办服装加工厂，一干就是5年。由于市场等因素，并没有挣多少钱，还亏了钱。后来，将服装厂盘给人家，到其他的服装厂去当厂长，负责生产管理，月薪10000元，妻子也有5000元。

2017年爷爷生病，回家看望，知道村里的扶贫政策，正好火箭军在澄江挂点，需要搞产业，村支书知道他在外面搞过经营，有一定的管理经验，就请他留下来在家乡搞产业。那个时候，他想自己老大不小，不如趁现在政策好，回家踏踏实实地做点事情。

谭金生个头挺拔，人很实诚，说话也没有弯弯绕。他说，在建养鸡场的时候，自己花了很多人力物力，征地，租村民的林地、田地啊，当时遇到很大阻力。老婆和父亲都给他泼冷水，说租个地这么麻烦，还担心养殖业的风险大，叫他不要干了。但他说，既然自己认定了的事，就一定要做到底。

2018年1月，养鸡场正式投产运营。刚开始的时候，没有任何养殖经验，更别谈技术，只好天天窝在鸡棚，吃住在鸡棚，这样能更好地掌握鸡的习性。那些天几乎不睡觉，与工人轮班照看这些宝贝，生怕有什么闪失。做什么事，都讲究初战必胜，一旦失败，对创业必定是个打击，要想翻身就难了。很多的失败，是自己没有责任心，没有到实践中去摸索出经验来，失败原因出在哪个环节都不知道。谭金生告诫自己，初战必胜，任何细节都不能疏忽。

2018年行情差一点，没有挣到多少钱。2019年6月行情开始好转，但鸡苗又出现紧缺现象。现在算是克服了重重困难，挺过来了，鸡苗也开始供应正常。本来一年可以养两茬半的，由于缺鸡苗，只能养两茬，少养了半茬。

现在养鸡大棚有9个，一茬大概出栏30000至35000只鸡，两茬约65000只鸡。贫困户分红按每只鸡抽取1元，最后还有红利分红，按纯利的8%—10%分给贫困户。县里给贫困户还有产业奖补政策，每一只鸡奖补 2 元，都是给贫困户的。2018 年鸡的售价是 23—24 元左右，2019 年行情上扬，售价能卖 30 元左右。如果按两茬计算，65000 只鸡，销售额能达 195 万元。贫困户分红和奖补加起来，可以得到 19.5 万元，这还不算纯利的分红。

看到自己做的事情有了成效，谭金生脸上露出了欣慰的笑容。他笑着说，不管做什么，就是要坚持，要不忘初心，为老百姓办实事。当时遇到阻力，还是坚持下来了，现在终于功夫不负有心人，做了自己想做的事，也为乡亲们做了力所能及的事。这辈子能为贫困户脱贫，为精准扶贫、精准脱贫尽一份自己的力量，心里当然十分高兴。

我在采访中得知，村民对这个朴实的小伙子很信任，2018 年 3 月村里换届选举，村民给他投了票，将他选进了村"两委"班子。他现在既是村干部，又是致富带头人，为乡村振兴和全面小康贡献自己的聪明才智。

火箭军对澄江的援助是慷慨无私的，我采访了 3 位得到过火箭军援助的贫困户：

谭年浪，1955 年生，1976 年当兵，在福建泉州服役。当兵两年，因为母亲年老需要赡养，退伍回到家乡。谭年浪的伯父谭万钢，1932 年参加革命，为红五军团战士，1932 年在黄陂作战牺牲。谭年浪为谭万钢烈士继子，享受烈士待遇。谭年浪退伍时恰逢改革开放之初，他到外县打工，搞枕木十多年。1995 年在山上拉枕木，板车翻车致粉碎性骨折。他被工友送到医院抢救，治疗花费 3 万多元。此后，不能再干重体力活，回家做小本生意。2011 年，他租用一辆摩的，由于摩的速度过快，急刹车将他甩出后座。摩的司机看自己闯了祸，一脚油门溜了，再也没有露面。路人报警，他被民警送到医院，小腿摔断，还挖取了腰部一块骨头补到脚骨上。这次住院手术花费 8 万多元。好在民政局优抚军烈属，补助了 6.5 万元，才使他渡过难关。2014 年，一家六口全部纳入建档立卡贫困户，享受精准扶贫政策给予的待遇。2017 年，火箭军帮扶谭年浪解决"两不愁三保障"，将 2000 年建的房子进行全面改造。过去的"赤膊墙"，火箭军进行了内外墙的美化粉刷，桌椅板凳、沙发和床全部换了新的。生活如芝麻开花节节高，日子一天天在好起来。

谭凤祥，1957 年生，糖尿病 20 多年，1999 年查出三高：高血压、高血脂、高血糖。全家 5 口人，妻子在县城灯泡厂打工，套铜丝，计件，2 个 5 分钱，一个月 2000 元。三个儿子，两个小的在读高中；大的 22 岁，在县城打工，每月 2000 元。谭凤祥说，最苦的时候是 2000 年，自己得了糖尿病，老婆又得了肿瘤，生活压力大的感觉喘不过气来。好在火箭军来了，给贫困户入股 1.2 万元，还建起了蔬菜大棚，我们贫困户投 2000 元，第一年分红 2700 元，第二年分红 2000 元。党的扶贫政策好，发自内心感谢每一个扶贫干部，感谢火箭军帮助我们脱离贫困的深渊。

谭福长，1967 年生，全家 5 口人，夫妻二人，两个女儿，一个儿子。儿子 24 岁，到贵州打工去了；小女儿 22 岁在赣州打工；大女儿 26 岁，智障。说到智障女儿，谭福长的妻子说，带一个智障孩子比带 10 个孩子都累。她说起陪读大女儿 3 年，后来大女儿会写全家的名字了，她特别开心。现在，大女儿嫁人生了孩子，宝贝挺健康的，她这个做母亲的才放了心。谭福长 2013 年脑梗，住了好几个月院。妻子也有糖尿病、血脂高、胆固醇高等疾病，本来今天要去村里搞卫生，但头晕去不了。谭福长承包了一片坡地，投资 20 多万元，种了 1100 棵脐橙，其中贷款 8 万元、借款 5 万元，2020 年挂果收获。种植技术靠自己一边种，一边学，乡里果茶站的技术员也经常来指导。现在脐橙价格上涨，选择这个项目按理说是不错的。说到种植脐橙的开支，谭福长说，请人一天要 100 元，一年雇人付工资要 1 万元。肥料要 1.5 万元，农药 3000 元。他还自己购置了一台铲车，用于基建铲泥巴。铲车买来 2 万元，一年能挣回本钱。妻子在家种菜，会理发手艺，有时候还到村里理发，一个头 8 元，一年可挣 3000 元。夫妻二人勤劳当家，自食其力，现在火箭军给他家入户路铺上了水泥，路也好走了。谭福长说，如今这日子，托共产党的福，托习近平总书记的福，只要身体好，就不愁过不好日子！

澄江四周山峦叠嶂，中间是葫芦形盆地，被远近的人称为"聚宝盆"。

澄江人自古就有"耕读"的良好传承，随着时代发展，人们对于"耕读"的理解又有了新的内涵，比如将商业、手工业也纳入了"耕"的范围。"勉读书，勤生业"，意思就是除了努力读书外，还要懂得谋生之道，才有立身之本。澄江村流传着光道公得聚宝盆的故事，这个美好的传说，其实告诉我们人要致富，需要农、工、商兼理，诚信厚道、经营有方，生意家业自然就会壮大。

如今，站在后龙山向东眺望，那里是澄江村的朝山，层层叠叠围拢着澄江村落，七八个山包像百宝箱般整齐排列着。北面开阔，澄溪从那里漫游而来；南面两山环抱，澄溪从狭缝中奔流而去。中间良田百顷，四季果蔬飘香，整个澄江不啻是一只自然天成的聚宝盆。

第九章
生态产业再出发

生态就是资源，生态就是生产力

"茶叶是我的第二生命"

离傍晚还有一个多钟头，但我坚持还要走一个村子，这个村子就是长龙村。

长龙村有一座茶场，它生产的盘古龙珠茶成为品茗者的挚爱。

这样一座宝山，更加激起了我探望的激情。

车子沿着一条傍溪乡道向前挺进。长龙村位处于都、会昌、安远三县交界，当地人诙谐地称此地是"一个早晨捡狗屎，能走三个县"的小地方。

一路上，陪同我采访的盘古山镇宣传委员和文化站站长在议论一个叫黄清波的茶人。通过他们的交谈，引起了我的好奇，这个叫黄清波的人到底是一个怎样的人物？他真的有三头六臂，还是有非同凡响的神通？

车子穿过一片翠绿的茶园，在一个拱形门楼前停下，拱形门楼上方依弧形镶嵌着"于都县盘古龙珠茶业有限公司"的标牌。门楼两侧是一副对联："坚定信心开创未来，规模经营做大做强。"两侧墙体上对称镶嵌着鎏金标语："开拓国际市场，提高独特品质""推进技术创新，增强财富后劲"。

黄清波大概听见车子响声，来到大门口迎接我们。他今年六十有二，上身穿着横条短袖 T 恤，人显得十分精神。他的长方形脸与他的细长个头很是般配，最是那一口雪白的牙齿与他的笑脸形成绝配。我们一边品尝

盘古山茶园

他泡的茶，一边听他讲创办龙珠茶业的故事。

　　黄清波没有从自己讲起，而是从"自从盘古开天地，三皇五帝到如今"开讲。是呀，此地名为"盘古"，莫非真与"盘古开天地"的盘古有什么渊源？盘古是我国历史传说中开天辟地的祖先，他殚精竭虑，以自己的生命演化出生机勃勃的大千世界，为千秋万代的后人所景仰。据史籍记载，盘古山、盘古祠均在于都，盘古山群山环抱、云雾缭绕，相传在远古的伏羲氏时代，神秘的盘古峰，曾经飞来几条龙，龙吐明珠，化成了茶树。茶树一年四季萌出嫩芽，满山翠绿，人们将它制成了龙珠茶——"盘古茶"。元初，盘古茶成为皇室贡品而名扬海内。现在，盘古山区的龙王山、梅子山、高滴水山仍然有大量野生茶树。在盘古山，至今还广泛分布着与盘古有关的盘古墓、八子山、盘古磨、磨山、石狮子、石箱子、盘古井、百神庙等。每年农历三月初三，盘古山都要举行盛大的庙会。在庙会期间，祠、庙都会用自酿米酒和擂茶来招待前来朝拜的善男信女，在庙会中还有劳动者在长期生产实践中创造出的采茶歌、茶灯舞等一系列娱乐活动。采茶对歌、品茶作诗、擂茶保健等茶文化在盘古山成为传统保留节目，为附近县镇的人们所喜爱。

乘改革春风，脑子灵活的黄清波在村里办起了养殖场，养鸡、养猪、养牛，一时风生水起，他成了村里第一个能人。你穷的时候，可能会遭人白眼，当你富的时候，一旦遇上"红眼病"，那简直让你有锥心之痛。正当黄清波的养殖产业风生水起时，一场人祸从天而降。一个春日的早晨，他的养殖场一片狼藉：饲养的美国进口 AA 鸡倒下一大片；整栏的猪口吐白沫，奄奄一息；几头牛疯狂地跳了几下，躺在地上一动不动……黄清波的养殖规模不算小，进口肉鸡达到 2000 多只，猪有 300 多头，牛也有 70 多头。歹毒之人趁月黑风高，将拌有老鼠药的食料，撒在鸡、猪和牛的食槽里，目的很清楚，就是要让黄清波的财富清零，重新回到一贫如洗的时代。经清点，药死的鸡有 600 多只、猪 63 头、牛 4 头，派出所来人估算经济损失达 21 万元之多。那个时候法律不算健全，坏人也未得到应有的惩罚。

1986 年 9 月，正好镇里开办茶场，请他进场当技术员。他当时对养殖已心灰意冷，于是将剩余的鸡、猪和牛全部卖掉，来到茶场当了一名技术员。

命运对于黄清波这样的人，在关闭一扇门的时候，同时也为他打开了另一扇窗。

盘古茶场利用当地的野生茶移植培育，种植了近百亩茶园，但由于种植技术和管理水平低下，效益不佳。当时盘古茶场是镇办集体企业，由几个村的支书轮流管理，企业除了负债累累，最后连工资也发不出。1991 年，盘古茶场亏损 8 万元；1992 年，盘古茶场亏损 13 万元……逐年累计的亏损让管理者束手无策。这时，承包机制已经在大江南北风行，管理者盼望有能人出面承包，以解燃眉之急。此时，从技术员到副场长的黄清波燃起了承包茶场的雄心，他的愿望很快便落在一纸协议上。

黄清波接手的盘古茶场确实是一个烂摊子，茶园 400 亩，没有营业执照，茶叶一年到头也只有几千元的销售额。因为企业连年亏损，工资大量拖欠，信用社和银行终止了贷款。

黄清波办过养殖场，有经营企业的经验，知道如何融资、如何将投入的资金再产生出效益。他摒弃集体企业的滞后管理模式，将市场效益与劳动挂钩，提高职工的生产积极性。他积极融通市场，创建自己的品牌，为做大做强"盘古"茶业，注入资金1200万元，成立于都县盘古龙珠茶业有限公司，自己担任公司总经理。承包第二年，他就上缴利润8.6万元，赢得镇里上下一片赞扬。

茶场的经营也并非一帆风顺，承包之初，黄清波经受了来自社会、家庭和自然灾害等方面的难关，但都被他一个个攻克了。1998年，一场特大洪水，冲垮了水电站、道路，也冲掉他心爱的茶园。望着洪水侵蚀得稀里哗啦的茶园，不到半个月功夫便长满了藤草，不知哪来的害虫也一下子布满茶园……黄清波带领茶场员工一点点清理、修整、灭虫、砍伐藤草，投入到艰辛的抗洪救灾当中，本来就精瘦的他，更瘦更黑了。

也有一些头头脑脑，以为他是资本家，趁着手中有权力，给他穿小鞋。新来的某所长，要他缴纳农林特产税100多万元。本来茶场就处于瓶颈期，如此一来，势必倒闭不可。黄清波只好四处求人，最后县里领导说情，才算免于此劫。

一波未平，一波又起。总有一些阴暗小人背后捣鬼，故意唆使不明事理的人刁难他。

按下葫芦浮起瓢，他以场为家，老婆怀疑他在外有相好的，总是隔三岔五地到场里找他滋事生非……

一个男人再有能耐，也经不住这些事的折腾，黄清波几乎比吃了老鼠药还难受。所幸，对茶园倾注了一腔热情的黄清波没有被困难压倒，他就像一只皮球，你越打，他反而弹得越高。黄清波说："茶园是我的第二生命，也是我的奶酪，谁要动了它，不管是老天还是不怀好意的人，我都要与他拼命！"

外面的事情再大都好处理，唯有后院起火最闹心。茶场的事有了眉目后，黄清波抽出时间来料理家务事。黄清波很有情商，他领着满腹怨气的妻子到新马泰转了一圈，从没走出大山的妻子开始对他另眼相看。一次，妻子看见电视台播出他的创业经历，心里起了波澜，哭得稀里哗啦地向他道歉说，以前是我不对，误解你了……

黄清波将每一次的销售利润都用于扩大再生产，年年如此，经过 28 年的艰苦创业，公司从一个小作坊的茶厂，现已发展成为以茶叶种植、加工、销售为主，集水果种植、销售、茶文化开发、综合性生态有机农业和观光休闲旅游为一体的现代农业企业。公司现有茶园面积 7000 多亩，优质水果面积 2000 多亩，毛竹林 6100 多亩，厂房和办公用房 7000 多平方米，总面积达两万多亩。公司总资产达到 2.7 亿元，固定资产 1.9 亿元，茶叶年产量达 20 多万斤……这一串企业数据显示，黄清波闯过了一道道难关，最后，他成了一个强者。

黄清波深情对待每一片茶叶，让盘古龙珠茶走向辉煌，成为"江西十大名茶"的典范，多次获得国家级茶叶类金奖。

黄清波不做守财奴，他个人投资修了三条路，一条通安远的路，投资 90 万元；一条通会昌的路，投资 13 万元；一条通盘古镇的路，投资 60 万元。他还修桥，投资 90 万元兴建了龙珠桥。

精准扶贫政策实施后，黄清波别出心裁地建了一座扶贫茶园，他无偿提供 500 亩茶园成立盘长合作社，吸纳 131 户贫困户参与，茶叶收益归贫困户。以前老表砍树卖，破坏环境，现在采茶成风，小孩子采茶挣学费，贫困户采茶补贴家用。

…… ……

盘古山四周高山环抱，东有龙王山，西有祁山、禄山、密石顶，北有屏坑山，东南有梅子山，西南有耀仔嶂，高山峻拔雄浑，呈龙盘虎踞，混沌初开之势。山峰林立，层峦叠嶂，森林茂密，植被覆盖率达 85%，气候湿润，适宜茶的生长。盘古山长龙村如今处处是茶山，绕不开这个执着、倔强的汉子，离不开他在一枚枚茶叶上倾注的苦心和爱心。

时光为鉴，香茗为证。

关于黄清波还有很多故事，他的企业荣膺中国茶叶流通协会理事单位、江西省茶叶协会副会长单位、江西省农业产业化经营"省级龙头企业"等称号。这些荣誉的取得当然不是天上掉下的馅饼。

面对盘古茶山，翠绿铺陈的大地让我的心神为之一震。此刻，我想起了陆羽，这位以品茗和撰写《茶经》而被后世称为"茶圣"的人，他的故事被千千万万读者翻阅，而我们眼前的这位茶人黄清波，他的故事却可能鲜为人知。

新长征再出发，黄清波三十多年如一日，与他心爱的茶园相濡以沫，创造了这片具有传奇色彩的茶山；他也用辛勤和汗水、爱心和智慧，为新时代撰写着属于盘古山的"茶经"。

开辟"绿色油田"的人

从黄麟进入宽田地界，一座高大门楼迎面而来，门楼正中写着"楱木果之乡"。

要与楱木果结缘，自然就要结识陈健民先生。

55岁那年，正是陈健民年富力强之时，他毅然从南京来到赣南老区于都开创木本食用油事业。如果要用古代人物与陈健民相比，我觉得他就是一位当代愚公，他用愚公移山的精神一步步布局发展生态产业，为中国木本食用油开创了一片崭新天地。

陈健民是老板，但一点老板的架子都没有。他的头发有时蓬松散乱，很随意地穿着一件格子衬衫就亮相在摄像机前接受电视台记者的采访。其实，在他憨厚的外表下，是更显沉稳的性格。与之交谈，感觉他并不像一个商人，倒像是一个研究者。他不喜高谈阔论，直奔主题，而谈起楱木果来，则津津乐道。

俗话说，开门七件事——柴米油盐酱醋茶。"油"是食用品，排在"柴米"之后的首位，可见油对人类生存的重要性。我们熟悉菜籽油、花生油、茶油、芝麻油，甚至昂贵的橄榄油，但很少听说"梾木果油"。

宽田老表家家户户的房前屋后都有几棵梾木树，多的人家十几棵甚至二三十棵。宽田人视梾木为宝树，大炼钢铁时期，别的树砍了拿去大炼钢铁，唯独梾木树挺拔傲立，像坚强的卫士守护着家园。三年饥荒时期，别的地方闹粮荒、油荒，唯独宽田人的嘴上油光闪亮，这都是梾木树给宽田人的恩赐和厚爱。

梾木果也是飞鸟的最爱，啄食后，通过粪便播撒到另一个地方。于是，山间田头，到处可见梾木树。树长在谁家的田地里，树就是谁的。

野生梾木树多长在石灰岩土层中，树冠大，产籽多，一般可达四五十公斤。宽田村民家家户户都食用过自榨的梾木果油，虽有些苦涩，但却能降血脂，是名副其实的生态食用油。

聪明人的眼光总是独到的，陈健民把眼光瞄准了梾木树。他从梾木果油巨大的商机中，窥探出大众对高端木本食用油的需求。用时下的话说，这是一件与"不断满足人民日益增长的美好生活需要"相适应的大好事。

经过深入调查，要做好梾木果油的产业，必须解决两大难题：一是梾木果油的去涩提纯，以保证梾木果油的品质；二是必须大面积种植梾木树以保证梾木果油的量产需要。

在李屋村松坪组一处叫大营上的山坡，陈健民建起了一座现代化的梾木果压榨工业生产线。每年11月梾木果采收后，这里便机声隆隆，细如青豆的梾木果经过专利技术的转化，最后流淌出透明的金色液体来，这就是精榨提纯后的梾木果油。

梾木果油工业化生产线的示意图，现在看来并不像分子结构那么复杂，但陈健民和他的团队却经历了一个漫长的研制过程。这个过程，没有恒心和毅力是难以完成的。

陈健民领着团队到宽田考察，看到宽田经济十分落后，老表们生活很贫困，当地干部群众恳请他们能将梾木果油去涩提纯，当作一个扶贫项目来打造，带动当地群众致富。看到当地干部群众渴望的眼神，陈健民心底涌起了一股豪情，当即表态："再难，我和团队也要把这个项目做成。"

我问陈健民，你何以因为当地干部群众的一句话，就把自己的后半生撂给了于都这片土地呢？

陈健民慷慨道："于都人民当年将红军送上万里长征，为中国革命作出了巨大牺牲。我们今天处在和平时期，有能力为这里的群众做些力所能及的事，我们何乐不为呢？"

他的话听起来高调，但却合情合理，不失朴素，我爱听。

根据《食品安全法》和《新食品原料安全性审查管理办法》，梾木果油要量产上市，需要取得国家卫生计生委的行政许可审查通过。

食品安全，尤其是新食品原料安全审查，是一项十分艰巨的申报工作。敢于吃螃蟹的陈健民，面对重重困难，毫不畏惧。

2008 年开始，用了两年时间，他率团队研究出了一套小型的工业化压榨生产线。2010 年，通过压榨生产线，生产出了第一桶去涩提纯的金黄色梾木果油。当一滴滴金色的液体流淌到透明玻璃器皿中，陈健民脸上盛开着梾木花般的笑。

苦涩的梾木果油，宽田老表食用了 200 多年。没想到，陈健民到来仅两年，就彻底解决了梾木果油的苦涩问题。这其中浸透了陈健民和同事们多少智慧和汗水，笔墨是难以形容的。

生产出了合格的梾木果油品，这只是第一步。

最难的不是生产这一关，而是第二步——申报。

向国家卫生计生委递交梾木果油行政许可审查报告，陈健民虽然信心满满，但却免不了心里打鼓。审查需要通过一道道关卡，首先，国家卫生计生委要组织专家组进行评审。专家组由专家库随机抽取几十名专家组成，进行打分。如果有哪一项不过关，需要返回补充资料，再由专家组补充评审。整个申报过程，前前后后花费了 3 年之久。

2013 年 11 月 26 日，国家卫生计生委食品安全标准与监测评估司的网站发布《关于批准裸藻等 8 种新食品原料的公告 (2013 年第 4 号)》文件，"光皮梾木果油"作为新批准的 8 种新食品之一，赫然在列。陈健民第一时间获悉后，激动得一夜未合眼。第二天，他与亲密合作的团队成员举行了一个酒宴。那一天，从不饮酒的他，破例喝了一小杯酒，酒让他全身细胞活跃起来，他还拿起话筒唱了一首歌。他太开心了。

有了"尚方宝剑"，陈健民开始甩开膀子大刀阔斧地干了起来。他思路清晰，要解决梾木果油量产上市，就必须有大量的梾木果供生产线压榨提炼，仅靠村民房前屋后和野生的梾木树的果实，难以满足市场化的需要。

他思索了一整套种植梾木果树的办法，以保证未来几年能够收获大量的梾木果实，这是保证梾木果油量产上市的基础。

如果说研制生产线是第一步，申报国家卫生计生委行政许可审查通过是第二步，那推广种植梾木果树就是第三步了。

当然，每一步骤的实施，都需要破解一道道难题。

既然种植梾木果树能产生很好的经济效益，加上扶贫政策的支持，那老表们肯定愿意种植。

推广种植梾木果树，前提是要培育出大批的梾木树苗来。

如果说梾木果油是一项绿色产品，那种植梾木果树同样是一项生态事业。利用荒山荒地，种植梾木果经济林，这是利国利民的好事。

问题一环套一环，环环相扣。任何事业的成功其实都是一个解"扣"的过程。只有将前进道路上的一个个"扣"解开了，才能成功在望。

现在，陈健民要解开的第一"扣"，就是培育树苗。

陈健民走出去、请进来，找到林业科研部门的专家，研究梾木树苗的培育方法。从 2013 年开始，用了 3 年时间，终于在实生苗嫁接和扦插苗上取得了实质性的突破，建成了年产 50 万株梾木苗的大型培育基地。梾木苗的嫁接和扦插，在春秋两季进行，扦插比嫁接时间能够稍长点，但一到霜降，楝木苗处于休眠期，便不能再培育。

解决了苗木培育技术问题，就有了大面积种植楝木果树的先决条件。于都有十几个乡镇引进了楝木树苗开辟生态能源林基地，黄麟、段屋、梓山等乡镇纷纷利用荒山荒地，累积发展了 1 万多亩楝木生态能源林基地。2020 年预计可回收楝木果 200 吨，鲜果产油率为 18%，约可量产楝木果油 36 吨。

目前，进贤县与陈健民的于都中和光皮树开发有限公司订立了种植楝木果生态林回收果实合作协议。进贤看准了种植楝木的价值，推动了 3000 多亩山地种植楝木生态能源林。陈健民为进贤提供了 10 万多株苗木，每株苗木价为 4 元，但陈健民仅收取半价，另一半待楝木果树结果时，从回收款中扣除。预计 2020 年进贤的楝木生态能源林基地可回收楝木果 10 多吨。

楝木种植成活率高，可扦插，苗木种下后 3 年就可挂果。一亩地可种 40 多株。一株楝木树一般可产鲜果 10 公斤左右，一亩地则可产鲜果 400 公斤。鲜果产油率按 18% 计算，一亩地则可产油 72 公斤。按市价一公斤楝木果油为 160 元，一亩地的经济效益则为 1.1 万余元。这个经济效益还是非常可观的。

谈到光皮楝木果食用油的研发之路，陈健民思绪翻腾。记忆的宝库一旦打开，创业的辛勤和喜悦像甘甜的泉流朝我们淌来——

2007 年，南京市的科技工作者，讨论到我国食用油的现状，大家认为有必要寻找高产的木本食用油。陈健民团队开始在国内调研，有一位南京林业大学的老师，谈到江西有一种光皮楝木树，产油量很高，有 200 多年的食用历史，很可能就是我们要寻找的具有开发前景的木本食用油。

这样，陈健民团队就来到了江西省赣州市，市林业局的人介绍说，于都宽田有一种光皮楝木树，不妨去看一看。陈健民团队在寻找高产食用油树种时，定下四个目标：第一，产量一定要高，只有产量高才有生命力；第二，油的品质必须要好，只有品质好，才能被用户接受；第三，这个树种必须在我国大部分地区都能够种植；第四，这个树种，还必须比较容易栽种。

陈健民团队实地考察后，发现光皮梾木树完全符合上述四个目标，当地干部群众又有开发梾木果油作为扶贫产业的愿望。在那一刻，陈健民就坚定了在于都开发梾木果食用油的研发之路……

厂区建在大营上，这里原是一片火烧林，陈健民流转下这800多亩山地，全部种上了梾木树。前几年还是几寸高的小苗，现在长成了郁郁葱葱的树林。此时正是7月，正是梾木树的花期。白色的小花，一朵挨着一朵，密密匝匝，拼凑成一个碟形花阵，整棵梾木树，一到花期就繁花似锦，十分壮观。

据负责生产的曾水生介绍，梾木果的栽植时间一般选择在12月上旬至第二年3月下旬。梾木果树种植时施有基肥，每穴除有机肥外应配500克草木灰，每年抚育以有机肥为主，以少量多次的原则施肥。采收果子的时间，一般在11月至12月，当果实颜色由绿色转紫黑色时开始采摘。果实采回后，进行晾晒。

陈健民在宽田建立梾木果油生产线，对于原本世代栽种梾木果树的宽田乡老表来说，是一件喜事。龙泉村邹劝生，年过七十，他家房前屋后种的梾木树，每棵每年可采收果实100至200公斤，按照每公斤4元钱的收购价来算，每年能增收两三千元。没想到平淡无奇的梾木树现在成了摇钱树。

据中国科学院北京植物研究所测定，陈健民用现代工艺提炼出的梾木果油，符合国家食用油脂标准，其油脂肪酸中，油酸占29.1%、亚油酸占39.7%、亚麻油酸占2.3%、棕榈酸占23.9%，成油品质高、营养丰富，有利于身体健康，推广前景十分广阔。

这些年，赣州一些县栽种的脐橙受到病害影响，部分果林无奈被砍了，不少村民陷入了迷茫。梾木果食用油的出现，让很多过去的果业种植

楝木果油生产厂区

大户有了方向。一个寻乌县脐橙种植大户，一度阴郁的脸上绽开了笑容，他说："这种树三四年就能挂果，产量也高，产果期长达百年，也不用怎么打理。以前我们种果树把土地都养肥了，楝木树可以不下肥、不打药就能种，特别省事。这次考察，我们寻乌县已有 30 多户果农有意向参与这个项目，种植面积可达 2000 亩。"

国内食用植物油虽然缺口大，但真正有较大潜力的还是木本植物油。食用油消费中，木本食用油占比在我国仅有 10% 左右，而欧洲国家已经超过 60%。陈健民最大的愿望，就是把楝木果油打造成"东方的橄榄油"，让这种健康、优质的木本食用油走上更多人的餐桌。

2017 年 11 月，于都楝木果油被国家市场监督管理总局批准为国家地理标志产品，宽田乡也被授予"中国楝木果之乡"称号。

2018 年 8 月，于都楝木果油参加了在哈尔滨市举办的首届中国粮食交易大会，作为新型健康木本食用油的代表，它刷新了人们对传统食用油的认知。

楝木树可以"产油生金"，按照"兴油富民"的产业定位，于都开始实施"林油一体化"楝木树产业发展规划，使楝木树种植再上一个台阶。

在新长征路上，"当代愚公"陈健民，以老骥伏枥的雄心，采取"楝木果种植＋扶贫"的模式，计划用 10 年时间建立 50 万亩楝木果生物能源林基地。可以预见，赣南这片红土地上，正蓬勃生长着一片又一片"绿色油田"，而陈健民正是这片"绿色油田"的开辟者。

第十章
红土地上的绿色工厂

像保护眼睛一样保护生态环境

神奇的中央苏区矿藏

赣南，是一片蕴含红色基因的土地，也是一块蕴藏丰富矿产的神奇土地。

2019 年 5 月的一个下午，习近平总书记在江西考察，来到位于赣州市的金力永磁科技股份有限公司，了解赣州稀土产业发展情况。素有"稀土王国""世界钨都"之称的赣南红土地，又一次走进人们的目光，成为世人关注的焦点。

人类进入现代社会，科技成为第一生产力，各种新型材料被发现和利用，稀土和钨矿无疑是现代科技不可替代的珍贵材料。稀土是 17 种稀土元素氧化物的统称，是信息技术、生物技术、能源技术等高技术领域和国防建设的重要基础材料，有"工业维生素""工业黄金""新材料之母"的美誉。稀土是电子、激光、核工业、超导等诸多高科技的润滑剂，特别是目前很多先进军事装备的基础材料都离不开稀土。

如果没有稀土，我们将不再有电视屏幕、电脑硬盘、光纤电缆、数码相机和大多数医疗成像设备；没有稀土就没有航天发射和卫星，全球的炼油系统也会停转。

钨在冶金和金属材料领域中属高熔点稀有金属或称难熔稀有金属。钨及其合金是现代工业、国防及高新技术应用中的极为重要的功能材料之一，广泛应用于航天、原子能、船舶、汽车工业、电专气工业、电子工业、化学工业等诸多领域。特别是含钨高温合金主要应用于燃气轮机、火箭、导弹及核反应堆的部件，高比重钨合金则用于反坦克和反潜艇的穿甲弹头。

我国是世界公认的产钨大国，钨资源储量 520 万吨，为国外 30 个产钨国家总储量（130 万吨）的 3 倍多，产量及出口量均居世界第一。根据数据统计，全球稀土总储量约为 1.26 亿吨，其中 44% 来自中国。世界上每年有 80% 的钨矿是由中国出产并输出，中国稀土资源更是承担着全球 90% 以上的稀土供应。

稀土与钨作为重要的战略资源，不仅关系到科技领域的发展，更与国防安全有重大联系。

1929 年 1 月，朱毛红军离开井冈山转战赣南，发现沿途矿井星罗棋布，钨砂晶莹闪亮。毛泽东触物兴怀，踌躇满志："若得赣南钨矿资源，何愁给养没有着落？何愁革命不能成功？"

1931 年春，红军在于都铁山垅设立"公营铁山垅钨矿"。1932 年 3 月，在"公营铁山垅钨矿"基础上成立"中华钨矿公司"。同年冬，时任中华苏维埃共和国国家银行行长的毛泽民，兼任"中华钨矿公司"总经理。钨砂贸易一度成为中央苏区第一大财政外汇收入的来源。赣南的钨砂，沿赣江到广东，出香港，走向世界。

说到红星照耀下的中国，红色工厂和矿业的开采，除了中华钨矿公司当之无愧的被称为"红色首矿"之外，许许多多的"第一"无疑要追溯到中央苏区来，一些兵工厂、织布厂、被服厂、制鞋厂、造纸厂，都是作坊式的手工业生产，诸如——

1931 年 9 月，中央军委在兴国县白石筹办修械厂，修理战争中缴获的枪械；

1931 年 11 月，江西省苏维埃政府在于都县平安寨设立修械处，主要以修理枪械为主；

铁山垅中华钨矿公司旧址

1931年底，苏维埃中央军委决定，将平安寨、白石等地的修械厂与红三军团修械厂、东固养军山修械处合并，在兴国县莲花乡官田村创办中央军委兵工厂。1932年4月，红军东路军攻克漳州，缴获国民党军兵工厂一座，运回一批机械设备充实官田兵工厂；

1931年，中央卫生材料厂在于都于北区（后改为胜利县）琵琶垅村成立。1932年该厂迁至瑞金朱坊村。该厂以生产药棉、绷带和加工中成药丸、药膏和酒精等医药卫生用品为主。

……　……

"中华钨矿公司"成立的三年间，共采钨砂近8000吨，创造了620万元的财富，换回了大量的药品、食盐和武器，为粉碎敌人对苏区的"围剿"和经济封锁起到了重要作用。

1934年10月，随着中央红军长征，中华钨矿公司终止采矿。

新中国成立后，钨矿也是换取外汇的重要资源，赣州成立了九大国有统配矿山、16个地方国营矿山和20多个集体坑口，成为全国乃至世界最主要的钨原料产地。其间地质工作者探明钨储量的矿区106处，累计储量117万吨。高品质的黑钨矿保有储量占全国第一，为全国同类产品的70%，世界的60%。

随着一条一条矿脉的发现，作为第一个五年计划时期从苏联与东欧国家引进的 156 项重点工矿业基本建设项目的补充项目，新中国在赣南先后建成了大吉山、西华山、岿美山、盘古山 4 个大型钨矿。20 世纪 50 年代末，正是这些钨矿石的出口，为国家换回了价值 75 亿元人民币的粮食和物资，为整个国家度过随后一段最艰难的岁月发挥了不可替代的作用。

老牌国企的"涅槃"之路

于都禾丰镇境内有一家被称为"绿色工厂"的万年青水泥生产企业，这是一家始建于 1965 年的老牌水泥生产企业。禾丰镇紧邻"红色首矿"中华钨矿公司驻地铁山垅镇，两地相距 11 公里。这一带的山地属九连山余脉，主力红军长征后，中央分局和中央政府办事处及留守部队依仗这里的山势做最后屏障并从这里悲壮突围。

绿色工厂万年青就坐落九连山余脉的雪竹山下，行走在这片红土地上，我听到乡亲们至今还在津津乐道着远去的人事：

长征时，毛主席的担架班班长丁良祥是禾丰镇黄田村人；西安事变后，周恩来在赴西安途中经过崂山时，遭遇土匪袭击，刘九洲舍身掩护周恩来安全转移，自己不幸身负重伤，这个人也是禾丰镇园岭村人。

1935 年 3 月，中央分局和政府办事处及所属红军部队在禾丰等地突围，留下了很多伤残战士和无法带走的红军"留守"儿童。

在库心村，关于陆定一女儿叶坪的故事曾牵动了许多人的心。

陆定一的妻子唐义贞，中央红军战略转移时，因有孕在身不能随军长征，便将 3 岁的女儿叶坪托付给张德万照管。张德万领着小叶坪转移到禾丰后，又将叶坪交给库心村赖姓人家抚养。

不幸的是，叶坪的母亲唐义贞在一场游击战中被俘遭杀害，张德万也在几年后因病去世。叶坪从此便像"野萍"一样无人认领，在赖家长大后，与同村赖姓男子结婚生子，过着谜一样平静的生活。直到 53 年后，叶坪儿子赖章盛偶然看到陆定一文章中写到失散女儿的事，斗胆给陆定一写信，才有了陆定一父女长达半个世纪的相见。

追踪故事的细枝末节后，让我内心震动，泪眼婆娑……

而今，走在这块土地上，美丽乡村如一轴画卷。蔬菜基地、扶贫产业随处可见，一派乡村振兴和全面小康的欣欣向荣景象。远远地，就能看见起伏的山峦间的一座"万年青"标志的预热器拔地而起，成为我们视线的定向标。

于都南方万年青水泥有限公司又称"禾丰厂"，其前身为江西省东方水泥厂，建于1965年。2002年，江西省东方水泥厂改制，由江西国兴集团东方红水泥有限公司收购，企业更名为江西国兴集团东方红水泥有限公司。2007年，江西省人民政府与中国建材集团进行战略合作，江西省建材集团公司和中国建材集团公司共同组建江西南方万年青水泥有限公司。2008年3月，江西南方万年青水泥有限公司联合重组江西国兴集团东方红水泥公司，更名为江西于都南方万年青水泥有限公司。

2014年6月17日，于都南方万年青日产4800吨熟料生产线项目点火，7月7日投料试生产，7月13日顺利实现72小时达产达标性能指标考核，

万年青全景（谢金俊摄）

8 月起转入正常连续生产。自投产至今创下了窑运转率 100% 的良好成绩。熟料标煤耗、熟料综合电耗两项重点能耗指标均达到国内水泥行业先进水平。公司生产的"万年青"牌系列硅酸盐水泥广泛用于机场、高楼、桥梁、隧道、高等级公路等国家大型重点工程建设中……

水泥生产行业在大众眼中一直与高能耗、高污染等词汇形影相随，水泥厂被人们形容"晴天一身土，雨天一身泥"，整个产业都缺少"高大上"的形象。但于都南方万年青积极投身绿色工厂的建设，将环保工作视为企业不可触碰的底线和企业发展的生命线。

于都南方万年青背靠莽莽苍苍的雪竹山，茂密翠绿的森林与厂区壮观的建筑相映成趣，高耸的预热器从一片丛林绿树中凸显出来，展现出现代企业的审美格调和时代风采。工人们身穿白衬衫、头戴黄色的头盔，精神饱满地列队进入工区，着实让人看到一幅人与自然和谐共生的画面。

这里道路整洁，设施井然，绿树成荫，透出一片清新盎然、生机勃勃的活力。过去对水泥厂浓烟滚滚、尘土飞扬的杂乱景象，被井然有序的厂区环境取而代之。厂区绿化面积达到 200 余亩，1000 余棵香樟、桂花、茶花、垂柳、桉树等风景绿化树木和 15000 余平方米花草，使整个厂区绿树成排，花草成片，花香四溢，一幅美不胜收的花园式图景尽在眼底。

陪同我走访的公司宣传部部长黄文勇告诉我，作为一家老牌水泥生产企业，建厂之初，设备非常简陋，只有小锷式破碎机、小球磨机，体力劳动强度大，相对于现在的生产规模，那时可以说是作坊式的原始生产模式了。随着工厂逐步走上机械化、自动化，国家大力推进绿色化发展，于都南方万年青抢抓机遇，实施绿色转型，成功获批国家工信部首批"绿色工厂"，成为绿色发展的"江西样板"。

我问公司是如何做到"绿色工厂"达标的？

黄文勇娓娓道来。首先，工厂设计理念上，做到设计、施工环节从严把关，从源头上控制污染物产生。在工程设计上，采用了目前比较先进的生产工艺，生产过程中始终坚持用地集约化、生产洁净化、废物资源化和能源低碳化。在装备选型中，公司领导带领技术人员到相关厂家进行实地考察，选用目前水泥行业先进的生产工艺、技术和装备，同时采用了法国施耐德能源管理中心对公司能源集中控制，采用全过程集散式控制系统监视和控制生产过程。公司先进的水泥制造工艺及高效电机、变频节能系统、余热利用、水泥半终粉磨等节能减排装备和技术，覆盖水泥生产各个环节，减排达到国内先进水平。其次，环保治理方面，在各个扬尘点安装了除尘器达 58 台之多，包括窑头和窑尾除尘器均采用了技术性能可靠、除尘效率高的袋式除尘器，原、辅材料输送带均加装了防雨、防尘罩密封，水泥输送均采用全封闭式输送设备。生产线投入运行后，又在水泥装车线安装除尘器，有效降低了物料在输送过程中的扬尘。

当然除了硬件设施的标准外，智能信息化是打造绿色工厂的必备条件。近年来，于都南方万年青公司面对产能严重过剩、市场竞争激烈的严峻局面，以打造信息化、智能化工厂为抓手，投资 270 万元对生产信息控制过程智能化系统、远程监控系统等进行了升级改造，努力实现从传统制造向信息化、智能化制造转型。技术越先进，能耗越低，公司现在吨熟料综合电耗比预算下降近 3 千瓦时，比上年每吨降低 2.2 千瓦时，年节约成本达 300 多万元。此外，通过安全生产信息系统建设，实现了安全管理的全员参与、全程跟踪，确保了员工工作的安全性，近年来没有发生一起重伤以上人身事故。

头戴黄色的安全帽，我们来到中央控制室。这是一个大办公区，迎面墙壁上巨大的荧光屏上显示着每一个生产流程的现场图像。工作人员在中央控制室可以控制全厂机械设备的运转，各阀门开关，根据产量、压力、温度、流量、速度、电流等控制设备开闭或运转百分比。员工坐在这里就能轻轻松松地对车间所有设备进行集中控制，视频监控技术和自控技术的有机结合，实现了远程集中控制。

黄文勇给了我一份关于管理制度方面的材料。绿色工厂的管理比一般工厂更具先进性。公司建立健全了环保管理制度，同时配备了专职环保技

术员，力求使公司的环保工作步入制度化、规范化的管理轨迹；全力推进
"6S"管理，并根据自身情况进行创新，同时不遗余力地清理脏、乱、差
等卫生死角，在设备上杜绝跑、冒、滴、漏现象。于都南方万年青公司荣
获"2017年第一批国家绿色工厂制造示范单位"称号，成为江西省首批
通过国家工业和信息化部认定的"国家绿色工厂制造示范单位"企业，也
是江西省第一家通过国家工业和信息化部认定的"国家绿色工厂制造示范
单位"的水泥工厂生产企业。黄文勇对公司这项荣誉的取得感到十分荣耀，
他说着，就像他脸上挂了一块荣誉匾一样。

　　面对塔架林立、管道纵横的水泥设施，我的笔墨似乎有些凝滞，思维
像板结的水泥一样僵硬。两次到水泥厂去跟员工交流，走访全自动系统的
中控室；从巨大的回转窑底下走过，感受它旋转散发的高温；看到工厂的
环境像花园一样，完全打破了我对水泥厂烟尘滚滚的印象。

　　于都南方万年青的发展之路，让我们看到了老国企在新时代重展雄风
的英姿。在红土地上，早已脱胎换骨、穿上绿色外衣的于都南方万年青，
正以矫健的步伐，迈上新长征再出发的"涅槃"之路。

"既要金山银山，又要绿水青山"

　　水泥厂的回转窑，每天要吞吐7500吨的石灰岩原材料。于都南方万
年青公司原料库与金鸡山石灰岩矿的距离1.5公里，石灰岩矿原料在矿山
破碎后通过传送带有条不紊地输送到原料库。这根传送带代替了火车、卡
车的轮子，比火车和卡车的运输更加便捷。

　　矿山管理部部长助理刘卫松领我来到矿山，车子沿着坚实的水泥路伸
入矿山腹地，眼前是一座目测约1平方公里的石灰岩地质的山头，连年累
月的开山放炮和铲削，已经将大半的山体削为平地。刘卫松给了我一个更
为精确的数据：矿山范围圈定为13个拐点坐标，面积为0.7733平方公里。

　　山体被开膛破肚后，石块被挖掘机铲到工程车上，工程车来来回回，

一车车运到地磅上过电子秤，再倒入传送设施上，通过传送带运送到水泥厂原料库。整整一座山，从最初的人工挖掘，炸药、钢钎、铁锤一点点地啃，到后来大型机械实施的投入，挖掘的速度大大提升。从1965年东方红水泥厂建厂开始，时隔55年，山体的三分之二被啃成平地，剩下的三分之一还能啃多少年呢？

刘卫松说："按现有产量计算，这个矿还能开采约二三十年没有问题。"

我的眼前突然重叠了无数画面：这座山，一点点地低下去，变成了建筑材料水泥。水泥一车车地运送到建筑工地，变成了高楼大厦、公路、桥梁、飞机场、大坝……没有一样建筑离得了水泥。有人说，水泥的消耗量与国家建设的深度和广度似乎是正比关系，从一座石灰岩矿山的消耗速度也能看到一个国家的建设速度。眼下，乡村振兴如火如荼展开，家家户户盖起了新房，户户通了水泥路……人民对美好生活的向往也与眼前石灰岩矿山掘进的速度有关。

我们站在一处高坡上，远处的挖掘机正在采掘石灰岩矿，拉矿的前四后八自卸车在空旷的场地上来回奔跑。现在被铲平的裸露表层正在一块块地复绿。复绿过程也是一个复杂的过程，裸露的岩石不会长出草木，需要填土，填土后需要适合草木生长的养分。这是一个十分专业的工程。

刘卫松告诉我，不久前，专家组按照《绿色矿山建设评分表》，从依法经营、资源开发、综合利用、环境保护、土地复垦等方面对金鸡山石灰岩矿绿色矿山建设情况进行了全面细致的核查和评估。最终，金鸡山石灰岩矿顺利通过省级绿色矿山建设评审验收。

评审标准，绿化、硬化、数字化，绿色开采，安全环保，跟村民的和谐共处都是硬性条件。还有设备要求，数字化监控、降尘、运矿道路上的喷淋装置、洗轮机，以及药量控制、爆破的深度、排距、粉尘都有严格要求。爆破工艺也比过去先进了，以前用导爆管引爆，现在采用电子数码雷

金鸡山石灰岩矿绿色矿山规划图

管，有控制器，输入密码或扫描手持式引爆器，震动和抑尘效果也有明显改观。控制药量如以前 600 公斤，现在 400 公斤，产生的震动没那么大，中深孔爆破，相互挤压，排距很重要……刘卫松以一个行家的口吻讲述这些采矿发生的变化。

矿山绿化，委托第三方编制绿色设计方案，根据方案，土建由项目负责人完成，绿化工程由矿山管理部实施。目前已经完成道路和作业运输平台的水泥硬化达 8260 平方米，边坡护土工程 4.6 万立方米，水沟 1900 米，还建有两个沉淀池，处理山上流下来的水。绿色开采，减震减尘，种植树木 2200 株，草坪 4000 平方米，草籽 1500 斤，种植灌木 300 平方米，绿化用土 1 万立方米。

工程车正拉来一车车的黄土，覆盖在道路两侧，采矿后裸露的地表需要重新种上树木，还原成绿水青山。

"既要金山银山，又要绿水青山。"刘卫松说，我们也清晰地认识到，创建绿色矿山是新形势下保证矿业可持续健康发展的必由之路，是实现科学发展、社会和谐的必然选择。

刘卫松告诉我，公司在攻坚克难，打造绿色矿山，致力绿色创新发展上，重点从"出题、领题、解题、破题"几个方面入手，顺利创建绿色矿山——

出题。金鸡山石灰岩矿原状，道路泥泞、边坡陡、地坑深。原矿区存在两条碎石生产线、一条钙粉生产线。安全距离内建有房屋未拆迁。截至2018年底尚有135栋房屋需要拆迁，严重影响矿山安全生产和村企关系。绿色矿山达标势在必行，绿色矿山达标将是矿山依法开采的前置条件。

领题。主动出击。禾丰厂党支部针对绿色矿山建设过程中存在多重困难的现状，主动领题，提出：攻坚克难，打造绿色矿山，致力绿色创新发展，并成立绿色矿山建设工作领导小组，向打造绿色矿山吹响了进军的号角。

解题。公司委托江西地矿编制《绿色矿山建设方案》。支部书记华忠群赴各地学习建设经验。政企合力，解决矿山遗留问题。全面拆除矿区内房屋。充分发挥党员先锋模范作用。

破题。截至2019年12月31日，完成了浇筑水泥路面8260平方米、矿区覆土4.2万方米、种植树苗2100株、砌筑水沟1900米、撒草籽1200斤、覆盖草坪3800平方米；增设炮雾机两台、洗轮机一座、喷淋装置一套、环保监测设施三套、数字化监控设施一套、砌筑沉淀池两座等，实际总投入约780万元，其中土建项目约545万元，绿化工程（含配设施）约235万元；矿区内原有的两条碎石破碎生产线、一条钙粉生产线及附属设备全部清运出矿，实现了石灰石资源实质性受控，矿山现场环境得到根治；减少了矿区扬尘、噪音，排除了矿山北采区深坑、边坡陡等安全隐患，进一步改善矿区环境，强化了安全治理。

在公司各职能部门以及禾丰厂党支部的共同努力下，金鸡山石灰岩矿绿色矿山建设项目于2019年12月21日顺利通过了省级现场验收，提前半年完成目标任务。

矿山开采，移民搬迁是头等大事。与村民的和谐共处，也是绿色矿山的前提。

公司给村民接供饮用的自来水；修建净水池，用于庄稼灌溉；修建道路、堤坝等基础设施，尽可能为村民生产和生活提供便利。

金鸡山周边盘踞着金盆、大字、黄泥3个村。金盆村踞金鸡山西北面，大字村、黄泥村踞金鸡山东南面。

穿过黄泥村来到大字村，在村部见到支书刘瑞兴。他给我倒了一杯茶水，跟我介绍大字村的情况：大字村有4个组210多户、820人靠近矿山。这4个组是第一批搬迁户。

安置房由政府招标建设，统一规划、统一建房，村里负责征地。房屋的屋顶、外墙、地面等基础设施均由政府打造。每一栋房屋占地90平方米、三层半、坡顶。

现在村民住上了楼房，用上了自来水，拧开水龙头，水就哗哗来了，最大的干旱也不怕。

走进矿山移民安置小区，踏进一户人家。院子里坐着一个70多岁的老人，他叫刘正中。刘正中原先住在金鸡山脚下，响应国家号召搬到移民安置小区，他说，现在国家搞建设，没有水泥怎么行？话又说回来，国家也没有亏待我们，给我们盖了这么好的房子，家家户户三层楼，各项设施都齐全，比以前好多了。这样两全其美的事，我们何乐不为呢？

在大字村，有一个小西湖，是仿照杭州西湖而建，在湖中也垒建了"三潭印月"的缩小版。小西湖一侧，有九曲回廊，亭台楼阁和广场为村民提供了一个休闲的好去处。小西湖平静如镜，站在不同的方位，能看见村庄不同角度的倒影。

在小西湖的倒影中，我看到了安置房栋栋叠加的影像，也看到了黛绿的山峦间万年青挺拔的预热器和水泥生产线，还看到了金鸡山矿山与现代秀美乡村遥遥相望的景象。

这是一幅自然与工厂、工厂与村舍、村舍与自然和谐相处的美丽画卷。

工匠精神

于都南方万年青作为江西省第一家通过国家工信部认定的"绿色工厂"水泥生产企业，它的背后必定有一批为之付出和奉献的工匠。在品质处分析组，我见到了组长熊良生，他就是江西省水泥行业"操作能手奖"、于都县"十大工匠"获得者。

熊良生，1965年生，罗坳乡鲤鱼村人，从小就听老人们讲红军长征从鲤鱼渡过江的故事。高中毕业后，他当过两年小学教师。1987年1月，他被于都禾丰的江西省东方水泥厂录取当了一名工人。那个时候，当工人是一件很光荣的事，工资收入也比小学教师多一倍。小学教师那时的工资是三四十元，而进厂当工人，第一个月就领到了70多元。谈起陈年往事，熊良生还有些激动。

熊良生一开始在磨机车间，每天看护轰轰隆隆的磨机运转。磨机需要加油，需要用电风扇为电机降温。噪音和粉尘是磨机的伴生物，熊良生在这样的环境下干了8个月后，转到配料车间工作。配料车间是控制二氧化硅、三氧化二铝、氧化钙、氧化镁等化学元素配比的车间，实际上也是石灰石、黏土、煤的量化过程，是确保产品质量的关键。在配料车间干了半年，熊良生又到烘干车间干了6个月，通过加工把原材料石灰石、黏土、煤的表层水分和结晶水蒸发掉，以利于磨制。

1988年11月，熊良生调到化验室化学分析组工作。这里工作与车间大不一样，穿着白大褂，坐在窗明几净的办公室内，俨然是一名化验员了。这里的确没有了噪音，没有了粉尘，但眼前多了许多的瓶瓶罐罐。从普通工人调入化验室工作，他努力寻找自己的差距。由于学历不高，基础薄弱，他虚心求教，以一个学徒的心态向前辈学习，积极钻研业务，争做一名合格的分析师。

熊良生面前有一个小本子，上面记载着分析各项化学成分的操作方法和注意事项，而且连加多少滴指示剂都记得一清二楚，多加少加对数据产生影响都有对比，在什么时间完成试验滴定也有记载。他聪明好学，两三个月后，就把这些玻璃器皿和药剂的操作规程搞得清清楚楚。化验主要针对生料、熟料、水泥，以及原材料石灰石、黏土、煤矸石、铁矿等化学成分进行分析，按照国家标准控制其配比，这样才能生产出符合标准的水泥产品来。

化学分析检验是水泥厂技术上的尖兵，生产中的眼睛，是保证设备正常安全运行和产品质量的命脉。作为化学分析组组长，熊良生深知自己肩上的责任，一个小小的失误就可能影响生产设备的正常运行和水泥产品质量。因此他对检验分析数据、检验分析结果努力做到精益求精。

勤学苦练，是攀登科技高峰的唯一途径。熊良生深知，干一行、爱一行，才能精通一行。参加工作 30 多年，他坚持自学理论和业务知识，对现场管理、设备管理、药品管理、安全管理、班组管理等方面的知识熟记于心，在工作中不断摸索总结，练就了过硬的操作本领。同时不断加强理论业务知识学习，提高业务技术水平。

每天 9000 吨的产量，一点马虎不得。化学分析组提供数据，给工艺员指导中控下料，一环扣一环，产品的精度就是企业的生命。32 年如一日，他始终坚持工匠精神，将万年青品牌视作自己的生命一样重要。

公司有一副关于质量观的对联："坚持标准一次做对是保证质量的基础，体现人品；精益求精追求卓越乃提高质量的途径，体现境界。"这也是熊良生的座右铭。

对于水泥厂来说，最重要的莫过于确保生产设备安全运行和产品的高质量运行，这就需要高精度、高标准完成检测任务，不允许有丝毫马虎。熊良生遇到检验中的异常情况，就会拿笔记下来，再与技术人员一道寻找问题原因，通过多组试验对比，分析误差来源，绝不让"问号"数据从自己手中溜走。长期的工作积累和实践，使他练就了一手"快、稳、准"的绝活，成了一名高素质的化验员。

"人生最美的奉献，是心中有梦想，肩上有责任，行动有力量，必须以匠心精神精雕细琢、精益求精，更要踏实从容、执着专一，将工作做到极致。"这是熊良生对待工作的写照。

对工作满腔热情，对技术精益求精，对专业专注坚持是熊良生对"工匠精神"的理解，也是他践行的行为准则。他不仅以这样的标准严格要求自己，也感染着身边的每一个同事，还带出了一个个能独当一面的组员，以及一支强有力的技术队伍。

一粒砂中看世界，一滴水中见人生。在工作的酸甜苦辣中，熊良生尝到了作为一名生产技术人员的快乐、光荣、责任与骄傲。

给时代添砖加瓦

除了熊良生这样的技术能手，于都万年青还有一大批忠诚敬业的员工，赖美英就是这样一位普通工人。

赖美英是 2008 年进厂工作的，算起来也是一位有着 12 年工龄的老员工了。公司行政部曾金荣说，赖美英家就住在工厂附近的黄泥村，家里还是建档立卡贫困户。原来她家里除了一儿一女，还有家公家婆都要她照料。2006 年她丈夫在一次意外车祸中丧生。那一年太不顺了，她的家公也是那一年摔断了股骨颈。没有了丈夫，他既要抚养两个孩子，又要照顾年老多病的家公家婆。

为了维持一家人的生活，她需要挣钱。

想了很多办法，去外地打工这条路肯定行不通，家里的孩子、老人咋办？

这个家，一天也离不开她。

做小本买卖，自己家不在墟场，到镇上墟场去，买进卖出，没有帮手也难成。

每天看着水泥厂的工人按时上下班，她盘算着，要是能进这个厂上班就好了。在家门口上班，下班还可以照顾到一家老小。有了这个想法后，她脑子里就都是水泥厂的事。可是怎么样才能进厂，自己又不认识水泥厂的领导，正当她着急上火的时候，村里贴出了通知，水泥厂需要招聘几名工人，优先照顾附近村民进厂。她跑到村里，第一个报了名。村支书知道她家的困难，优先安排她进厂上班。那个时候，还没有精准扶贫，但人都有恻隐之心，帮助村民解决困难是村支书的责任。在报送名单时，赖美英的名字排在第一。

赖美英每天按时上班，穿着工装，戴着工帽，工作是看磨。以前操持惯了家务和农活的她，现在干起了与机器打交道的工作。当然，看磨就是精心管理这些轰轰隆隆，一刻不停地运转的大机器。那些经过搭配的物料源源不断地从进料口喂送到磨盘上，磨盘在主电机的驱动下转动。她对机械设备是陌生的，但经过师傅带一段时间后，她就能独立操作了，知道了磨机通过离心力，物料在磨辊的重力和施加研磨力的作用下，挤压而粉磨；也知道了来自窑尾或热风炉的高温废气，经喷嘴环入磨产生涡流风，对物料进行预热烘干，粉磨的物料在排风机的抽力下，悬浮起符合某一细度要求的物料进入选粉机，这些就是从磨机里选送出去的合格粉料……

每天的工作是枯燥的，忙碌的，但也是一份责任。一开始，每个月1700元，工资也是随着自己的熟练程度而增加的，现在她的工资是4000多元。对赖美英来说，每月到手的工资，解决了一家人生活的大问题。想想，一家人吃饭穿衣、孩子的学费、家公看病的钱，不都像一张大口，需要她喂进去一把把钞票吗。那个时候真难，但她挺过来了。一家人省吃俭用，该用的钱她一分不少地付出，但不该用的，她抠得死死的，不乱花一分钱。

赖美英有一个梦想，她得存一笔钱，拆掉这栋风一吹就掉瓦、雷一响就漏雨的土坯房，盖一栋新房子。这是当初她和老公早就有的想法，而今老公虽然不能跟她一块承担责任，但她不能退缩，得让孩子有个温暖的窝，得让老人有个遮风避雨的家。每月上班，工资按月打到她的银行卡上，数字在一年四季的阳光和雨露中上涨。在盘算好家庭开支后，她也盘算好了每月的存款计划，如果一个月存 2000 元，一年就能存 2.4 万元，5年就有 12 万元。有了 12 万元，就能盖一栋像样的房子了。她这么盘算，也是这么行动的。2013 年，她上班的第五个年头，动工开始盖房了，实现了她人生的一大夙愿。

赖美英说，这要感谢水泥厂的这份工作。没有水泥厂，她一家老小不知怎么生活。

2014 年，赖美英调到了化验室控制组当化验员。这一年，精准扶贫的东风吹到于都、吹到禾丰，她家被评为贫困户。全家 5 口人，两个孩子上学，两个老人需要赡养，靠她一个人挣钱的确很难维持。家公的身体越来越不好了，赖美英上早班回家，还要送家公去卫生院打针。家婆与家公虽说是 50 多年的夫妻，但却经常吵嘴。家公住院了，家婆也不去服侍，这个担子又落在她这个媳妇头上。她没有办法，也不能看着老人生病没有人管。

老人也可怜，谁都有老的一天。赖美英说，作为儿媳妇，肯定得尽到赡养老人的义务。

…… ……

对工作兢兢业业，对家人不离不弃，你是了不起的人！

我伸出一个大拇指，她笑了。

"我的故事太平凡了。"赖美英流露出没有必要花笔墨写她的神情。

芸芸众生，每一个人都是平凡人，但身处这个不平凡的时代，每一个人从事的工作，都是给时代添砖加瓦。这就好比石灰岩经过煅烧变成了水泥，就能建造一座座桥梁、一条条公路、一栋栋高楼大厦！

"百企帮百村"行动

在精准扶贫的战略思想指引下，于都南方万年青积极投入"百企帮百村"的行动中，采取捐资捐物方式对口帮扶盘古山镇下增村，助力脱贫攻坚。

下增村地处于都县南部山区，全村人口342户1579人，2014年贫困发生率高达16%，共有55户264名深度贫困群众，是典型的偏远贫困小山村，被列为省级深度贫困村。

下增村是一个依河而建的村庄，仁风河穿村而过，村民沿河而居，因此整个村庄地域狭长，首尾相距近10公里。

2018年起，于都南方万年青对下增村进行精准扶贫结对帮扶以来，公司领导在脱贫攻坚工作中保持高度的政治站位，赣州南方万年青水泥有限公司党委委员、副总经理张春华和于都南方万年青公司总经理助理华忠群多次带队到下增村调研，结合本村实际，围绕"两不愁三保障"核心指标，从基础设施建设、产业扶贫和公益扶贫等方面确定帮扶措施，竭尽所能给予下增村大力帮扶，真正做到了精准施策、精准帮扶。

下增村第一书记杨传佳告诉我，于都南方万年青为我们村脱贫攻坚，从基础设施建设着手，为村民解决道路、桥梁和照明的实际问题，受到村里群众的好评。

下增村集体经济非常薄弱，上级财政资金配套紧缺，导致整村推进项目的资金缺口非常大，很多贫困户在修建通户路时没钱解决自负资金，村集体经济也爱莫能助。公司领导了解情况后，看在眼里急在心里，专门向村里支援水泥60吨以解决贫困户修通户路的资金缺口。石嘴、胜利小组两座桥梁修建时由于资金紧缺，桥面偏窄，两座小桥均一直没有修建防护栏，行人过桥时易掉入河中，安全隐患特别大。为了防患于未然，公司出资6.72万元为石嘴、胜利两桥安装了护栏，解决了这两个小组106户

466 位村民安全过桥的问题。过去，村民夜间出行时有摔倒或被蛇咬的危险，公司出资 4.02 万元为下增村安装了 15 盏太阳能路灯。现在，一到晚上，村里主干道如同白昼，再不用害怕走夜路，结束了点火把、打手电的历史。

为了实现帮扶工作的"精准"，公司领导经常深入下增村了解村情，走访贫困户，给贫困户送油送米或慰问金，与贫困户谈心，听取贫困户和其他村

下增村安装护栏后的胜利桥

民的诉求，能解决的问题都设法尽快解决。2018 年，刘三娣、古罗长和黄荣源等贫困户由于资金紧缺，当时无法拿出加入专业合作社的股金，公司为他们预先垫付了 6000 元。

在公司的大力帮扶下，下增村在 2019 年底成功退出贫困村序列，2020 年 4 月，下增村与盘古山镇一起，脱贫攻坚工作顺利通过了省级验收。公司对下增村的倾心帮扶，赢得了下增村全体村民的深深谢意。

十年树木，百年树人。于都南方万年青充分认识到"志智双扶"的重要性，从 2018 年起，公司每年都拿出一定的资金用于奖励下增村考上本科院校的学子，先后拿出 4.5 万元奖励了 11 位被本科院校录取的高中毕业生。这一举措有力地激励了下增村学子在学业上你追我赶、积极进取的信心，为下增村多出人才营造了良好的氛围。

捐资助学仪式上，于都南方万年青公司党支部书记、总经理助理、工

会主席华忠群将捐助款交到受助学子的手上，并鼓励他们要珍惜来之不易的学习环境，珍惜十分宝贵的青春年华，以刻苦自励的精神，学好知识、掌握本领、增长才干，为祖国和家乡的建设添砖加瓦。希望他们通过自己的努力，实现人生梦想，感恩家乡、回报社会。

由于缺少资金，下增小学操场尚未硬化到位，孩子们在凹凸不平的地面上体育课或自由活动极易造成运动损伤。为了尽快完成操场的平整硬化，公司向下增村支援了 50 吨水泥，于 2018 年暑期完成了小学操场的平整硬化施工，孩子们得以在宽阔平整的校园内跑步、做操。

于都南方万年青大力支持当地政府的脱贫攻坚工作，捐水泥达 500 万元助力脱贫；用于当地新农村建设，村村通、户户通，按市场价每吨便宜100 元销售给当地政府，让利 1000 万元以上。

2020 年春，一场百年未遇的抗击新冠肺炎疫情的战斗在中国大地打响，于都南方万年青公司积极响应抗疫大行动，捐赠 100 万元支持抗疫一线，为抗疫胜利作出应有贡献。华忠群动情地说，作为国企，在国难当头的时候，应该积极和勇于承担社会责任，竭尽全力为打好新冠肺炎疫情阻击战贡献万年青力量。

…… ……

采访完毕，不知不觉天已擦黑。我抬头望向天空，见到满天银币一样的星星和一弯新月。庆幸，今夜可借星光和月光寻找回住处的路了。

突然，眼前一亮，厂区、办公区和生活区被灯光映照，如同白昼。彩灯辉映的广场上，喷泉池喷射出的一条条弧线，编织出无数彩虹般的美妙图案，比天上的繁星还要美得绮丽和玄幻。

回头看整个公司，高低错落的水泥生产线披上彩色的光芒。那高耸入云的预热器似乎要与星月比高，"万年青"三个字在夜色中熠熠生辉。

在新长征路上，"万年青"依托赣南这片红土地，将走出一条更加靓丽、辉煌的绿色发展之路来。

第十一章
智能赢家

有梦想，有机会，有奋斗，
一切美好的东西都能够创造出来

赢家是如何炼成的？

在于都河南岸的于都工业园区，有一座现代化"时装制造基地"——它就是赢家服饰。近年来，赢家服饰以年平均增长 30% 的速度扶摇直上，成为服装行业的翘楚。

服装产业是于都的大手笔，一个总规划用地面积 5000 亩、年产值超 1000 亿元的产业集群正在落成。产业集群建成后可落户企业 500 户，可解决就业 10 万人。2019 年 10 月，于都县服装企业达 2200 余家，其中规模以上企业达 65 家。据 2019 年 1 至 8 月数据，规模以上企业实现主营业务收入 53.15 亿元，同比增长 14.16%；实现利润总额 2.19 亿元，实现上缴税金 7691 万元。

在如此庞大的产业集群中，赢家服饰无疑是这个产业集群的骄子。

驱车来到赢家服饰厂区大门，只见于都河在这里拐了个弯，形成一道腰带水。在古代风水学说里，腰带水包围的地方是蓄积财富的绝佳之地。河水潺潺流动，河面上涌现一如国画大师笔下的波纹，线条优美自然，在阳光下泛起片片粼光，像是千万件锦衣在编织着梦想。

走进赢家时装（赣州）有限公司大门，看着那个硕大的"赢"字，我问接待我的公司人事行政经理、工会主席肖智勇，这个"赢"是不是"爱拼才会赢"的"赢"呀？

赢家作为于都的明星企业，每天要接待大量的参观者。肖智勇说，拼搏进取是我们公司的生存之本，但我们"赢家"的"赢"还有更多的文化理念：

为顾客赢得美丽——因为我们是做时尚产业的，要让每一位顾客穿上我们的衣服都变得美丽；

为员工赢得幸福——我们要让每一位员工物质、精神双幸福；

为合作伙伴赢得利润——这个合作伙伴指上下游供应商，还有投资的股东；

为社会赢得爱心——企业做大做强了，要尽社会责任，多做慈善公益，帮助需要帮助的人。

如此利他而多赢的事业，肯定成就大赢家。

"赢家"做强做大与它的使命与担当、理想与愿景有着不可分割的联系。在接待大厅的墙面上，醒目地镶嵌着赢家的"使命"和"愿景"——

> 使命：为全球女装提供全智能供应链平台。使全体员工物质、精神双幸福，同时推动社会的进步与发展。
>
> 愿景：成为全球技术体系最先进、服务最佳、效益最高的女装全智能供应链平台企业。

明星不是外表的光鲜亮丽，而是逐年上涨的销售额支撑着它的辉煌。据肖智勇介绍，赢家自2012年起，销售业绩从28亿元，逐年递增，到2019年销售额突破72亿元，每年的增幅达30%多。这个数据表明，赢家在不断创新和冲刺中赢得了市场，赢得了广大女性受众的喜爱，成了真正的赢家，造就了女装帝国。

火车不是推的，牛皮不是吹的，龙头当然不是夸的，而是在同行业竞技中获得广泛认同，起到引领和带动行业的作用。

步入赢家时装展厅，身穿时装的模特明星（模型）三个一簇，五个一群地分布在展厅内，衣架上挂着款式各异、色彩不同的女装，红色艳丽夺目、黑白素雅相宜、紫色恬淡妖娆、黄色大方婀娜、蓝色沉静内敛……这些衣服并不都是批量生产，而是采用时下流行的"私人订制"方式生产，按照"一人一款，一人一版，量体定制"，实现全产业链的零库存经营方式。这与我们通常的批量生产模式截然不同，经营思路的转变决定生产方式的转变，展厅用了一面墙来展示赢家的生产理念：

> 市场呼唤，快速翻单；
>
> 个人定制，七天即返；
>
> 大单小单，柔性生产；
>
> 匠人精神，库存为零；
>
> 赢领智尚，谢您共赢。

赢家的"时装制造基地"，从图纸设计开始，就已经是一座花园式的工厂。厂区规划在工业园区一紧邻贡江的一个多边形板块中，设计师将这块土地高效利用，办公区、生产区和生活区有机分布，形成既独立又分割且联动的有机整体。板块内建筑与绿地相得益彰，在工厂上班犹如走进花园，幸福感倍增。

赢家推行人性化管理，所有员工都免费包吃住，不在公司食宿的员工还享受餐补和房补。赢家工业园基础配套设施非常完善，内设有电影院、多功能 KTV、咖啡厅、生活超市、图书馆、职工之家及各类健身器材等配套设施。宿舍配有空调、网络、洗衣机、衣柜、舒适型单人床、24 小时热水等设施。为了给在赢家上班的双职工夫妻创造一个舒适独立的住宿环境，公司专门建有 300 多套夫妻房，不但有独立的洗手间和淋浴间，空调、洗衣机、1.5 米豪华席梦思大床、大衣柜、电脑桌、床头柜一应俱全，有线电视、网络、热水 24 小时供应。

生产车间配套设施完善，车间宽敞明亮，物品设施摆放有序，布局合理。"走进赢家工业园，就像到了一个花园小区；走进赢家宿舍，就像到了一家豪华宾馆。"许多前来参观考察的人员都会由衷地发出赞叹声。

园区不但基础设施配套完善，园区景观绿化绚丽多彩，员工精神生活也非常丰富：公司每个月最少会举办一场大型的文化活动，旅游、卡拉 OK 大赛、文艺晚会、趣味运动会、青年联谊会、亲子游等活动丰富多彩。每月还会定时为过生日的员工送上生日祝福和礼物；每天晚上球场上不但会有篮球、羽毛球等健身运动，还有大型的广场舞；特别是每个班都有一场工间操，不但缓解了员工上班的疲劳，锻炼了员工的体质，还让员工充分地感受到了公司的企业文化魅力。

人是企业的核心，以人为本的人性化管理是企业核心竞争力的重要一环。赢家在日常的管理中关注、关怀员工，让员工体会家的温馨和关怀，培养员工主人翁责任感，并让这种热情转化到工作中去。正是有了这些企业文化的感召力，才真正吸引了员工，凝聚了员工的心，为企业发展筑牢了基础，辛勤的付出也换来了巨大的回报。

赢家在于都工业园现有员工 3300 余人，生产效益稳步提升，员工月平均工资已经突破 4600 元。2014 年试投产至 2020 年 7 月，上交各种利税近 2 亿元，为于都的经济建设作出了应有的贡献。

赢家的教育模式在行业内也是屈指可数的。2013 年 12 月底，赢家大学在深圳龙华大浪挂牌成立，陈灵梅女士兼任校长。作为企业专属大学的赢家大学，是整个赢家服饰人才储备和培养的战略研究机构。赢家大学致力于培养有共同价值观的事业型人才，为赢家战略发展提供人才支持，推动整个公司的创新变革。它的愿景是力争成为整个时尚服装行业的"黄埔军校"。

被于都河环绕的赢家时装制造基地，流水线作业的生产车间里，工人们对每一道工序有序忙碌着，一针一线，精准缝合着赢家品牌的完美，也缝合着赢家的传奇故事。

花样盛年

只要有梦就是人生赢家，

却不知输给了现实多少苦痛挣扎。

这是一首叫《人生赢家》歌词中的一句。陈灵梅是一个有梦想的人，她常说："人生要有梦想！有了梦想，就要坚持！"

这不啻是她的成功秘诀。

纵观陈灵梅的人生，她也有过起伏跌宕和迷茫的时代，但最后成就了自己的女装帝国。她是时代的创造者，也是时代的弄潮儿。

陈灵梅出生在宁波宁海的一个小村庄里，凭着她的好学进取考上了杭州船舶工业学校，分配在大连红旗造船厂，后来支援三线建设调到四川万县 455 厂工作。

1984 年 8 月，陈灵梅毛遂自荐参加了国家经济计划委员会第一批厂长经理选拔统考，破格当上了公务员。

1988 年，陈灵梅办理停薪留职到浙江江山市承包了一家濒临倒闭的服装厂。第一年，她便扭亏为盈，让即将失业的工人重新领到了工资。

她的服装梦，就是从这里腾飞的。

1992 年，这年陈灵梅 47 岁。受邓小平南方谈话的鼓舞，她大胆地提出到改革试验区深圳去拓出一方窗口。她来到深圳租赁厂房办起了一家小型服装加工厂。

那时，深圳的开放程度还处于艰难起步中，陈灵梅的服装公司没有外资背景，没有进出口权，只好与一家香港来料加工厂合作。

但凡事业有成的人都不会一帆风顺。陈灵梅与香港加工厂的合作出现裂缝，工厂倒闭，资不抵债，陈灵梅陷入了人生的低谷。

哪里跌倒就从哪里爬起来，她像一个冲锋陷阵的战士，只要还有一口气，就要继续干。命运也许是有意考验这个女装帝国的拓荒者，因服装产地标识问题，陈灵梅的服装遭到深圳海关的查扣。她倾其所有创造的财产，如今血本无归，她头脑"嗡"的一声，差点一头栽倒……

她遇到了前所未有的困境，厂子倒闭了，欠下了 280 多万元的债务。当时，江山市经委的领导到深圳了解情况后提出，工厂按破产法，债务由国家承担，她本人重新回经委上班。这本来是一条可以甩包袱，自己落得一身轻的好事，但陈灵梅不肯。

在这一风口浪尖上，陈灵梅以一个无所畏惧的勇士形象伫立在人们眼前。她说，自己作为工厂的实际经营者，经营亏损了应该由自己一人承担，不能让江山市父老乡亲的血汗钱白白流失。她将公债转入自己私人名下，在还款协议书上签下了自己的名字。

试想，换了任何一个人，面临这样的一笔巨额债务，谁不会像拿到一包毒药一样赶快甩掉，逃离这个是非之地呢？但奇迹的出现，非凡的创举，往往都是逆向思维，做常人所不敢做、常人所不愿做的事，这才会诞生奇迹和非凡。

如果陈灵梅当时做了一个逃避者，她现在也许只能成为一名碌碌无为的广场舞大妈，或者牵着宠物狗，溜达在城市公园的某个角落，舔舐自己无法实现梦想的伤口。

在 280 多万元巨额债务协议书上签下自己的名字，同时也意味着后半生的每一天都会被债务吞噬，意味着官司缠身，意味着永无翻身之日，意味着自己将在债务的重压下苦苦求生。尽管如此，陈灵梅还是义无反顾地在协议书上签下了自己的名字，这需要多大的勇气与魄力。仅凭此，上天也能辨认出陈灵梅不是一个平常人。如果上天是公允的，肯定不会垂青那个逃避者陈灵梅，而会另眼相看敢于承担责任的陈灵梅。

她后来的成功就不必说了。尽管她花了 6 年时间才还清这笔巨额债务。一开始，她需要挣取每个月 5000 元的利润去银行打款，像还房贷一样分期分批地偿还债务。还不起本金，她就去还利息，她像愚公一样搬运着堆在眼前的这座债务之山，最终，她成功地将这座"大山"搬走了。

陈灵梅全身像长了翅膀，她感觉自己可以飞翔了。是的，她真的可以飞翔了，没有了债务之重，有了事业腾飞的渴望和愿景。搬走"大山"的她，也搬来了机遇，她在与困难搏斗的同时，也获得了成功的能量。

陈灵梅依然没有放弃她的服装梦。这一次，她重新思考了服装制造的路径，决心告别贴牌加工，自创品牌进入女装市场。她身兼多职，既是一厂之长，要探索工厂的前途命运；又是设计员，对女性服饰进行深层次研究；还是销售员，走南闯北拓展国内市场，了解客户对市场的需求。她大胆摸索，勇于开拓，终于使自己的公司进入良性发展的轨道。

2005 年，陈灵梅 60 岁，算起来，这是她在深圳创业的第 14 个年头。此时正是她春风得意之时，债务早已一笔勾销，公司年销售额达到 2.4 亿元。然而，她的身体又出现问题，糟糕透顶，强直性脊柱炎引起腰背疼痛难忍。丈夫和儿子关心她，劝她退休。而此时的陈灵梅觉得自己正处于人生的花样盛年，生命才刚刚展露她灿烂的一角。她脑子的一个闪念，像种子，慢慢开枝散叶，长成参天大树，最终创立"花样盛年"女装理念。

陈灵梅是凭借梦想的航船走到今天的。当她克服一个又一个困难之时，事业也越做越大，自信心也越来越强，各方面的条件也越来越好，新的梦想又出现了。公司从 NAERSI（娜尔思）一个品牌发展到多个品牌，从资不抵债到几十亿资产，从几十个人发展到拥有员工近万人，逐步建立了一个美轮美奂的女装帝国。陈灵梅的愿景就是要将赢家服饰做成行业标杆，做成百年老店，做成世界品牌。

陈灵梅在自己的传记中这样说："我认为人的生命是有限的，一定要珍惜时间，有所作为，做一点对社会进步有益的事。也许年轻时梦想并不清晰，但随着年龄的增长和经历的增多，一定要慢慢聚焦。凡是有利于梦想实现的事就做，不利的事就不做。用这个标准去决策，我的思想就变得单纯、甚至愚直，就能排除干扰，心不烦意不乱，集中精力，智慧随之而来。"

陈灵梅在办公

有了梦想一定要坚持，方法策略可以调整，但梦想不可动摇。只要方向正确，对实现梦想有足够强烈的愿望，梦想就能实现。陈灵梅以日本著名实业家稻盛和夫先生的话激励自己："今天想明天想，白天想晚上想，这个角度想，那个角度想，吃饭想走路想，当这个强烈的愿望渗透到潜意识里，上天就会施给你灵感，办法自然就有了，离成功也就不远了。"

梦想可以成就伟大。坚持梦想，一步一个脚印，梦想和成就会像滚雪球一样越滚越大。

是的，当别的同龄人在带孙子、打太极、搓麻将、养花的时候，陈灵梅带领她的团队突破企业发展瓶颈，细分市场建立多品牌战略，提出"花样盛年"文化理念。接下来，她创办《花样盛年》杂志，发起成立花样盛年慈善基金会，创办赢家大学，建立赢家历史博物馆……这一切，都是她凭借梦想，创造着一件件不同凡响的奇迹。

陈灵梅的确是大赢家，但她赢得财富的同时，也向社会播撒她的慈爱之心。2012年，陈灵梅女士以个人名义发起成立了"深圳市花样盛年慈善基金会"，她以一颗大爱之心帮助社会弱势群体，每年都会向贫困山区的少年儿童捐献大批的"爱心鞋"。

"爱心鞋"捐赠项目于2012年4月28日启动，由花样盛年慈善基金会考察并选定首批十所贫困山区学校，从"爱心鞋"定向基金账户上拨出资金向品牌鞋供应商统一采购鞋子，再运送到选定的十所学校。后期通过微博、杂志等媒体平台发动社会爱心人士捐赠，捐赠人或捐赠单位可直接向基金会定向捐赠钱款，由基金会统筹采购鞋子，也可以在指定鞋子供应商处自行订购鞋子，直接发货到受捐学校。收货地点为捐助当地县慈善总会或教育局指定人员，再安排时间由花样盛年慈善基金会志愿者、学校老师及出资方代表共同将物资送往学校进行现场捐赠。捐赠地安排当地电视台或媒体记者跟踪报道。所有参与人员费用全程自理。

从花样盛年慈善基金会提供的相关情况汇总，花样盛年慈善基金会目前已在"爱心鞋"、一对一助学、花样盛年天使家园脑伤（瘫）儿童妈妈互助手工坊、地中海贫血造血干细胞移植手术费资助等公益项目上作出了可喜的成就：

截至2018年8月，"爱心鞋"项目组已走过了79站，江西、湖南、重庆、贵州、云南、四川、甘肃、新疆等贫困山区11省40县1091所学校213082名孩子穿上了"爱心鞋"。资助款达10654100元；一对一助学项目已成功结对近300名贫困单亲孩子和孤儿，一对一资助款达1062153元；"花样盛年天使家园脑伤（瘫）儿童妈妈互助手工坊"公益项目，是由花样盛年慈善基金会每年提供定向资金资助，由深圳市天使家园特殊儿童关爱中心承办组织，免费培训脑伤（瘫）儿童的妈妈们手工技术，并帮助其开设义卖渠道，旨在让这些特殊群体的妈妈们有经济来源，走出家庭困境，坚强独立生活，完成从受助到自助再到助人的华丽转身，目前累计资助达110万元；"地中海贫血造血干细胞移植手术费资助"公益项目，资助贫困"地贫"患儿家庭，给已经匹配骨髓源，经过社会帮助尚缺最后10 万元手术费用的家庭，雪中送炭，最后关头助一把力，让孩子重获新生。共资助了 18 名"地贫"患儿，共给予资助款 180 万元。

赢家设立的员工关爱基金，是专门针对员工本人和直系亲属的资助，自 2010 年以来，共资助 595 人次、472 万余元。

2014 年 12 月 18 日上午 11 点，由花样盛年慈善基金会牵头组织，赢家服饰资助 100 万元加上当地政府配套资金建设的赢家邹坑"希望小学"竣工典礼在新校区举行。经过一年多的紧张施工，一座具有现代化气息的"希望小学"在江西于都县仙下乡邹坑村新址上完工，邹坑小学 400 多名孩子终于告别危房，走进了崭新的教学大楼上课。

贡水潺潺，时光漫流。时序进入 2019 年深秋，江西省纺织工业协会第三届会员代表大会在新余市隆重召开，赢家时装（赣州）有限公司董事长陈灵梅当选为会长。陈灵梅在会上发表了饱含深情、充满激情的就职演说。她表示要团结带领会员发扬奋斗拼搏精神，全力提升行业整体素质，助力江西纺织服装制造强省目标的实现，把江西省打造成世界著名的纺织服装产业供应链基地。

在服装界早已闻名遐迩的陈灵梅，对年轻人提得最多的就是"梦想"二字，她说，一个人从年轻的时候就要有梦想，这个梦想必须是对社会有好处的。梦想必须是利他的，能够为他人、为社会带来帮助的。

一个人的梦想如果仅仅是住别墅、开豪车，过安逸的生活，那他的梦想也不成其为梦想，只不过是个人的奢华享受而已。在贡水河畔，陈灵梅常常想起当年中央红军长征从于都出发时的情景。她知道那是一群有理想信仰的人，他们的理想信仰是为了中国人民谋幸福、为中华民族谋复兴。真正的梦想家，是将梦想的种子种在广袤大地，种在大众的风景里并被大众享受、赞美，这样的梦想才是伟大的梦想。

人要有梦想，有了梦想，还要坚持。陈灵梅的话语响彻在追求梦想的年轻人的心田。

贡水流淌着，泛起片片波光，将她富有哲理的关于梦想的话语传向四面八方。

全智能女装供应链平台

陈灵梅的成就，不是凭空得来，而是怀揣梦想脚踏实地干出来的。她是赢家时尚集团创始人，旗下拥有八大高端女装品牌和高端女装智能定制品牌——赢智尚。集团在全国各地有 1500 多家直营店，在深圳和江西于都县建有国内最先进、规模最大的精品女装生产基地和智慧工厂，在中国中高端女装行业中知名度、规模都名列前茅。

赢家始终占领时尚制高点。"中国中高端女性服饰领域的领导者"，这是业界对赢家的肯定。

2014 年，赢家落户中央红军长征集结出发地于都，发展势头更趋迅猛。新长征再出发，赢家正朝着智能定制的方向一步步扎实迈进。

近年来，智能制造热潮持续升温，人工智能、工业互联网、大数据、云计算等技术的发展为制造业转型升级提供了重大机遇。赢家把握制造业升级的重要时间节点，赢来产业发展的绝佳机遇。

陈灵梅从事服装行业 30 多年，见证了改革开放 40 多年间女装行业的发展和变迁。在整个高端女装市场发展遇到瓶颈之时，陈灵梅于 2017 年 2 月亲自挂帅，借助互联网的新技术，带领团队投身于全新领域——高级女装智能制造和个性化定制新模式，打造了行业内首个"女装全智能供应链平台"，而今，这一技术在于都转化为强劲生产力，引领着服装产业集群的发展。

在智能车间生产线，自动裁床机、自动吊挂系统等服装服饰先进技术都得到运用。每一道工序都变得如此精准，每一道工序都有一台电脑屏幕显示，工人可以通过电脑终端了解自己该完成哪道工序，使作业更趋精确、完美。

赢家服饰模特阵容

赢领智尚针对女装行业的痛点和瓶颈，利用数字化驱动，实现全程信息化智能管控，重新定义服装行业供应链体系。从"采购供应—研发打板—生产制造—仓储物流"四大供应链节点提出解决方案，通过建设智能研发平台体系解决传统设计打板周期长的瓶颈；通过建设智能制造平台解决传统生产制造的短板，实现女装生产多款式、小批量、多批次的柔性、混合性生产模式；同时，依托积累的版型结构、材料与色彩、工艺与技术、顾客风格诊断等方面的数字化过程形成整体的供应链大数据，帮助客户实现从"商品企划—产品研发—生产制造—营销与销售"的一系列服务，形成以顾客价值为驱动的供应链闭环。

赢家探索出来的这一整套包含高超技术秘诀的生产管理体系，我无法用现有的文字进行技术分解，只好照搬不误，让读者逐字逐句去咬文嚼字吧。

要想了解赢领智尚这个全智能女装供应链平台是如何构建的，必须知道它为女装行业的发展创造了什么价值。陈灵梅有个智慧脑瓜子，她给出了5条对应的信息：

对顾客：快速保质地满足顾客的个性化定制需求；

对品牌商：减少库存积压，保证畅销款不断货，通过大数据分析帮助品牌预测未来设计方向；

对生产商：提高生产效率和经营效益；

对员工：降低操作难度，提高工作效率；

对环保：先销再产，或者以销定产，不盲目生产，不积压库存，间接减少纺织品制造过程的污染，对环保作贡献。

难怪是赢领智尚，这套全智能女装供应链平台既针对顾客、品牌商、生产商、员工赢得了最大效能，最后还顾及环保因素，这难道不是高质量的"赢"吗？

赢家的高质量发展离不开科技创新，在赢家发明专利陈列室，展示着员工和技术骨干的各类专利发明。发明都是从提高工作效能和节省成本出发，这些只有对服装制造了如指掌的有心人才能做到。这里挑选女技术员罗晓茂的一个攻关事迹与大家分享一下：

赢家时装压落坑捆条是一个技术难题，一个员工一天最多能做50件左右，而且十分辛苦。公司技术员罗晓茂看在眼里，急在心里。她翻阅书籍，网上查阅大量文献，远赴浙江参观学习，与团队成员深夜研讨。终于在2014年3月研发出压落坑捆条的专用工具。工具问世，一个员工一天可以做200件以上，员工技能要求也大大降低，工作也轻松自如，工资收入也大大提高。这项发明对公司而言也大大降低了用工成本，真正实现了员工与公司双赢，据初步统计，员工平均月工资提高1000元以上，公司节约人力及物料成本平均每月1.5万元以上，年度节约20万元。罗晓茂的研发创新事迹还有很多，她一直觉得千里之行始于足下，如今的一切只是为实现赢家时装智能化生产做基础准备，她始终相信中国的服装制造终将迈进工业智能化与世界接轨。

…… ……

陈灵梅做客《对话新时代》栏目，面对镜头时她说，女人有梦想就不会老。展现新长征再出发的女性企业家形象，感动了业内外的无数观众。她向观众娓娓道来企业发展历程与品牌价值，让赢领智尚在中国发展史中留下浓墨重彩的一笔。

智能制造，不是陈灵梅的突发奇想，而是她的梦想的一部分。2016 年 11 月 25 日，赢家服饰正式启动智能制造项目，投资 2 亿元人民币，引进智能制造生产系统和设备，开启了中国女装行业智能制造的先河。

2017 年至 2019 年首期投资 1 亿元，完成智能制造 35.5 万件，创收 6.025 亿元，净利润 1.2050 亿元。希望通过智能制造构建高效的混合式生产能力，从单件到小批量再到大批量生产，实现快速柔性制造，高效地满足小单生产和私人定制生产需求。

赢家智能制造，为企业赢得了"赢领智尚"的美誉，人们习惯称"赢智尚"。赢智尚项目顺应国家工业 4.0 发展以及顾客个性化需求变化趋势，以信息化和自动化融合的模式，在两年内将赢家制衣打造成中国女装领域智能制造第一平台。

正是因为陈灵梅对服装行业的敏锐和热爱，驱使她不断创新，才有了赢领智尚全智能女装供应链平台的诞生，相信在她的带领下，赢领智尚一定会成为全球技术体系最先进、服务最佳、效益最高的女装全智能供应链平台企业，为行业转型升级带来革命性的突破。

对于服装领域来说，遇到瓶颈和困难，是让浪潮冲到沙滩晒成鱼干，还是勇敢搏击重回浪潮，这就需要长征精神。赢家服饰在新时代新长征路上，树立再出发的信念。陈灵梅说，服装领域，我们过去一直跟在西方国家的后面跑，今天能不能由我们跑在前，让外国人跟我们学？我觉得这完全有可能。现在我们有了全智能女装供应链平台，这是我们自己的技术，我们也可以搞技术输出，做世界女装供应链的引领者。

扶贫车间

赢家的创业与发展，与董事长陈灵梅勇于承担社会责任的故事完美嵌合。她有企业家的胆魄，不甩包袱，尤其是她敢于独自一人承担破产企业的所有债务，听过她故事的人，没有不动容的。

一个人要想在社会站稳脚跟，就需要与他人协作，与社会一起成长进步。同理，一个企业要发展，也必须与整个社会一起前行。

陈灵梅对于"赢家"二字有过精辟的论述：赢家的"赢"指的是多赢，为顾客赢得美丽；为合作伙伴赢得利润；为员工赢得幸福；为社会赢得爱心。正是因为有了这个"多赢"，赢家才赢得社会广泛认同，赢家融入社会，被顾客、合作伙伴、员工所喜爱。

陈灵梅成功了，她建立了梦想中的女装帝国。她打造的全智能女装供应链平台，在产值和利润不断攀升的同时，赢家为社会所做的贡献也不断加码，这与她的梦想是同向而行的。

赢家积极投身社会扶贫事业，关爱困难职工和家属，帮助社会弱势群体，帮助政府切实做好就业扶贫工作。

赢家服饰把工厂建在于都工业园区，初衷就是在解决农民工就业的同时，还可以解决留守儿童和老人的问题。进城务工的农民工不但有了一份稳定的收入，还可以就近照顾老人和孩子。公司自开业以来，解决了3000余人就业，而且90%的职工都是于都本地人，真正实现了就业和家庭团聚两不误的梦想。

"授人以鱼不如授人以渔"，在精准扶贫的道路上，敞开大门吸纳贫困户就业，主动对接乡镇贫困户进企务工，免试录用，并对贫困户实行一对一技能帮扶培训，使他们依靠自己勤劳的双手，实现脱贫致富的梦想。截止到2019年2月，赢家共吸纳了394名贫困户到公司上班。

2018年，公司投资2亿元打造的智能制造车间正式投产，吸纳了106

名敢于创新的贫困户前往就业，被于都县人社局授牌"扶贫车间"称号。

工会主席肖智勇领我来到混合式柔性化生产车间，投资 3 亿元人民币自主研发的 15 条全智能海螺生产线正开足马力运转。全智能生产线大大提高了生产效率，还能减少 70% 的管理成本。看着车间忙碌的工人，不便打扰，肖智勇把我安排在车间一侧的小会议室，他让车间主任安排几位贫困户来接受采访——

梁征春，男，1976 年生，建档立卡贫困户。家住罗江乡，4 个孩子，靠他一个人打工养家。2014 年到赢家服饰务工，2016 年 10 月回家照顾父母亲。母亲糖尿病晚期，双腿肿烂，于当年年底去世。料理完母亲的后事，父亲又患脑出血，他忙前忙后，有七八个月无法回厂上班。2017 年 5 月，梁征春回到赢家服饰工作。他干的是专机，钮门、凤眼、挑脚，一天能做 200 多件，每天可以挣 200 多元。他说，最艰难的时候要算 2009 年，那年生大女儿，母亲身体状况不佳，他在广东打工，自己省吃俭用，把每月 4000 元工资尽可能多地寄回家给母亲治病。现在精准扶贫政策好，小孩读书不花钱不说，看病住院都有报销，日子好过多了。

梁征春告诉我，赢家服饰人性化管理，吃在厂里、住在厂里都免费。宿舍还有洗衣机、空调、24 小时热水。在赢家服饰上班，员工有回家般的感觉。

谢晓丽，女，车溪乡安塘村人，贫困户。公公因尿毒症于 2018 年去世。婆婆身体不佳，患有哮喘病。谢晓丽养育 4 个孩子：1 个读中专，1 个在娘家带，还有 2 个在幼儿园和六小读书。孩子学费全免，医疗费也几乎不怎么花钱。老公在赣州食品公司上班，每月有六七千元；自己在赢家服饰每月 6000 多元，扣除社保 1200 元，实际拿到 5000 元左右。每月政府还有工资补贴 100 元、交通补贴 50 元，公司这边吃住全免。因为精准扶贫政策，生活压力明显降低了。2017 年还在老家盖了房子，"国家越来越好，我们的生活也会越来越好，我们有信心。"

何丽春，女，1987 年生，岭背镇人，贫困户。家有 3 个孩子，大的

赢家服饰在金桥村成立的扶贫车间

13 岁，小的 7 岁，中间的 10 岁。她于 2018 年进赢家服饰上班，平均每个月工资有 5000 多元，扣除社保 1200 元，还能拿到 4000 多元。过去靠丈夫打零工度日，现在她挣的也不比丈夫少，有一种荣耀感。赢家服饰有夫妻房，是免费的，但因丈夫不是赢家服饰职工，只好在附近租房子住。每月租金 500 元，还能承受。在公司扶贫车间，她做的是拷边，一天能做 200 多件。我问她孩子怎么办？她说，上半年是婆婆帮她带，下半年准备接过来自己带，可以在城区就学。

何丽春表示，现在日子好过了。家里也建房了，按政策享受建房补贴。目前还是毛坯房，准备装修一下，过年可以搬进去住。

贫困户家庭虽然面临过各式各样的苦难，但现在从他们脸上可以看出，他们工作非常快乐，日子也越过越好。我心里有说不出的愉快。

在精准扶贫战略指引下，赢家积极投身"百企帮百村"行动，在贡江镇金桥村开设手工扶贫车间，帮助无法进城务工的贫困户实现在家门口就业的梦想。公司把生产最简单易学的手工工序转移到金桥扶贫车间，并派驻优秀的管理工现场指导。

肖智勇熟门熟道，开车领我来到金桥村赢家扶贫车间，只见十几个妇女在工作台上穿针引线，一片繁忙。

金桥扶贫车间，成立于 2018 年 7 月 1 日，这一天是党的生日，在于都县妇联的多方协调和"百企帮百村"的政策引领下，金桥村引进"赢家服饰"公司开办扶贫车间，吸纳 26 位贫困家庭妇女在车间就业。因为离家近、工作时间相对宽松，让这些妇女一边照顾家庭的同时，一边在车间上班挣取一份收入。看着扶贫车间穿针引线的妇女低头劳作，我心里泛起阵阵暖意，这些既要兼顾家庭老小，又要凭借自己劳力挣取一份工资的妇女，浑身迸发"爱"的火力和"情"的热气，眼睛盯着一个个针脚，插针、引线，专注神情不亚于艺术家精心绣制着艺术品。

任灶女是 2014 年建档立卡贫困户。几年前，丈夫何承发查出癌症，他不忍给家人增添负担，选择了跳楼解脱痛苦。一个农村妇女，独自抚养 2 个女儿、1 个儿子，艰难求生，其中艰苦不言而喻。每每想起生活的艰难，任灶女脸上总是掩饰不住悲伤。最难过的那几年，是党和政府的精准扶贫政策帮她渡过难关的，她满怀感激。

对任灶女来说，吃点苦不算什么，何况手工针线活本来就是她的特长，从来没有想到这么个手工活也能挣钱。自扶贫车间开工以来，任灶女每月平均工资能达到 3000 元左右。对于一个只能在家带孩子做饭的农村妇女来说，能够领工资就像一场美梦。

2018 年底，经过精准扶持、摸底调查、退出公示、入户核实、民主评议等环节，任灶女家庭年人均纯收入达 6700 元，如期实现脱贫。

56 岁的李莲香也是扶贫车间的一名员工。扶贫车间第一天开工，她看到村里的姐妹们都加入扶贫车间做起了针线活，她也产生了兴趣。第二天，她要求加入扶贫车间，跟姐妹们一起用手工缝起了衣服。

李莲香也是村里的贫困户，她有令人悲痛的遭遇：丈夫因为车祸丧生，她哭干了眼泪。更大的悲痛还在后面，不久，儿子、儿媳双双又被车祸夺去了生命。这让她无法承受，生活对她实在太不公平了，人生最大的悲哀莫过于白发人送黑发人哪。

命运让她与三个孙子紧紧联系在一起。三个小孩，最大的 13 岁，最小的 7 岁。她是孩子的奶奶，她必须坚强地活下去，将三个孩子抚养成人。

李莲香手脚比别的女工慢，别的人一个月挣 3000 元，她一个月挣 1500 元。她也挺自豪，毕竟是自己辛苦挣来的。能靠自己的双手挣钱养育孙女、孙子，她脸上也多了光彩。

在扶贫车间，我还看到另一番景象，一个做活计的老奶奶旁边，还有一个男子也在做针线活。老奶奶叫邹月英，在扶贫车间干了半年多，每天能做十多件。她做的活计是给衣服钉珠，一个月能挣 2000 多元。男子叫何庆文，44 岁，原本给物流公司开大货车，因新冠肺炎疫情暴发，不能出去打工，他就到这里来帮母亲干活。闲着也是闲着，不如干点活，还能挣点钱，何乐不为呢。

扶贫车间有 20 多个人忙活，每个人都要专注眼前的针脚，没有人闲言碎语。面对我的采访她们的眼睛依旧专注于针眼上，不愿少走一针一线。

看，这些勤劳的乡村妇女，手在不停地穿针走线，心里坚信着未来的日子一定会更加美好、幸福。这个景象正如宋代无名氏《九张机》诗词描绘的画面——

> 象床玉手出新奇。
> 千花万草光凝碧。
> 裁缝衣著，
> 春天歌舞，
> 飞蝶语黄鹂。

风正济时，自当扬帆破浪，任重道远，还需策马扬鞭。

回首过去，赢家服饰在"百企帮百村"和精准扶贫的事业上探索出了一条特色道路。这也是一个有责任和担当的企业家的情怀所系。展望未来，为了让于都百姓过上幸福安康的好日子，为了让老区人民早日脱贫致富，不断实现对美好生活的向往，陈灵梅与赢家员工正以新长征再出发的豪情，英姿勃发，踏步走在全面建成小康社会的康庄大道上……

第十二章
长征源合唱团

心中有信仰，脚下有力量

合唱团的红色基因

路迢迢，秋风凉。敌重重，军情忙。

红军夜渡于都河，跨过五岭抢湘江。

三十昼夜飞行军，突破四道封锁墙。

…… ……

在于都活跃着一支文艺宣传队伍，他们头戴八角帽，身穿红军服，腰束军皮带，小腿上打着绑腿，英姿飒爽地站在舞台上演唱着《长征组歌》《十送红军》《七律·长征》《红军渡 长征源》《永远的红飘带》等经典歌曲，为观众送去温暖的情、鼓舞人心的曲，得到广大人民群众的称赞和喜爱。

2019年5月20日下午，习近平总书记在江西省于都县中央红军长征出发纪念馆，亲切会见了于都县红军后代、革命烈士家属代表。长征源合唱团原团长袁尚贵也是被会见者之一，袁尚贵向总书记汇报："为了传承红色基因，弘扬长征精神，长征源合唱团要在建党100周年完成演唱《长征组歌》500场的宏愿。"

于都是二万五千里长征的起点，伟大的长征精神在这里燃起圣火，在这里生活的人民都以自己是红军后代而自豪。传递苏区精神，传承长征精神，弘扬红色经典成为这里的人民永远的神圣使命。

长征源合唱团大合唱

江西省于都县长征源合唱团，是于都县委宣传部、总工会、于都县文广局牵头组建的一支职工业余合唱团体，由来自全县 70 多个单位、160 余名歌唱爱好者组成，他们肩负起激活红色基因、传承红色文化、弘扬长征精神的光荣使命。

因为歌唱，他们拥有了无比丰富的精神世界。伴着《长征组歌》的歌声，他们的足迹遍及北京、上海、广东、山东等地，在大中小学校园、广场、军营、企业处处歌声飞扬。2016 年在国家艺术基金的资助下，他们沿长征路线在广西、贵州及陕甘宁巡演，已完成演出《长征组歌》400 余场。

长征源合唱团组建于 2010 年 11 月，最初由于都县 120 多名歌唱爱好者自发组成。他们来自全县各个行业，有机关厂矿干部职工，也有个体工商业者，年龄、岗位各不相同，但却有着一个共同的"基因"——红军后代。基于这份独特的长征情结，合唱团的主打曲目是《长征组歌》。他们虽然音乐功底不算太扎实，却用内心最炽热的情怀共同唱响高亢的长征进行曲；他们不计报酬，下基层、进城市、入校园……传唱红色革命歌曲，弘扬长征精神。

袁尚贵是长征源合唱团的首任团长，他是合唱团的创建者，自然见证了合唱团的成长过程。提起合唱团，他的高兴劲就无法抑制，随着他的话语，我记录下了他对红色记忆的刻骨铭心和合唱团的一段生动历史：

于都当年30万人口，有6.8万人参加红军，差不多每4个人就有一个人是红军，可以说家家户户只要有青壮年就都参加了红军，家里有几个男丁的，除留下1个在家外，其余的大多都跟红军走了。中央红军长征集结出发时的8.6万人，其中1.7万人是于都人。即便是现在，于都家家户户也都与红军有关，要么自己的爷爷或爷爷的兄弟是红军，要么外公是红军。袁尚贵的外公是银坑镇岩前村人，家里共有5兄弟，2个大的兄弟跟红军走了，留下3个小的。老大高良铎、老二高良铭，还有堂兄高良福都成了革命烈士。可惜的是，那个时候红军队伍中普遍文化程度低，会写字的不多，烈士名单将"高良铎"写成了"高良锋"，将"高良铭"写成了"高良钻"，两兄弟的名字全错了。为此，过继给高良铎和高良铭的两个舅舅跑民政部门，要求更改，这是对烈士应有的尊重。

袁尚贵说弄错名字的事还没有完，后来县里建烈士陵园，里面的烈士英名墙需要镌刻烈士名字，袁尚贵要求民政局修改错误的烈士名字，民政局的同志坚持不肯修改。袁尚贵只好提供村里开具的证明和家谱作为证据，民政局这才同意修改。袁尚贵再三叮嘱不能搞错了。后来碑刻搞好了，他跑到现场去看，糟了，原来"高良锋"的"锋"应改为"铎"，结果被刻成了"峰"。再次去看时，石碑还是那块石碑，只是将原来的"峰"字打磨后刻上"铎"字，比原来的字小了一号，不怎么协调。尽管他们道歉、返工，但袁尚贵心里很难受，却又无可奈何。

合唱团成立起来了，并不等于万事大吉，还需要大家付出辛勤的汗水去浇灌合唱团，让它长成一棵参天大树。于都这块土地，对红军、对长征的情感与其他地方不一样，一些商号、店铺、街巷都喜欢用"红军""长征""长征源"命名，县城三座大桥分别命名为"长征大桥""红军大桥""渡江大桥",初到于都的人,觉得自己不是在"红军"路上走,就是在"长征"路上走,仿若置身火红的年代。以"长征源"命名的单位和公益性名称数不胜数,诸如"长征源美术馆""长征源演艺有限公司""长征源广场""长征源湿地公园"……不胜枚举。

这块土地浸染了太多的红色记忆,需要一种形式、一个平台、一支队伍来展示它的精神面貌,组建合唱团,就是基于这样一种设想。这个合唱团的成员都是红军后代,主打曲目是《长征组歌》,向全国人民宣传和弘扬长征精神,这就是长征源合唱团的初心和使命。

这是一支有坚定意志,不计较付出的团队。团友们的排练和演出没有任何报酬,如果没有坚定的意志和团队协作、舍己为公的精神是难以做到的。团友们一开始是抱着对声乐的爱好、丰富一下业余生活而来,当唱响《长征组歌》之后,队友们的内心就产生激荡,感觉自己肩负了某种使命和担当,特别是与观众互动环节,每一个队友都成了长征使者,在传播红色基因、传承长征精神中起到桥梁和纽带作用。

袁尚贵说到这里,特别提到了 2014 年 11 月 25 日,长征源合唱团应邀到广西参加兴安县湘江战役纪念馆开馆仪式暨纪念湘江战役 80 周年系列活动,分别举行了纪念林浇灌于都河水、演唱《红军渡 长征源》、演出 20 世纪华人音乐经典《长征组歌》等活动。

在兴安县红军长征突破湘江烈士纪念碑园内演唱《长征组歌》,所有参加演唱的团友感觉到一种沉甸甸的分量。那天天空有些阴霾,场面庄重、肃穆。团友们都清楚,他们是为所有在突破湘江战役中牺牲的烈士而唱。他们站在烈士陵园前的台阶上亮起了歌喉,领唱者用刚劲有力的节拍舞动着双臂,现场观众群情激昂、掌声雷动。所有的团友们都被感动了,他们觉得这是牺牲在这块热土上的英烈们给了他们巨大的鼓舞,使他们的演唱水平发挥到了极致,赢得了观众的热烈反响。原计划唱《告别》《突破封锁线》《遵义会议放光辉》三支歌曲,团队临时改变主意,决定要在这里完整地将《长征组歌》全部演唱完。余下的《四渡赤水出奇兵》《飞越大渡河》《过雪山草地》《到吴起镇》《祝捷》《报喜》，一支支唱下来，团友们在台上足足站立了一个小时，放歌了一个小时，没有人中途走下舞台。

60多个人，声情并茂地演唱到《大会师》的最后一句，老天似乎为了配合合唱团的演唱，下起了蒙蒙细雨。观众们听到动情处，禁不住哭了起来。泪花与雨水交融，洒满了面颊。

这次演唱是全团演唱史的高潮，借用了兴安湘江战役纪念园这块宝地，合唱团的团友们在排练和演唱中将积蓄了无数日夜的饱满情怀，在红军长征突破湘江烈士纪念碑园发挥得酣畅淋漓。

于都与兴安，从地理上看，中间相隔着粤、湘两省，但江西和广西有五岭山脉相牵。大庾岭、骑田岭、萌渚岭、都庞岭、越城岭，横亘在江西、湖南、广东和广西之间，如此看，两地并不遥远。

当年，中央红军长征从于都河出发后就是沿着五岭逶迤的山脉走势而确定行军路线的。毛主席的《七律·长征》的句子"五岭逶迤腾细浪，乌蒙磅礴走泥丸"，将红军翻越五岭的"逶迤"队形诗化为"腾细浪"，堪称妙笔生花。

早在2006年，于都的红军后代便自发地到湘江战役遗址去缅怀当年牺牲的烈士亲人，他们从家乡带去了三棵雪松种在了湘江边。合唱团的团友都是红军和烈士后代，他们出发前特意携带了三样东西：一是于都河水，他们小心翼翼地用空矿泉水瓶装满，他们要用家乡的河水浇灌三棵雪松；二是于都人民自酿的米酒，他们要用这甘甜的家乡米酒祭奠英烈；三是从于都23个乡镇收集来用红布包裹好的泥土，他们要用这些乡亲们从老屋基、大树下、老坟头取出的泥土培育三棵雪松。

还有一样特殊的礼物，他们还请了于都的唢呐吹手到湘江边，为牺牲的烈士英灵吹响家乡的音乐。

团友们早已将三棵雪松化作家乡的红军烈士，在悲凉的唢呐音调里，给三棵雪松培上家乡带来的泥土，给三棵雪松浇上于都河水，将家乡的米酒撒在雪松树身，让三棵雪松给牺牲在湘江战场的烈士传递家乡人民的深深思念。

这一切，所有团友都在无声、默默地进行着。有的团友在心底祷告，希望牺牲在湘江战役的烈士能给他们带来音信，给亲人们一个消息。

于都人民家中珍藏的烈士证，在烈士牺牲地点和牺牲原因一栏中大多填写着"北上无音讯"。烈士亲属多么希望知道自己的亲人是牺牲在长征途中的哪一段路途、哪一次战斗或战役，这样，他们起码可以到那里去祭奠一下亲人，以慰烈士之灵，也慰亲属之心。

也许是他们的真诚感动了上苍，这次就有好几个团友在湘江战役纪念园的烈士英名墙上找到了自己梦寐以求的亲人的名字。"踏破铁鞋无觅处，得来全不费工夫"，这天人感应般的碰撞，是一种从未有过的身心洗礼，唯有泪水可以表达。

这是一支特殊的文艺"轻骑兵"，他们沿着中央红军长征沿线将《长征组歌》传播到遵义会议旧址、四渡赤水纪念馆、飞夺泸定桥纪念馆、会宁红军会师纪念馆、将台堡红军会师纪念馆、吴起中央红军胜利纪念馆、延安革命纪念馆等革命老区，成为传播红色经典的一支文艺"轻骑兵"。

最难忘的是到长征沿线演出，团友们把自己化身为长征战士，将激情撒满长征路。记得在习水四渡赤水纪念馆前唱《四渡赤水出奇兵》一曲时，长征源合唱团的团友们深深地感受到毛主席当年用兵如神的豪迈；在会宁齐唱《大会师》时，长征源合唱团的团友们能切身体会到红军长征胜利大会师的雄壮。许多团友们说起这段经历，眼里闪烁着泪花，仿佛又重新站在了舞台上开始纵情歌唱。从长征源出发演唱《长征组歌》，对长征沿线人民重温长征精神是最好的示范。每次演出，不仅演唱者热泪盈眶，所有的观众、听众都激情澎湃，泪眼婆娑，似乎让人们重新回到了长征时的情景，那是一种无法言喻的感动。

在中央红军长征集结出发的这块土地上成长的于都人民，对于长征、对于红军、对于长征精神，有着无人可比的情感。是的，最能完整展现这段光辉历史的文艺作品之一就是《长征组歌》。用音乐的方式全景式地展现长征，同时又能用一个小时的时间带给观众心灵震撼，这组传唱了半个多世纪仍历久弥新的红色歌曲，成了合唱团最完美的表达介质。

艺无止境，长征源合唱团今天的辉煌与战友文工团的指导分不开。2014 年，于都举办中央红军长征集结出发 80 周年系列活动，开始有人提议请原南京军区前线歌舞团来参与，后来团长袁尚贵建议请北京战友文工团来指导。一开始，县里领导担心北京战友文工团难以请动，功夫不负有心人，袁尚贵托北京的朋友做媒介，立马得到战友文工团的热烈响应。很快，战友文工团歌队队长李晓娟飞来打前站，两日后，一支 30 多人的专业队伍抵达于都。长征源合唱团也选拔出 80 多人，交由战友文工团李晓娟指挥。

李晓娟与长征源合唱团的团友们相处几天，很快跟这支热情迸发的合唱团打得火热，满心认可了这个团，高兴地喊，我要建议将两个团结成姊妹团——"战友"情牵"长征源"。

2014 年 10 月 17 日，中央红军长征集结出发 80 周年演唱节目完毕，在萧华将军女儿萧雨、萧霜见证下，战友文工团与长征源合唱团举行了姊妹团的结团仪式。两个团互赠信物，长征源合唱团送给战友文工团一面团旗，战友文工团送给长征源合唱团一套演出服。就此，两个以《长征组歌》为主打歌曲的合唱团结成了一对姊妹，战友文工团自 1965 年 8 月 1 日开始《长征组歌》首演，至今已完成一千多场演出。战友文工团第一代《长征组歌》的老演员、男低音歌唱家马子跃十分欣喜地担任了长征源合唱团的艺术顾问。

2019 年 10 月 16 日，李晓娟又一次扬起了手中的指挥棒，面前站着一排排英姿挺拔的长征源合唱团团友。这场晚会是为前来参加第二届长征沿线红色旅游城市联盟年会的朋友们精心准备的。随着李晓娟指挥棒的起落，催人奋进、催人泪下的《长征组歌》，在中央红军长征集结出发地于都文化艺术中心响起，歌声激荡着所有在场的人们的心房……

红飘带上永恒的旋律

长征被称为"地球上的红飘带"，《长征组歌》则是红飘带上永恒的旋律。

《长征组歌》的作者萧华来自闻名遐迩的将军县兴国，当年"红军夜渡于都河"，在浩浩荡荡的行军队伍中就有他青春的身影。

在长征源合唱团的演唱者中有一位萧华将军的家乡人，她叫黄荣。我电话约访她时，她人不在县城，而在扶贫点——她是于都县妇幼保健院派驻到葛坳乡老屋村的驻村第一书记。自精准扶贫工作开展以来，黄荣一直在村里担任第一书记已有 6 个年头，是于都县驻村时间最长的第一书记之一。

黄荣老家在兴国县江背乡，她是从兴国嫁入于都的。她说，故乡出了萧华这样的将军，是兴国人的骄傲。而今，她作为长征源合唱团的成员，经常站在舞台上演唱《长征组歌》。每一次站在演唱的台阶上听到《告别》的伴奏乐响起，眼前就会浮现迈着沉重而坚实步伐夜渡于都河的红军将士的身影，每每唱到"男女老少来相送，热泪沾衣叙情长……"，都会禁不住热泪盈眶。黄荣说，我觉得我们不光是在歌唱，更是在缅怀先烈，在传承遗志，在新长征路上砥砺前行！

黄荣是烈士后代，加入长征源合唱团的初衷，除了个人对音乐的热爱，就是冲着《长征组歌》这组热血偾张的歌曲而来的——这组歌是由兴国籍将军萧华创作的，歌曲赞颂了伟大的长征精神，组歌展现的精神世界深深吸引着她。

黄荣所在的合唱团经常到各地演唱《长征组歌》，有一次合唱团去萧华将军的母校巡演，学校一位音乐老师跟她说："让你们来将军的母校唱《长征组歌》，是兴国人的悲哀。"黄荣听出这位音乐老师的话中之意——

《长征组歌》是由兴国走出去的将军创作的，理应由兴国组织合唱团来演唱。黄荣立马纠正她说："你说得不对！萧华将军是兴国人的骄傲，更是赣南人的骄傲。"他写的《长征组歌》是长征精神的瑰宝，不管是兴国还是于都的合唱团来演唱，都是弘扬长征精神。长征精神属于我们民族的瑰宝，我们都有义务传承这种精神！

说到萧华将军，黄荣满怀深情，如数家珍地说道，萧华是一位百战将星，也是一位军中儒将。他11岁参加革命，14岁加入中国共产党，17岁被任命为红军少共国际师政委，18岁参加长征。土地革命战争磨砺了他的才华，也成就了他的伟业。1964年4月，萧华将军在杭州疗养，回忆起长征路上在艰苦卓绝中倒下去的战友，夜不能寐，常常奋笔疾书，泪水沾湿了稿纸。在杭州西湖边小楼里，不知熬了多少个不眠之夜，终于写出了《长征组歌》。1965年4月，战友文工团的晨耕、生茂、唐诃、遇秋四位作曲家合作完成了《长征组歌》的谱曲。战友文工团经过两个多月的排练，于1965年"八一"建军节在北京首演，之后连演了30多场，在社会上引起了强烈反响。《长征组歌》共分为《告别》《突破封锁线》《遵义会议放光辉》《四渡赤水出奇兵》《飞越大渡河》《过雪山草地》《到吴起镇》《祝捷》《报喜》和《大会师》10个部分，以深刻凝练的歌词、清新优美的曲调、浓郁的民族风格和群众喜闻乐见的表演艺术形式，讴歌了红军历尽艰险、终获胜利的革命精神，也体现了中华民族不屈不挠、自立于世界民族之林的坚强意志。长征不仅是中国共产党、中国人民解放军的宝贵财富，而且已经成为民族精神的集中体现、民族意志的集中表达。《长征组歌》当年在京、津、沪、宁等地演出后，获得了社会上的巨大反响，一些歌曲在广大群众中迅速传唱，被誉为我国合唱史上具有里程碑意义的重要作品，并已入选为20世纪华人经典音乐作品之一。

50多年过去了，《长征组歌》已经伴随几代人的成长，其中的许多唱段家喻户晓，传唱至今。在这熟悉的旋律中，闪耀着人性美和革命浪漫主义激情。

······ ······

于都文化艺术中心又一次响起了熟悉的旋律。与萧华将军有着共同故乡的黄荣和长征源合唱团的团友们再次唱起了《长征组歌》。

从《告别》《突破封锁线》，到《四渡赤水出奇兵》《大会师》，黄荣早已不记得自己把这些红歌唱了多少遍，每一次唱起这支歌，她都会情不自禁地感到激动。她生在赣南老区，长在赣南老区，从小在革命故事的浸润中长大，自己的家庭就是不折不扣的革命烈士家庭。

"在这片红土地上，每个家庭都是一段故事，每群人都是一组歌！"穿着一身红军服装，黄荣为先辈们的英雄事迹感到骄傲和荣耀。

黄荣身上活跃着千万个音乐细胞，小时候盛夏晚上，爷爷常跟4位哥哥讲述先辈故事，父亲拉着二胡或吹着笛子，母亲带着我们唱红色歌曲的场景总是在眼前浮现。

说到自己的爷爷，黄荣就联想起了中央苏区那段光荣历史。兴国县是中央苏区的"模范"县，当时人口仅23万的兴国县，就有8.5万人参军参战。在慰劳红军、优待军属、筹集军粮、节省经费、发行公债、发展生产、普及教育等工作中，都创造了第一等的成绩。毛主席赞扬兴国的出色工作，并亲笔为兴国的代表题写了"模范兴国"四个大字。

黄荣家的红色家史要追溯到她的曾祖辈黄传榜。黄传榜是兴国县江背乡洛光村人，1930年33岁参加红军，是兴国补充师的一名战士。那段岁月战争频繁，黄传榜在哪里牺牲，已无从查考。

爷爷黄奕儒1921年出生，11岁时加入儿童团，站岗放哨、传递情报，两个哥哥"扩红"参加了红军。大哥黄奕盛21岁，加入兴国模范师；二哥黄奕盔19岁，加入红三军团。黄奕盛、黄奕盔后来牺牲在长征途中。

奶奶曾秀兰的父亲曾昭禧也是1932年参加红军，是红五军的一名战士，1934年也牺牲在长征途中。

在苏区，很多家庭出现一门顶数户人家的现象。爷爷黄奕儒就一人顶三户，除了本身父亲嫡传的一户以外，既要给叔父黄传榜顶门户（过继），还要替岳父曾昭禧顶门户。

这种现象延续到父亲这一代。父亲黄世南1942年生，他是独子，除了父亲这一门外，他还要给黄奕盛、黄奕盔顶门户，因此在烈士证明书上"执证人姓名称谓"一栏写着"黄世南继子"的字样。

爷爷作为苏区时的老干部，晚年享受兴国县重点优抚对象，有医疗优待证。黄荣跟我说到这么一件事，妈妈陈月香是兴国幼师班毕业，在兴国县东村乡坝子上小学任教，因当时父亲在赣州地区革命委员会工作，家里只有曾祖母和爷爷奶奶在家，爷爷因饱受失去亲人的痛苦，觉得应该壮大家庭力量以备国家之需、家族之需，硬是叫妈妈辞去教师之职回家伺候老人并要求多生几个孩子。妈妈听了爷爷的话辞职了，并放弃了安置去赣州801厂工作的机会，回家孝老育幼，在大队书记岗位上任职18年之久，并把2个哥哥也送去参军。

万里长征路，里里兴国魂。二万五千里长征，几乎每一公里，就有一名兴国战士牺牲，兴国好男儿甘愿为长征的胜利抛头颅洒热血。自己家里就有多位亲人牺牲在长征路上的黄荣感受尤为深切。长征精神既通过血脉流传，也通过《长征组歌》这样的红色经典歌曲镂刻进于都、瑞金、兴国等中央苏区人民的记忆和生活里，融入更多人心中。黄荣不无骄傲地说，我们合唱团先后赴北京、山东、广西等地义务演出几百场。合唱团所到之处博得观众交口称赞，成了赣南的一张"红色新名片"。

采访行将结束，黄荣动情地哼起了熟悉的曲调——

红军主力上征途，战略转移去远方。

男女老少来相送，热泪沾衣叙情长。

紧紧握住红军的手，亲人何时返故乡？

……　……

《红军渡 长征源》

《红军渡 长征源》是一首为赣南人民喜爱并广为传唱、家喻户晓的歌曲。有人说，《红军渡 长征源》是专门为中央红军长征集结出发地于都量身定制的，也是长征源合唱团在每一次重大活动时必不可少的演唱节目——

> 晚霞映红于都河，
> 渡口有一支难忘的歌。
> 唱的是咱长征源，
> 当年送走我的红军哥哥哟，
> …… ……

这首歌曲根据 1934 年 10 月中央红军 8.6 万名将士从于都河出发长征这一独特的历史，为纪念中央红军长征集结出发 80 周年而作。以于都河为背景，重现了当年红军夜渡于都河，艺术再现当年苏区老百姓送红军、盼红军归的鱼水情深的历史画面，抒发了苏区人民在新时期下弘扬长征精神实现中国梦的赤诚情怀。

《红军渡 长征源》是著名词作家王晓岭创作的一首词，著名作曲家胡廷江为词作谱上了动人心魄的旋律。这支原创新红歌一经出炉，便在中央电视台播放，很快唱红大江南北。

一首好歌曲必须词好、旋律好听、编配恰到好处。长征渡口、中央红军长征集结出发纪念碑、中央红军长征集结出发纪念馆等，似乎都在诉说着当年那一段悲壮的历史故事。"万水千山多坎坷，心随亲人一起走过，胜利不忘哪里来哟，红色源头记心窝……"歌词饱满的情感像于都河水一样泛着美妙的波光，从歌唱者和听众的心底汩汩流淌出来。

红军渡 长征源

（细哥细妹 演唱）

1＝D $\frac{4}{4}$

中速 江西民歌风

王晓岭 词

胡廷江 曲

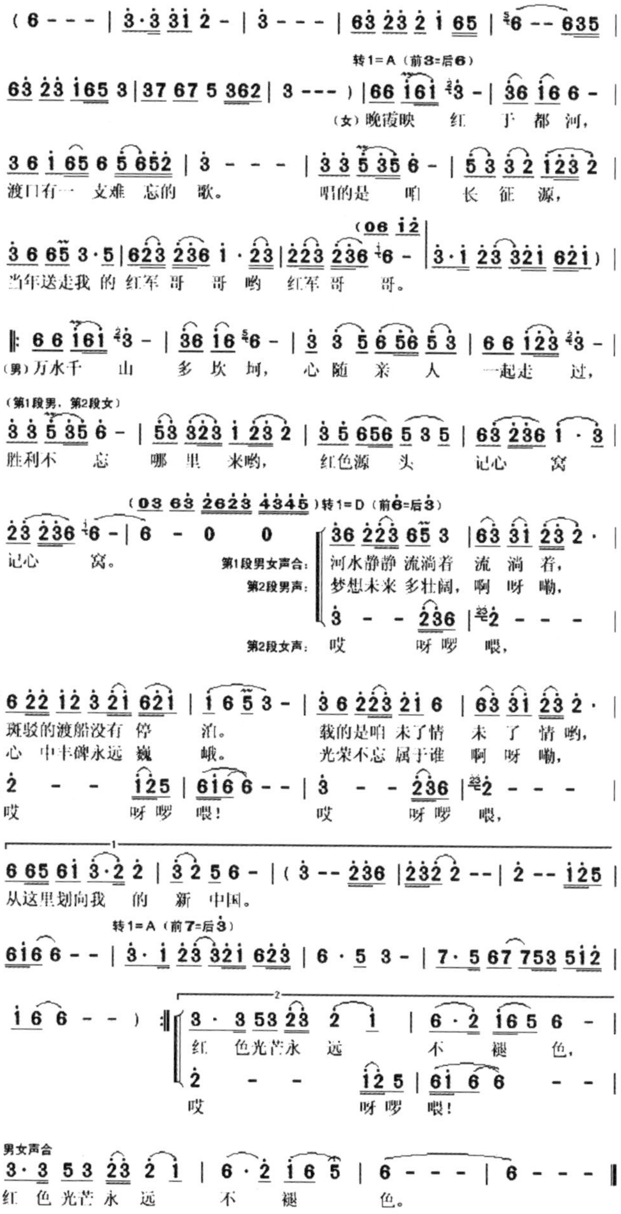

《红军渡 长征源》词曲

　　好的文艺作品必须来源于生活，来源于人民群众之中。《红军渡 长征源》的词作者王晓岭，为了创作，白天穿行在于都的红色景点之间，晚上整理采访心得。先后两次到于都深入生活，让他的心灵填满了浓浓的真情实感。这首歌词在情与景的结合上很到位，从景引出情，情在景中进一步升华，自然、流畅、平实、感人。

　　一位业内人士点评道：这首歌采用了温暖的弦乐为主的传统编曲模式，前奏一开始，竖琴琶音结合弦乐铺底，惟妙惟肖地展现了于都河波光粼粼的美景……间奏一改常规的激情澎湃，采用合唱哼鸣搭配竹笛，梦幻般地再现江西民歌主题旋律，既富于变化，又合情合理。

　　一首光鲜亮丽的歌曲，犹如一位美妙的少女款款走来，让人心旌摇曳。长征源合唱团原团长袁尚贵跟我讲述《红军渡 长征源》这首歌的"出炉"过程——

　　《红军渡 长征源》这首词，的确与长征源合唱团有着千丝万缕的联系。2013 年，著名词作家王晓岭从瑞金参观返回赣州途中来到于都参观，观看了长征源合唱团演出的一场《长征组歌》，他激动万分，对长征源合唱团的演出给予高度评价。

　　王晓岭有事到赣州去了，错过了长征源合唱团的一场正式演出音乐会。出乎袁尚贵料想的是，王晓岭非常挂念这场演出，到第三天打来电话询问演出情况。袁尚贵热情地向他详细汇报演出的相关细节，电话那边的王晓岭就像亲眼看到演出一样，情绪激昂地赞叹："长征源合唱团了不起！"

　　袁尚贵放下电话，很快，手机上便收到一条信息，仔细一读，竟然是王晓岭即兴创作的诗作《观长征源合唱团演出有感》：

　　　　雩都有个长征源，合唱高手出民间。
　　　　发扬苏区好传统，万里长征第一团。

　　王晓岭的诗作，给袁尚贵燃烧的内心添上了新炭。他立刻将这首诗转发分享给团友们，大家看到特别高兴。袁尚贵回复王晓岭说："您这首诗，将成为激励我们团前进的动力。"

接下去，袁尚贵又加了一句："如果哪一天能够让我们唱上您为我们于都创作的歌，那就是我们于都一百多万人的福音了。"

手机里很快跳出一行字："好，我一定写。"

第二年，也就是中央红军长征集结出发 80 周年，王晓岭真的兑现了自己的承诺，写出了《红军渡　长征源》这首歌。

王晓岭人脉广，他请来最好的作曲、演唱者，包括拍 MV，最后在中央电视台播出……所有这些环节，都是他一手安排的。一路上，王晓岭都跟合作方说，于都的钱你们就别想挣了，好好地把事情做好，确保质量，为老区人民尽点力。

合作方听到"为老区人民尽点力"，谁还敢挣钱呀。

长征源合唱团的团友们都参加了 MV 的拍摄，既是里面的歌者，也是里面的演员。团友们站在长征渡口唱《红军渡　长征源》，镜头来回穿梭，拍下了长征源合唱团与长征渡口最美的瞬间。

2015 年，作曲家又编配了一个混声合唱版，又重新拍了一个 MV。原来那个是二重唱版的，有水墨画的镜头，在中央电视台推出后，赢得了观众的喜爱。混声合唱版，当然还是长征源合唱团的团友们的杰作，这次效果更加出彩。

《红军渡　长征源》在中央电视台播出后得到广泛好评，并在全国各地唱响。更有意思的是，《红军渡　长征源》这首歌得到很多外地人的喜爱。这些人在中央电视台看到演播后，非常激动，通过各种渠道，转弯抹角找到合唱团。河南周口市莺之声合唱团，就是通过网络渠道联系于都县文化局找到袁尚贵，成为最早与长征源合唱团发生联系的外省团队。

《红军渡　长征源》这首歌，是王晓岭为于都人民奉献的一首歌，现在成了长征源合唱团的团歌。每次去外地演出，主持人出场前，合唱团都会将《红军渡　长征源》作为序曲演唱，然后再唱《长征组歌》。

"北上无音讯"

"北上无音讯"，这是多少烈士的鲜血凝结成的几个字，它们排列组合在一张张的烈士证明书上，成为烈士牺牲的"原因"。

在于都，许多的家庭都有这么一张写着"北上无音讯"的烈士证明书。

长征源合唱团团友林丽萍家就有这么一张烈士证明书。

林丽萍，"80后"，于都职业小学音乐教师，曾开过艺术培训学校，有唱歌、跳舞、乐器、书法等兴趣班，是个音乐专业人士。2010年，县总工会成立"长征源合唱团"的文件发到学校，学校领导将文件交给林丽萍看。林丽萍眼前一亮，觉得这是一件弘扬长征精神的好事，于是踊跃报名了。

眼前的林丽萍着一件红色筒裙，给人一种火热、明快而又休闲的感觉。她的讲述有音乐的节奏感，我的笔跟随她的语调不停地在本子上记录着。

林丽萍是一位音乐教师，对合唱团这样的音乐团队自然有一种天然的亲近感。长征源合唱团组建之初，人员不是很稳定，有不少人抱着试试看的态度参与进来，很快又离团了。当时与她一样的音乐教师，也有不少加入了合唱团，但好多人没有坚持下来，就离开了，真有点可惜。中途，因为生孩子，林丽萍也有3年时间不能参加外地的演出活动，因此，她非常理解那些离队的团友。

"说句老实话，参加长征源合唱团最吸引我的地方就是合唱团成员都是红军后代。红军后代在赣南、在于都是一个很大的群体，我们都有相同的背景。由红军后代组成长征源合唱团，这是一种责任，一种担当，也是对苏区精神、长征精神的最好传承。我个人还有一个小小的私心——就是在这个团队中，或许能实现爷爷、父亲的夙愿——寻找到小爷爷的下落。"林丽萍对我说。

林丽萍在讲述寻找小爷爷牺牲地的故事

　　林丽萍是幸运者，成为一名长征源合唱团的团友，就像当初小爷爷当了红军一样，心里充满了一股豪情。每一次演出，她就想象是自己上战场一样，让歌声重现红军的英勇无畏和理想信念高于天的豪迈。

　　1933 年，爷爷将 3 个兄弟送去当红军，他们走出家门以后再也没有回来。1955 年，爷爷接到政府颁发的烈士证明书，是小弟林罗发生的名字，另两位兄弟连烈士证都没有。烈士证明书牺牲地点和牺牲原因一栏写着——"北上无音讯"。

　　"北上"是长征的代名词，说明小弟牺牲在长征路上，但具体是哪一段路，是哪一次战斗牺牲的，没有明确记载。

　　爷爷捧着这张烈士证明书，心情既激动又难过。激动的是终于有了小弟的消息，知道他牺牲在长征路上，难过的是牺牲地点仍然是一个谜。另外两个兄弟，是牺牲在长征前，还是牺牲在长征路上或长征后，没有任何消息，成为一个永远也无法破解的谜底。

　　既然另两个兄弟彻底断了寻找的念想，爷爷就寄希望于能够寻找到小弟林罗发生的牺牲地。他经常拿出那张烈士证明书来看，恨不得眼睛穿透纸背看见小弟牺牲的场景。爷爷一定想象了无数种小弟牺牲的画面，子弹不长眼睛，其中一颗罪恶的子弹击中了小弟的头颅或心脏，乃至大腿动脉，鲜血染红了土地……小弟在临终前，肯定也想到了家乡，想到了自己这个哥哥。他有没有怨恨自己呢，是自己送 3 个兄弟当了红军、上了战场。如今，中华人民共和国成立了，老百姓的日子一天比一天好，这样的江山是烈士们用鲜血换来的……爷爷相信弟弟们不会怨恨他。苏区时期，年轻人都去当了红军，我们家去了 3 个，有的家里还去了五六个、七八个的，那都是光荣的事。要不是自己需要养活一家老小，家中需要留下一个人顶着门户，爷爷也去当了红军、上了战场。

　　林丽萍的嗓子眼吐出的每一个字都抑扬顿挫，和谐悦耳。她接着说，爷爷在世时，有几个失散红军回到禾丰镇，爷爷向他们打听自己弟弟的消息。他们说，你那个小弟非常勇敢，立下了战功，跟随大部队长征了。爷爷空落落的心，总算有了些许的妥帖。

　　林丽萍说，父亲是 1952 年生人，父亲 10 岁时，爷爷便去世了。临终前，爷爷拉着父亲的小手，嘱咐道："你长大后，一定不要忘记找到你小叔牺牲的地方。"

　　不久，奶奶也去世了。父亲成了孤儿，村里便将父亲过继到小爷爷名下，这样可以得到一些抚恤金。

　　爷爷当初的念念不忘，毫无保留地遗传到了父亲身上。"在我们小的时候，父亲就开始跟我们讲述爷爷和小爷爷的故事，嘱咐我们不要忘记爷爷的嘱托，要寻找到小爷爷牺牲的地点。"我看到林丽萍眼睛里的晶莹，其实，我的眼睛里早已溢出了泪水。

　　于都有名有姓的烈士有 16363 名，可是，还有多少牺牲的烈士连名字也没有落下。爷爷就有两位兄弟是这种情况，这个悲痛是无法用言语形容的。林丽萍继续说："我为什么参加合唱团，因为我家的门头悬挂着烈士牌牌。唱好《长征组歌》，说不定就能找到小爷爷呢。带着这个梦想，我尽力争取参加长征沿线的演出活动。"

俗话说，种瓜得瓜，种豆得豆。2014 年 10 月，中央红军长征集结出发 80 周年，林丽萍随团演出来到广西兴安县红军长征突破湘江烈士纪念碑园。演出完毕，团友们在烈士英名墙上寻找自己亲人的名字。林丽萍的眼睛也逡巡在英名墙上，她找到"于都县"一栏，心潮澎湃地盯着那些烈士名单。突然，她的眼前一亮。她看见了一个梦寐以求的名字——林罗发生！

"因为小爷爷的名字是 4 个字，我先将那些 3 个字的名单忽略，眼睛扫见 4 个字的烈士名单，一眼认出了小爷爷的名字。"那一刻，林丽萍的心潮像决堤的于都河水，泪水夺眶而出，竟然无法控制自己的情绪嗷嗷大哭起来。

"没想到，我真的完成了自己家族几代人的使命——找到了小爷爷林罗发生的牺牲地。"那天下着小雨，林丽萍无比激动地拨通了父亲的电话，那心情别说有多高兴，那是悲喜交集的兴奋。泪水与雨水打湿了她的面庞，几代人，从 1934 年到 2014 年，整整 80 年的一个谜底，在长征源合唱团的演出现场——红军长征突破湘江烈士纪念碑园水落石出。

雨水与泪水拌和着，林丽萍沙哑着嗓子给父亲报喜。有多少于都籍烈士，至今亲人们无法找到他们的下落，林丽萍找到了小爷爷的牺牲地，几代人心里压着的那块石头终于落地了。

当时，瑞金有一个叫钟德权的亲戚，听说林丽萍找到了自己小爷爷的名字，也在电话里委托她帮忙寻找"钟起发""钟起桂"的名字，那是钟德权的两个烈士小爷爷的名字，牺牲原因也是"北上无音讯"。遗憾的是，林丽萍在"瑞金县"一栏里没有看到这两个名字。

赣南有太多的像林丽萍、钟德权这样的家庭，他们几代人活着的目的之一就是寻访牺牲在战场上亲人的消息。

长征有二万五千里，每一公里都会倒下几名烈士，到哪去寻找他们的名字呢？有的永远也找不到，找到了的就像接到喜报一样高兴。

团友曾宪琳，跟林丽萍一样在碑上寻找他的亲人的名字。他反复在英名墙上看了几遍，最后露出失望的神色。林丽萍问他祖籍是哪个县，曾宪琳细细一想，自己是于都人，但祖籍是会昌人。他于是到刻有"会昌县"的英名墙去找。突然，曾宪琳哇哇大叫起来"找到了，找到了"。激动得要哭的样子。他也算是一个幸运者。

林丽萍家里珍藏的小爷爷林罗发生的烈士证，在牺牲原因和地址一栏写的是"北上无音讯"，现在她确认，小爷爷牺牲原因和地点一栏可以修改为："牺牲于突破湘江战役"。当然，这个修改，只是在自己的心底，悄悄地修改罢了。

这是林丽萍家几代人，等待了80年的一个悲痛而欣喜的消息。

"北上无音讯"，在于都乃至赣南的很多家庭中都存在，是一种普遍现象。从中可以体会到，我们今天的幸福生活，是与革命烈士付出的巨大牺牲紧紧联系在一起的。

长征精神的刻度

一个周末，在长征源合唱团展览室，我采访了几位团友，感受长征精神对他们的影响，像时间的刻度，似乎让人听见"滴答滴答"的声音——

谢志辉，是长征老红军谢宝金的曾孙子。1993年生，自由职业，2015年创办一个广告公司，同年底加入长征源合唱团。

2012年，在一家公司打工，第一次接触长征源合唱团。当时，声部长刘永辉带他参加过一次演出，留下了深刻印象。

一开始，谢志辉以为只是穿着红军服，唱唱红歌了事，但加入进来后，队员分组学习，一首歌一句句地练习，理解、感受词句的内涵，如何用喉咙发声将歌词的内涵表达出来。谢志辉学习的劲头不小，他说，《长征组歌》要比现代流行歌曲更深邃。了解了《长征组歌》的宏大背景，对于中央红军长征集结出发地与长征精神的概念有了更深入的了解。

2016 年，谢志辉开始有意识地将红军和长征的元素植入到公司的广告设计中，让更多的人了解红色文化和长征精神。一次，公司承接了一个招牌改造项目，一整条街需要做规范化的设计，谢志辉首先想到的就是将长征集结出发地的元素融合进去；不久前，他又承接了市容招牌的设计任务，在设计稿中，他要求设计员将中央红军长征出发纪念碑放进去，使城市市容与长征精神联系起来……宣传红色文化、宣传长征精神，成为年轻一代的一种自觉意识。

太爷爷谢宝金是于都的名人，他独自一人背着 68 公斤重的发电机走完了长征路。谢志辉常常想，这是一种什么样的理想信念，让他坚持到了最后呢？

思考这个问题，对谢志辉思想触动很大。他说，我们在生活和工作中，常常会遇到很多困难，用什么样的心态去坚持，向前走？这一点，从我们的先辈那里，从长征源合唱团，从《长征组歌》里面，都能汲取到力量，这也是践行长征精神的过程。

一段时间，谢志辉利用业余时间到各乡镇行走，专门踏访革命旧址，了解中央红军长征集结出发地于都的深厚红色底蕴。

上个月，谢志辉组织自己的团队到中央红军长征出发纪念馆学习，通过红色基因，打造自己的团队。

长征源合唱团的团友们，每个人都有自己的困难，但他们都克服并坚持下来，这需要很强的信念。谢志辉把这个理解为一代人的红军精神和长征精神，这是他在长征源合唱团感悟和学习到的精神内核。

说到团友们的信念，不得不说胡爱民。她生于 1969 年，在铁山垅镇卫生院护理部工作。她既要安排上班，又要照顾年迈的父母，有时白天进城排练演出，晚上还得赶回去。铁山垅到县城有 40 公里的路程，没想到，她竟然坚持了 10 个年头。

胡爱民跟我讲述她的红色家史：爷爷宋兆垾，生于 1903 年 10 月，会昌县西江乡人，1932 年 5 月参加红军，系红五军团一营一连管理员。1932 年 12 月在黎川战斗时负伤。1933 年 6 月退伍。胡爱民告诉我，由于爷爷孩子多，那时生活困难，养不活这么多孩子，就将父亲寄养给胡家，自己就姓胡了。

2011 年，胡爱民参加歌手大赛，目睹了长征源合唱团的演出，一下子震撼了，演出着实令她热血沸腾。听说这个团的成员不仅歌唱得好，还需要有红军后代的基因，胡爱民的爷爷就是红军，这更坚定了她加入合唱团的信念。

胡爱民找到合唱团的艺术总监刘文力说："我也是红军后代，有责任传承红色基因，我要参加这个合唱团。"

刘文力看她如此热爱歌唱，热爱红色歌曲，当即表态："行啊，你来学习，随时欢迎。"当问到她的单位在哪时，胡爱民说在铁山垅卫生院。刘文力说铁山垅太远了，这么远的路来回折腾，就怕你坚持不了几天。

胡爱民向刘文力保证说："我能坚持，不信你看好了。"

果然，胡爱民兑现了自己的诺言，没有特殊情况，绝不请假。

2016 年，长征源合唱团受邀北京老干所北上演出。那场演出，现在回想起来，许多团友的心情都难以平复。台上在唱《长征组歌》，台下的老干部们一个个激动得流下了热泪。团友们看到这个场面，心潮澎湃，热泪控制不住地满面横流。老干部们不舍得团友们走，紧紧握住团友们的手，老泪纵横啊，可把护理人员急坏了……团友们受到强烈感染，因为自己的歌声感染了观众。没有什么比观众的认可更有力量，有了观众的认可，团友们所有的辛苦都是值得的。

长征源合唱团虽然是业余团队，但大家都以专业精神严格要求自己。2016 年，演出了至少 80 场，在大家团结协作下，完成了看似不可能完成的目标。上班时，排练在晚上。去外地演出都利用休假时间，从不占用上班时间。

胡爱民谈到，自己父母亲 80 多岁，他们不愿意到远在南京、广州的儿子那边去住，在乡下住习惯了，家乡比喧嚣的城市好。早晨6点多钟，母亲不舒服，她要做早餐，又要送母亲去医院，还要到团里来，几件事掺和在一起，的确很磨人。到了团里也不安心，还要惦记家人，真是两不误。

胡爱民有腰椎间盘突出的毛病。去北京那次，老毛病复发，团友们帮她按摩，使她很快恢复。2019年去延安演出，腰椎间盘突出又复发了，她咬着牙坚持了下来。带病出演，除了她，还有不少团友都有这种情况。

是啊，如果没有一种精神，要想克复那么多的困难，一场不落地参加合唱团的活动，是非常艰难的。说到这里，坐在一旁的程明学讲起了他的故事——

程明学，1965年生，自来水公司保安。他进入合唱团是男低声部管正荣部长介绍加入的。

程明学以前在教育局当保安，傍晚经常在大院里唱歌。有一次，于都四中副校长管正荣路过，听见他唱歌，像发现了新大陆。管正荣说："你的声音这么好，建议你加入长征源合唱团。"

程明学唱歌只是自我娱乐，没有想过参加演出唱给大众听。既然有人认可自己，加入合唱团，肯定能学到不少知识。他高兴地答应了。

当然，合唱团也是有条件的，需要面试考核。当时面试有3个人，另外两个人淘汰了，程明学通过了。

合唱团考核团友有一项"指标"，那就是家族史必须有红军的基因。程明学的外太爷高喜生，是于都县西郊乡人，1933年参加红军，后长征，在突破湘江战役时牺牲。高喜生长征出发时，妻子怀孕才五六个月。孩子生下后，就没有见过父亲。

进入合唱团后，程明学得到了老团友的认真指点。程明学也特别喜欢《长征组歌》，每每唱起这支歌，就有一股使不完的劲。从《长征组歌》中，他深刻地了解到长征精神必须一代代传承下去。

程明学经常叫儿子来合唱团听歌看演出。读高中的儿子，因为功课忙，常常敷衍拒绝。儿子考上赣州技术应用学院后，恰逢合唱团在他学校对面的赣南师范大学演出，程明学打电话让他过来看演出。这回儿子没有拒绝，不仅自己来了，还带了4个同学一起来观看。演出结束后，儿子找到程明学说："爸爸，你们真了不起，唱得这么好！"他的同学也一个劲地赞扬："叔叔，你们唱得确实很好，无法形容的好！"

能用自己的歌声感染儿子和他的同学，程明学顿时感觉自己有生以来也"伟大"了一次。

说到困难，程明学的困难那是真困难。

2013年，妻子突然患上了癫痫病，程明学每次外出都要安排人照顾。癫痫病的病症是突然倒地，口吐白沫，四肢抖动，眼睛发直，一般人看到会非常害怕。尽管如此，妻子还是全力支持程明学参加合唱团的活动。

有一次，合唱团要参加比赛，程明学正要出门赶到演出地点去，妻子的病突然发作了。这种病一定要去赣州治疗，程明学把妻子送到医院，关照儿子来照料，他连忙打车赶去参加演出。演出结束后，他赶紧回到医院，发现因为儿子护理不周，导致妻子三颗门牙磕咬掉了。这件事，让他心里自责了很久。

将时间让给团友，自己最后一个接受采访，这个人就是陈香兰。

原来，陈香兰是于都县自来水公司工会副主席。工会主席，是善于做群众工作的。她也讲起了自己加入合唱团的经历——

2011年夏天，长征源合唱团女高声部肖燕邀请她参加旅游局组织的寒信古村庙会活动。这次活动，她被推荐与人对山歌。唱完歌，大家纷纷说，你应该来合唱团，我们缺女高声。就这样，陈香兰走进了这个红色大家庭，成了合唱团光荣的一员。

合唱团的氛围非常好，团友们相互尊重、相互理解、相互学习、相互鼓励。在大家帮助下，陈香兰很快适应下来，去学校、乡镇演出。后来，随团去了甘肃会宁、贵州习水、广西兴安等地演出。

2016年是纪念长征胜利80周年，合唱团沿着长征沿线巡演，去了贵

长征源合唱团在排练

州遵义和陕北吴起、延安。当时正值 8 月，天气炎热，合唱团一路高歌猛进，为长征胜利 80 周年唱响《长征组歌》。

陈香兰记得，在四渡赤水纪念馆，很多观众搬凳子过来等着看演唱。当时是上午 10 点左右，太阳火辣辣的，其中有个团友中暑晕过去了，协助人员马上把他背下去，其他人继续演出。

谈起红色家史，陈香兰说，父亲是岭背镇金溪村人，1948 年参加祁禄山剿匪，做过铁山垅钨矿安全保卫。之后参军去福建，在平潭岛驻防担任指导员，后在南平市军分区和邵武市人武部任职。陈香兰就是在福建南平军分区大院出生的，从小受到红色熏陶和传统家风的浸染。20 世纪 70 年代末一次大裁军，父亲转业回到于都老家。

合唱团的团友都是自愿报名的，但需要一定的声乐基础。能够入选到合唱团来的都是基本功不错的，因此进入合唱团也是一种荣誉。

一次单位拔河比赛，陈香兰的右脚半月板撕裂，动了手术，医嘱需要休息三四个月。陈香兰坐在家里，心里却想着团里的事。看到团友们在微信发排练演出的照片，她就忍不住哼唱起来。觉得在家哼唱不得劲，需要到排练现场与团友们一块排练才有气氛。她忍不住给声乐部部长肖燕打电话，要求与团友们一起排练。肖燕看她很迫切，二话不说，就开车来接她。

陈香兰来不及换衣服，穿着睡衣、挂着拐杖来到了排练现场，受到团友们的热烈鼓掌。排练两个小时，一点也不觉得累。唱红色歌曲，被革命先辈的精神感染，脚痛也忘到九霄云外去了。

采访中，我了解到陈香兰肩负着扶贫工作。她星期一到星期四在单位工作，星期五和星期六在乡下扶贫。她所在的扶贫点在罗江乡前村。

陈香兰对口帮扶6户贫困户，其中有1户叫林赖元的孤儿，2岁时母亲去世，由奶奶抚养长大。不幸的是，8岁时奶奶过世，12岁父亲又得肝癌去世，就这样他成了一名孤儿。林赖元读书刻苦，成绩非常优秀，后来考上了福建泉州华侨大学。林赖元从小有当兵的理想，大学毕业在学校参加征兵体检，因检查出扁桃体二度肿大，被刷下来。陈香兰了解了这个情况后，带他到县人民医院五官科请医生诊断，做了扁桃体切除手术。手术期间，陈香兰给他买好一星期的牛奶，每天都抽时间去医院照顾他。康复后，林赖元在于都顺利通过了征兵体检，如愿以偿实现了当兵梦。佩戴着大红花，林赖元踏上了新征程。作为帮扶干部的陈香兰，像亲人一样为林赖元送行。临别，通过微信发给林赖元一个大红包。陈香兰说，到了部队有什么需要就给阿姨打电话，我帮你解决。长这么大，林赖元还是第一次被人呵护照顾得这么周到。他眼里闪着泪花说，陈阿姨你帮了我太多了，我不能再收你的钱了。在林赖元的心中，扶贫干部陈阿姨比亲人还亲。他说，将来自己也要做一个像陈阿姨这样的人，尽力去帮助需要帮助的人。

"亲情悠悠，临别依依。送林赖元踏上新征程，我忍不住眼泪在眼眶里打转。车开动时，我握着林赖元的手，对他说，一定要照顾好自己，一定要为前村争光，做一名光荣、合格的军人。"陈香兰说。

待人似春风，处事像夏莲，律己带秋气，利他犹冬阳。陈香兰以母亲的胸怀对待孤儿林赖元，她真的很伟大。如果扶贫干部都能像她一样与贫困户建立一种亲情关系，用善良和爱心赢得贫困户的信任和爱戴，那我们的扶贫事业就功德无量了。

对其他贫困户，陈香兰也都一样尽力帮助他们解决困难，赢得了贫困户的一致好评。陈香兰说，我做得还很不够，今后在工作中要不断努力克服困难，在合唱团要不断提高演唱水平，在扶贫路上还要不断想办法让贫困户真正脱贫。

…… ……

是的，合唱团的团友们都有一个梦想，就是努力践行长征精神，感动自己，也感染他人。

在大家眼中，长征源合唱团只要在舞台上一亮相，那种气势如虹的精气神足以使所有观众心底荡漾激情。那个时刻，每一个团友全神贯注，唱腔饱满，声音浑厚，几十个人吐出的是同一个词和音律，震憾着每一个听众的心灵。谁又能想象到，其实这个团队的每一个个体都要克复各种困难才能聚合在一起，形成如此强大的声流和能量，形成鼓舞人心的精神力量。

我眼前浮现红军长征的情景，前有堵敌、后有追兵，天上还有飞机狂轰滥炸，但红军勇往直前，爬雪山、过草地，攻克一个个娄山关、冲破一个个腊子口，付出无数的牺牲，最终胜利到达陕北。

这样的长征精神，不是口号，而是被长征源合唱团的成员们潜移默化用到实际生活与工作中，他们克服个人的一切困难，不拖团队的后腿，使长征源合唱团成为一支拉得出、能打硬仗、胜仗的队伍。

请听，雄浑壮阔的歌声在山川大地滚动。山欢水笑，歌声像一支劲旅行走在红飘带上。激越的歌声，让观众心潮涌起一浪又一浪澎湃的浪花——

　　　　红旗飘，军号响。战马吼，歌声亮。
　　　　铁流两万五千里，红军威名天下扬。
　　　　…… ……

　　带着荣耀的长征源合唱团没有停下脚步，正奋力走在新长征再出发的路上。他们沿着红军长征经过的地方一路歌唱，让来自中央红军长征集结出发地——于都人民心中的深情歌声响遍长征路，用红歌扬起"红飘带"，让长征精神代代相传！

第十三章

孩子的长征梦

为实现中华民族伟大复兴的中国梦时刻准备着

时刻准备着

遥想中央苏区那段烽火岁月，苏区各地设立了列宁小学。在共和国摇篮瑞金的沙洲坝红井景区，离红井不远就有一所"列宁小学"遗址，琅琅读书声似乎依然飘荡在耳际。

苏区时期，于都县各乡村普遍创办了列宁小学。据 1933 年 9 月统计，于都县有列宁小学 110 所，胜利县（今银坑片）有列宁小学 166 所。在烽火连天的革命年代，列宁小学的教学内容都是紧紧配合革命斗争的，如新编的《三字经》开头是这样写的："天地间，人最灵。创造者，工农兵。男和女，总是人。一不平，大家鸣……"

一批初具共产主义理想的进步少年儿童迅速成长起来，为革命事业后继有人培养了一批先锋骨干力量。

1933 年 5 月 20 日，少共苏区中央局作出创立"少共国际师"的决定，当时苏区以打破敌军"围剿"为首要任务。8 月 5 日，"少共国际师"成立大会在博生（今宁都）县跑马场召开，并宣告中国工农红军"少共国际师"正式成立。9 月 3 日，经过一段时间的紧张训练，"少共国际师"举行了隆重的出征誓师大会。全师官兵齐声高唱《少共国际师出征歌》，走向第五次反"围剿"战场——

我们就是少共国际师，

九三日，在江西誓师出征去。

高举着少共国际的光辉旗帜，

坚决的，勇敢的，

武装上前线。

做一个英勇无敌红色战斗员，

…… ……

"少共国际师"开赴战场后，官兵们在将军殿、团村、大脑寨、驿前、广昌、石城等地，进行过几十次战斗，仗仗打得残酷壮烈。然而，持续一年多的激烈战斗，使部队伤亡严重，由成立时的八九千人锐减至不到三千人。

1934 年 10 月，第五次反"围剿"失败，中央红军被迫长征。"少共国际师"担负掩护中央纵队和殿后任务，虽付出了惨重代价，但成功地实现了中央的战略意图。

1995 年，王平将军曾讲起过这样一个长征故事：当时大部队已经过了草地，彭德怀突然找到他，说还有一个营的部队没有到，让他回去找。王平带着战士走到班佑河边时，正是黄昏，玫瑰色的夕阳挂在天边，他远远地看见几百个红军小战士背靠着背在睡觉。他当时勃然大怒，走过去就推那些小战士，谁知推一个倒一个，700 多个红军小战士再也经不起体力透支、饥寒交迫，在睡梦中全部死去了。王平将军讲到这里时老泪纵横，他说："你知道那天有多安静吗？鸟都不飞，鸟都不叫。我把他们一个个放平，他们还都是一群孩子呀！"

长征是造就英雄的崎岖征途。

长征路上，每一个将士都是英雄。

长征过去了 80 多年，仍然令无数人为之倾倒，为之系怀。在新长征再出发的路上，我们永远以那一代英雄为榜样，去创造属于我们这一代人的新长征史话。

有一首《共产儿童团歌》的歌曲曾传遍中国大地。此刻，高昂的旋律激荡在我的脑海——

准备好了么？时刻准备着，

我们都是共产儿童团，

将来的主人，必定是我们。

嘀嘀嗒嘀嗒嘀嘀嗒嘀嗒。

······ ······

走进长征源红军小学

长征源红军小学坐落于中央红军长征出发纪念碑旁。1934 年，中央红军从这里集结出发，迈出了万里长征第一步。多年来，长征源师生们用自己特有的方式弘扬长征精神，培育红色传人。

学校大门两侧墙体呈外八字敞开，左侧紫色瓷砖上镶嵌着七个醒目的烫金大字——"长征源红军小学"。尤其难得的是，设计者独具匠心地拼接了毛泽东的字体，龙飞凤舞、大气磅礴。紧挨着是一面宣传墙，上面画着一面鲜艳的党旗，党旗上写着"校训"——

坚定信念，立志报国；

不畏艰难，勇于拼搏；

实事求是，敢于创新；

善于团结，甘于奉献；

天天向上，自强不息。

我们进入校园，迎面是"红源楼"，正上方的墙体镶嵌着一面五星红

红娃在"红娃"卡通雕塑前宣誓

旗。两侧是一副对联:"弘扬长征精神,培育红色传人。"

走进干道,两侧是绿化带,高低错落的绿化树穿插着游步道。左侧水泥墩上雕塑着一个健步行走的卡通人物——这就是学校形象代言人"红娃"。

红娃头戴蓝色红军帽,胖嘟嘟的脸,咧开嘴笑着。他身穿对襟白衬衫,脖子上系着红领巾,与红色腰带和红五星呼应,十分耀目。细心的人还会发现,一只金黄色的军号牢牢地别在红腰带内。军号一经吹响,那就是向着炮火前进和冲锋,体现了历史与现实的血脉传承。他踏步前行,手臂随着步伐摆动,一幅朝气蓬勃的姿态,寓意长征源红军小学的每一个学子都以他为榜样,昂首阔步迈向新长征。

因为新冠肺炎疫情的影响,学校还没有开学。教学楼和这个校园显得十分寂静。

曾石发校长和严梅副校长已在红源楼前迎接我们。他们身边还有几位身穿红军服的孩子，在这里的学生，都被称为"红娃"。

这时，一个头戴八角帽，眉目清秀，嘴角含笑的女孩高举右手，"啪"的朝我们一个立正，接着是一个标准的少先队礼。她身穿红军服，小腿上还打着绑腿，精神抖擞地自我介绍道："我是'红娃'讲解员蔡昀萱，现在由我向各位老师和来宾介绍长征源红军小学……"

好吧，我们来听听这个"红娃"的讲解——

我们学校创办于 2006 年 9 月，毗邻于都中央红军长征出发纪念碑园，校名为"长征源红军小学"。我们学校以传承红色精神，培育社会主义新人为主旨。

园子里有一根"红飘带"，众所周知，我们赣南是"红飘带"的起点，于都是中央红军长征集结出发地，这根"红飘带"讲述着一个又一个的动人故事。

请大家跟着我，绕着这神圣的"红飘带"走一圈。

"红飘带"上呈现了长征中的一些重大事件，如突破三道封锁线、湘江血战、冲破乌江、遵义会议、抢占娄山关、四渡赤水、巧渡金沙江、强渡大渡河、飞夺泸定桥、爬雪山、过草地、突破腊子口、翻越六盘山、断敌吴起镇，每一个重大事件的背后，都有许多可歌可泣的故事，让人肃然起敬。

大家再看，这里立着一个"毅"字，这是我们学校的核心理念，曾子曰：士不可以不弘毅，任重而道远。作为新时代的我们，更应该具备不怕困难、坚韧不拔、迎难而上的品质。

……　……

在教学楼一层的教育综合馆，有面"会说话"的墙。曾石发校长站在"发展战略"墙前告诉我，学校坚持立德树人，始终把德育工作放在教育工作的首位，每天开设 20 分钟德育课，将文明礼仪教育、法制教育、长征精神教育融入日常教育教学中。注重班主任、德育专任教师、少先队辅导员等德育队伍的建设，注重精心策划文明礼仪实践等德育活动。

在"留守孩"展板前，看到一个叫肖怡佳的女孩，身穿红军服，手捧奖状的照片。肖怡佳曾获得中国演讲协会颁发的"李燕杰"杯全国中小学演讲比赛特等奖。

严梅副校长告诉我，"留守孩"成为全社会关注的焦点，长征源红军小学十分关爱"留守孩"。严梅是负责德育工作的，对"留守孩"尤其关注。肖怡佳是个留守儿童，严梅领她到江苏丹阳参加中国梦主题演讲比赛，她演讲的题目叫《一个留守孩的中国梦》。没有想到，这个孩子上台用声情并茂的演讲征服了所有评委。她太优秀了，严梅作为领队，看到孩子登上领奖台，像自己得了奖一样激动万分。

长征源红军小学留守儿童有几百个，学校非常关心留守儿童的成长，给留守儿童提供学习、娱乐、活动的场所。老师们就像孩子的父母，时时处处呵护着孩子。孩子们过生日，父母不在身边，学校就给孩子准备生日蛋糕，让孩子在学校体验过生日的快乐。中秋节学校也会举办活动，让孩子感受到家的温暖。学校还经常组织各种社会实践活动，如保护母亲河；走向大街，当小交警；走进敬老院，关爱老爷爷、老奶奶……在各种体验中，提升孩子们的社会实践能力。学校还为留守儿童制订研学旅行计划，组织学生参观中央红军长征出发纪念馆，到山峰坝举行"长征知识我知晓"活动，最后去香樟园举行红歌拉练、野炊等活动，让孩子耳濡目染长征精神。

"知之者不如好之者，好之者不如乐之者。"长征源红军小学着力于学生良好学习兴趣与习惯的培养，做到精准发力，激发孩子快乐学习的内生动力。每一个学生既学语、数、外，也上音、体、美，既懂天文地理，也会体操素描，教师绝对不允许"考试科目教得一丝不苟，其他科目得过且过"现象发生。学校尤其注重学生的爱好和特长，开展好课外兴趣小组活动，充分培养每个学生的特长，让每个孩子都能享受成功的喜悦。

在综合馆中间还有一个圆形档案橱柜，里面陈列着孩子们的成长档案，被称为"长征足迹"。这里珍藏着孩子们的梦想和心灵成长轨迹。

"红娃讲解团"

"六星级红娃"是长征源红军小学制订的星级评选方略，即根据"红娃"们的成长规律和认知发展规律，在知识、能力、生活技能等方面作出翔实的规定，要求"红娃"们每学期朗诵25首红色诗词，在小学阶段要学唱25首红歌、讲25个红色故事、掌握25种生活技能、阅读量达250000字、跑完25000里路。孩子们从一星到两星、三星……直至六星，拾级而上。"六星级红娃"的评选让孩子们的学习史成了一部自豪的成长史。

长征源红军小学"红娃讲解团"也随之应运而生，由专业教师培训长征故事的讲解、红色歌曲的传唱、长征人物的介绍、长征诗词的吟诵等。小讲解员们的身影出现在校园里、校园外的长征渡口、中央红军长征出发纪念馆等地。

蔡昀萱是一名六年级学生，也是"红娃讲解团"的一名优秀讲解员。有一次背诵《风雨过后见彩虹》的讲解稿，怎么背也背不出来，心情异常焦虑。那是一个阳光明媚的下午，辅导老师给她打印出讲解稿，要她明天为来宾讲解。看着稿子上密密麻麻的字，像无数只爬行的蚂蚁一般，顿时，小昀萱的头都大了。10分钟、20分钟、30分钟……看着同学们一个个都背完了，她怎么死记硬背也不行。

哎呀！下课了。她却只背出了两三句，嘈杂的说话声，"咚咚"的脚步声，更让她焦躁不安。这时，老师走到她身边，问她背得怎样，小昀萱无奈地摇了摇头。辅导老师知道小昀萱不习惯在嘈杂的环境下背诵，就把她领到副校长严梅办公室来。严梅和蔼可亲地说："小昀萱！是不是背不下来呀？我们要静下心来背啊！"听着这温柔的声音，小昀萱的心慢慢平静了下来。她面对墙壁默诵着，不一会儿，竟然很快背出来了。这时严梅说："昀萱，能背出来了吗？背给我们听一下。"那眼神里充满了慈爱、信任和鼓励。小昀萱背诵着，如溪水潺潺，严梅不停地点头，专注的眼神里投来赞许的目光。小昀萱刚背完，严梅就把她紧紧地搂入怀中，那怀抱比妈妈的还温暖，比妈妈的更亲切！

"这个怀抱给了我希望，给了我鼓励，给了我自信。沉浸在这个怀抱中，我心里涌起一股热流，温暖久久！"小昀萱说。

我们来听听小昀萱的《风雨过后见彩虹》吧，这些如水滴一般的词语，哗啦啦地从小昀萱的讲解声中流了出来——

> 天将降大任于斯人也，必先苦其心智，劳其筋骨。方能烟消云散，晴空万里。
>
> 人生漫长岁月，如果静静地守候，必定一事无成。站立长征渡口，遥想当年红军，不畏艰险，勇敢前行。只有用汗水和智慧书写奋斗的历程，才能一步步开创出美好的未来……

蔡昀萱曾参加过两次赣州市红色故事大赛，取得了优异的成绩。每一次参赛，蔡昀萱都有赛前焦虑症，尤其是决赛 64 进 16 这场比赛，一到现场，就出现紧张的情绪。如果不赶快平复情绪，就可能会被淘汰。这时，领队的严梅副校长就及时安抚她，比赛需要认真对待，而好的状态是关键，只有状态好，才能获得胜利的果实。蔡昀萱在严梅的安慰下，心情慢慢平复下来，终于精神抖擞地跨上了演讲台。她讲述的故事是《一双绣球草鞋》，终于发挥出最佳效果，在进 16 强选拔赛中获得了第 6 名的好成绩。复赛是最关键的角逐，蔡昀萱的焦虑症又上来了，急得直掉眼泪，真是五味杂陈，心里纠结得不行。好在老师和同学们极力安抚她，她重登演讲台，声情并茂地讲述了《血色骄兰》的故事。

《血色骄兰》中的骄兰，是指井冈山女英雄、朱德妻子伍若兰，故事再现了红四军从井冈山转移赣南开辟中央苏区的艰辛历史。伍若兰在寻乌

"红娃"讲解员

圳下战斗中陷入敌军重围，终因寡不敌众而被俘。敌人把她押解到赣州，用绳子吊、杠子压、灌辣椒水等种种酷刑，都未能动摇伍若兰的革命信念。敌人诱其同朱德脱离关系，自首投降，她威武不屈，怒斥敌人："要我同朱德脱离，除非赣江水倒流！"最后，敌人残忍地杀害了这位年仅23岁的女英豪……

小昀萱讲着讲着，声音哽咽，听众都感动得掉泪了，她自己也忍不住落下泪来。饱满的故事，倾情的讲述。小昀萱毫无悬念地赢得了听众和评委们的赞扬，获得了一等奖。

小昀萱告诉我，妈妈跟她讲过外婆的故事，那时的地主，逼得穷苦人卖儿卖女，妈妈的外婆还做过童养媳。如果还像过去那样，像我们这样的年龄更别谈读书了，能读书的只有那些有钱人家的少爷。现在男女平等，对比过去，我们更要珍惜今天的幸福生活。

刘灵杰是长征源红军小学六年级学生，从二年级时就加入"红娃讲解团"，开始为来宾讲述长征精神和红色故事。作为"红娃讲解团"的团友，刘灵杰绝对是个乖孩子，除了在学校学习文化知识外，还要完成讲解任务，回到家里，他还会给弟弟讲红色故事。小灵杰告诉我，他爱讲故事，与爷爷有关。爷爷总是在吃饭时不经意地聊长征故事，爬雪山、过草地，就像爷爷自己经历过一样。爷爷讲述长征故事，当然是希望小灵杰不要忘记红色历史，希望这些历史成为民族基因一代代传承下去。

小灵杰的理想是当一名天文学家，在航天领域为祖国作出贡献。这个理想缘于他从抗美援朝电影中得来。他看到影片中志愿军在行军作战中总是遭到美军飞机的轰炸，他非常气愤，就想如果天空上有我们国家的飞行器就好了。现在，太空技术已经成为各国争夺的一个焦点，如果不想落后于人，我们就要首先占据太空制高点……小灵杰俨然一个小科学家，小小年纪就有忧国忧民的意识。

在长征源红军小学，见到朝气蓬勃的"红娃讲解团"辅导员谢淑芳，她跟我谈起自己是如何辅导讲解团这些可爱的孩子的。

谢淑芳来长征源红军小学接手"红娃讲解团"，才一年半的时间，主要负责讲解团这一块的辅导。

红娃讲解团的孩子都是从各个班选拔出来，本身各方面都挺优秀。我们对这些孩子进行梯队式培养，进一步提高这些孩子的自身素质。这些孩子不管是从讲解的角度，还是对长征精神的理解以及对红色基因的传承方面，都要比其他的孩子理解得更透彻。同时，自身素质的培养，也包括如何让长征精神传达到平时生活的行为习惯之中。此外，要让这些孩子在锻炼中成长。学校平时会组织这些孩子到各个班去巡讲，包括参与学校为弘扬长征精神开展的一些活动。

讲解团除了在校区讲，也会到校外讲。学校前面的中央红军长征出发纪念园内，有中央红军长征出发纪念碑、中央红军长征出发纪念馆和长征渡口等，都是孩子们展示才华的园地。

讲解团引导孩子们积极参加社会实践，访问红军后代并观摩学习打草鞋。正当精准扶贫在全国开展，于都县脱贫攻坚如火如荼之时，讲解团要求孩子们关注身边脱贫攻坚的故事，与时代一起成长。有一位六年级孩子叫钟妤，她从家住梓山镇的舅舅那里，感知祖国正在进行脱贫攻坚的伟大事业，在全县中小学"脱贫攻坚"演讲比赛活动中，以《勤劳与智慧改变了家乡》为题做了精彩演讲，荣获一等奖。她说："舅妈长期卧病在床，舅舅靠打零工勉强养活一大家子。以前他可没少向我家借钱，都是我妈偷偷地塞给他，还不让我爸知道。两年前在扶贫干部的帮助下，舅舅承包了十亩富硒土地种植蔬菜。庆幸有党的扶贫惠民政策，使舅舅这样的贫困户靠着勤劳和智慧，迈上了小康生活。"

这些孩子，一边学习，一边还要担任讲解团的工作。很多孩子也有畏难情绪，老师发现这种情况，会适时引导。这些孩子不少是红军后代，他们的曾祖或高祖以前就是红军。孩子们有时也会讲述他们的曾祖或高祖的故事，这也是激励他们成长的最好方式。

我们现在是新长征，虽不能像以前那样去真正走长征，但是我们生活

"红娃"与红军后代在一起学习打草鞋

中所面临的困难，还能超越当年长征的艰难吗？

孩子们现在读小学，怎么来走好我们人生的新长征路呢？这就要求在新长征路上，面对困难应该怎么去克服、怎么去实现梦想、怎么去争取胜利……这也是"红娃讲解团"要给孩子们讲的。

"走好人生第一步"，成为每一个孩子的信条。第一步很重要，就像穿衣服扣第一粒扣子，如果第一粒扣子扣错了，接下来所有的扣子都会扣错。

每一个孩子都有自己的长征梦。我觉得，我们"红娃讲解团"，需要引导孩子选择好理想的目的地，勇敢迈出新长征的第一步，出发、再出发！

红娃唢呐艺术团

于都是中央红军长征出发地，也被誉为"唢呐艺术之乡"。

80 多年前，于都河畔送别红军的唢呐声如在昨天响起。今天，于都百姓将客家唢呐这一传统文化，融入教育、生活的点点滴滴，以此传承和发扬长征精神。

于都河畔，唢呐声声。激昂嘹亮的乐曲，把我们的思绪带回到 80 多年前，红军在此夜渡于都河，开始二万五千里长征。

红娃唢呐艺术团成立于 2012 年 7 月。长征源红军小学利用地处长征渡口的区位优势，长期组织红娃唢呐艺术团的孩子们，到于都河畔演奏红色曲目。

每当课余，在唢呐教室里、操场上、学校的小花园里以及在长征渡口，都可以看到孩子们认真练习吹唢呐的身影。

红娃唢呐艺术团的成立，不但让唢呐这一客家文化形式得以传承，也让一曲曲红歌中所蕴含的长征精神，深深印刻在每个孩子的心中。

为了更好地把传统文化和学校的红色教育相结合，长征源红军小学特别聘请了于都唢呐"公婆吹"艺术传承人肖卿华老师，作为红娃唢呐艺术团的指导老师。在教授孩子们唢呐课时，肖卿华会特意将红色文化、苏区振兴等元素融入乐曲中，激发孩子们热爱家乡、热爱祖国的热情。

《长征从这里出发》这首歌曲，是肖卿华传授的经典曲目。他把客家唢呐带到学校传授给孩子，对于民族文化的传承，对于长征精神的弘扬起到了非常好的教育作用。

清早，于都河畔就传来了悠扬的唢呐声，两个小姑娘面对面站立，手中的唢呐成了她们唯一的交流工具，你一"言"、我一"语"，相互应和。

赖紫茹是红娃唢呐艺术团的唢呐手，经过4年的刻苦练习，她已经成为艺术团的一号唢呐手。最初接触唢呐时，她被老师讲的"于都百姓吹唢呐送红军"的故事所打动，而在之后的练习中，长征精神也一直成为她战胜困难的动力。

"就是吹久了嘴巴会很疼，但是坚持就是胜利，以前红军叔叔遇到那么多困难，他们都没有放弃，所以我们也不能放弃。"赖紫茹说。

于都的很多孩子都像赖紫茹一样，在接触唢呐的过程中，渐渐爱上唢呐、迷上唢呐，在奏响唢呐的过程中，被一首首红色曲目讲述的长征故事所浸染。

如今，唢呐已成为于都人民精神的寄托。唢呐声声，唤起一代又一代后来人继承长征精神。伴随着嘹亮的唢呐声，于都人民走在新长征的大道上，勇往直前，走向更新更美的未来。

> 假如我是一只鸟儿，
> 我要用嘹亮的喉咙把祖国歌唱。
> 假如我是一名画家，
> 我要用五彩的画笔把祖国描绘。
> 而我，是一名小小唢呐手，
> 我要用唢呐奏响盛世最强音。

红娃唢呐艺术团表演

遥想当年，于都人民奏着唢呐曲，依依不舍地送红军夜渡于都河，迈向二万五千里长征。这一送，送出了一个新中国，送出了一个新世纪。重温革命故事，孩子们暗暗立下誓言：一定要把这项艺术传承好，弘扬好，走好新时代的长征路，奏响盛世中国最强音。

陈韵寒是长征源红军小学五年级学生，担任红娃唢呐艺术团副团长。她不怯生，那双晶亮的眼睛直望着我。稚嫩的童声讲述着她初习唢呐的不易：她是四年级开始学唢呐的，一开始吹不出来，长时间鼓动腮帮子，引起肌肉胀痛，好几次差点放弃了。后来爸爸跟她讲太爷爷当红军的故事，太爷爷是红军某连队炊事班班长，那时红军的粮草并不充裕，每次做饭，都要精打细算。一次部队行军需要埋锅造饭，仅剩的米只能煮一顿稀饭。为了让战士们能吃饱肚子，太爷爷带领炊事班的战士到山里挖竹笋、采野菜，还猎获了一头野猪，在艰苦情形下创造条件让全连战士饱餐了一顿……陈韵寒吹着吹着，脑海里都是太爷爷的形象。自己生在和平年代，有这样好的学习条件，绝对不能放弃。她一天天地练习，一次次地求教，一遍遍地总结，最后终于吹出了音调。能吹出音调，只是学唢呐的第一步，接着还要练习音阶和音准。音阶、音准需要精准的吹奏技能，太用力或太轻都难以吹出准确的音调来。经过孜孜以求、锲而不舍的学习，陈韵寒终于可以吹出准确的音阶和音准了，在她鼓腮运气和手指揿动下，《十送红军》的曲子自如地飞扬起来。每一次吹奏《十送红军》，陈韵寒的眼前都会浮现当年于都河畔送别红军的场面。她一边吹着，一边眺望着远山和云海，一个个红军背着枪，走向浮桥，走向远方……

小小的唢呐如出征的号角，传递着催人奋进的力量，孩子们的心中感受到从未有过的自豪。

于都河像一曲新时代组歌，随着波峰起伏，荡漾出崭新纹理，在我们眼前掠过。

于都这片红色沃土，在赣南苏区振兴计划和"瑞兴于试验区"先行先试的政策支持下，发生了翻天覆地的变化：

——一家家像赢家服饰这样的知名企业在工业园区崛起，带动着于都工业的迅猛发展；

——梓山万亩富硒蔬菜基地和岭背栖岭农牧养殖基地的建设，引领群众走向小康大道；

——当年红军跨越的于都河，一座座大桥飞架南北。于都河两岸高楼拔地而起，华灯初上，夜景不逊上海外滩。

于都，日新月异，引领赣南阔步前行。

今日的中国，港珠澳大桥通车，C919大飞机直冲云霄，天宫二号空间实验室遨游太空，辽宁舰、山东舰劈波斩浪远航大洋，"中国天眼"探测着未知的天体，北斗系统精密服务全球……一项项超级工程在神州大地遍地开花。

长江经济带以全球影响力的内河经济模式走向世界，"一带一路"开创21世纪国际合作的全新理念，中国减贫成就举世瞩目……今日中国故事已经融入人类历史最壮丽的篇章之中。这是一个奋进的新时代，一个伟大的新时代，一个最接近中华民族伟大复兴的新时代。

长征源头的"红娃"，触摸红土地的前世与今生，静静地聆听着于都河亘古流淌的心跳，目光似剑，吹奏唢呐声声，动人心魄的旋律响彻云天。

听，一曲唢呐一声情。

看，一个时代一幅画。

一个个英姿飒爽的"红娃"，站在长征渡口，接过新时代的接力棒，在新长征再出发的路上，为祖国谱出最美曲，奏出最强音！

附　录
作者深入于都采访手记

按：作者深入于都各乡镇采访，一次没有走完，两次；两次没有走完，三次……脚力是创作的起笔。每天在大地奔跑，作者写下了20余万字的采访手记。现摘录部分手记，以飨读者。

第一阶段（2019年6月27日—7月5日）

2019年6月27日　周四　于都县城

早晨7：20从九江浔阳城出发，下午2点到于都。来不及休息，立即就近投入采访。在老城区走访了几个红色遗址：

刘次垣民居。建国路71号。刘次垣民居中的一扇门，只剩了半块门板。剩下的半块门板，在左厢房进入正厅的腰门上，安静地等待着我们参观。当年老百姓为了支援红军架设浮桥，把自己家的门板捐献出来，最后还有半块门板找不到了。这栋房屋的阁楼，一些房梁已被锯走送给红军搭建渡河的浮桥，后来无法重新安装上去。居住在这里的李美珍老人，已经92岁了。她嫁到这里以后，才知道家里缺门少梁的缘故。现在，老房子的墙壁上还有不少苏区时期留下的标语，勾起人们对沧桑岁月的感怀。

昭忠祠。毛泽东、朱德率领红四军来到于都，创建赣南第一个县级红色政权——"于都县工农兵革命委员会"，其办公地点设于此。现在成了民间文艺团体的活动场所，见到70岁的民间艺人肖秋林，他是省级非物质文化遗产项目于都古文代表性传承人，对吹拉弹唱样样精通，真是民间说唱艺术的高手。

2019 年 6 月 28 日　周五　贡江镇、梓山镇

8 点出发去贡江镇芦山村采访李明荣。李明荣 78 岁，但看起来只有 60 多岁。

李明荣的父亲和伯父、叔叔们，当年组成的渔民队伍，用 20 多条船，在鲤鱼和石尾渡口运送红五军团两个师 12000 多人过江。为了避免国民党军秋后算账，渔民顺江而下去到万安、泰和谋生。直到 1949 年新中国成立，渔民们才回到于都祖居地来重操旧业。

下午去梓山镇，到蔬菜基地（北区）、山峰坝渡口参观，这里是当年红一军团长征渡口。站在桥上，看波涛滚滚，想象当年红军搭建浮桥渡江的情形。

2019 年 6 月 29 日　周六　利村乡

县文联副主席许九洲领我到利村乡上下村采访。在村里认识一位本家——凌三斤。他今年 67 岁，曾是小学老师。这里有 31 户凌姓人家。

在爬泥坑组，见到林国辉和林平叔侄俩。昨天，林国辉和林平叔侄俩与滕代远儿子滕辉一起到于都博物馆捐献了一批文物。1929 年，滕代远等 20 多名伤病员被送到这里养伤。林列圣和妻子黄玉彩一起，想方设法为伤病员养伤，既要做好保密措施，又要给伤病员采集药物等。当时，林列圣挑着箩筐以卖爆竹做掩护，从事地下联络工作。

与村干部聊天，得知里仁暴动的总指挥赖生和就是本村赖屋的。

下午，许九洲带我们去上坪村看原中央分局、中央政府办事处旧址。曲曲折折的山间乡道，走了 15 公里，过了五六座小桥，才到上坪村增坪组。一排老式土木结构建筑，这里正是项英和陈毅当年辗转迁徙到此驻扎的原中央分局、中央政府办事处旧址。

2019 年 6 月 30 日　周日　贡江镇、梓山镇

在工人文化宫参加全国妇联主办的"时代新人说——我和祖国共成长"家国情怀故事汇（江西站）活动。

于都县长征源合唱团表演大合唱《十送红军》《红军渡·长征源》，接着是瑞金选送的故事《八子参军》《十七棵松》《长征路上的 30 位女红军》，赣南采茶歌舞剧院表演了山歌联唱《苏区干部好作风》，瑞金市金都小学的情景诵读《吃水不忘挖井人》，方志敏之女方梅讲述了《可爱的中国》。鞠萍现场与孙观发、王芳的访谈节目《总书记到我家》之后是于都县长征源合唱团演唱的《永远的红飘带》。活动在齐唱《歌唱祖国》声中落幕。

2019 年 7 月 1 日　周一　岭背镇

到岭背镇，采访扶贫企业——栖岭农牧有限公司。公司总经理周红华领我到金溪村看了一家养鸡户，以前这户人家是弹棉花的，现在年纪大了，不弹棉花开始养鸡。第一批挣了 1.7 万元，效益还是不错的。

中午，晚了一个钟头才赶到镇政府食堂用餐。

下午，采访移民安置点——蛤蟆石村。在谢屋村寻找长征干部谢宝金的旧居。晚餐又迟到了一个多钟头，谢宝金的玄孙谢小云在食堂等我们，一边吃饭，一边访问。感人的故事要留着在作品中尽情着墨。

2019 年 7 月 2 日　周二　贡江镇、工业园区

去工业园采访，园区副主任张春调接待了我们。

张春调领我们到赢家服饰参观，这家企业实现了智能化生产。走进生产车间，发现了"扶贫车间"，这家企业与时俱进，与脱贫攻坚密切联系。

还采访了以泰电子企业。这是一家台资企业，国际代加工企业。

采访的第三家企业是奥科特节能灯公司。老板陈爱华是于都罗江人，在罗江创办节能灯企业，后到广东中山扩大经营，又返回于都建厂。

下午5点，赶到中央红军长征出发纪念馆，采访纪念馆副馆长钟敏和张小平老师。四年前，到于都采风，张小平老师领我跑过一些地方，我们是老熟人了。

2019年7月3日 周三 银坑镇

银坑镇。凌满发、凌敏陪同参观年丰村竹篙寨。

竹篙寨拔地而起，远看似一根挺拔耸立的竹篙。竹篙寨是中央后方保管处旧址。1928年8月，于北区革命军事委员会在此建立了于北区后方保管处，用于存放开展游击战争所需的战备物资。

竹篙寨不远，一座狮子口的山形下，有一栋破旧的祠堂，这里是毛主席旧居。

下午，凌敏领着我们去万寿宫看红军枪械修理厂。

接着去洋迳村参观和乐园，这是一家观光旅游产业。蓝楚波领我们在他的园地转了一圈。

平安村。张小滨支书领着我们看张氏祠堂，参观苏维埃时期胜利县遗址。

晚上在凌彩亮开的生态餐馆聚会。隔壁住着凌步煌，喝的是凌氏"茅台"，一道隔水炖土鸡，味道鲜美。

2019年7月4日 周四 葛坳乡、银坑镇

凌步煌开车领我去葛坳乡澄江村。在宁都交界处，进入一条柏油双车道，这是火箭部队出资修建的惠民路。

车子停在村头，我们步行进入村内，先是看见一口井，一路上有圣岸祠、雪窗祠。这次到澄江村，没有通过政府层面到访，碰上第一书记李卫东、村支书谭富荣、主任谭福荣、村文书谭金生等人，他们主动帮助，解决了采访困难。

返回银坑镇，凌步煌领我寻找方槐将军故居。

撒网形山下，方槐将军故居已成遗址。将军当年十三四岁，是儿童团团长，别人对他说，红军走了，你不走，到时国民党回来肯定找你麻烦。母亲爱惜自己的孩子，拿起一把香点着，交给方槐说，孩子，快追队伍去。方槐追上部队，踏上长征路，后来成了开国少将。

紧挨方槐故居遗址的右侧，有一栋保存完好的老房子，里面还住着村民。这是钟家的老屋，住在老屋里的一位 80 多岁老人，叫钟起洪，他声如洪钟地说，现在是盘古开天地以来最好的时代。种田不用交租，做小生意也不用交税，残疾人没有房子住给你盖房子。我们农村的卫生也好了，苍蝇、蚊子也没有了。他这么一说，我们才意识到，在他房子里坐了这么久，一个苍蝇、蚊子都没有见到。

老人说话很有感染力。

2019 年 7 月 5 日　周五　银坑镇

凌步煌安排到天华山参观。

乘智远法师的车，方向盘在他手中盘旋，有惊无险，车子转眼把我们送上陡坡。

站在天王殿前，可以看见山下芸芸众生垒建的房屋，有的稀稀落落，有的连成村落、乡镇，甚是壮观。

从 1997 年开始，智远法师开始修建通寺的简易公路，最初路基仅 1.5 米宽，后逐步拓宽到 3 米宽，花费 18 万元。第四年，各方合力，共筹集 180 万元，对通寺路进行了水泥硬化。从航拍的照片可以看到层层叠叠的庙宇，都是智远法师一年接着一年，逐步建造起来的。

沿着阶梯登上顶层的千佛殿，这里有晚清翰林谢远涵的一副对联："天作高山固石纵横仙霞贯，华侵古诗栏杆前后白云封。"凌步煌告诉我，谢远涵是兴国人，光绪甲午科进士，次年选为翰林，任翰林院编修。他曾抱着溥仪上朝，宣统皇帝在怀里啼哭，他就说，别哭，别哭，不要多久。大清王朝轮到宣统皇帝时果然没有"多久"就寿终正寝了。

智远法师招待我们喝擂茶。擂茶是将大茶叶、芝麻、茴香、花生米、黄豆、黑豆、花生油放入钵里，用山姜树或柚子树、桂花树、油茶树做成的木棍在钵里擂成细末冲水喝。

第二阶段（2019 年 8 月 7—24 日）

2019 年 8 月 7 日　周三　铁山垅镇

来到铁山垅镇采访。

在中坑村，见到驻村第一书记陈湖洲，他是县应急管理局派驻的干部。他说，刚刚就在我们到来前处理了一宗紧急火情。事由一个小女孩不慎引燃厨房内堆放的柴草，引发火灾。因为厨房内有煤气罐，没有人敢进去灭火。陈湖洲第一个冲上前，用水扑灭了火情。只见厨房的木窗户和里面堆放的木柴都烧成木炭了，门口摆着一只烧坏的电饭煲和高压锅，还烧坏了净水器。这户人家，老太太已 75 岁，带着两个七八岁的留守儿童，孩子的父母都出外打工了，最大的期望就是平安。

村里有个"脱贫之星"——肖礼塘。他告诉我，在最困难的时候，日子熬不过去，自己还喝过农药。精准扶贫政策下来后，他日子好过了，医疗、教育等解决了大问题。他领我们看楼顶上的光伏发电设施，虽然只有几块光伏板，但每年有 5000 多元的收入。肖礼塘很勤劳，种了 2 亩百香果，这一项每年有 10000 元的收入。此外，他还种了 20 亩脐橙，过两年就能挂果。看到这些，觉得他真是一位脱贫攻坚的英雄。

2019 年 8 月 8 日　周四　靖石乡

早晨 7 点，赶到靖石乡政府，文化站站长钟元红领我来到黄沙村。

当年，这个村子有不少人参加了红军，开国少将叶荫庭就是那个时候走出去的。在叶荫庭旧居一侧，女主人十分热情，切来西瓜，拿出好多点心来招待我们。村文书叶才亮介绍了一些村里流传下来的红色故事。随着时间的推移，这些故事越来越深地掩埋进了历史的尘埃。

屏山牧场年产值达 1.1 亿元，是江西省的养殖龙头企业。乳业加工厂厂长叶才顺介绍了生产和牛场情况，并采访了在厂务工的 3 个贫困户。一人务工，全家脱贫，这话有道理。

下午，去渔翁村。村里有渔翁埠，是中央红军长征红九军团渡过濂江（即安远河，贡江上游支流）进入长征方阵左翼后卫位置的开端。

渔翁村支书郭生发介绍说，红九军团在罗炳辉军团长率领下，从长汀松毛岭战场撤离下来，奉命进行战略转移。在会昌珠兰乡休整了 5 天，1934 年 10 月 17 日傍晚来到渔翁埠渡口。渡口有三条船，用于伤病员和辎重的渡江。在渡口下游不远的浅水滩，部队战士可涉水而过。

2008 年，国家以工代赈项目、乡渡改桥重点工程——渔翁大桥在渔翁渡口上游不远建成，彻底结束了两岸通行靠渡船的历史。

面前的江面就是库区，清风徐来，水面荡起鱼鳞般的波纹。郭生发介绍说，当年红九军团从这里渡江时，有几十名唢呐手，在渔翁渡口吹着送亲曲，迎接红九军团的将士顺利渡江。

渔翁村不少村民靠养蜂增收，全村养蜂达 2000 多箱。致富带头人郭祥万是个“80 后”，养蜂 120 箱。郭祥万既卖蜂蜜，也卖蜂种，一箱蜂种能卖 360 元，现在卖了 80 多箱，盈利 2 万多元。去年收蜂蜜 3000 多斤，市价每公斤 70 元，收入 10 万余元。郭祥万一心一意搞蜜蜂养殖，自己致富了，不忘贫困乡亲，他主动向有养蜂愿望的贫困户传授养蜂技术。目前带动了四五户贫困户参与养蜂，对缺资金的贫困户，采取先赊蜂种，待尝到养蜂甜头卖出蜂蜜后再归还蜂种钱。贫困户郭运长赊了 15 箱，黄水秀赊了 10 箱，目前，郭运长已产蜜 140 公斤，黄水秀产蜜 100 公斤，已初步尝到了养蜂的甜头。

贫困户郑林长是靠养蜂发家的典型，因为家里人口多，靠种地难以谋生。一个偶然的机会，让他接触到养蜂，就试养了起来。一开始，他只小打小闹养了 2 箱。2015 年，国家贴息贷款政策下来，他贷款 5 万元，养了 70 多箱蜂。此后，历年递增，2018 年达到 120 箱，产蜜 1000 公斤，每公斤售价 60—70 元，年收入 6 万多元。2019 年雨水多，产蜜比往年少，152 箱蜂的产量也仅收获蜂蜜 1000 多公斤。郑林长欣慰地告诉我，由于自己的蜜是原生态，品质好，一出来就卖掉了 500 多公斤，收入达 3 万多元，他也不再是那个头戴贫困户帽子的郑林长了。

我端起眼前这杯透明的金黄色的蜂蜜水，一饮而尽，说，真甜！

2019 年 8 月 9 日　周五　靖石乡

田东村有一座叫饭甑寨的山。

周云开车来到一条小岔道，一座庙宇堆砌在饭甑寨山脚下。饭甑寨像饭甑，也像谷仓，拔地而起。一旁还有两座高低不一的小饭甑。

爬山。台阶很陡，是人工用凿子一凿一凿凿出来的。幸好两边安装了铁栏杆，攀爬时有个抓手。

攀爬 20 分钟到达山顶。据说，本地人挑东西、背煤气罐上山，只要 8 分钟。山顶有竹林，面朝靖石建有一栋寺庙。

杨梅村。村主任刘六月生以前做过钨砂生意，他的个人履历与钨砂业的民间史密切相关。

下午，前往屏山景区。山上安装了不少风力发电装置。下山后，钟元红领我去看一处奶牛场，与养殖主刘振红聊养牛的故事。

2019 年 8 月 10 日　周六　盘古山镇

8 点出发，到盘古山镇政府，与宣传统战委员刘志民碰面，他安排文化站长刘为裕领我下村跑点。

在工农村，杨文琪告诉我，工农村过去古木参天，大炼钢铁时期，将好多树木砍伐当了炼钢的燃料。20 世纪 30 年代，村里有个叫龙井圹的地方，一个叫杨国财的地主，建造了一栋大宅院。红军攻下这栋宅院后，便辟为医院。当时，有一名女红军负重伤在医院治疗，不久牺牲，当地人将她埋在一处山坎上。后来，因为建造房子，又将女红军的尸骨裹起来埋到后山铁坑。

杨文琪领我翻过一道小山坎，来到一口塘前，他说这里原来有好多大荷树，这个塘叫荷树塘。当年，红军从这里前往安远塘村乡，翻过山就是上黄沙、下黄沙，在不到上黄沙的樟窝遇到白军阻击。红军损失惨重，不少红军被俘，被白军赶到一个山坳杀死，老百姓称这个地方叫"杀人坳"。

下午，参观盘古山矿。车间建在山坡上，成梯级叠加。选矿厂副厂长徐剑华带我们登上一级级的台阶来到选矿车间。从摇床车间进入破碎车间，最后来到人工手选车间。徐剑华说，从原矿石到磨制成黑钨、白钨，要经过20多道工序。

2019年8月11日　周日　盘古山镇

刘志民同我们一道下乡，到人和村参观红薯干的生产加工。人和村支书蒙石福，是个"90后"，他介绍了红薯干生产情况。之后到茶梓村，在村主任钟福长带领下看了茶梓区苏维埃政府旧址。

在茶梓村卫生所，访问王启庆。他既是卫生所负责人，也做家乡土特产的销售，仅红薯干一项去年就销售了五六万斤。

长龙村，是于都、安远、会昌三县交界处。为了赶时间，刘为裕将车子开得飞快。很快到了龙珠茶场，天气雾蒙蒙的，可惜看不到茶场的景色。在会客室，黄清波语速飞快，讲述他创办茶场的故事。

下午，到山森村，见到因工伤致残的黄鸿财。他勤劳，养鸡养羊，靠内生动力脱贫。看完黄鸿财的鸡和羊，又到一户种植火龙果的贫困户家去看他种的火龙果。遇见一名村医，听他当"赤脚医生"行医的故事。

2019年8月12日　周一　禾丰镇

高温，39度，阻挡不了我采访的步伐。结束盘古山镇采访，前往禾丰镇。

镇人大干事赖忠杰领我们去库心村，访长征"留守孩"、陆定一女儿陆叶坪的住地。

之后，到麻芜村参观红三军团二师五团团部旧址，参观了水阁口，接着又去大字村看小西湖社区，访万年青水泥厂。

尧口村。参观希祯公祠，即红三军团整编旧址。数一数，这个连体房屋有 9 个大门，用手机拍摄还无法一次性拍摄下来。第一间房屋门开着，我走进去看见一位 80 岁的老人，他十分热情地迎出来回答我的问话。

在镇接待室，分别采访了第一书记刘颂胜和谭红生。之后，我们去大字村采访矿山移民工程。傍晚，到中坊村，第一书记刘颂胜领我采访一个患有帕金森症的贫困户。

2019 年 8 月 13 日　周二　黄麟乡、沙心乡

来到黄麟乡，宣传委员黄蕾安排驻村干部带我去井塘村。进入村道后，道路两边都是杨梅树。

"井塘会演"旧址，是一个山窝，现在象征性地建有一个戏台。山上种满了杨梅树。1935 年 2 月 7 日，面对国民党军队的疯狂"围剿"，留守苏区的红军在于都县井塘村进行了最后一次大型汇演，然后化整为零，分路突围。当时，万余群众与红军指战员一同观看了这场"告别演出"。

中央主力红军长征后，国民党军队从四面八方压缩红军的地盘，从这里撤走也是迫在眉睫的事。为了鼓舞军民斗志，中共中央分局在周围硝烟弥漫的战况下，批准了由火星、红旗、战号 3 家剧团联合举办的"井塘会演"。

关于这次会演的情景，当时的战号剧团团长赵品三，于 1962 年挥笔写下一首抒怀七言诗："十里听歌冒雨来，辉煌灯火照山台。军民同乐逢佳节，星月联华叹妙才。东边唱罢西边和，前幕收场后幕开。披蓑张盖通宵立，三度闻鸡不肯回。元宵结彩赣江春，壮舞高歌洗战尘。夜雨绵绵弦

韵急，红灯舟冉掌声频。蒸肠煮酒劳军旅，磨剑擦枪待敌人。三十年来谁记得，于都情景宛如新。"这次"井塘会演"是红军3个剧团在中央苏区最后的绝唱。

井塘是当时中共中央分局、中央政府办事处的临时驻地。这里尚有红军医院、中共中央财经委员会等旧址。据村支书刘小冬介绍，当年红军留下的大量遗物在"文革"期间被造反派烧掉了。井塘村民将幸存下来的行军锅、牛骨算盘和项英夫人送给当地村民谢招娣的绸缎被单，都无私捐给了于都县博物馆。

…………

沙心乡是于都县的一块"飞地"，离黄麟乡最近，我决定趁下午的时间完成对沙心的采访。

从地图上看，沙心很小，三面被瑞金包围，一面与于都宽田连接。

去沙心乡，必须经过瑞金万田乡，好不容易才到沙心乡。乡党委副书记罗文禄简单介绍了乡里的情况，沙心红色文化丰厚，加之这里不久前刚暴发了一次特大山洪，发生了很多抗洪救灾的故事。

参观红光村红色兵工厂旧址。红色兵工厂是枪械专家马文建起来的。马文妻子刚生下儿子马善华后，红军就开始战略转移。马文不得不将儿子寄养在当地村民杨会芳家。新中国成立后，马文来到村里寻访，将儿子接走了。

沙心村朱氏祠堂。当年陈毅率部经过借住在祠堂，还向朱绍祈家借了120斤谷子，写下了借据。包产到户那年，朱绍祈拿出了这张借据交给生产队长朱绍富，问是否还有用？朱绍富说，可以拿到粮站抵公粮。朱绍祈果然拿着这张借据去粮站，抵了120斤公粮。

2019年7月14日，一场山洪暴发，山体滑坡，将朱新发生家的房屋后墙全部冲垮了。山上的泥土和树木一股脑塞入房间内，场景触目惊心。朱新发生住在二楼，半夜3点突然肚子痛，爬起来上厕所。突然轰隆一声，地震山摇，他的住房已被泥土和树木推倒。他倒吸了一口凉气，庆幸自己捡了一条命。

在沙塘村，见到扶贫干部刘骏，"90后"，抗洪救灾冲在最前面。当时，接到险情，就开车来到桐车岗，车子被突然暴涨的洪水冲离了路面。他机警地爬上车顶。洪水冲击下，车子有被卷走的可能，他随之又跳入水中。水深没入脖颈，他呛了几口水，手足无措地抓住了一把高坎上的茅草。危急中，住在附近的吴兴炬夫妇发现了他，赶紧拿竹篙拉他上岸。

2019年8月14日　周三　黄麟乡、会昌梓坑村、宽田乡

昨晚住在黄麟乡政府旁边的一家小旅店，一早就到乡政府食堂用餐。文化站长曾海洋答应领我去朱田村。

朱田曾是一个热闹的圩镇，靠近澄江，有码头，交通非常便利。如今码头已破败，一棵枝繁叶茂的大榕树算是见证。

朱田也是红七军某师五十六团团部驻扎地，村里有李明瑞烈士墓。李明瑞是百色起义的领导人，肃反期间被错杀。当时村里无人敢给李明瑞收尸，还是村中一个无儿无女的单身汉悄悄地将李明瑞的尸体埋在一棵樟树西南20米处。在一大块平地上堆着一个土堆，土堆前立着一块大理石石碑。碑面正中竖刻：李明瑞烈士之墓。

村文书何东北领我们去邻县会昌白鹅乡梓坑村，这里曾是中共中央分局临时驻扎地。从朱田到梓坑并不远，沿途有国家银行、中央兵工厂旧址分布在村落中。中央分局的驻扎地自然是十分隐蔽的地方。那时候生态比现在还好，村子里到处是大树，空中飞机侦察一般很难发现这里会驻扎着部队……

从梓坑回来，开车前往宽田乡。宣传委员李冬林在接待室门前等我们。为了节省时间，立即前往山下村参观中共中央瑞西县委旧址。在这里巧遇于都博物馆的管冬梅书记。

来到上堡村，这是个畲族村。蓝赣县支书请来蓝清森讲述马德明的故事。蓝清森是红军烈士后代，爷爷蓝祖浩曾任师部文书，后来参加长征。

蓝清森讲述道，同村参加长征的一位姓马的老红军 1950 年退伍回村，当时奶奶向他打听爷爷的消息，他说在懋功会师时还与蓝祖浩见过面。两人彻夜长谈后分手，后来再也没有见过。奶奶天天盼、月月盼，最后盼来一纸烈士证明书。

马德明烈士墓，在狮子山下，村部办公楼左侧。沿着小径登山五六十步，眼前出现一个溶洞。蓝清森让人打开电灯，里面照得一片雪亮。

溶洞高低不平，蓝清森领我们沿着一条小径向纵深前进，狭窄处只能弯腰一个人走。石燕在头顶上飞来飞去，耳朵里落入一片鸣叫声。来到一处幽暗的地洞前，蓝清森指着黑咕隆咚的地方说，这里就是马德明跳崖的地方。马德明是瑞西县委书记，中央红军战略转移，马德明临危受命，肩负起了保卫中央苏区的艰巨任务。在赣闽边界的白竹寨一战，部队被打散，他隐蔽在山上，因为点火做饭，被国民党发现抓去……

石含村。易氏宗祠，是中共中央分局、中央政府办事处旧址。旧址一侧住着易检发，1945 年生人。他家墙壁上悬挂着烈士证明书。上面写着："易克铸同志，一九三四年在北上抗日中牺牲。"易检发是易克铸的继子，他亲生父亲叫易克茂，与易克铸是同胞兄弟。易克茂被国民党抓壮丁，走到湖南时跳车逃跑，被押送的士兵开枪打伤了臂膀。幸亏被当地 3 个老乡救起并帮助医治好他的伤。伤情好转后，易克茂走回了家。五六年后，旧伤复发去世。

我了解到，易检发过继的情况，当时族长写了一张红纸，内容就是易检发一人顶两门：一三五七逢单顶亲生父亲家，二四六八逢双顶继父家。他生有一个儿子，也继续他顶着两户人家。现在第三代孙子有两个，就分开了，一个孙子顶亲生父亲家，一个孙子顶继父的门楣。中国传统中的所谓"香火"，就是这样一代代被继承下来的。

守墓人谢南京。谢南京今年 67 岁，家里 17 口人，2 个儿子，5 个孙子、5 个孙女、1 个曾孙女。走进他家，如同走进一个小学堂。

谢南京从爷爷辈开始便守红军墓，他交代自己的儿子和孙子，不管在外面发多大财,清明节一定要回家扫墓,而且首先要先祭扫红军烈士墓。

谢南京告诉我,红军墓以前在岗子背,1981年移至三棵枫树下。原墓因山体塌方裂开一个大口,谢南京决定为红军墓迁移,挖开墓,发现里面整齐安放着24具遗骸。他请人修建墓室,分三层将24具遗骸安放好。当时,买砖、水泥,请泥工师傅,干了半个月,花费1800元才修建完毕。2011年,因为墓碑塌下来,他又做了一次维修。据说,当年红军在瑞金万田攻打土围子,许多伤病员运送到石含村红军后方医院治疗,爷爷还是护理员。这个墓穴的24具遗骸,就是那时牺牲的红军将士。墓中有一位名叫邓毅刚烈士,是位功勋卓著的红军高级将领。我从墓碑信息和查阅资料整合其简历如下:

邓毅刚,1904年生于湖南汝城附城邓家,1925年入读广州黄埔军校。1927年参加南昌起义。1928年初参加湘南起义,后上井冈山。1929年初随红四军进军赣南、闽西。1930年3月,任红十二军军长,6月任闽西红二十一军军长,11月任赣南红三十五军军长。参加了第一、二、三次反"围剿"。1931年10月,红三十五军整编为红一方面军独立第三师后任师长。1932年初,率部攻打瑞金万田土围子战斗负重伤。1932年2月在于都石含村牺牲。

2019年8月15日 周四 宽田乡

龙泉村读攻组有中共中央分局旧址。进入村口,村道正在倒水泥,我们只好步行进村。走到村部,村主任刘海华骑摩托车送我们到旧址去。

这是一栋土木结构老祠堂,左侧厢房已经倒塌,右侧被村民占据盖了房子。

杨冬生告诉我,爷爷杨继煜是红军烈士,烈士证明书上记载,爷爷在瑞金白竹寨战斗中牺牲。爷爷有文化,曾是瑞西县委秘书。五六年前,应老父亲要求,前往瑞金白竹寨去寻访爷爷的下落。一路上打听,终于找到白竹寨。此时,天色已晚,80多年前的战场硝烟早已散尽,眼前青山葱郁，父子俩望着迷茫的天空和模糊的大地，只好失望地踏上归途。

爷爷的尸骨沉埋何处，不得而知。杨冬生说，父亲带着遗憾走了，我们这代人也无法完成这一夙愿。

2019年8月16日　周五　段屋乡、车溪乡

车到段屋乡，见到宣传委员郭宗亮。简单计划了一下行程即出发。

先到围上村铜鼓湾，这里是中央红军长征集结出发红一军团部旧址。据说，长征二万五千里的计算，采信的是童小鹏日记《告别老家》一书，书中记载了从铜锣湾集结出发后的历程。童小鹏在日记中写道：

> 第一天只走30里，到山峰坝宿营。第二天，还是晚饭后出发，到雩都河边已经黄昏，因工兵早已架好浮桥，很快就渡过了，经潭头到下油宿营，共走了70里。第三天，照例晚饭出发，走了45里，到达龙屋宿营……

村主任刘起盛领我们到红军后代刘起立家采访。

刘起立出生于1934年10月21日，正好是红一军团突破第一道封锁线与敌展开激战的日子。刘起立告诉我，爸爸在红军走后留下做地方工作，在宽田上堡被抓，后被敌人残酷杀害。当时，母亲带着两个孩子去探监，父亲对母亲说，你要改嫁也可以，但一定要将两个孩子养大成人。当时，宽田石含村的大地主来家里提亲，母亲说不嫁，但这个大地主三番五次来纠缠，母亲就提出条件，要他抚养两个孩子长大。地主不愿意养，母亲也就不同意嫁入他家，靠挑煤炭挣脚力钱养家。穷苦人家，不知受了多少欺负，直到新中国成立，他们家才获得新生。刘起立从1958年开始在村里当干部，干了38年，到1996年才退休。

刘起立讲当地流传的红军驻扎铜锣湾的故事。开始来4匹马，过了几天，来40匹马，之后开过来1万多人。红军的粮食还是父亲牵头，一户

凑 70 斤，一晚上就凑了 2 万多斤。红军要给钱，但当地百姓要支援红军。红军有纪律，不收钱，就不能要粮食。

寒信古村。这里紧靠梅江，过去是远近闻名的码头，附近的宽田、车溪、银坑、仙下、汾坑、瑞金都要到这里转运物资。寒信村的水府庙，供奉着金公、温公、赖公、关公等神像。每年农历七月二十四日，这里都会举办一场热闹非凡的水府庙会。各地赶来的乡亲们都会利用庙会的机会见面，叙叙亲情，拉拉家常，祠堂里接待酒席可达 500 桌，可谓盛况空前。寒信村安排我们乘船去药口。船在水中行，半个多钟头才到药口——梅江的一个弯道，那里是车溪、宽田和段屋三乡的交界处。在船上能看见高大的杨公碑。杨公即中国风水学的开山祖杨筠松，药口是杨筠松咽气和埋葬的地方。杨公墓据说已被流水所侵，无所寻处。

2019 年 8 月 17 日　周六　罗坳镇

罗坳镇文化站长翁智慧开车来接我们。今天争取将盂口、鲤鱼、石尾 3 个长征渡口的采访任务完成。

第一个渡口是盂口，翁站长领路，进入盂口村。这个村多是杨姓，因为渡口边有盂盛公祠，故这个渡口就叫盂口。

村主任杨志炯领我们来到杨成祥家。82 岁的杨成祥告诉我，红军长征时，盂口村人口不足 100 人，但有 13 人参加红军迈上了长征路，有的还是两兄弟一起参军走的。

鲤鱼村。冒着烈日，走访中央红军长征的鲤鱼渡口。村里请来了两位受访对象：92 岁的熊德昊，77 岁的熊佐。

熊德昊讲述他父亲为革命工作的故事。那时候他年纪小，只知道父亲经常早出晚归，甚至不回家。后来父亲跟随中央红军长征，国民党以为父亲躲起来了，日夜派人盯梢。最后，没有抓到父亲，就把母亲抓去严刑拷打，采用灌水的方式将母亲往死里整。母亲被水呛得死去活来，最后看她奄奄一息，又叫爷爷去做人质。母亲回到家里，肚子里灌满了水，胃也坏了。母亲成了废人，全靠姐姐带着她，拾稻穗，捡别人地里漏挖的红薯、野菜度日。

熊佐讲述了三个故事：一是兄弟参加红军长征的故事；二是送饭当红军，成为烈士的故事；三是军民鱼水情的故事。限于篇幅，故事只好省略。

石尾渡口。支书赖德元在路口等我们，我们换乘他的车去石尾渡口。这个渡口是贡江与小溪交汇处。有挖沙机在江中隆隆轰鸣。

赖德元说，当年村里有一个叫吕其鸿的青壮年，红军渡江时他跟随红军长征走了。二万五千里长征没有倒下，但抗战时期，国民党与新四军搞摩擦，他成了国民党的俘虏。后来从国民党那逃出来，新中国成立后在江苏工作。1958年，吕其鸿用箩筐挑着两个孩子回到家乡讨生活。1969年，红卫兵逼问他的历史问题，他百口莫辩，只好自杀。

2019年8月18日　周日　贡江镇

9点，于都县工会大厦7楼，参观长征源合唱团的陈列室。

合唱团安排杨盛、陈香兰、胡爱民、程学明几位团友做采访对象。后来，又通知谢志辉和林丽萍过来接受采访。

采访了6个人，故事都不错。最感动我的是林丽萍讲述寻找小爷爷牺牲地的故事。她说着说着，自己都哭了，我也受到感染，眼睛里的泪水，差点掉下来。

2019年8月19日　周一　新陂乡

上午，新陂乡扶贫主任丁建华陪同采访。

下午，新陂乡宣传委员刘金连陪同去中墩村采访丁正芳。走进丁正芳家，大厅正中悬挂一块匾额，匾额写着：共和国将军之家。

丁正芳是丁荣昌将军的孙子。他曾到云南找爷爷丁荣昌投亲，爷爷对他的态度是：你来了我欢迎，但不要提要求。丁正芳在云南打零工度日，幸运的是，他在云南认识了一位姑娘，后来成为他的妻子。

丁荣昌参加红军时，在家里有妻子，生过一个女儿夭折了，在长征前，商量抱养了一个儿子。想想那个时候，妻子肯定是响应政府号召，送丈夫上前线的。但烽火岁月，音信远隔，相互不知道消息。新中国成立后，丁荣昌担任戍边云南的重任。

丁荣昌对故乡还是非常看重的，他曾三次回到中塅。丁正芳说，第一次回来，奶奶为了躲避他，跑到了盘古山。丁荣昌找到盘古山，奶奶又跑到于都了。最后据说还是找到了，但具体他们说了些什么，丁正芳也说不清楚。因为那个时候，父亲也不过十七八岁的后生，自己还没有出世。

丁正芳是 2018 年开始担任中塅村主任的，7 月 14 日那场洪灾，丁正芳在抗洪抢险一线接到妻子给他的电话，说自己家里一楼淹掉了，小车和家具都泡在水中。丁正芳叫妻子带着两个孙子上二楼避水，他又继续与其他村干部奋斗在抗洪抢险第一线。现在算算，家里的损失有好几万元。

2019 年 8 月 20—22 日　于都—南昌—于都

接省作协通知，到省文联参加"脱贫攻坚和乡村文化振兴题材文学创作对接会议"。

乘火车返回于都。晚上，在于都河畔散步，在朦胧的灯影中，波光粼粼的江面，似乎有无数红军在开拔渡河。

2019 年 8 月 23 日　周五　城区、罗坳镇

上午，到思源社区采访，这是于都县一个易地移民安置示范区。

从深山迁居到此的农民，一定要有一个劳动力，以保证搬得出、稳得住、能致富。

下午，罗坳镇文化站翁智慧站长接我们去大桥村，看古嶂片区易地移民安置点。

2019年8月24日 周六 罗江乡

车子从罗坳镇三门大桥经过，进入罗江乡，乡宣传委员易雄辉领我下村采访。

新屋村。这里有红军标语墙。7月14日凌晨五六点，突然涨大水，水涨到1米多深，漫入各家房屋。砖墙屋的人家可以爬到二楼躲避，土墙屋的人家必须撤离屋内，随时有倒塌的可能。早晨七八点时分，土坯房轰轰隆隆全部倒塌，这真是一场百年未遇的大洪水，一些百年老屋都毁于一旦。

苏坑村。村支书陈土生骑摩托车带我兜了一圈。苏坑村自然条件恶劣，因地势低洼，年年都要被水淹。2012年，针对低洼田地进行抬田，但还是躲不过像7月14日这样的大洪水。

一场大水，将蔬菜大棚冲毁不少，现在只好将田亩改成稻虾养殖。贫困有时是恶劣的自然环境所致，苏坑村人就这样与洪水抗争了一代又一代。

陈土生带我去筲箕窝，采访贫困户刘连生。刘连生的房子建在一个空旷的地方，前面是河道，有围墙，院门前有一根电线杆。这真是个不幸的家庭。2010年，刘连生的妻子不知何故喝农药自杀。之后，儿子结婚，生下3个孩子。一家人本来可以和和美美地过日子，但不幸又一次降临这个家庭——儿子跳江自杀，媳妇走掉了。3个孙子，外婆领养一个最小的，其余两个由刘连生抚养。刘连生今年62岁，靠政府的低保度日。他家5口人享受低保待遇，每人每月有380元，5口人合计1900元。精准扶贫政策的实施，"两不愁三保障"，刘连生和孩子的生活确实有了保障。

前往上溪村的交通因为修路无法通行。最后选择从罗坳镇过高滩大桥，那里路不好走，但易雄辉还是克服困难带我去上溪村采访。

来到上溪村，几个村干部和第一书记都在。村支书丁红平是丁盛将军的侄子。到丁盛将军故居参观，老宅子很精致，得天时地利，出人物是必然。

第三阶段（2020 年 3 月 23 日—3 月 30 日）

2020 年 3 月 23 日　周一　工业园区、禾丰镇

赢家服饰工会主席肖智勇，领我们去看贡江镇金桥村扶贫车间。扶贫车间在村路一侧，一栋民房的一楼开辟为扶贫车间。采访了贫困户李莲香、任灶女。她们在精准扶贫政策引领下，战胜逆境，自强自立，脱贫奔小康。

返回县城，再到赢家服饰本部扶贫车间，采访了梁征春、谢晓丽、何春丽 3 个贫困户。参观了员工宿舍，中午在职工食堂体验工作餐。

下午去万年青水泥厂补充采访，半个钟头车程。对绿色工厂、智能化、扶贫等素材进行梳理，到绿色矿山、移民新村进行了实地采访。

2020 年 3 月 24 日　周二　祁禄山镇

开车一个钟头，到达祁禄山镇政府，刘炳发委员在门口等我们。

动身到上岭岗村去，参观登贤县苏维埃政府旧址。在村道巧遇县政协副主席袁尚贵，他领我们走了一段红军路。一座钢丝桥挂在河面上，对岸山林有古驿道，曾是红军经过的小道。袁尚贵领着我们到原敬老院看正在改建的长征源研学营。

下午，刘炳发陪同我们去畚岭村，沿途看到云雾中若隐若现的密石岭。进入苍茫群山中，阔叶林覆盖着山岭，一条小溪在前方伸展。刘炳发说，这一路上分布好多个村，每个村我们都落一下脚。这个主意不错。

永背村。刘炳发是这里的驻村大村长。村支书袁福生介绍了村里的情况。采访了贫困户蓝裕生，他做过心脏搭桥手术，靠养蜂、种脐橙和承包杉树林脱贫奔小康。

水坞村。支书胡水生讲完村里扶贫情况后，安排村长袁秀文领我们去

看三县界碑。车子深入一条峡谷，攀爬一座山岭，于都、安远、赣县三县在分水岭立了一块三角形桩柱，这就是三县交界处。

山岭下有一栋房子，门额上写着"云台山"，是个寺庙。庙里有个老人，叫黄爱国，因为与儿子不和，就到外面谋生，做了这个寺庙的住持。他儿子25年前砍树，被树枝打断了背脊，成了残疾人。

金沙村。袁尚贵在这里等我们。这里有红五军医院旧址，房内仍存红军标语多处。

来到"重走长征路——登贤1934段"红军小道。小溪河上，晃晃悠悠的木桥，犹如重回那段难忘岁月。

2020年3月25日　周三　小溪乡

8：20，县政协副主席袁尚贵陪同我们去小溪乡需岩看"古色"。乡规划所的李所长领路，先到左坑村看赣粤边特委遗址，再到下坑看红军标语墙，然后到桃枝村看需岩。

需岩是于都的一处文化景观，与宋代隐士王鸿有关。小溪在山势的转折中，流出一幅天然太极图。一处墨烟岩，岩石上依稀有石刻。

攀爬一段石级，所见松树有特定名曰"甘露松"。半山腰有香台寺，寺里和尚不知到哪去了。寺侧有被称为"霞光液"的泉眼10余处，储泉之井方圆不一，大小不等，为寺院提供源源不断的水源。据说，用此泉煮的野菜汤被称为"太衍羹"，与这里的甘露松、霞光液，被誉于需岩"三绝"。一块菜地的山岩处有一洞，这就是王需岩读书洞。我体验了一下坐在洞中读书的妙境。端坐洞中，右脚下有一口泉水井，洞壁右上方还有一个小洞，可供夜读点灯之用。好一个读书之所，下雨、下雪，都无妨，看泉流喷涌，灵感顿生。

下午去高石村访老红军罗长生。罗长生已103岁，但步态、眼力和听力宛若80多岁。我们搬了椅子到禾场上坐，与老人聊起来，陈健当翻译。我问一句，罗长生听不懂，陈健又转译成本地话传到老人的耳朵，老人说一句，陈健又转译给我听。

登贤养老服务中心。采访了一位80多岁的孤寡老人。老人说，没有共产党，就没有我们的好日子。有的街坊说，我们有儿子的，都没有你们这么享福。

在高石村采访第一书记张福生和贫困户丁荣福，他们身上有不少故事，但时间不早了，只能草草结束。

2020年3月26日　周四　桥头乡、马安乡

上午，中央红军长征出发纪念馆副馆长张小平陪同我们去桥头乡采访。桥头是赣南第一块红色革命根据地、赣南第一支正规武装红军十五纵队诞生地。第一站是朱屋村木鱼塘中共于北特区旧址，张小平介绍了建筑的特点。

桥头乡走出了谢明、李致远等开国将军，也走出了钟月林这样的"长征女神"。看完李致远将军的旧居，再到钟月林旧居，车刚停稳，一场大雨倾盆而下……

来到幸福楼保障房，听到了悠扬的二胡声。走进楼内，见到了楼长李长庚，他14岁开始拉二胡。以前他住在山里，房子倒塌了，政府安排他住在幸福楼里。他说，共产党好，住在这里每一天都过得很幸福。

来到张继海家，他是2018年"脱贫之星"，在家搞农家乐，每年能收入两三万元。

车子路过祠堂，遇见水背村支书谢世伦，就借祠堂宝地作了采访。

下一站，马安乡上堡村。这里是当年红军拔掉的最后一个白军据点。打上堡土围很艰难，围攻了一个多月，最后内部分化，土围瓦解，苏区以此为契机成立胜利县。

在上堡土围内，村支书领着我看上堡原来的18栋祠堂，大部分已经陈旧，再不维修就要倒塌了。原来土围残存的城墙依稀可见。

2020 年 3 月 27 日　周五　仙下乡、马安乡

8：30 从县城出发，到仙下乡政府见到龙溪村第一书记袁勇锋，简单说了几句就下村。一路上，听袁勇锋介绍龙溪村情况。修路，需要动用村民的田土和墓地以及土坯房，工作队与村民也有过激烈矛盾，最后化解矛盾，修通了路。

下午到马安乡，文化站一个小伙子领路，去采访养鸽子的"脱贫之星"钟新财。这个"脱贫之星"刷新了我对贫困户的理解——他那么年轻，大学本科毕业回家，创业养鸽子，一举成功。

2020 年 3 月 28 日　周六　宽田乡

车到宽田乡嶂下村，见到驻村"大村长"蓝宇。之前，我们在微信交流过很多次，这次来，就是实地考察他给我讲述的故事主人公。故事中的人物一一见到了，也看到了他们搞的养鸡、养羊、养槐猪等产业。

到宽田乡桂龙村访问，第一书记王国华领我们去看养鸭户邹北京的鸭圈。邹北京租了一亩二分地圈养鸭子，租金 1000 元，养了 200 只鸭子，算了一下，一批鸭子可以挣 1.2 万元，两批可挣 2.4 万元。

2020 年 3 月 29 日　周日　梓山镇

再访潭头村。在村部，见到第一书记肖桂花，简单聊了聊，与乡里派来的陪同人员到潭头村找孙观发，了解民宿和农家乐情况。村里成立了旅游公司，搞起了民宿和食堂。旅游公司总经理刘锦华说，潭头村即将投入 5000 万元，对村容村貌进行一次大提升。

中午在潭头村大食堂用餐。采访贫困户张忠华，他靠搞大棚蔬菜种植脱贫。

2020 年 3 月 30 日　周一　贡江镇

去长征源红军小学采访，然后到中央红军长征出发纪念馆参观。

中午回宾馆用餐，凌三斤和刘荣春来宾馆看我。

下午去古田村参观两个红色旧址：中革军委机关旧址，红军总政治部旧址。

最后一个目的地：罗田岩。古人在岩石上留下的字，被一点点风化，这个世界，只有时间经久不息地连贯着古今。看见岳飞题词的"天子万年"，耳畔似乎响起一阵驰骋疆场的马蹄声。罗田岩有濂溪书院，周敦颐曾到此讲学，其名篇《爱莲说》首次石刻发表于此。

第四阶段（2020 年 5 月 22 日—5 月 24 日）

2020 年 5 月 22 日　星期五　雨

从瑞金赶到于都，已是中午 12 点。

在枫叶花园酒店面朝于都河，看着波光粼粼的水面和渡江大桥上车水马龙的景象，不禁思绪联翩。

这次随某"脱贫攻坚"题材政论专题片摄制组，从井冈山到瑞金，再到于都，一路走来，跨越了朱毛红军在"罗霄山区"建立第一个农村革命根据地和中华苏维埃共和国，以及战略转移的三个主要地点。

从革命摇篮井冈山到红色故都瑞金，再到长征集结出发地于都。这是一次红色寻根之旅，也是一次扶贫访问之旅。

下午，团队去中央红军长征出发纪念馆参观，我则到长征源红军小学做了补充采访。

在贡江边散步，对面璀璨的灯光倒映在江中，粼粼波光，七彩漾动，这是于都最美的时刻。不，最美永远在未来。

2020年5月23日 星期六 晴

于都县扶贫办副主任叶小飞陪同摄制组的同志去仙下乡龙溪村调研，我则窝在宾馆写《新长征 再出发》最后一章。

本家大哥凌三斤提一兜子自己种的杨梅来给我品尝。他女婿刘荣春招待在不远处十字路口的一家鱼庄吃饭。一道擂茶鱼，是当地的特色，味道别致。

在电脑键盘上敲打累了，拉开窗帘，渡江大桥上车来人往。壮阔的于都河，泛起片片粼光，脑际闪过一丝灵光，重新伏案，为作品的后记写下第一行……

就在几天前，长征国家文化公园（江西段）中央红军出发核心展示园项目在于都启动，于都河两岸将点亮当年长征的圣火，照亮新长征再出发的征程。

突然想到，今天是个非比寻常的好日子，1942年5月23日，毛泽东在延安文艺座谈会上发表重要讲话。78年过去，"讲话"依旧鼓舞人心，深入灵魂。辛勤耕耘，服务人民，永远是文艺工作者的本质。

后 记
永远的红飘带

　　夜幕降临。从酒店 11 层房间的窗口，俯瞰渡江大桥，依旧车水马龙。对岸鳞次栉比的高楼，彩灯变幻，倒映在波光粼粼的于都河，斑斓一片。这幅璀璨图景，引起了我对 86 年前红军渡江踏上伟大征程的联想。

　　这次，我与某"脱贫攻坚"题材政论专题片摄制组的同志一道，奔赴井冈山—瑞金—于都，调研和采集精准扶贫故事。

　　于都是此行的最后一站，没想到，安顿的酒店竟然就在于都河南岸。每每眺望于都河的波澜，便会荡漾出一片奇思妙想。借此灵感，我得以完成这篇早就想写却总也不得要领的后记。

　　井冈山、瑞金和于都，既是扶贫开发工作罗霄山区的经典脱贫县（市），也是中国革命地理坐标上不可或缺的三个重要节点：

　　井冈山——中国第一个农村革命根据地；

　　瑞金——红色故都、中华人民共和国摇篮；

　　于都——中央红军长征集结出发地。

　　罗霄山集中连片特困地区跨江西、湖南两省，是著名的革命老区，大部分县属于原井冈山革命根据地和中央苏区范围，是国家扶贫开发攻坚战主战场之一。

　　我曾于 2015 年 10 月开始，对赣南 18 个县（市、区）进行了为期 3 个多月的地毯式走访，获得了地理、历史和文化意义上的深度了解。

　　于都，便是在那时开始进入我的文学视野的。

2019 年 6 月开始，我又先后 4 次踏上于都这片土地，用 1 万多公里的行程，走访 23 个乡镇、8 家厂矿，采访干部群众达 300 余人，写下 20 余万字的笔记，拍摄图片 3000 余张。艰辛的汗水，凝结成 30 余万字的作品。

在中央红军长征集结出发地于都深入生活和采访期间，脑子里闪现红军长征时一幅幅豪迈画面。当年红军与强敌决战的勇气，加持着我的脚力，我希望每一枚脚印里都埋下奔跑的汗珠。

90 多年前，在于都这片红土地上，组建了赣南第一支正规工农武装——赣南工农革命军第十五纵队，创建了赣南第一块红色革命根据地——桥头革命根据地，成立了赣南第一个县级红色政权——于都县工农兵革命委员会。

于都从创建赣南第一块红色根据地，到中央红军长征集结出发，它以"中央苏区最后一块根据地"的身份，将党和红军送上了万里征途，为中国革命事业作出了不可磨灭的贡献。

从 86 年前长征的烽火岁月，中国共产党领导中国人民从一个胜利走向一个个更大的胜利，直至今天决胜全面建成小康社会的伟大进程。

在脱贫攻坚进入倒计时的关键时刻，习近平总书记来到中央红军长征集结出发地于都，发出"现在是新长征，我们要重新再出发"的伟大号召，为党和人民的伟大事业指明方向。

忆往昔峥嵘岁月稠。在于都河畔踱步，偶尔会飘来一支这样的歌——

　　风吹雨打不褪色

　　世世代代都气派

　　生命铸就的长征路哎

　　鲜红鲜红的红飘带

　　红飘带呀飘信仰

哎呀嘞哎

这首歌叫《永远的红飘带》。听着这首歌，脑际里宛若有一条红飘带在猎猎飞舞。长征是红军创造的神话，也是后人仰望的精神灯塔。

记得魏巍在《地球的红飘带》的"卷首语"中这样写道："中国英雄们的长征，是中国人民的史诗，也是世界人类的史诗。这部史诗是中国人民和中国共产党人用自己的脚步和鲜血镌刻在我们这个星球上的。它像一支鲜艳夺目的红飘带挂在这个星球上，给人类，给后世留下永远的纪念。"

是的，86年前起步的长征，它永不磨灭的精神铭刻在我们民族的记忆中。

面对突如其来的新冠肺炎疫情，14亿中国人民打响了一场气壮山河的人民战争、总体战、阻击战。与此同时，决战脱贫攻坚、决胜全面建成小康社会的壮丽画卷，正在中国大地浩荡展开……

我有幸深入红色摇篮井冈山，目睹如火如荼的脱贫画卷，创作完成长篇报告文学《井冈山的答卷》。

今天，在决胜脱贫攻坚即将收官之时，我又有幸来到中央红军长征集结出发地于都，踏遍青山，看贡水波翻涛涌，创作完成长篇报告文学《新长征 再出发》。

身处波澜壮阔的新时代，我似乎重新回到青春岁月，激情满怀，书写时代、书写人民，我感到无比欢欣。

创作过程漫长而激动，每一个素材、每一个对象，都深深打动着我的心灵，不得不提笔书写。

我爱这片红土地，爱这里的一草一木、一山一水，更爱这里的人民，爱他们用生命与汗水换来的鲜活故事！

望着璀璨如昼的于都河两岸，高楼林立，彩灯闪耀，这是于都有史以来最为辉煌的盛世图景。于都河无声地流淌着，水面的波纹在灯火的辉映下，一片流光溢彩，往事如昨。

耳际飘来声声号角，这是不是新长征的号角？

新长征再出发，无论走多远，我们心里都系着一根"永远的红飘带"！

2020 年 5 月 23 日

完稿于于都河畔

责任编辑：曹　春　窦玉帅

封面设计：汪　莹　严　瑾

图书在版编目（CIP）数据

新长征 再出发／凌翼 著 . —北京：人民出版社：北京十月文艺出版社，
　2020.9

ISBN 978 − 7 − 01 − 022422 − 0

I.①新… 　II.①凌… 　III.①报告文学 − 中国 − 当代 　IV.① I25

中国版本图书馆 CIP 数据核字（2020）第 154907 号

新长征 再出发
XINCHANGZHENG ZAICHUFA

凌　翼 著

人民出版社 出版发行
北京十月文艺出版社

（100706　北京市东城区隆福寺街 99 号）

北京盛通印刷股份有限公司印刷　新华书店经销

2020 年 9 月第 1 版　2020 年 9 月北京第 1 次印刷
开本：710 毫米 ×1000 毫米 1/16　印张：21.5
字数：318 千字

ISBN 978 − 7 − 01 − 022422 − 0　定价：68.00 元

邮购地址 100706　北京市东城区隆福寺街 99 号
人民东方图书销售中心　电话（010）65250042　65289539

版权所有·侵权必究
凡购买本社图书，如有印制质量问题，我社负责调换。
服务电话：(010) 65250042